الأعمال
الروائية

ألكسندر بوشكين

الأعمال الروائية

ترجمها عن الروسية

د. فؤاد المرعي

دار جامعة حمد بن خليفة للنشر
HAMAD BIN KHALIFA UNIVERSITY PRESS

الطبعة العربية الأولى عام ٢٠١٨

دار جامعة حمد بن خليفة للنشر
صندوق بريد ٥٨٢٥
الدوحة، دولة قطر

www.hbkupress.com

الترقيم الدولي: ٩٧٨٩٩٢٧١٢٩٥٢٠

مكتبة قطر الوطنية بيانات الفهرسة– أثناء– النشر (فان)

الأعمال الروائية : ألكسندر بوشكين / ترجمها عن الروسية فؤاد المرعي. – الطبعة العربية الأولى. - الدوحة : دار جامعة حمد بن خليفة للنشر ، 2018.

صفحة ؛ سم

تدمك : 978-9927-129-52-0

1. بوشكين ، ألكسندر، 1799-1837. 2. الأدب الروسي -- القرن 19 -- تاريخ و نقد. 3. الأدباء الروس -- القرن 19 -- تراجم. ب. المرعي، فؤاد، مترجم. ج. العنوان.

PG3350.M57 2018

891.713 – dc23

201827086513

إلى الزميلتين الوفيَّتين الدكتورة شهلا العجيلي
والدكتورة علياء الداية
اللتين لولا جهودهما لما وصل هذا الكتاب إلى القارئ.

مقدِّمة

التنوير في أعمال بوشكين النثرية

يمكننا أن نعدَّ عام 1830 عام النضج الروحي والفنِّي لبوشكين. ففي خريف هذا العام أنهى الشاعر روايته الشعرية الشهيرة «يفغيني أونيغين»، وكتب خمسين عملًا شعريًّا ونثريًّا في مختلف الألوان الأدبية، من أهمِّها مجموعة «قصص بيلكين» («الطلقة»، و«العاصفة الثلجية»، و«الحانوتي»، و«ناظر المحطة»، و«النبيلة – الفلَّاحة») التي تجمع بين معارضتها (وهي تتضمَّن أحيانًا سخرية مقنَّعة) للتعابير الأدبية الجاهزة، وبين محتواها الرمزي الفلسفي العميق. إنَّها في الواقع أوَّل عمل نثري واقعي في الأدب الروسي الكلاسيكي. لقد حوت هذه المجموعة، على الرغم من صغر حجمها، بانوراما حياة جميع طبقات المجتمع الروسي آنذاك، وقدَّمت، لأوَّل مرَّة، الحياة اليومية للناس «العاديين» بوصفها عنصرًا مكوِّنًا للتاريخ القومي، ذا أهمية شاملة.

غير أنَّ نضج بوشكين الفنِّي والفكري ترافق وازدياد وحدته وغربته عن الجمهور والنقَّاد بسبب عدم فهمهم لمواقفه الاجتماعية والفنِّية، فحتى بيلينسكي، هذا الناقد العظيم الذي اقترن اسمه باسم بوشكين، لم يفهم «قصص بيلكين» وقال إنَّها «ليست جديرة بموهبة بوشكين أو اسمه، وهي شبيهة إلى حدٍّ ما بقصص كارامزين، غير أنَّ قصص كارامزين كانت ذات أهمية عظمى في وقتها، أمَّا «قصص بيلكين» فمتخلِّفة عن زمانها».

إنَّنا اليوم، وبعد انقضاء أكثر من مئة وستِّين عامًا على موت الشاعر، اتَّضحت خلالها الجوانب الاجتماعية والأدبية لسيرته، وتمَّ الكشف عن الكثير من العوامل

التي لم تكن معروفة من قبل، وتعمَّق فهمنا للأهمية التاريخية والفنِّية لبعض أعمال بوشكين ولإبداعه عمومًا، نعترض على رأي بيلينسكي في «قصص بيلكين»، ونؤكِّد أنَّها عمل جدير بعبقرية بوشكين، كان له دوره الكبير في تطوُّر الأدب الروسي اللاحق على طريق الواقعية والشعبية، فقد جسَّد بوشكين حياة النبلاء في الريف في قصَّته «النبيلة – الفلَّاحة»، وطرح موضوع «الإنسان الصغير» في «ناظر المحطَّة»، القصَّة القريبة جدًّا بموضوعها وفضائها من قصَّة غوغول الشهيرة «المعطف»، التي ستظهر بعد سنوات قليلة. والأمر لا يقتصر على ذلك، فثمَّة في الأدب الروسي في القرن التاسع عشر ظواهر كثيرة تعود في جذورها إلى إبداعات بوشكين الشعرية والنثرية. من ذلك مثلًا، موضوع المدينة الكبيرة وتناقضاتها الاجتماعية، وهو موضوع تجلَّى في قصَّة بوشكين الرائعة «بنت البستوني» على نحو يقودنا بوضوح نحو إبداعات الروائي الروسي العظيم دوستويفسكي، ومن ذلك أيضًا حياة القرية الروسية وبؤس الفلاحين وتذمُّرهم من نظام القنانة.

لقد صار هذا الموضوع موضوعًا مركزيًّا في أعمال بوشكين النثرية في ثلاثينات القرن التاسع عشر، ففي خريف عام 1830 يبدأ في قرية بولدينو كتابة قصَّته «تاريخ قرية غوريوخينو» وهي صورة بانورامية ساتيرية تُظهر الانهيار التدريجي للقرية في ظلِّ نظام القنانة، وفقر الفلَّاحين وتعسُّف الإقطاعيين ووكلائهم، والتمرُّد الفلَّاحي.

وفي عام 1832 يشرع بوشكين في كتابة روايته «دوبروفسكي» التي طرح فيها إلى جانب قضايا كثيرة، مسألة العلاقة بين الفلَّاحين والإقطاعيين. إنَّ «دوبروفسكي» لوحة كبيرة تصوِّر حياة النبلاء في الريف وطباعهم، ويبلغ فيها بوشكين ذروة الاقتدار الفنِّي في تصويره لأمزجة الفلَّاحين الأقنان المعادية للإقطاعية.

وكان من الطبيعي بالنسبة لبوشكين أن يقوده تفكيره في قضايا الفلَّاحين في «دوبروفسكي» إلى الاهتمام ببوغاتشوف، قائد الثورة الفلَّاحية في القرن الثامن عشر، فزار الأماكن التي وقعت فيها أحداث تلك الثورة (قازان، وأورينبورغ،

وقرية بيردسكايا سلوبودا الشهيرة) واستمع إلى كبار السنِّ الذين عرفوا بوغاتشوف، وجمَع الأغاني الشعبية التي نُظِمت حوله، وفي عام 1834 أصدر كتابه «تاريخ بوغاتشوف».

تجدر الإشارة هنا إلى أنَّ بوشكين فكَّر وهو يشتغل على رواية «دوبروفسكي» بكتابة عمل فنِّي يتناول فيه انتفاضة بوغاتشوف، وفي خريف عام 1836 انتهى من كتابة روايته التاريخية «ابنة آمِر القلعة»، التي رسم فيها صورة ساطعة لبوغاتشوف والانتفاضة الفلَّاحية العفوية الواسعة ذات الطابع الشعبي الشامل. فقد اتَّسمت رواية بوشكين التاريخية هذه باتحاد أصيل بين الخيال والأحداث التاريخية الحقيقية المصوَّرة فيها، فكتب عنها الناقد الثوري الديمقراطي بيلينسكي: «إنَّ «ابنة آمِر القلعة» هي «أونيغين» نثرًا. لقد صوَّر فيها الشاعر طِباع المجتمع الروسي في عهد يكاترينا. إنَّ كثيرًا من لوحاتها هي من حيث الصوابية وصدق المحتوى ومهارة التصوير - معجزة في الكمال».

لقد أسَّس بوشكين بأعماله التالية: «تاريخ قرية غوريوخين» و«دوبروفسكي» و«ابنة آمِر القلعة» بداية ذلك الاهتمام بالمسألة الفلَّاحية التي أصبحت منذ الأربعينات محورًا أساسيًّا في الفكر الروسي والإبداع الأدبي للكتَّاب الروس العظماء في القرن التاسع عشر. فكلُّ بطل من أبطال أعمال بوشكين المذكورة يفتح أفقًا مهمًّا من آفاق الحياة الاجتماعية الروسية في القرن التاسع عشر. والتحليل الجريء والدقيق، الاجتماعي والنفسي، للشخصيَّات المجسَّدة في تلك الأعمال يُرغم القارئ على الإقرار بأنَّ الكاتب صوَّر واقع روسيا ذلك الزمن بصدق وعمق مدهشين، فوسَّع بذلك ينابيع الأدب الروسي، وحوَّله إلى عنصر هامٍّ من عناصر الحياة القومية الروسية، وعرض نماذج جديدة لا تُحصى مأخوذة من الحياة الروسية في عصره.

ولا بدَّ من الإشارة هنا إلى أنَّ أعمال بوشكين النثرية، الشديدة الالتصاق بالواقع الروسي، القومية في جوهرها، لا تكتسب أهمِّيتها من كونها تحمل سمات إثنوغرافية معيَّنة أو تكيل المدائح للشعب الروسي، بل تكتسب تلك

الأهمية لكونها اتَّسمت بحرِّية روحية مطلقة، واتَّصفت بطلاقةٍ تسمو اجتماعيًّا وأخلاقيًّا فوق التحزُّب، طلاقة لا يمكن أن تكون إلَّا في الزمان الروسي المتميِّز. وقارئ بوشكين لا يستطيع إلَّا أن يؤكِّد أنَّ بوشكين لم يكن من دعاة المحلِّية أو التعصُّب الطائفي أو المذهبي، بل هو مبدع إنساني النزعة، لم يكتفِ بإنشاء أغنى النصوص بالمحتوى فوق الإثني والطائفي، بل أكسب هذه النصوص أيضًا قدرة إقناع فكرية وأخلاقية وجمالية لا مثيل لها. ففضل بوشكين لا يكمن في أدبية ما أبدعه من شعر ونثر فحسب، بل يتجلَّى أيضًا فيما هو أهمُّ من ذلك بكثير، أعني دوره التنويري الموقظ للوعي الاجتماعي. فإبداعاته تمتلك إلى جانب فنِّيتها العالية، قيمًا أخلاقية سامية تُطوِّر في المتلقِّي إنسانيةَ الإنسان، وتحضُّه على احترام الكرامة الإنسانية.

لقد صار بوشكين عبقرية قومية روسية وعبقرية عالمية بالقدر نفسه، لأنَّه استطاع أن يُعطي العقلانية التنويرية مصداقية المعاناة الشعبية، وأعطى العاطفة والتجربة الشعبية قدرة إقناع التنوير المنطقية. إنَّ لغة بوشكين في أعماله النثرية، هي اللغة التي نُترجم بها، بالقدر نفسه من الحرِّية، المحلِّية إلى إنسانية شاملة، والإنسانية الشاملة إلى محلِّية.

لكنَّ بوشكين، على الرغم من التعاطف العظيم الذي أبداه تجاه معاناة الشعب المضطَهَد، وعلى الرغم من إدراكه التامِّ لظُلم الإقطاعيين وقسوتهم على الفلَّاحين، لم ينظر إلى الانتفاضة الفلَّاحية العفوية وسيلةً ناجعةً لحلِّ التناقضات الاجتماعية في الحياة الروسية، بل رأى فيها قوَّة تدميرية تفتقر إلى مقوِّمات الخَلق والإبداع. وهذا ما دعا عددًا غير قليل من الكتَّاب والنقَّاد في القرنين التاسع عشر والعشرين إلى اعتبار هذا الموقف ضعفًا في نظرة الشاعر إلى العالم، ووهمًا من رواسب انتمائه إلى طبقة النبلاء. ولم يلحظ هؤلاء أنَّ بوشكين، هذا الإنسان الأرستقراطي الذي يكاد يكون أبيقوريًّا في بعض جوانب نظرته إلى العالم، استطاع في إبداعاته الشعرية والنثرية أن يدمج حرمانات الحياة وصراعاتها ومآسيها، في البنية المنطقية الميتافيزيقية للوجود البشري على هذه

الأرض، بطريقة جعلت مشاعر الأسى والحسد والحقد، التي تبدو حتمية، تتحوَّل إلى شعور ناضج راشد بالمصير الفريد الذي يجب أن تحمل معاناته بكرامة.

لم يدعُ بوشكين الناس أبدًا إلى الاستسلام وطول الصبر، بل علَّمهم عزَّة النفس، فجسَّد في إبداعاته، ولا سيَّما النثرية، أسمى المهارات الوجودية الموهوبة للإنسان: إنَّها معرفة اللحظة التي يتحوَّل فيها الصبر من تعبير عن عزَّة النفس إلى تعبير عن عيب الخضوع العبودي، واللحظة التي يتحوَّل فيها نفاد الصبر من تعبير عن غضب العاطفة المهانة المشروع أخلاقيًا، إلى حساسية تاريخية تدفع بالتاريخ القومي نحو انهيارات ومآسٍ لا مثيل لها.

لقد أسند بوشكين لأعماله النثرية وظيفة خاصَّة هي التنوير، الأمر الذي انعكس بوضوح في لغتها وسماتها الفنِّية الواقعية، فهي لم تكن تهدف إلى التحريض على الثورة، بقدر ما كانت تسعى إلى نشر الوعي واكتشاف سمات الواقع التاريخي من خلال دراسة الواقع المعيش، فكان هذا، من دون أدنى شكٍّ، اعترافًا بوشكينيًّا في الأدب الروسي، استند إلى دراسة قوانين الوجود الموضوعية وهي تعمل من خلال سلوكيات أفراد، وفي ظروف تاريخية محدَّدة.

وقد حدَّد بوشكين نفسه طريقته هذه بقوله: «إنَّها بحث عميق وشريف وجادٌّ عن الحقيقة»، وتحليل «لتناقضات الوجود الأبدية» التي تكوِّن الحياة. إنَّ هذه الطريقة التي تدرس الظواهر المحدَّدة من خلال قوانين الحياة الإنسانية الشاملة منحت أعمال بوشكين وجوهًا لا حصر لها وجعلتها «معاصرة أبدًا» وذات دلالات عميقة ومتعدِّدة، صاغتها عبقريَّته صياغة لا مثيل لها في انسجامها وكمالها وتماسكها وجمالها.

أضِف إلى ذلك أنَّ هذه الطريقة مكَّنت بوشكين من تجسيد نظرته إلى الإنسان الفرد بوصفه عضوًا كامل الحقوق، فاعلًا في التاريخ الإنساني الكبير، وحرًّا في سلوكه، ومسؤولًا عنه. وهنا تكمن جذور إنسانية بوشكين ومواطنيته وسموِّه الأخلاقي وصدقه وواقعيته وشعبيته، التي برزت في أعماله وصارت تقاليد راسخة في واحد من أعظم آداب العالم، هو الأدب الروسي.

إنَّ أعمال بوشكين النثرية التي وضعت الأسس لكلِّ الألوان النثرية في الأدب الروسي بدءًا من أدب الرحلات إلى الخواطر، فالرواية والرواية التاريخية والقصَّة الفلسفية، هي بداية تكوُّن منظومة روحية خاصَّة، وظاهرة تاريخية حضارية جسَّدها عباقرة الأدب الروسي في القرن التاسع عشر بإبداعاتهم التي ناقشت الأسئلة الكونية من خلال المسائل الروسية، بدرجة من الجرأة والحرية والعمق لا مثيل لها في أيِّ أدب آخر.

قد يظنُّ القارئ العربي أنَّنا نبالغ في تقويم أعمال بوشكين النثرية، وله الحقُّ في ذلك. فمؤسَّسات النشر العربية، وكذلك الروسية المهتمَّة بترجمة الأعمال الإبداعية والنقدية إلى اللغة العربية، قدَّمت بوشكين شاعرًا قوميًّا لروسيا، وهو كذلك بالتأكيد، ولم تولِ إبداعاته النثرية حقَّها من الاهتمام، ربما لأنَّها وجدت أنَّ صفة الشاعر هي الصفة القائدة في شخصية بوشكين، أو لأنَّ اهتمام النقَّاد في القرن التاسع عشر والعشرين بأعماله النثرية لم يكن بالمستوى الذي تستحقُّه، بسبب عدم فهمهم لمواقفه الاجتماعية التنويرية وطريقته الفنِّية الواقعية. يُضاف إلى ذلك أنَّ ترجمة بعض أعمال بوشكين النثرية جرت بطريقة انتقائية تعسُّفية، وقام بها مترجمون لا نُنكر موهبتهم ومهنيَّتهم الرفيعة المستوى، ولكنَّهم فعلوا ذلك إمَّا عن طريق لغة وسيطة (ترجمة سامي الدروبي لرواية بوشكين «ابنة آمِر القلعة» مثلًا) وإمَّا باحترافية بدت حريصة على المعنى المعجمي، من دون مراعاة طريقة استخدام هذه الصياغة اللغوية أو تلك. ونحن نعني هنا، قبل كلِّ شيء، نقل السمات الفنِّية – الأدبية للنصِّ البوشكيني (ترجمة أبو بكر يوسف لرواية بوشكين «دوبروفسكي» مثلًا).

صحيح أنَّ السمات الموضوعية للعمل الأدبي تحدِّد خصائص نقله اللغوية، ولكنَّ الأمر لا يتمُّ بهذه البساطة، بل هو يزداد تعقيدًا بسبب عوامل ذاتية، منها قدرة المترجم على إعادة تجسيد العمل المترجم بلغته القومية، وموقفه من القيم الفنِّية والروحية في النصِّ الذي يترجمه. فإذا كانت المعطيات الموضوعية تتحدَّد، قبل كلِّ شيء، بطبيعة العلاقة بين العمل المترجَم والقواعد

المعاصرة في الأدب القومي للمترجِم، فإنَّ المعطيات الذاتية تجد تعبيرها من خلال العلاقة بين الذوق الأدبي والجمالي للمترجِم، وبين الخصائص الفكرية والجمالية للأصل الذي يقوم بترجمته.

من هذا المنطلق، تجرَّأت فأعدت النظر في أعمال بوشكين النثرية التي تمَّت ترجمتها، لا سيَّما وأنَّه قد مضت على تلك الترجمة عشرات السنين، لا بل تجرَّأت فترجمتُ الإبداعات النثرية لبوشكين كلِّها، فالمكتبة العربية بحاجة شديدة إلى هذه الأعمال وما يماثلها في عصر العولمة والصرعات الفنِّية الداعية إلى التخلِّي عن وظيفة الفنِّ التنويرية الاجتماعية والأخلاقية، بحجَّة الدفاع عن حرِّية الفنِّ وإطلاق قدرة الخيال عند الفنان على الخلق والإبداع، وكأنَّ التنوير الاجتماعي والأخلاقي يقيِّد الفنَّ، وكأنَّ الواقعية تحول بين الخيال عند الفنان والقدرة على الخلق والإبداع!

د. فؤاد المرعي

2018

حبَشيُّ بطرس الأكبر

بإدارة بطرس الحديدية
تغيَّر وجه روسيا.
من قصيدة «آلا» (1824)
ن. يازيكوف

كُتبت هذه الرواية في عام 1827، لكنَّ بوشكين، الذي رحل عام 1837، لم يُكملها. أمَّا العنوان فابتكره المحرِّرون الذين نشروا النصَّ بعد موته، في عام 1837.

نشأت عند بوشكين فكرة صياغة سيرة حياة جدِّه، هانيبال، أدبيًّا، في عام 1825، فهو كتب حينذاك لأخيه: «أنصح ريلييف أن يُسمِّي في قصيدته الجديدة، جدَّنا كواحد من أفراد حاشية بطرس الأوَّل. إنَّ سحنته الحبشيَّة تؤثِّر تأثيرًا غريبًا في لوحة معركة بولتافا كلِّها». أبرام هانيبال جدُّ بوشكين الأكبر لأمِّه الصديق المقرَّب من بطرس الأوَّل. استقى بوشكين معلوماته عنه من مصادر مختلفة. فقد

جاء في رسالة له عام 1825 أنَّه ينوي الالتقاء بـ «أخي جدِّه الحبشيِّ العجوز»، ومن بيتر إبراموفيتش هانيبال بالذات، حصل بوشكين، على سيرة حياة جدِّه الأكبر التي كُتبت باللغة الألمانية، وكانت مزيَّنة كثيرًا ومبالغًا فيها. وقد أورد بوشكين في روايته من دون تعمُّد، مشاهد من تلك السيرة، رغم مخالفة المشاهد المستخدمة للوقائع الحقيقية. إنَّه، عمومًا، لم يُنظر إلى روايته بوصفها عرضًا حقيقيًّا لحياة جدِّه الأكبر، وغيَّر، عن وعي، الكثير من الأحداث فيها، فزواج هانيبال التعيس، الذي كان عماد تسلسل الأحداث في الرواية، يعود إلى عهد حكم آنا إيوانوفنا، وليس إلى عهد بطرس. وهانيبال تزوَّج من اليونانية يفدوكيا ديبوبير وهي ابنة بحَّار. واستخدم بوشكين في روايته البحوث التاريخية أيضًا: كتاب غوليكوف «إنجازات بطرس العظيم»، ومجموعة أبحاث كورنيلوفيتش (الديسمبريُّون) و«ماضي روسيا»، فمصادر وصف الحفلات مأخوذة من الفصل المتعلِّق بذلك في كتاب غوليكوف، ومن مقالة بعنوان «حفلات الرقص الأولى في روسيا» في مجموعة كورنيلوفيتش.

الفصل الأوَّل

أنا في باريس،
بدأت أتنفَّس، بل بدأت أحيا.
ديميتريف - مجلة «بوتيشيستفينك»[(1)]

إبراهيم الحبشيُّ، ربيب القيصر، واحد من الشباب الذين أوفدهم بطرس الأكبر إلى بلاد الغربة لتحصيل المعارف الضرورية للدولة التي جدَّد بناءها. درس في معهد باريس الحربي، حيث تخرَّج نقيبًا في المدفعية، وأظهر تفوُّقًا في الحرب الإسبانية - الفرنسية، لكنَّه أُصيب بجراح بليغة، فعاد إلى باريس. وكان الإمبراطور، على الرغم من انهماكه في أعماله الواسعة، يستعلم دائمًا عن حبيبه، فيتلقَّى شهادات سارَّة على نجاحاته وسلوكه، الأمر الذي جعله راضيًا عنه كلَّ الرضا. وقد دعاه مرَّات عديدة للعودة إلى روسيا، غير أنَّ إبراهيم لم يكن يستعجل العودة، لذا كان يتملَّص من الاستجابة لدعوات القيصر متذرِّعًا بحججٍ مختلفة: بجراحه تارة، وبرغبته في استكمال معارفه تارة ثانية، وبعدم كفاية ما لديه من نقود تارة ثالثة، فيتقبَّل القيصرُ أعذاره ويطلب منه أن يهتمَّ بصحَّته، ويشكر له حماسته في العلم، ولا يبخل عليه، وهو المقتصد جدًّا في الإنفاق، بالنقود التي كان يرسلها مشفوعة بالنصائح الأبوية والوصايا المحذِّرة من المخاطر.

تشهد الكتابات التاريخية كلُّها أنَّه ما من شيء يمكن أن يُقارن باستهتار الفرنسيين وطيشهم وفخامة عيشهم في ذلك الزمن. لقد اشتهرت الأعوام الأخيرة

---

(1) من قصيدة إي. ديمترييف «رحلة ن. ن. في باريس ولندن»، المكتوبة على لسان ف. ل. بوشكين (عمِّ ألكسندر بوشكين).

من عهد لويس الرابع عشر بطيش البلاط الشديد، الذي لم يُبقِ أيَّ أثر للانضباط والحياء، فدوق أورليان، الذي جمع في شخصه سمات رائعة وعيوبًا من شتّى الأنواع، لم يكن، لسوء الحظِّ، يتَّصف بأيَّة ذرَّة من الرياء. لذا لم تكن حفلاته الماجنة في باليه رويال سرًّا تجهله باريس، بل صارت مثالًا شديد العدوى. وساد، آنذاك، سلوك اقترن فيه الجشع للمال بالظمأ للملذَّات والاستهتار، فاختفت الأملاك، وانعدمت الأخلاق، وراح الفرنسيون يضحكون ويبنون الآمال، في حين كانت الدولة تنهار على وقع الألحان المخاتلة للفودفيلات الساخرة.

في ذلك المناخ، شكَّلت الأوساط الاجتماعية لوحةً طريفة جدًّا، وقاربت الثقافة والرغبة في المرح بين أحوال الناس، فالثروة، واللطف، والمواهب، والغرابة ذاتها، وكلُّ ما يُغذِّي الفضول أو يَعدُ بالمتعة مرحَّبٌ به بالقدر نفسه. أمَّا الأدب والعلم والفلسفة، فأمور هجرت مكاتبها الهادئة وظهرت في دوائر المجتمع الكبير، تُرضي الموضة وتوجِّهها بما تقدِّمه من آراء. وسادت النساء، ولكنَّهن تخلَّين عن المطالبة بأن يكنَّ معبودات، وحلَّت اللباقة السطحية محلَّ الاحترام العميق. إنَّ ألاعيب روشيلييه واندفاعات أثينا الجديدة مُلكٌ للتاريخ، ولكنَّها تُعطي تصوُّرًا عن أخلاق ذلك الزمن.

"Temps fortuné, marqué par la licence,
Où la folie, agitant son grelot,
D'un pied léger parcourt toute la France,
Où nul mortel ne daigne être dévot,
Où l'on fait tout excepté penitence".(1)

---

(1) «الزمن السعيد، زمن الطباع المتحرِّرة من كل قيد،
حين يهرول الطيش داقًّا أجراسه،
بخطوات رشيقة عبر فرنسا كلِّها،
حين لا يقبل أحد من الزائلين أن يكون تقيًّا،
حين يبدو الجميع مستعدًّا لكل شيء إلا الندم والتوبة» (عن الفرنسية).

آنذاك، أثار إبراهيم اهتمامًا عامًّا في باريس بمظهره وثقافته وذكائه الفطري، وتمنَّت السيِّدات كلهنَّ أن يرين le nègre du Czar[1] في بيوتهنَّ، وكنَّ يتخاطفنه. فقد دعاه نائب الملك أكثر من مرَّة لحضور حفلاته المسائية، وكان حاضرًا في حفلات العشاء التي أكسبها الحيويةَ شبابُ آرويت[2]، وحماسة شولييو، وأحاديث مونتيسكيو وفونتينيل. لم تكن تفوته أيَّة حفلة راقصة، أو أيُّ عيد، أو أيُّ عرض مسرحي أوَّل، وقد استسلم للتيَّار الجارف بكل عنفوان شبابه وجنسه الأفريقي. لكنَّ فكرة استبدال هذا الانفلات، وهذه المُتع الرائعة، بالبساطة الصارمة في بلاط بيتربورغ، لم تكن الأمر الوحيد الذي يُخيف إبراهيم، فثمَّة أمور أخرى كانت تشدُّه بقوَّة إلى باريس. لقد وقع الأفريقي الشابُّ في الحبِّ.

لم تكن الأميرة د. في سنوات شبابها الأولى، حين خرجت من الدير، ولكنَّها اشتهرت بجمالها. لقد زوَّجوها وهي في السابعة عشرة من عمرها، لرجل لم يتَّسع لها الوقت لتحبَّه، ولم تهتمَّ بذلك أبدًا فيما بعد، فقد نسبت إليها الشائعات عددًا من العشَّاق، غير أنَّها تمتَّعت بسمعة طيِّبة بفضل تساهل المجتمع في هذه الأمور. أضفْ إلى ذلك، أنَّها لم تكن في أيِّ يوم موضع لوم بسبب مغامرة مارست فيها الإغواء أو أثارت السخرية. أمَّا بيتها، فكان أكثر البيوت مراعاة للموضة، يجتمع فيه أفضل أناس المجتمع الباريسي. وقد عرَّفها بإبراهيم ميرفيل الشابُّ الذي كان يُعدُّ عمومًا آخر عشيق لها، ويسعى إلى الإيحاء بذلك بشتَّى السبل.

استقبلت الأميرة إبراهيم باحترام، ولكن من دون إبداء أيِّ اهتمام خاص، فأعجبه ذلك. الآخرون كانوا، عادة، ينظرون إلى الزنجي الشابِّ نظرتهم إلى عجيبة من العجائب. يحيطون به وتنهال عليه التحيَّات والأسئلة، فيُشعره هذا الفضول بالمهانة، على الرغم من إخفائه وراء قناع من الودِّ. ولم يكن اهتمام

(1) زنجي القيصر.

(2) فولتير

النساء اللذيذ، الذي يكاد يكون غاية كل ما يبذلنه من جهد، يُبهج قلبه، بل على العكس من ذلك، يملؤه حسرة وغضبًا، فيشعر أنَّه في نظرهنَّ نوع من الوحوش النادرة، مخلوق متميِّز، غريب، جيء به مصادفة إلى هذا العالم الذي لا يمتُّ إليه بأيَّة صلة، ويحسد من لا يلحظهم أحد، عادًّا ضآلتهم ضربًا من النعمة.

لقد خلَّصته قناعته بأنَّ الطبيعة لم تخلقه لتبادل اللذَّات والأهواء، من الاعتداد الزائد بالنفس وأطماع الأنانية، الأمر الذي أضفى على تعامله مع النساء جمالًا نادرًا. كان حديثه بسيطًا ومهمًّا، وقد أَعجب ذلك الأميرة د. التي ملَّت النكات المكرورة والتلميحات المرهفة التي يتميَّز بها الذكاء الفرنسي. صار إبراهيم يتردَّد كثيرًا على بيتها، فأَلِفت بالتدريج مظهر الزنجي الشابِّ، بل باتت ترى شيئًا ما مريحًا في ذلك الرأس الأجعد الشعر الذي يلوح سواده بين الشعور المستعارة المصبوغة بالبياض في صالونها. (كان إبراهيم جريح الرأس، يضع على رأسه ضمادًا بدلًا من الشعر المستعار). كان في السابعة والعشرين من عمره، طويل القامة، رشيقًا، ترمقه فتيات كثيرات بنظرات تعبِّر عن مشاعر أكثر حرارة من مجرَّد الفضول، ولكنَّ إبراهيم لم يكن، بسبب قناعته المسبقة، يلحظ شيئًا من ذلك، أو أنَّه كان يعدُّه تدلُّل نساء. غير أنَّ الحذر كان يفارقه حين تلتقي عيناه عينيَّ الأميرة. كانت عيناها تعبِّران عن طيبة مفعمة بالمودَّة، وتعاملها معه بسيطًا جدًّا، وطبيعيًا جدًّا، إلى حدٍّ يستحيل معه على المرء أن يلمح فيه أيَّ ظلٍّ للدلال أو السخرية.

لم يخطر الحبُّ في باله، ولكنَّ رؤية الأميرة يوميًّا صارت بالنسبة إليه أمرًا ضروريًّا يسعى إليه في كل مكان، ويرى في كل لقاء معها هبة مفاجئة من السماء. لقد أدركت الأميرة حقيقة مشاعره قبل أن يدرك ذلك هو نفسه. ومن المعروف، على كل حال، أنَّ الحبَّ من دون أمل أو أطماع يمسُّ قلب الأنثى بصدق يفوق كل محاولات الإغراء المتكلِّفة. كانت الأميرة، حين يحضر إبراهيم، تتابع كل حركاته، وتصغي إلى كل ما يقول. أمَّا في غيابه، فتغرق في أفكارها وتقع في حالة الشرود التي عُرفت بها. وكان ميرفيل أوَّل من لاحظ الميل المتبادل

بين الأميرة وإبراهيم فهنَّأه على ذلك. لا شيء يؤجِّج نار الحبِّ مثلما تؤجِّجه ملاحظة مشجِّعة من شخص ثالث. الحبُّ أعمى، ولأنَّه لا يثق بنفسه، يتشبَّث سريعًا بأيِّ شيء يسانده.

أيقظت كلمات ميرفيل إبراهيم. لم تكن فكرة امتلاك المرأة المحبوبة قد راودت خياله من قبل، ولكنَّ الأمل بذلك أضاء روحه الآن، فتملَّكه العشق إلى حدٍّ أفقده الوعي. وعبثًا حاولت الأميرة، التي أخافتها حرارة هواه، أن تقاوم ذلك بتقديم الصداقة والنصائح الداعية إلى التعقُّل، فضعفت هي نفسها، وتتالت بسرعة تنازلاتها الطائشة، إلى أن جرفتها أخيرًا قوَّة عشقه التي طغت على روحها وأعيتها، فاستسلمت لعاشقها إبراهيم...

لا شيء يخفى على أنظار المجتمع الدقيق الملاحظة، فسرعان ما صارت العلاقة الجديدة للأميرة معروفة للجميع. استغربت بعض السيِّدات خيارها، ورأت كثيرات أخريات أنَّه خيار طبيعي جدًّا. بعضهنَّ ضحك وأخريات رأين فيه طيشًا لا يُغتفر ارتكبته الأميرة. في نشوة العشق الأولى لم يلحظ إبراهيم والأميرة شيئًا. لكن، سرعان ما صارت تبلغ سمعيهما دعابات الرجال ذات المعنى المزدوج وملاحظات النساء الجارحة. وقد حمت إبراهيم، إلى حين، ردَّات فعله الرزينة الباردة من هذه الهجمات، ولكنَّه راح بعد ذلك يتضايق منها ويحار في كيفية صدِّها. ولم تستطع الأميرة التي اعتادت أن يعاملها المجتمع باحترام، أن تتقبَّل ببرود تحوُّلها إلى موضوع للإشاعات والسخرية. فراحت، تارة، تشكو حالها باكية لإبراهيم، وتارة، تلوم نفسها بمرارة، وترجوه ألَّا يدافع عنها كي لا تقتلها تمامًا الضجَّة العبثية المثارة حول الموضوع.

نشأ ظرف جديد زاد من تعقيد وضع الأميرة، فقد ظهرت عاقبة الحبِّ الطائش. تبدَّدت الشكوك ولم تُجدِ النصائح والاقتراحات نفعًا، فانهارت كلُّها. وتجلَّى للأميرة هلاكها المحتَّم، فراحت تنتظره مستسلمة يائسة.

سرعان ما بات وضع الأميرة معروفًا، فانطلقت الأقاويل بقوَّة جديدة. تأوَّهت النسوة المرهفات الحسِّ لهول الحدث، ولطم الرجال جباههم متسائلين

عن الطفل الذي ستنجبه: أهو أبيض أم أسود؟ وانهمرت القصائد الساخرة التي تناولت زوجها، فهو الوحيد في باريس، الذي لم يكن يعرف شيئًا أو يشكُّ في شيء.

اقتربت اللحظة المصيرية. وبلغت حالة الأميرة حدَّ الفظاعة. كان إبراهيم يزورها في كل يوم، يرى كيف أنَّ قواها الروحية والجسدية تتلاشى تدريجيًّا. كان دمعها ورعبها يتجدَّدان في كل لحظة. وأخيرًا، أحسَّت بآلام المخاض الأولى. فتمَّ اتِّخاذ التدابير على وجه السرعة: وجدا طريقة لإبعاد الأمير. وجاء الطبيب. قبل يومين من ذلك، تمَّ الاتفاق مع امرأة فقيرة على أن تتخلَّى عن وليدها للغرباء، فأرسلا لإحضاره أحدَ الرجال الموثوقين. ومكث إبراهيم في المكتب الملاصق تمامًا لغرفة نوم الأميرة التعيسة، يصغي حابسًا أنفاسه إلى أنينها الأصم وتهامس الخادمات وأوامر الطبيب. تألَّمت الأميرة كثيرًا، وكانت كل أنَّة من أنَّاتها تمزِّق روحه، وكل فترة صمت تغمره بالرعب... وفجأة سمع صرخة طفل ضعيفة، فلم يتمكَّن من ضبط انفعاله، فاندفع داخلًا غرفة الأميرة. كان الوليد الأسود ممدَّدًا على السرير عند قدميها. اقترب منه إبراهيم وقلبه يدقُّ بعنف، بارك ابنه بيد راعشة. وابتسمت الأميرة ابتسامة واهنة مادَّة له يدًا متعبة... ولكنَّ الطبيب الذي خاف عليها من الانفعالات القوية، سحب إبراهيم مبتعدًا به عن سريرها. ثم وضعوا الوليد في سلَّة مغلقة وحملوه إلى خارج المنزل عبر درج سرِّي، وجاؤوا بالطفل الآخر فوضعوه في سرير في غرفة الولادة. بعد ذلك، غادر إبراهيم المنزل وقد هدأت نفسه بعض الشيء. أمَّا من في القصر، فانتظر الأمير الذي عاد في وقت متأخِّر. وحين عرف بخلاص زوجته السعيد، فرح كثيرًا. وهكذا خابت آمال الجمهور الذي توقَّع ضجَّة مثيرة، فاضطر إلى الاكتفاء بتبادل العبارات الحاقدة.

عاد كلُّ شيء إلى وضعه المعتاد، ولكنَّ إبراهيم شعر بأنَّ مصيره يجب أن يتغيَّر، وأنَّ أمر علاقته بالأميرة سيصل عاجلًا أم آجلًا إلى سمع الأمير د. وعندئذ سيكون هلاك الأميرة محتومًا في كل الأحوال. لقد أحبَّ بكل جوارحه،

وكذلك كان محبوبًا، ولكنَّ الأميرة ذات مزاج خاص ومستهترة وإبراهيم ليس حبَّها الأوَّل. لذا كان من المحتمل أن يحلَّ النفور والكراهية في قلبها محلَّ أرقِّ المشاعر. لقد توقَّع إبراهيم فتور عواطفها نحوه. إنَّه لم يشعر بالغيرة حتى الآن، ولكنَّه كان يتوقَّعها واجلًا، ويأمل أن يكون الفراق أقل إيلامًا، لذا نوى أن يقطع تلك العلاقة البائسة، فيترك باريس ويرحل إلى روسيا التي حفَّزه للعودة إليها بطرس وشعور غامض بالواجب.

الفصل الثاني

الجمال لا يثير العواطف بقوَّة
والفرح لا يثير الكثير من الإعجاب
والعقل ليس مستهترًا إلى حدٍّ كبير
وأنا لست في حال حسنة جدًّا
تعذِّبني الرغبة في الرفعة
تناديني، أنا، أسمع، ضجَّة المجد!

درجافين

مرَّت الأيَّام والشهور ولم يستطع إبراهيم العاشق أن يهجر المرأة المسحورة به. كانت الأميرة تزداد تعلُّقًا به ساعة بعد ساعة. وكان ابنهما يتربَّى في مكان ريفي بعيد. لقد هدأت الآن الشائعات في المجتمع، وشرع العاشقان ينعمان بمزيد من الاطمئنان وهما يتذكَّران بصمت العاصفة التي مرَّت بهما، ويحاولان عدم التفكير في المستقبل.

وذات يوم، مرَّ بالقرب من إبراهيم دوق أورليان، وهو خارج في موكبه، فتوقَّف وسلَّمه رسالة طالبًا منه أن يقرأها متى أتيحت له الفرصة. كانت الرسالة من بطرس الأوَّل. لقد أدرك القيصر السبب الحقيقي لبقائه في باريس، فكتب لدوق أورليان يُبلغه أنَّه لا ينوي إرغام إبراهيم على شيء، وأنَّه يترك له حرِّية اختيار العودة إلى روسيا أو عدم العودة، ولكنَّه لن يتخلَّى أبدًا وفي أي حال من الأحوال، عن حفيده. مسَّت هذه الرسالة شغاف قلب إبراهيم، وبات مصيره منذ لحظة قراءتها محسومًا، أبلغ قائده في اليوم التالي نيَّته السفر إلى روسيا من دون إبطاء.

- «فكِّر فيما تنوي فعله»، قال له الدوق، «روسيا ليست وطنك، ولا أظنُّ أنَّك ستستطيع أن ترى وطنك القائظ من جديد، لكنَّ إقامتك الطويلة في فرنسا جعلتك غريبًا أيضًا عن مناخ روسيا ونمط حياتها نصف المتوحِّش. أنت لم تولد بوصفك واحدًا من رعايا بطرس. أطعني: استفدْ من حرِّية الخيار التي منحك إيَّاها القيصر، ابقَ في فرنسا التي بذلتَ دمك من أجلها، وكن واثقًا من أنَّهم هنا أيضًا لن يتركوا خدماتك ومواهبك من دون المكافأة التي تستحقُّها».

شكر إبراهيم الدوق شكرًا صادقًا، ولكنَّه ظلَّ صلبًا في قراره.

- «يؤسفني ذلك»، قال له الدوق، «ولكنَّك على حقٍّ».

وعده بإقالته ثم كتب للقيصر الروسي يخبره بالأمر.

جهَّز إبراهيم نفسه للسفر بسرعة. وعشيَّة رحيله أمضى المساء، كما هي العادة، عند الأميرة د. التي لم تكن تعرف عن سفره شيئًا، فإبراهيم لم يقوَ على مفاتحتها في الأمر. كانت الأميرة هادئة ومرحة. وقد دعته للاقتراب منها مرَّات عدَّة، وداعبته ساخرة من شروده. تفرَّق الجميع بعد العشاء، ولم يبقَ في صالون الأميرة سوى زوجها وإبراهيم السيئ الحظِّ، الذي كان مستعدًّا للتضحية بكل شيء في العالم مقابل أن يبقى معها على انفراد. ولكنَّ الأمير د. الذي جلس قرب الموقد، بدا هادئًا مسترخيًا إلى حدٍّ لا يُبقي أي أمل في إخراجه من الغرفة. جلس الثلاثة صامتين.

- «Bonne nuit»[1]، قالت الأميرة أخيرًا.

انقبض قلب إبراهيم وأحسَّ فجأة بكلِّ هول الفراق، فوقف جامدًا. وكرَّرت الأميرة قولها:

- Bonne nuit, messieurs[2].

---

(1) ليلة طيِّبة.

(2) طابت ليلتكم أيُّها السادة.

لكنَّه لم يتحرَّك. أظلمت الدنيا في عينيه، وأصابه الدوار، وخرج من الغرفة خائر القوى. وحين وصل إلى البيت كتب وهو فاقد الوعي تقريبًا، الرسالة التالية:

أنا مسافر يا حبيبتي ليانورا، سأفترق عنك إلى الأبد. أكتب لك لأنِّي لا أقوى على مصارحتك بغير هذه الطريقة. سعادتي لا يمكن أن تستمرَّ. فقد نلتها رغم أنف القدر والطبيعة، لذا من المحتَّم أن ينتهي حبُك لي، ومن المحتَّم أن يتلاشى انبهارك بي. إنَّ هذه الفكرة تلازمني دائمًا، حتى في تلك اللحظات التي كان يبدو لي فيها أنني نسيت كل شيء، وأنا عند قدميك أذوب نشوة في حرارة عاطفتك وفي غمار رقَّتك اللامحدودة وأنت تبذلين نفسك... إنَّ المجتمع المستهتر يطرد عمليًا بلا رحمة ما يسمح به نظريًّا. سخريته الباردة ستنتصر عاجلًا أو آجلًا، وستُخمد لهيب روحك، وستشعرين بالخجل من مشاعرك. فما الذي سيحلُّ بي آنذاك؟ لا! أنا أفضِّل الموت على ذلك، أفضِّل أن أرحل عنك قبل حلول تلك اللحظة الفظيعة...

راحة نفسك أغلى، عندي، من كل شيء. وأنت، لم تستطيعي الاستمتاع بها تحت رقابة عيون المجتمع المسلَّطة علينا. تذكَّري كل ما احتملتِه، كل الإهانات التي لحقت بك، كل عذابات الخوف الذي عانيته، تذكَّري ولادة طفلنا التعيس الفظيعة. وفكِّري: هل يجب عليَّ أن أستمرَّ في تعريضك لذلك القلق وتلك المخاطر؟ ولماذا نجهد نفسينا للجمع بين مصير مخلوقة رقيقة إلى هذا الحدِّ ورائعة، ومصير كائن زنجي بائس تافه يكاد لا يستحق لقب إنسان؟ سامحيني يا ليانورا، سامحيني أيتها الصديقة الحبيبة الوحيدة. إني وأنا أتركك، أترك أوَّل وآخر بهجة في حياتي. لا وطن لي، ولا أقارب. وأنا أرحل إلى روسيا الكئيبة حيث ستكون العزلة التامَّة بهجتي في الحياة. الأعمال القاسية التي سأستسلم لها منذ الآن قد لا تجعلني أنسى، ولكنها قد تخفِّف آلام تذكُّر أيَّام العواطف المتأجِّجة والمتعة... سامحيني يا ليانورا، أشعر وأنا أنهي هذه الرسالة شعور من ينتزع نفسه من بين ذراعيك. سامحيني، كوني سعيدة، وفكِّري أحيانًا في الزنجي التعيس، المخلص لك إبراهيم.

في الليلة ذاتها شدَّ الرحال إلى روسيا.

لم تبدُ له الرحلة فظيعة إلى الحدِّ الذي توقَّعه. كان خياله يتفوَّق على وجوده المحسوس. وكانت الأشياء التي خلَّفها وراءه إلى الأبد، تبدو له أكثر حيوية وقربًا كلَّما ازداد بُعدًا عن باريس.

هكذا وجد نفسه على حدود روسيا من دون أن يشعر. لقد حلَّ الخريف، غير أنَّ الحوذيين، على الرغم من رداءة الطريق، قادوا عربته بسرعة الريح. وفي صبيحة اليوم السابع عشر من الرحلة، وصل إلى «كراسنويه سيلو» التي كانت الطريق السريعة تمرُّ بها آنذاك.

ثمانية وعشرون فرسخًا تفصله الآن عن بيتربورغ. وبينما كان الحوذيون يسرجون الخيل، دخل إبراهيم الاستراحة. في الزاوية رجل طويل القامة، يرتدي قفطانًا أخضر، ويضع بين شفتيه غليونًا من الفخَّار، وهو يقرأ صحف هامبورغ مسندًا ذراعيه إلى الطاولة. رفع الرجل رأسه حين أحسَّ بدخول أحدهم.

- «يا الله! إبراهيم؟»، صاح وهو ينهض من مقعده، «مرحبًا يا ابني في المعمودية!».

عرف إبراهيم بطرس، وكاد في غمرة الفرح أن يندفع نحوه معانقًا. لكنَّه ظلَّ واقفًا في مكانه احترامًا للقيصر، الذي اقترب منه وعانقه، وقبَّل رأسه.

- «لقد علمت بقدومك»، قال بطرس، «فجئت لاستقبالك. وأنا انتظرك هنا منذ البارحة».

لم يجد إبراهيم كلمات يعبِّر بها عن امتنانه.

- «مُرهُمْ أن يقودوا عربتك خلف عربتنا»، تابع القيصر كلامه، «أمَّا أنت فاركب معي، ولنذهبْ إلى منزلي».

جيء بعربة القيصر، فصعد إليها وإلى جانبه إبراهيم، وانطلقت بهما مسرعة. وبعد ساعة ونصف الساعة وصلا إلى بيتربورغ. فراح إبراهيم يتأمَّل بفضول العاصمة الوليدة، التي نهضت من المستنقع بإشارة الحاكم المطلق. كانت السدود العارية، والأقنية غير المسوَّرة، والجسور الخشبية المنتشرة في

كلِّ مكان، تشهد على انتصار الإرادة الإنسانية، منذ زمن قريب، على فوضى الطبيعة. وكانت البيوت تبدو وكأنَّما بُنيت على عجل. لم يكن في المدينة كلِّها ما هو جميل سوى نهر «نيفا» الذي لم تُكسَ ضفافه بعد بالغرانيت، ولكنَّ سطحه كان يغصُّ بالسفن الحربية والتجارية. توقَّفت العربة عند القصر المسمَّى «حديقة تساريتسنا». واستقبلت بطرس عند مدخله سيِّدةٌ في الخامسة والثلاثين من عمرها، جميلة، ترتدي ثوبًا يتَّفق وأحدث الأزياء الباريسية. قبَّل بطرس شفتيها، وقال، وهو يمسك بيد إبراهيم:

- هل عرفتِ يا كاتينكا ابني في المعمودية، أرجو أن تحبِّيه وتكرميه كما كنت تفعلين في الماضي.

رمقته يكترينا بعينين سوداوين نفَّاذتين ومدَّت له يدها الصغيرة بودٍّ. ومن ورائها كانت صبيَّتان جميلتان، طويلتا القامة، رشيقتان، نضرتان كوردتين، تقتربان باحترام من بطرس، الذي نادى إحداهما:

- ليزا، أتذكرين الحبشيَّ الصغير الذي كان يسرق لك التفَّاح من عندي في أورانينباوم؟ ها هو ذا، أقدِّمه إليك.

ضحكت الأميرة واحمرَّ وجهها. اتَّجه الجميع إلى غرفة الطعام. كانت المائدة معدَّة في انتظار القيصر. جلس بطرس وعائلته لتناول الغداء ودعا إبراهيم أيضًا إلى المائدة. وفي أثناء تناول الطعام حاوره في موضوعات مختلفة: سأله عن الحرب الإسبانية، وعن الأحوال الداخلية في فرنسا، وعن Parent[1] الذي كان يحبُّه على الرغم من عيوبه الكثيرة، فكان إبراهيم ذكيًّا ودقيقًا وشديد الملاحظة في إجاباته التي أرضت بطرس كثيرًا، وتذكَّر بعض صفات إبراهيم في طفولته، فتحدَّث عنها بطيبة قلب ومرح، يجعلان أي امرئ عاجزًا عن أن يرى في هذا السيِّد الودود المضياف، بطل معركة بولتافا، الجبَّار، الرهيب، الذي غيَّر وجه روسيا.

---

(1) وصي عرش فرنسا.

ذهب القيصر، كما هي عادة الروس، ليرتاح بعد الغداء. وبقي إبراهيم بصحبة الإمبراطورة والأميرتين. وسعيًا منه لإرضاء فضولهنَّ، وصف لهنَّ نمط الحياة الباريسية، والأعياد في باريس وتقلُّبات الموضة. وفي هذه الأثناء تجمَّع في القصر بعض الشخصيات المقرَّبة من القيصر. فتعرَّف إبراهيم إلى الأمير الرائع مينشيكوف، الذي رمى الحبشي بنظرة متعالية حين رآه يتحدَّث إلى يكترينا، والأمير ياكوف دولغوروكي، المستشار الصعب لبطرس، والعالم بروس الذي أطلق عليه الشعب لقب فاوست الروسي، وراغوزينسكي الشابِّ الذي كان زميلًا له، وغيرهم ممن جاؤوا إلى القصر لتقديم تقاريرهم أو تلقِّي الأوامر.

عاد القيصر من استراحته بعد نحو ساعتين.

- «سنرى إن كنت نسيت وظيفتك القديمة»، قال لإبراهيم، «خذْ معك سجلَّ التوجيهات واتبعني».

أغلق بطرس على نفسه باب مكتبه وراح يمارس أعمال الدولة، فاستقبل، على التوالي، كلًّا من بروس، والأمير دولغوروكي، والجنرال ديفيير قائد الدرك، وأملى على إبراهيم عددًا من التوجيهات والقرارات. ولم يكن باستطاعة إبراهيم أن يحدَّ من إعجابه بذكاء القيصر المتَّقد وحكمته الحازمة وشدَّة انتباهه ومرونته وتنوُّع اهتماماته.

بعد انتهاء الأعمال، أخرج بطرس من جيبه مفكِّرة صغيرة كي يتأكَّد من أنَّه أنهى كل ما كان مقرَّرًا لهذا اليوم. ثم قال لإبراهيم وهو يغادر المكتب:

- الوقت متأخِّر، وأظنُّك متعبًا، نمْ هنا، كما في الأيَّام الخوالي، وسأوقظك غدًا بنفسي.

بقي إبراهيم في المكتب وحيدًا يكاد يتملَّكه الذهول. إنَّه الآن في بيتربورغ، وقد رأى من جديد ذلك الإنسان العظيم الذي قضى طفولته في رعايته، حين لم يكن يدرك العظمة التي يتَّسم بها. وبما يقارب الندم اعترف لنفسه بأنَّ الأميرة د. لم تكن لأوَّل مرَّة منذ فراقها، الوحيدة التي شغلت تفكيره طول اليوم، ورأى أنَّ نمط الحياة الجديد الذي ينتظره، والعمل والانشغال الدائم، أمور يمكن أن

تنعش روحه التي أرهقتها الأهواء والفراغ والكآبة الخفية. فمرافقة رجل عظيم ومشاركته في صنع مصير شعب أيقظتا فيه، لأوَّل مرَّة، اعتدادًا نبيلًا بالنفس. فاستلقى، وهو على هذه الحال، فوق السرير النقَّال الذي أُعدَّ له، وحملته أحلامه المعتادة إلى باريس البعيدة، وأحضان الأميرة الحبيبة.

الفصل الثالث

كالسحب في السماء،
تبدِّل أفكارُنا شكلَها الرقيق
فما نحبُّه اليوم، نكرهه غدًا.
ف. كوخيلبيكر

في اليوم التالي، أيقظ بطرس إبراهيم كما وعده، وهنَّأهُ بتعيينه ضابطًا - قائدًا في سَريَّة مدفعية فوج «بريؤبريجنسك» الذي كان هو نفسه ضابطًا فيه. فتحلَّق رجال البلاط حول إبراهيم وراح كل منهم، على طريقته، يتودَّد إلى محبوب القيصر الجديد. فالأمير مينشيكوف، المعتدُّ بنفسه، صافحه بودٍّ، واستفسر منه شيريميتوف عن أحوال معارفه في باريس، أمَّا غولوفين فدعاه إلى الغداء، وحذا حذوه كثيرون آخرون، وكان من نتيجة ذلك أن تلقَّى إبراهيم دعوات للغداء لمدَّة شهر كامل على أقل تقدير.

أمضى إبراهيم أيَّامًا رتيبة ولكنَّها ممتلئة عملًا، لذا لم يعرف الملل. كان، يومًا بعد يوم، يزداد تعلُّقًا بالقيصر، ويزداد معرفة بروحه السامية، فملاحقة أفكار إنسان عظيم علم من أشدِّ العلوم إشغالًا للذهن. لقد رأى إبراهيمُ بطرسَ في مجلس المستشارين يناقشه بوتورلين ودولفوروكي، وهو يدرس أهمَّ القضايا التشريعية، ورآه في الأكاديمية البحرية التي ترمز إلى عظمة البحرية الروسية، يتابع في أوقات الراحة مع فيوفان وغافريل بوجينسكي وكوبييفيتش، ترجمة أبحاث الكتَّاب الأجانب، أو يزور مصنع أحد الأغنياء، أو ورشة حرفي، أو

مكتب عالم. لقد بدت روسيا لإبراهيم ورشة ضخمة ليس فيها سوى آلات تتحرَّك، حيث كل عامل فيها خاضع لنظام محدَّد ومنهمك في عمله، فعدَّ نفسه ملزَمًا أيضًا بالعمل على آلته، وسعى إلى التقليل، قدر الإمكان، من الأسف على مباهج الحياة الباريسية. ثمَّة أمر آخر كان التخلُّص منه أكثر صعوبة، هو الذكريات الجميلة. كان يفكِّر في كثير من الأحيان بالأميرة د. ويتخيَّل غضبها المُحِقَّ ودموعها وكآبتها... ولكنَّ صدره كان يضيق أحيانًا بفكرة مرعبة: يتذكَّر انفلاش المجتمع الراقي، فيتخيَّلها في علاقة جديدة مع محظيٍّ جديد، يرتعد، وتشرع الغيرة بالجيشان في دمه الأفريقي، وتتأهَّب الدموع الحارَّة للسيلان على وجهه الأسمر.

ذات يوم، كان إبراهيم جالسًا في مكتبه تحيط به أوراق العمل، حين سمع فجأة صوتًا عاليًا يُحيِّيه باللغة الفرنسية، فاستدار بسرعة، وإذ بكورساكوف الشابِّ، الذي تركه في باريس غارقًا في دوَّامة المجتمع الراقي، يعانقه وهو يصيح فرحًا.

- «وصلتُ الآن»، قال كورساكوف، «وجئت مباشرة إليك. معارفنا الباريسيون كلُّهم يبلغونك السلام، ويأسفون لغيابك. الأميرة د. طلبت منِّي أن أدعوك للعودة حتمًا، وهذه رسالة لك منها».

اختطف إبراهيم الرسالة بيد مرتجفة وراح ينظر إلى الخطِّ المعروف الذي كُتب به العنوان، من دون أن يجرؤ على تصديق عينيه. تابع كورساكوف:

- أنا سعيد جدًّا لأنَّك، حتى الآن، لم تمت من الضجر في هذه البيتربورغ المتوحِّشة! ماذا يفعلون هنا، بماذا ينشغلون؟ من يخيط لك ملابسك؟ هل عندكم، على الأقل، دار للأوبرا؟

أجابه إبراهيم شاردًا، أنَّ القيصر يعمل الآن في حوض بناء السفن. ضحك كورساكوف وقال:

- أرى أنَّك الآن منشغل عن الحديث معي. سنتحدَّث حتى نشبع في وقت آخر. سأذهب الآن لأقدِّم نفسي إلى القيصر.

قال ذلك واستدار على ساق واحدة ثم خرج من الغرفة مسرعًا.

بقي إبراهيم وحيدًا، فأسرع يفضُّ غلاف الرسالة. كانت الأميرة تشتكي برقَّة، وتلومه على غدره وضعف ثقته بها. قالت له في الرسالة:

أنت تزعم أنَّ سَكينة نفسي هي عندك أغلى ما في الوجود. يا إبراهيم! هل كنت تستطيع أن تعرِّضني لتلك الحالة التي أوصلني إليها نبأ رحيلك المشؤوم لو كان ذلك صحيحًا؟ أنت خشيت أن أتمسَّك بك، ولكن ثق أنني، بغضِّ النظر عن حبِّي، كنت سأستطيع التضحية بذلك الحبِّ في سبيل ما هو خير لك وما تراه واجبًا عليك.

وختمت الأميرة رسالتها بعبارات حارَّة تؤكِّد حبَّها، وتتوسَّل إليه أن يراسلها، ولو نادرًا، ما دام الأمل في لقائهما من جديد قد بات معدومًا.

قرأ إبراهيم هذه الرسالة عشرين مرَّة وهو يقبِّل سطورها التي لا تقدَّر بثمن. والتهب شوقًا لسماع أيِّ خبر عن الأميرة، فتهيَّأ للذهاب إلى قيادة البحرية أملًا في لقاء كورساكوف مرَّة ثانية. غير أنَّ باب مكتبه فُتح وظهر فيه كورساكوف نفسه من جديد. لقد قدَّم نفسه إلى القيصر وبدا، كعادته، راضيًا عن نفسه كلَّ الرضا وهو يقول لإبراهيم:

- Entre nous[1]، القيصر رجل غريب الأطوار. تخيَّلْ! لقد وجدته مرتديًا ثوبًا من الخام، فوق سارية سفينة جديدة اضطررت إلى تسلُّقها حاملًا كل أمتعتي. وقفت على السلَّم المصنوع من الحبال، ولم يكن في المكان متَّسع كي أنحني له انحناءة محترمة، فارتبكت تمامًا، الأمر الذي لم يحدث لي في حياتي. ولكنَّ القيصر قرأ الأوراق ثم تأمَّلني من الرأس حتى القدم. أظنُّه دُهش إعجابًا بأناقة ملبسي، لكنَّه ابتسم على كل حال، ودعاني إلى اجتماع اليوم. وأنا غريب تمامًا في بيتربورغ، ففي فترة غيابي لستِّ سنوات نسيت تمامًا عاداتهم هنا، أرجوك كُن دليلي، مُرَّ بي وقُم بتقديمي للمجتمعين.

---

(1) الكلام بيننا.

قبِل إبراهيم القيام بذلك. وأسرع يحوِّل الحديث إلى الموضوع الأكثر أهمِّية في نظره:

- هِهْ، ما أحوال الأميرة د.؟

- الأميرة؟ لقد كانت في البداية، طبعًا، حزينة جدًّا لفراقك، ثم بعد ذلك هدأت نفسها، بالتدريج طبعًا، واتَّخذت عشيقًا جديدًا، أتدري من هو؟ إنَّه الماركيز الطويل ر. لِمَ تحملق بي وقد جحظت عيناك الحبشيتان؟ لعلَّ كلَّ ذلك يبدو لك غريبًا، ألا تعرف أنَّ الحزن لزمن طويل لَيس من طبع الإنسان ولا سيَّما المرأة. فكِّرْ في هذا الأمر جيِّدًا، أمَّا أنا فسأذهب لأرتاح من عناء السفر. لا تنسَ أن تمرَّ بي.

أيَّة مشاعر ملأت روح إبراهيم؟ الغيرة؟ الغضب؟ اليأس؟ لا. بل كآبة عميقة ضاقت بها روحه. فراح يردِّد لنفسه: «لقد تنبَّأت بذلك، هذا ما كان يجب أن يحدث». فتح رسالة الأميرة وقرأها من جديد، ثم دلَّى رأسه على صدره وبكى بمرارة. بكى طويلًا. وفرَّجت الدموع عن قلبه. نظر إلى الساعة فرأى أنَّ وقت الذهاب قد حان. لقد كان إبراهيم يتمنَّى ألَّا يذهب، ولكنَّ الاجتماع أمر واجب، والقيصر كان حازمًا في طلبه من مقرَّبيه الحضور. فارتدى ملابسه ومضى إلى كورساكوف.

كان كورساكوف جالسًا يقرأ كتابًا فرنسيًّا وعلى كتفيه عباءة منزلية.

- «أبهذه السرعة؟!»، قال لإبراهيم حين رآه.

- «لطفًا، إنَّها الخامسة والنصف»، ردَّ ذاك، «سنتأخَّر. هيَّا ارتدِ ملابسك ولننطلق!».

ارتبك كورساكوف، وراح يقرع الجرس بكلِّ ما يستطيع من قوَّة، فهرع إليه الخدم، وشرع يرتدي ملابسه على عجل. جاءه وصِيفُه الفرنسي بحذائه ذي الكعبين الأحمرين، وسراويله المخملية السماوية اللون، وقفطانه الزهري المرصَّع بالبرق. ورشَّ الخدم في الممرِّ شعره المستعار بالبودرة على وجه السرعة، ثم جاؤوا به إليه، فدسَّ فيه رأسه الحليق، وأمرهم بإحضار سيفه

وقفّازيه، ودار حول نفسه متفحّصًا مظهره أمام المرآة نحو عشر مرّات، ثم أعلن لإبراهيم أنَّه جاهز، فألبسهما المرافقون معطفين من فراء الدبِّ، وانطلقا إلى قصر الشتاء.

انهال كورساكوف على إبراهيم بالأسئلة: «من هي الغادة الأولى في بيتربورغ؟ ومن هو الراقص الأوّل؟ وما هي الرقصة الدارجة؟». وكان إبراهيم يجيبه بما يُرضي فضوله بفتور ظاهر. وهكذا وصلا إلى القصر. ثمّة زحّافات طويلة كثيرة، وعربات من الطراز القديم، وعربات أنيقة مذهّبة، كانت تقف في الساحة. وعند المدخل، احتشد الحوذيون بأزيائهم المميَّزة وشواربهم، والفرسان السريعو الحركة بريشات قبّعاتهم وأزرارهم اللامعة، والوصفاء، والمرافقون البدناء الذين تفوح منهم رائحة عباءات ومعاطف فراء سادتهم، الحاشية الضرورية بمفاهيم نبلاء ذلك الزمن. وحين ظهر إبراهيم، سرى بينهم همس جماعي: «الحبشيُّ، الحبشيُّ، حبشيُّ القيصر!». فأسرع إبراهيم يجتاز مع كورساكوف هذا الجمع المبرقش. فتح لهما خادم القصر الباب على مصراعيه، ودخلا إلى البهو. فوقف كورساكوف مذهولًا... في الصالة الكبيرة المضاءة بشموع من الدهن ترسل ضوءًا ضعيفًا تلفُّه سحب من دخان التبغ، احتشد النبلاء ذوو الوشاحات الزرقاء، والسفراء والتجّار الأجانب وضبّاط الحرس بزيِّهم الأخضر، وبُناة السفن بستراتهم القصيرة وسراويلهم المقلّمة، وهم يتحرّكون أمامًا وخلفًا على صوت موسيقى الأبواق الذي لا يتوقّف. وجلست السيّدات على مقاعد قرب الجدران تلتمع خيوط الفضّة على أثوابهنَّ، وقد انتصبت من أعناق تنُّوراتهنَّ المنتفخة خصورهنَّ النحيلة كسيقان السنابل، والتمعت الأقراط الماسية المتدلِّية من آذانهنَّ، وعقود الماس التي تزيِّن غدائرهنَّ الطويلة وتطوِّق أعناقهنَّ. كنَّ يتلفّتن يمنة ويسرة بمرح في انتظار دعوات الفرسان لهنَّ وبداية الرقص. أمّا السيِّدات الكهلات، فكنَّ يحاولن بدهاء الجمع بين طراز اللباس الجديد وذاك الذي تقادم عليه الزمن: قبّعاتهنَّ الخفيفة اختلطت حول قبّعة القيصرة نتاليا كيريلوفنا المحاكة من فرو السنَّور، أمّا أثوابهنَّ ومعاطفهنَّ

فكانت تذكِّر بالأثواب المنزلية الخفيفة والمعاطف الشتوية السميكة. وقد بدا عليهنَّ أنهنَّ دهِشات أكثر من كونهنَّ مسرورات بحضورهنَّ هذا النوع الجديد من اللهو، وهنَّ ينظرن بأطراف أعينهنَّ بأسى إلى زوجات القباطنة الهولنديين وبناتهم اللواتي تجمَّعن بتنُّوراتهنَّ المزركشة وكنزاتهنَّ الحمراء، ورحن يضحكن ويتبادلن الأحاديث وكأنهنَّ في بيوتهنَّ.

أذهل المنظر كورساكوف، وحين لاحظ أحد الخدم قدوم الضيفين الجديدين، أقبل عليهما حاملًا البيرة والكؤوس على صينية.

- «Que diable est-ce que tout cela?[1]»، سأل كورساكوف إبراهيمَ بصوت خافت.

لم يتمالك إبراهيم نفسه من الابتسام. كانت الإمبراطورة والأميرات المتألِّقات بجمالهنَّ وأثوابهنَّ يتجوَّلن بين صفوف الضيوف ويتحادثن معهم بمودَّة. أمَّا القيصر فكان في غرفة أخرى، فشقَّ كورساكوف، الذي كان حريصًا على أن يراه القيصر، طريقه إلى تلك الغرفة بصعوبة وسط الحشد الذي لم يكفَّ عن الحركة. معظم الجالسين هناك كانوا من الأجانب، وهم يدخِّنون غلايينهم الفخَّارية برزانة ويحملون أكوابًا فخَّارية كبيرة الحجم. وعلى الموائد صفوف من زجاجات البيرة والنبيذ، والأكياس الجلدية المحشوَّة بالتبغ، والكؤوس الملأى بشراب البونش، ورقعات الشطرنج. وإلى إحدى هذه الموائد جلس القيصر بطرس يلعب «الضاما» مع قبطان إنجليزي عريض المنكبين. كان كل منهما يقصف الآخر بقذائف من دخان التبغ، وقد تملَّكت القيصر حيرة شديدة بسبب حركة غير متوقَّعة لعبها خصمه، حتى أنَّه لم يلحظ كورساكوف على الرغم من كل محاولات الأخير للفت نظره. في هذا الوقت دخل بصخب سيِّد بدين تزيِّن صدره باقة ضخمة من الزهور، وأعلن بصوت عالٍ بداية الرقص، ثم خرج مسرعًا وتبعه كثير من الضيوف ومن بينهم كورساكوف.

---

(1) ما كل هذا بحقِّ الشيطان؟

أدهشه المنظر المفاجئ. على امتداد صالة الرقص، وعلى وقع موسيقى شديدة الميوعة، اصطفَّ الراقصون والراقصات وجهًا لوجه. كان الرجال ينحنون للتحيَّة انحناءة كبيرة، فتردُّ السيِّدات بجثوٍّ يفوق انحناءهم، مرَّة وجهًا لوجه، ومرَّة أخرى إلى اليمين، ومرَّة ثالثة إلى اليسار، ثم يكرِّر الجميع الحركة: وجهًا لوجه، بعد ذلك إلى اليمين، وهكذا دواليك. وقف كورساكوف متأمِّلًا هذه الطريقة المعقَّدة في تمضية الوقت، محملقًا، عاضًّا على شفتيه. استمرَّ الجمع في الجثوّ والانحناء قرابة نصف ساعة، ثم توقَّفوا أخيرًا، وأعلن السيِّد البدين ذو باقة الزهور بصوت حادٍّ، أنَّ الرقص الطقسي انتهى، وأمر الموسيقيين بعزف «مينويت». ابتهج كورساكوف وتأهَّب لإظهار مواهبه. كان ثمَّة، بين الصبايا المدعوَّات واحدة بعينها أعجبته. كانت في السادسة عشرة من العمر تقريبًا، ترتدي ثيابًا فاخرة تنمُّ عن ذوق رفيع، وتجلس إلى جانب رجل متقدِّم في العمر يوحي منظره بالأهمِّية والصرامة. طار إليها كورساكوف وطلب منها أن تشرِّفه بالرقص معه. فنظرت إليه الصبيَّة الجميلة باضطراب، وبدا عليها أنَّها لا تدري بماذا تجيبه، وقد ازداد وجه الرجل الجالس إلى جانبها عبوسًا. كان كورساكوف يقف منتظرًا قرارها، حين اقترب منه السيِّد ذو باقة الزهور، وقاده إلى وسط الصالة، وقال له بلهجة مفخَّمة:

- سيِّدي، أنت ارتكبت خطأين: الأوَّل، حين كلَّمت تلك الصبيَّة من دون أن تحيِّيها بانحناءات ثلاث حسب الأصول، والثاني حين أعطيت نفسك حقَّ اختيار شريكتك في الرقص، مع أنَّ الحقَّ في هذه الرقصة للسيِّدات وليس للرجال. ولذا أنت تستحقُّ عقوبة مشدَّدة، هي، بالضبط، أن تشرب ملء كأس النسر الكبير من النبيذ.

كانت دهشة كورساكوف تزداد لحظة بعد أخرى. ففي دقيقة واحدة أحاط به الضيوف مطالبين إيَّاه بصخب أن ينفِّذ القانون على الفور. حين سمع بطرس قهقهات المدعُوِّين وصرخاتهم، خرج من الغرفة، إذ كان يحبُّ كثيرًا أن يحضر شخصيًا تنفيذ هذا النوع من العقوبات. أفسح المحتشدون له الطريق حتى وصل

إلى الدائرة التي كان يقف فيها المذنب، وأمامه مارشال المراسم يحمل كأسًا كبيرة جدًّا مترعة بالنبيذ، ويحاول بإلحاح إقناع المجرم بالخضوع لحكم القانون طوعًا.

- «آها!»، قال بطرس حين رأى كورساكوف، «وقعتَ يا صاحبي! إذن، اشرب أيُّها السيِّد لو سمحت، من دون أن تبدو على وجهك علامات الاشمئزاز».

أُسقط في يد هذا المتأنِّق المسكين، فشرب دفعة واحدة كل ما كان في الكأس وأعطاه للمارشال.

- «اسمع يا كورساكوف»، قال بطرس له، «السراويل التي ترتديها مخملية، أنا، نفسي، لا أرتدي مثلها، مع أنِّي أغنى منك بكثير. هذا تبذير، فانتبه واحذر أن أتخاصم معك».

حين سمع كورساكوف هذا الإنذار، أراد الخروج من الدائرة المحيطة به، ولكنَّه تمايل وكاد يقع، فأثار ذلك بهجة لا توصف في نفس القيصر والجمع كلِّه. غير أن هذا المشهد لم يؤذِ وحدة الفعل الرئيسي وطابعه المسلِّي، بل زاد في انتعاشه. ازداد اصطفاق مهاميز الفرسان وكثرت انحناءاتهم، أمَّا السيِّدات فزدن من جثوِّهنَّ وطقطقة كعوب أحذيتهنَّ بحماسة، وما عدن يُقمن أي اعتبار للقواعد. لم يكن بمقدور كورساكوف المشاركة في هذا المرح الشامل، والسيِّدة التي انتقاها أقبلت، بأمر من والدها غافريلا أفاناسييفيتش، على إبراهيم خافضةً عينيها الزرقاوين، ومدَّت له يدها بارتباك. رقص إبراهيم معها الـ «مينويت» ثم رافقها إلى حيث كانت تجلس، ومضى يبحث عن كورساكوف، وحين وجده قاده إلى خارج الصالة وأجلسه في العربة وذهب به إلى البيت. في الطريق تمتم كورساكوف بصوت متعب: «ملعون هذا الاحتفال! ملعونة كأس النسر الكبير!». لكنَّه سرعان ما غطَّ في نوم عميق، فلم يدرِ كيف وصل إلى البيت وكيف خلعوا عنه ملابسه ومدَّدوه في الفراش. وشعر، حين استيقظ في اليوم التالي، بصداع في رأسه، وفي ذهنه صور غير واضحة عن اصطفاق المهاميز وجثوِّ السيِّدات ودخان التبغ والسيِّد ذي باقة الزهور وكأس النسر الكبير.

الفصل الرابع

لم يكن أجدادنا يستعجلون في الأكل
ولم تكن الأباريق والكؤوس الفضِّية،
الملأى بالبيرة الفوَّارة والنبيذ، تدور عليهم بسرعة.
من قصيدة «روسلان ولودميلا»
أ. بوشكين

يجب عليَّ الآن يا قارئي الطيِّب أن أعرِّفك بغافريلا أفاناسييفتش رجيفسكي. إنَّه ينتمي إلى أسرة إقطاعية عريقة. وهو كريم مضياف وعنده أملاك ضخمة. يحبُّ الصيد بالصقور، وعدد خدمه غفير. إنَّه، باختصار، إقطاعي روسي أصيل، كان، بحسب تعبيره، لا يطيق الروح الألمانية، ويحرص في حياته المنزلية، على تقاليد العهد القديم المحبَّبة إلى نفسه.

كانت ابنته في السابعة عشرة من عمرها. فقدت أمَّها وهي لا تزال طفلة. وتربَّت على النمط الروسي القديم، أي أنَّها كانت محاطة بحاضنات ومربِّيات وصديقات وصبايا من العاملات في البيت. تعلَّمت التطريز بخيوط الذهب، ولم تتعلَّم القراءة والكتابة. غير أنَّ أباها، على الرغم من نفوره من كل ما هو قادم من الخارج، لم يستطع مقاومة رغبتها في تعلُّم الرقص الألماني، على يد الضابط السويدي الأسير الذي يقيم في بيتهم. كان عمر ذلك الأستاذ الخبير في الرقص يناهز الخمسين عامًا، وكانت ساقه اليمنى قد أُصيبت بطلق ناري في ضواحي نارفا، ولذا لم تكن صالحة تمامًا لرقص المينويت والدوران، لكنَّ ساقه اليسرى كانت تؤدِّي بفنِّية وسهولة مدهشتين أصعب الخطوات

الراقصة. وقد بذلت تلميذته جهودًا حقَّقت لها نجاحًا مشرِّفًا. فقد اشتهرت نتاليا غافريلوفنا بأنها أفضل راقصة في الحفلات، وهذا كان أحد أسباب خطأ كورساكوف الذي ذهب في اليوم التالي للاعتذار من غافريلا أفاناسييفيتش. غير أنَّ تأنُّق الفتى وفذلكته لم يعجبا الإقطاعي المعتزَّ بنفسه، فأطلق عليه بذكاء لقب «القرد الفرنسي».

كان يومًا احتفاليًّا. وكان غافريلا أفاناسييفتش ينتظر قدوم بعض الأقارب والأصدقاء. فمُدَّت مائدة طويلة في القاعة القديمة. وتتالى وصول الضيوف ترافقهم، تنفيذًا لتوجيهات القيصر واقتداء به، زوجاتهم وبناتهم، اللواتي تحرَّرن أخيرًا من الحبس في المنزل. وقدَّمت نتاليا غافريلوفنا لكل ضيف صينية عليها قدح مذهَّب، فشرب كل منهم قدحه متحسِّرًا على تلك القبلة التي كان في الماضي ينالها في مثل هذه المناسبة.

اتَّجه الجميع إلى المائدة، فجلس في المكان الأوَّل بجوار سيِّد الدار حموه، بوريس أليكسييفيتش لينكوف، وهو ملَّاك إقطاعي يناهز السبعين من العمر، أمَّا بقيَّة الضيوف فجلسوا مراعين رفعة النسب، متذكِّرين في أثناء ذلك أزمنة الحكم المحلِّي السعيدة. اتَّخذ الرجال مقاعدهم في جهة، وجلست النساء في الجهة المقابلة. وعند طرف المائدة جلست الفتاة المكلَّفة بخدمة المائدة مرتدية مريولًا من الطراز الروسي القديم، وعلى رأسها قبَّعة روسية تقليدية في مثل هذه المناسبات، وإلى جانبها جلست قزمة ضئيلة الحجم في الثلاثين من عمرها مقطِّبة ومبالغة في التأدُّب، يليها الأسير السويدي في زيِّه الأزرق المهترئ. كانت المائدة عامرة بالكثير من الأطباق، يحيط بها جمع غفير تميَّز بينهم كبير الخدم بنظرته الصارمة وكرشه المنتفخ وهدوئه المتعالي. كانت الدقائق الأولى من الغداء مخصَّصة تمامًا للاهتمام بإبداعات مطبخنا التقليدي القديم. ولم يعكِّر السكون إلَّا رنين الأطباق والملاعق النشطة. وأخيرًا، حين رأى صاحب الدار أنَّ الوقت قد حان لتسلية الضيوف بحديث ممتع التفت قائلًا:

- أين يكيموفنا إذن؟ جيئوني بها.

اندفع بعض الخدم في اتجاهات مختلفة، لكن، في اللحظة نفسها، دخلت إلى القاعة امرأة عجوز غطَّت وجهها بالبودرة والحمرة وزيَّنت شعرها بالزهور والبرَق، وعليها ثوب حريري سميك، يكشف عن الرقبة والصدر، دخلت وهي تدندن وترقص. فأثار ظهورها سرور الحاضرين.

- «مرحبًا يا يكيموفنا»، قال الأمير ليكوف، «كيف أحوالك؟».
- بخير وصحة يا صاحبي، مغنِّيةً، راقصة، أنتظر العرسان.
- «أين كنتِ يا حمقاء؟»، سألها صاحب الدار.
- كنت أتزيَّن يا صاحبي، من أجل الضيوف الأعزَّاء، ومن أجل العيد الربَّاني، على الطريقة الألمانية، كما وجَّه القيصر، وأمَر السيِّد، فأضحكا منَّا العالم.

حين نطقت بهذه الكلمات ارتفعت قهقهة صاخبة، فسكنت الحمقاء في مكانها خلف مقعد سيِّد الدار.

- «هذه الحمقاء تكذب وتكذب، ولكنَّها تنطق بالحقيقة»، قالت تاتيانا أفاناسيفنا، أخت سيِّد الدار الكبرى التي يكنُّ لها الاحترام، «الحقُّ، أنَّ الأزياء في هذه الأيَّام تُثير سخرية العالم كله. لكن، ما دمتم أنتم، أيُّها المبجَّلون، قد حلقتم لِحاكُم وارتديتم القفاطين المطرَّزة، لم يبقَ ما يقال عن ملابس النساء التافهة طبعًا. مِن المحزن حقًّا فقدان الثوب القديم والشرائط البنَّاتية، والحذاء المبطَّن بالفراء. إنَّ النظر إلى غيد اليوم يُثير السخرية والحزن: الشعر مضغوط كقطعة اللبَّاد، مدهون بالزيت، والوجوه مكسوَّة بالطحين الفرنسي، والبطون مشدودة تكاد تنقطع، والخصور محزومة بالطارات، يجلسن في الأرائك كالبرميل، وينحنين عند اجتياز الأبواب. مسكينات يماماتي، إنَّهنَّ معذَّبات حقيقيات».
- «آه، يا تاتيانا أفاناسيفنا المبجَّلة»، قال كيريل بتروفيتش ت. الذي كان قائدًا عسكريًّا في ريزان، حيث جنى ثلاثة آلاف من الأقنان وزوجة

فتيَّة، بأساليب ملتوية، «أنا أرى أنَّ الزوجة تستطيع أن تلبس ما تشاء، شرط ألَّا تطلب ثيابًا جديدة في كلِّ شهر، وترمي ما عندها من ثياب ما زالت جديدة. في الماضي كانت الحفيدة ترث في جهازها ثوب جدَّتها، أمَّا في هذا الزمن، فترى الثياب الفاخرة ترتديها السيِّدة اليوم، وفي الغد تراها عند الخادمة، وما باليد حيلة! إنَّ هذا تبديد لثروة النبلاء! إنَّه مصيبة، وليس أقل من ذلك».

كان وهو ينطق بهذه الكلمات، يتنهَّد بحسرة ناظرًا إلى زوجته ماريا إيلييڤيشنا التي بدا واضحًا أنَّها لم تكن معجبة بمديحه للماضي أو بانتقاده للعادات الجديدة. وكانت الغيد الأخريات يشاركنها انزعاجها، لكنَّهنَّ بقين صامتات لأنَّ الخجل كان في ذلك الزمن من السمات الضرورية للمرأة الشابَّة.

- «ومن المسؤول عن ذلك؟»، سأل غافريلا أفاناسييفيتش وهو يرشف من قصعته حساء الملفوف الحامض، «أليس الذنب ذنبنا؟ النسوة الصبايا يتحامقن، ونحن نجاريهنَّ في ذلك».

- «وماذا نستطيع أن نفعل ما دام الأمر ليس بيدنا؟»، قال كيريل بتروفيتش معترضًا، «إنَّ الواحد منَّا يتمنَّى لو يحبس زوجته في عشِّها، ولكنَّهم يطالبونك، على قرع الطبول، بإحضارها إلى الحفلات. الزوج في القفص، والزوجة تسعى وراء الأزياء. آهٍ من هذه الحفلات! إنَّها عقاب لنا من الربِّ على ما ارتكبناه من آثام».

كانت ماريا إيلييڤيشنا كمن يجلس على المسامير، وكان لسانها يلحُّ في طلب الكلام. لم تتمالك نفسها، فتوجَّهت في نهاية المطاف إلى زوجها تسأله عمَّا يجده سيِّئًا في الحفلات، وعلى وجهها ابتسامة تعبِّر عن الاشمئزاز.

- «السيِّئ فيها»، أجاب الزوج غاضبًا، «أنَّ الأزواج والزوجات باتوا على خصام دائم منذ أن بدأت. لقد نسيَت الزوجات وصيَّة الكنيسة التي تفرض على الزوجة أن تُطيع زوجها، فصرن لا يجتهدن في إدارة شؤون المنزل، بل في البحث عن الأزياء الجديدة، لا يفكِّرن

كيف يُرضين أزواجهنَّ، بل كيف يلفتن نظر الضبَّاط العابثين. هل من اللائق، يا سيِّدتي، أن تجالس ابنة نبيل أو زوجته المدخِّنين الألمان، وخادماتهنَّ أيضًا؟ هل سمعتم قبل اليوم أنَّ النساء يرقصن حتى الليل ويتحادثن مع الشباب من الرجال؟ لو كنَّ يفعلن ذلك مع الأقارب لهان الأمر، ولكنَّهنَّ يفعلنه مع الغرباء الذين لا يعرفنهم».

- «أريد أن أقول كلمة، لكنْ للحيطان آذان»، قال غافريلا أفاناسييفيتش مقطبًا، «أعترف أنَّ الحفلات لا تعجبني أنا أيضًا. تارة تصطدم بسكران، وتارة، وهذا أبشع، يسقونك أنت نفسك حتى الثمالة. أو يُسيء أحد الشبَّان المخنَّثين إلى ابنتك في تارة ثالثة، فشبَّان هذه الأيَّام مدلَّلون إلى حدٍّ لا مثيل له. هاكم، مثلًا، ابن المرحوم يغفراف سيرغييفيتش كورساكوف، الذي أثار حول ابنتي في الحفلة الماضية ضجَّة جعلت وجهي يحمرُّ خجلًا. في اليوم التالي لذلك، نظرتُ، فرأيتُ عربة تندفع إلى داخل فناء بيتي مباشرة، فتساءلت: 'تُرى من الذي ساقه الربُّ إلينا، أتراه الأمير أليكسندر دانيلوفيتش؟'... لم يكن هو. إنَّه إيفان يغفرافوفيتش! لعلَّه لم يستطع التوقُّف عند البوَّابة وإجهاد نفسه بالمشي حتى مدخل البيت، إلى أين! اندفع مسرعًا! يطقطق بحذائه! ويتلوَّى! الحمقاء يكيموفنا تشبهه شبهًا مذهلًا. بالمناسبة: قلِّدي لنا يا حمقاء، ذلك القرد القادم من وراء البحار».

أمسكت الحمقاء يكيموفنا غطاء أحد الأواني، وضعته تحت إبطها كالقبَّعة، وراحت تتثنَّى وتطقطق بحذائها وتنحني محيِّية في كل الاتجاهات، وهي تقول: «مسيو... مامزيل... أسَّابلييه... باردون». علت من جديد قهقهة جماعية متواصلة تعبيرًا عن ابتهاج الجميع.

- «إنَّها كورساكوف مخلقًا منطقًا»، قال الأمير العجوز ليكوف، وهو يمسح عن عينيه دموع الضحك، وقد عاد الهدوء إلى القاعة تدريجيًّا، «لا داعي لإخفاء الحقِّ! هو ليس الأوَّل وليس الأخير الذي عاد من

بلاد الغرباء إلى روسيا المقدَّسة معتوهًا. تُرى، ما الذي يعلِّمونه لأبنائنا هناك؟ الطقطقة بالأحذية والثرثرة بلهجة لا يعلم إلَّا الله من أين جاؤوا بها، وعدم احترام الأكبر سنًّا، والتحرُّش بنساء الآخرين. فبين جميع الشبَّان الذين تربُّوا في البلدان الغربية لا أجد - ليغفر لي الله - أقرب إلى صورة الإنسان من حبشيِّ القيصر».

- «طبعًا»، قال غافريلا أفاناسييفتش معلِّقًا، «إنَّه رجل وقور مهذَّب، لا يُقارن بذلك التافه... من هذا الذي يجتاز البوَّابة إلى الفناء أيضًا؟ أليس قردًا آخر قادمًا من وراء البحر؟ ما الذي تنتظرونه يا حيوانات؟»، قال موجهًا كلامه إلى الخدم، «أسرعوا، امنعوه من الدخول! إيَّاكم في المستقبل»...

- «ألا ترى أنَّك تهذي يا أشيب اللحية؟»، قاطعته الحمقاء يكيموفنا، «هل أصابك العمى؟ هذه عربة القيصر».

نهض غافريلا أفاناسييفيتش عن المائدة مسرعًا، واندفع الجميع نحو النوافذ، فرأوا، فعلًا، القيصر يصعد درجات المدخل مستندًا إلى كتف وصيفه. سادت فوضى عارمة. هرع سيِّد الدار للقاء بطرس، وتراكض الخدم كالمجانين، وسيطر الجبن على الضيوف، فراح بعضهم يفكِّر في طريقة للمغادرة سريعًا إلى منزله. وفجأة، علا في مدخل القاعة صوت بطرس المرتفع الرنَّان. هدأ كل شيء، ودخل القيصر يرافقه سيِّد الدار المضطرب من شدَّة الفرح.

- «طاب يومكم، أيُّها السادة»، قال القيصر بوجه مرح.

انحنى الجميع انحناءة كبيرة. وراحت عينا القيصر السريعتا الحركة تبحثان في الحشد عن ابنة سيِّد الدار الفتيَّة وناداها. اقتربت نتاليا غافريلوفنا منه بجرأة لافتة، وقد كست الحُمرة أذنيها وكتفيها أيضًا.

- «أنت تزدادين جمالًا ساعة بعد ساعة»، قال لها القيصر وقبَّل جبينها كعادته، ثم توجَّه مخاطبًا الضيوف، «ماذا بعد، قطعتُ جلستكم، أنتم

تتناولون الغداء؛ أدعوكم للجلوس في أماكنكم، أمَّا أنا، يا غافريلا أفاناسييفيتش، فهاتِ لي كأسًا من الفودكا باليانسون».

اندفع ربُّ الدار نحو كبير الخدم فخطف الصينية من يده وملأ بنفسه الكأس الذهبية ثم قدَّمها للقيصر وهو ينحني احترامًا. شربها القيصر، وأتبعها بكعكة صغيرة من صحنه، ثم دعا الضيوف مرَّة ثانية إلى متابعة غدائهم. عاد الجميع إلى الجلوس في أماكنهم، ما عدا القزمات وبنات الأعيان اللواتي لم يتجرَّأن على الجلوس إلى المائدة التي شرَّفها حضور القيصر. جلس بطرس بجوار صاحب الدار وطلب لنفسه حساء الملفوف، فأسرع وصيفه يعطيه ملعقة خشبية مطعَّمة بعاج الفيل وسكِّينًا صغيرة وشوكة بقبضتين عظميَّتين ملوَّنتين باللون الأخضر، فبطرس لم يكن، أبدًا، يستخدم أدوات طعام غير تلك الخاصَّة به. واستمرَّ الغداء، الذي كان منذ دقيقة صاخبًا مرحًا، في هدوء وتكلُّف. لم يأكل صاحب الدار شيئًا لشدَّة إحساسه بالهيبة والبهجة. وكذلك كانت حال الضيوف الذين راحوا يُصغون برضا وإعجاب إلى القيصر وهو يتحدَّث مع السويدي الأسير باللغة الألمانية عن حملة عام 1701. أمَّا يكيموفنا الحمقاء، التي توجَّه إليها القيصر بالسؤال مرَّات عدَّة، فكانت تجيبه ببرودة وارتباك، ولم تكن - أشير عرضًا - إجاباتها تنمُّ أبدًا عن غبائها الفطري. انتهى الغداء أخيرًا. نهض القيصر يتبعه الضيوف جميعًا، وقال مخاطبًا سيِّد الدار:

- «يا غافريلا أفاناسييفيتش! أريد التحدُّث إليك على انفراد»، ثم أمسك بيده وقاده إلى غرفة الضيوف وأغلق الباب.

ظلَّ الضيوف في غرفة المائدة يتهامسون حول سرِّ هذه الزيارة المفاجئة، لكنَّهم شرعوا، خشية أن يكونوا متطفِّلين، يغادرون واحدًا بعد آخر، من دون أن يشكروا سيِّد الدار على الخبز والملح، وراح يودِّعهم حموه وابنته وأخته في هدوء تامٍّ حتى الباب. وأخيرًا، بقي الثلاثة وحدهم في غرفة الطعام ينتظرون خروج القيصر.

الفصل الخامس

سأحصل عليك زوجةً،
وإلّا فلن أكون طحَّانًا.

من «أوبرا الطحَّان»

أبليسيموف

فُتح الباب بعد نصف ساعة. خرج القيصر وهو يردُّ في جلال بانحناءة من رأسه، على انحناءات التحيَّة الثلاثية من الأمير ليكوف وتاتيانا أفاناسيفنا وناتاشا، ثم اتَّجه مباشرة إلى باب الدار. وعند الباب ناوله سيِّد الدار حرملته الحمراء ورافقه حتى المدخل، وشكره من جديد في الممرِّ، على ما منحه من شرف، وغادر بطرس.

حين عاد غافريلا أفاناسييفتش إلى غرفة الطعام بدا مشغول البال جدًّا. أمر الخدم بنزق أن يرفعوا الصحون عن المائدة، وأرسل ناتاشا إلى غرفتها، وأعلن لأخته وحميه أنَّه يريد الحديث إليهما على انفراد، ثم اقتادهما إلى غرفة النوم حيث كان يرتاح عادة بعد الغداء. في الغرفة تمدَّد الأمير العجوز على السرير المصنوع من خشب السنديان، وجلست تاتيانا أفاناسيفنا على أريكة قديمة مكسوَّة بقماش سميك واضعة قدميها على مسند خشبي صغير، أمَّا غافريلا أفاناسييفيتش فأغلق الأبواب كلها ثم جلس على حافة السرير عند قدمي الأمير ليكوف، وبدأ الحديث قائلًا:

- القيصر لم يزرني عبثًا. خمِّنا ما الذي أراد أن يحدِّثني به؟
- «وكيف لنا أن نعرف يا أخي المبجَّل؟»، قالت تاتيانا أفاناسيفنا.

- «أتراه أمرك بترؤس إحدى الإدارات العسكرية؟»، قال حموه، «أنت تستحقُّ ذلك منذ زمن، أم أنَّه اقترح عليك سفارة ما؟ ما العيب في ذلك؟ إنَّهم لا يرسلون إلى الدول الأجنبية الموظَّفين فقط، بل يرسلون أعيان الناس أيضًا».
- «لا»، قال الصهر مقطِّبًا، «أنا رجل من الطراز القديم. خدمتنا في الجيش غير مطلوبة في هذا الزمن، على الرغم من أنَّ النبيل الروسي البرفوسلافي قد يكون أكبر قيمة من أغرار اليوم غير الناضجين وعديمي الإيمان، لكنَّ هذا موضوع آخر».
- «ما الأمر إذن، يا أخي الحبيب؟»، قالت تاتيانا أفاناسيفنا، «عمَّ تفضَّل فحدَّثك هذا الوقت الطويل؟ لا تقل لي إنَّ مكروهًا قد حلَّ بك! حماك الربُّ وغمرك برحمته!».
- مكروه، لا، ليس مكروهًا، ولكنِّي أعترف أنِّي فكَّرت في ذلك.
- ما هو، إذن، يا أخي الحبيب؟ ما الأمر؟
- الأمر يتعلَّق بناتاشا، لقد جاء القيصر يخطبها.
- «الحمد لله»، قالت تاتيانا أفاناسيفنا راسمة علامة الصليب على صدرها، «البنت في سنِّ الزواج، ومكانة العريس من مكانة الخاطب، ليهب الربُّ العريسين المحبَّة والحكمة، أمَّا الشرف فكبير. ترى لمن يخطبها القيصر؟».
- «هاها، لمن؟»، قال غافريلا أفاناسيفيتش بنزق، «هذه هي المشكلة، لمن؟».
- «لمن؟»، كرَّر الأمير ليكوف السؤال وهو يغالب النعاس.
- «احزرا!»، قال غافريلا أفاناسيفيتش.
- «وكيف لنا أن نحزر يا أخي الحبيب؟»، قالت العجوز، «العرسان ليسوا قلَّة في البلاط، وكل منهم يتمنَّى أن يحصل على ناتاشاك. أهو دولغوروكي؟».

- لا ليس دولغوروكي.
- طيِّب، لا تأسف لفقده، فهو متعجرف جدًّا. أيكون الخاطب شيِّين، أو ترايكوروف؟
- كلَّا، لا هذا ولا ذاك.
- وهذان أيضًا لا يحبِّهما قلبي، إنَّهما متقلِّبا المزاج، وقد تشرَّبا الكثير من الروح الألمانية. لعلَّه، إذن، ميلوسلافسكي؟
- لا، ليس هو.
- طيِّب، لا يهمُّ، فهو غنيٌّ لكنَّه غبيٌّ. من الخاطب إذن؟ يليتسكي؟ لفوف؟ لا، ليس أيًّا منهما؟! أيُعقَل أن يكون راغوزينسكي؟! الرأي رأيك: أنا لم أعد قادرة على التفكير. ترى لمن جاء القيصر يخطب ناتاشا؟
- للحبشي إبراهيم.

تأوَّهت العجوز ضاربة كفًّا بكفٍّ، ورفع الأمير ليكوف رأسه عن الوسادة وهو يكرِّر مصعوقًا:

- الحبشي إبراهيم!
- «يا إلهي يا أخي الحبيب»، قالت العجوز بصوت باكٍ، «لا ترسل طفلتك الصغيرة الحبيبة إلى الهلاك، لا ترمِ نتاشينكا بين مخالب الشيطان الأسود!».
- «ولكن كيف؟»، قال غافريلا أفاناسييفيتش معترضًا، «كيف أرفض طلب القيصر الذي وعد مقابل ذلك أن يشملنا برعايته، أنا وعائلتنا كلها؟».
- «كيف؟»، صاح الأمير العجوز وقد فارقه النعاس تمامًا، «ناتاشا، حفيدتي أنا، يتزوَّجها حبشي مشترى بالمال؟».
- «إنَّه ليس وضيع النسب»، قال غافريلا أفاناسييفيتش، «إنَّه ابن سلطان الحبشة، أسره الكفَّار وباعوه في تساريغراد، فافتداه سفيرنا وأهداه

للقيصر. فيما بعد جاء إلى روسيا الأخ الأكبر لهذا الحبشي حاملًا فدية ضخمة غير»...

- «هات المهمَّ يا أبتِ غافريلا أفاناسييفيتش»، قاطعته العجوز، «نحن نعرف حكاية الأمير بوف وردسلان لازاريفيتش، الأفضل أن تقول لنا بماذا أجبت القيصر على طلبه».
- قلت له: 'إنَّ الأمر أمرك في التعامل معنا، وما دورنا نحن الحاشية، سوى طاعتك في كل شيء'.

علت في هذه اللحظة ضجَّة خلف الباب، فمضى غافريلا أفاناسييفيتش ليفتحه، ولكنَّه أحسَّ بثقل خلفه، فدفعه بقوَّة. فُتح الباب ورأى الجميع وراءه ناتاشا ممدَّدة على الأرض المدمَّاة وهي غائبة عن الوعي.

لقد وجف قلبها حين اختلى القيصر وأبوها وراء الباب المغلق، ووخز صدرها إحساس غامض بأنَّ الأمر يتعلَّق بها. وحين طلب غافريلا أفاناسييفيتش منها مغادرة المكان معلنًا أنه يريد التحدُّث إلى عمَّتها وجدِّها، لم تستطع أن تقاوم الفضول الأنثوي، فتسلَّلت عبر الغرف الداخلية إلى باب غرفة النوم، ولم تفُتها أية كلمة من الحديث الفظيع كله. وما إن سمعت كلمات أبيها الأخيرة حتى فقدت الوعي، واصطدم رأسها وهي تهوي إلى الأرض بالصندوق المصفَّح بالحديد الذي كانت تحتفظ فيه ببائنة زواجها.

تراكض الخدم، فرفعوا ناتاشا وحملوها إلى غرفتها ومدَّدوها على السرير. حين صحت من غيبوبتها بعد وقت قصير، فتحت عينيها، ولكنَّها لم تعرف أباها أو عمَّتها. فقد انتابتها حمَّى شديدة فراحت تهذي بالكلام على حبشي القيصر وحفل الزفاف، وفجأة صرخت بصوت حادٍّ مستغيث:

- فاليريان، حبيبي فاليريان، حياتي أنت! أنقذني، ها هم قادمون، ها هم قادمون!

نظرت تاتيانا أفاناسيفنا إلى أخيها بقلق، وقد عضَّ على شفتيه، وعلا الشحوب وجهه، وهو يغادر الغرفة صامتًا، عائدًا إلى الأمير العجوز الذي لم يستطع صعود الدرج فبقي في الطابق الأرضي.

- «كيف حال ناتاشا؟»، سأله الأمير.
- «سيئة!»، أجاب الأب في انفعال، «أسوأ ممَّا تصوَّرت. إنَّها فاقدة الوعي تهذي باسم فاليريان».
- «من هذا الفاليريان؟»، سأل العجوز في قلق، «أهو ذلك اليتيم ابن الجندي الذي ربَّيته في بيتك؟».
- «هو نفسه»، أجاب غافريلا أفاناسيفيتش، «من سوء حظِّي أنَّ أباه أنقذ حياتي في زمن التمرُّد الفلَّاحي، فألهمني الشيطان أن أقبل في بيتي ذلك الذئب الصغير. بعد عامين ألحقناه بأحد الأفواج بناءً على طلبه، وقد بكت ناتاشا كثيرًا في وداعه، أمَّا هو فكان جامدًا كحجر. لقد بدا لي الأمر مثيرًا للشكوك فحدَّثت أختي بذلك. غير أنَّ ناتاشا لم تذكره أبدًا منذ ذلك الحين، وهو أيضًا اختفى، ولم نعد نسمع عنه شيئًا. ظننتها نسيته، ولكنِّي، على ما يبدو، أخطأت. قُضي الأمر: سأزوِّجها للحبشي».

لم يعترض الأمير ليكوف، فالاعتراض لم يكن مجديًا. ذهب إلى بيته، وظلَّت تاتيانا أفاناسيفنا إلى جانب ناتاشا. أما غافريلا أفاناسييفيتش فأرسل في طلب الطبيب، وأغلق على نفسه باب غرفته، وخيَّم الهدوء والحزن على البيت كله.

الخطبة المفاجئة أدهشت إبراهيم، ليس أقل ممَّا أدهشت غافريلا أفاناسييفيتش نفسه. وإليكم كيف حدث ذلك.

قال بطرس لإبراهيم وهما منهمكان في العمل:

- أرى يا صاحبي أنَّ همَّتك قد فترت. قل بصراحة، ما الذي ينقصك؟

فأكَّد إبراهيم للقيصر أنَّه راضٍ عن حاله ولا يتمنَّى أفضل ممَّا هو فيه.

- «طيِّب»، قال القيصر، «إذا كنت ضجرًا من دون سبب، فأنا أعرف كيف أدخل السرور إلى قلبك». وبعد انتهائهما من العمل سأله:
- أتعجبك تلك الفتاة التي رقصت معها رقصة المينويت في الحفلة الماضية؟

- إنَّها، يا سيِّدي القيصر، لطيفة جدًّا، ويبدو أنَّها فتاة متواضعة وطيِّبة القلب.
- إذن، سأعرِّف كلًّا منكما بالآخر. باختصار، هل ترغب في الزواج منها؟
- أنا، يا سيدي القيصر؟
- اسمع يا إبراهيم، أنت إنسان وحيد، من دون أهل أو عشيرة، غريب بالنسبة إلى الآخرين جميعًا ما عداي. فما الذي سيحلُّ بك يا حبشيِّي المسكين لو أنا متُّ اليوم؟ لا بدَّ لك من جماعة تنتمي إليها قبل فوات الأوان، لا بدَّ لك من سند من خلال علاقات جديدة تربطك بطبقة من النبلاء الروس.
- سيِّدي القيصر، أنا سعيد برعاية جلالتكم لي وعطفكم عليَّ، ولا قدَّر الله لي العيش من بعدك يا سيدي ووليَّ نعمتي. أنا لا أريد أي شيء غير ذلك. أمَّا بشأن الزواج فإني أتساءل هل ستوافق الصبيَّة وأهلها عليه؟ إنَّ مظهري...
- مظهرك! ما هذا الهراء! ما العيب فيك؟ على الصبيَّة أن تُطيع أبويها، وسنرى ما الذي سيقوله العجوز غافريلا رجيفسكي حين سأخطبها لك أنا شخصيًّا؟

قال القيصر هذه الكلمات ثم أمر بإحضار العربة، ومضى تاركًا إبراهيم غارقًا في أفكاره.

قال الأفريقي في سرِّه: «أنا أتزوَّج! ولمَ لا؟ هل قُدِّرَ لي أن أعيش وحيدًا لا أعرف طعم أفضل مسرَّات الإنسان وأقدس واجباته، لا لشيء إلَّا لأني وُلدت تحت خطِّ العرض الخامس عشر؟ ألا أمل لي في أن أكون محبوبًا؟! كلام صبيان! هل بمقدورنا أن نثق بالحبِّ؟ هل هو موجود في قلوب النساء المتقلِّبة؟ لقد هجرت إلى الأبد مُتع اللهو المحبَّبة، ولكنِّي اكتسبت مُتعًا جديدة، أكثر أهمِّية. القيصر محقٌّ: يجب أن أؤمِّن مستقبلي. زواجي من الأميرة الشابَّة

رجيفسكايا سيضمُّني إلى طبقة النبلاء الروس الأبيَّة، فأكفَّ عن كوني لاجئًا غريبًا في وطني الجديد. لن أطالب زوجتي بالحبِّ، سأكتفي منها بالإخلاص، أمَّا ودُّها، فسأكسبه بالرقَّة الدائمة والثقة والتواضع».

لم يستطع إبراهيم أن يشغل نفسه بالعمل كعادته. كان تفكيره مشتَّتًا جدًّا. فترك الأوراق ومضى يتجوَّل من دون هدف على ضفاف نهر نيفا. وفجأة، سمع صوت بطرس. التفت فرأى القيصر الذي ترجَّل من عربته ولحق به وقد بدا عليه المرح.

- «قُضي الأمر يا صاحبي»، قال بطرس وهو يمسك بذراعه، «خطبتها لك. اذهب غدًا إلى حميك، ولكن انتبه! عليك أن ترضي الكبرياء الذي يتَّسم به ككل النبلاء: اترك عربتك عند البوابة، واجتز الفناء راجلًا، حدِّثْه عن خدماته، وعراقة نسبه، وسيهيم بك حبًّا». تابع القيصر وهو يهزُّ عكَّازه، «والآن، أوصلني إلى المحتال دانيليتش، فأنا أريد أن أحادثه في أمر نزواته الجديدة».

شكر إبراهيم بطرس من أعماق قلبه على رعايته الأبوية، ورافقه حتى قصر الأمير مينشيكوف الرائع، ثم قفل راجعًا إلى بيته.

الفصل السادس

انتشر ضوء المصباح خافتًا أمام الخزانة الزجاجية التي التمع فيها بريق أيقونات قديمة توارثتها العائلة مزركشة بالذهب والفضَّة. وغمر الضوء الضعيف الراعش كله السرير والطاولة الصغيرة، التي تناثرت فوقها أوانٍ زجاجية، عليها لصاقات تشير إلى محتوياتها. وإلى جانب الموقد جلست خادمة تنسج على نول يدوي، لم يكن يخرق الصمتَ سوى الحفيف الصادر عنه.

- «من هناك؟»، سأل صوت ضعيف.

فنهضت الخادمة في الحال واقتربت من السرير ورفعت ذيل الكِلَّة بهدوء.

- «هل الصبح قريب؟»، سألت ناتاليا.
- «نحن الآن في منتصف النهار»، أجابت الخادمة.
- آه، يا إلهي! ما سبب هذه الظلمة إذن؟
- النوافذ مغلقة يا أميرتي.
- أعطني ملابسي بسرعة.
- ممنوع يا أميرتي، الدكتور لم يسمح بذلك.
- هل أنا مريضة؟ منذ متى؟
- منذ أسبوعين تقريبًا.
- أحقًّا؟ أنا لا أشعر أني رقدت في السرير إلَّا مساء البارحة...

صمتت ناتاشا وهي تحاول تجميع أفكارها المشتَّتة. لقد حدث شيء ما، ولكن لم تستطع أن تتذكَّر ما الذي حدث بالضبط؟ أمَّا الخادمة فظلَّت واقفة أمامها تنتظر الأوامر. وعلت في هذه الأثناء ضجَّة مكتومة.

- «ما هذا؟»، سألت المريضة.
- «لقد انتهى السادة من تناول الطعام»، أجابت الخادمة، «إنَّهم ينهضون عن المائدة، وستصعد الآن إلى هنا تاتيانا أفاناسيفنا».

بدا أن ناتاشا سرَّت لذلك. لوَّحت بيدها الضعيفة، فأسدلت الخادمة الستارة على السرير وجلست إلى نولها اليدوي من جديد.

بعد بضع دقائق أطلَّ من الباب رأس تغطِّيه قبَّعة بيضاء عريضة، تزيِّنها شرائط غامقة اللون، وسألت صاحبة القبَّعة بصوت خفيض:

- ما حال ناتاشا؟
- «أهلًا يا عمَّتي»، همست المريضة، فاندفعت تاتيانا أفاناسيفنا نحوها.
- «استعادت الأميرة الصغيرة وعيها»، قالت الخادمة وهي تقدِّم للعمَّة المقعد بحذر.

قبَّلت العجوز، وعيناها تدمعان، وجه ابنة أخيها الشاحب المرهق، ثم جلست إلى جانبها. وجاء في إثرها الطبيب الألماني بقفطانه الأسود وشعره العُلمائي المستعار، فجسَّ نبض ناتاشا وأعلن باللغة اللاتينية، ثم باللغة الروسية، أنَّ الخطر قد زال. بعد ذلك طلب ورقة بيضاء ومحبرة، فكتب للمريضة وصفة جديدة ثم مضى. أما العجوز فنهضت وقبَّلت ناتاليا مرَّة ثانية، انطلقت بعدها مسرعة إلى الطابق السفلي، حاملة النبأ السعيد إلى غافريلا أفاناسيفيتش.

في صالة الضيوف جلس حبشيُّ القيصر بزيِّه الرسمي وسيفه، ممسكًا بيديه قبَّعته وهو يتبادل الحديث باحترام مع غافريلا أفاناسيفيتش. أمَّا كورساكوف الذي تمدَّد على أريكة محشوَّة بالريش، فكان يستمع إليهما شارد الذهن وهو يداعب كلب حراسة مدرَّبًا، وحين أضجره ذلك، وقف أمام المرآة التي اعتاد أن يشغل أوقات فراغه في الوقوف أمامها، وفي المرآة رأى تاتيانا أفاناسيفنا وهي ترسل من وراء الباب إشارات غير ملحوظة لأخيها.

- «إنَّهم ينادونك يا غافريلا أفاناسيفيتش»، قال كورساكوف موجِّهًا كلامه إليه قاطعًا بذلك حديث إبراهيم.

توجَّه غافريلا أفاناسيفيتش على الفور إلى حيث أخته وأغلق وراءه الباب.

- «يدهشني صبرك»، قال كورساكوف مخاطبًا إبراهيم، «ساعة كاملة وأنت تصغي إلى هذيانه عن عراقة أصول عائلتي ليكوف ورجيفسكي، بل تضيف إلى ذلك تعليقاتك عن الأخلاق الفاضلة أيضًا! لو كنت مكانك لنسيت أمر هذا العجوز الكذّاب وكل عائلته، بما في ذلك تلك الناتاليا غافريلوفنا التي تتمنَّع وتتظاهر بالمرض وبأنَّها une petite santé[1]. قل لي بشرفك، هل أنت حقًّا مغرم بهذه Mijaurée[2] الصغيرة؟ اسمع يا إبراهيم! اتبع نصحي لو مرَّة واحدة، فأنا، في الحقيقة، أكثر حكمة ممَّا يبدو لك. دعك من هذه الفكرة الضالَّة. لا تتزوَّج. يبدو لي أن عروسك لا تكنُّ لك أي شعور بالودِّ. من يدري ما الذي يمكن أن يحدث في الحياة؟ أنا مثلًا لست قبيحًا طبعًا، ولكنِّي استطعت أحيانًا أن أخدع أزواجًا ليسوا أسوأ منِّي في شيء. أنت نفسك... ألا تذكر صاحبنا الباريسي الأمير د.؟ لا يستطيع المرء أن يثق بإخلاص النساء، وسعيد من ينظر إلى هذا الأمر من دون مبالاة! ولكن أنت! أنت ذو الطبع الحادِّ، الشكّاك، الواسع الخيال، أنت ذو الأنف الأفطس والشفتين المنتفختين وهذا الشعر الكثِّ، كيف ستتزوَّج وتعرِّض نفسك لكل هذا الخطر؟».
- «أشكرك على نصيحتك الأخوية»، قاطعه إبراهيم ببرود، «أنت تعرف المثل القائل: لا تشغل بالك بأطفال غير أطفالك»...
- «احذر يا إبراهيم!»، علَّق كورساكوف ضاحكًا، «احذر الاضطرار إلى أن تصبح برهانًا واقعيًّا على صحَّة هذا المثل بمعناه الحرفي».

أمَّا الحديث في الغرفة المجاورة فكان يزداد حرارة.

---

(1) ضعيفة.

(2) المدلَّلة.

- «أنت تقتلها»، قالت العجوز، «لن تحتمل حتى رؤيته».

- «طيِّب، احكمي بنفسك»، ردَّ الأخ العنيد معترضًا، «ها قد مضى أسبوعان وهو يتردَّد على بيتنا عريسًا من دون أن يرى عروسه حتى الآن. وقد يظنُّ، في نهاية الأمر، أنَّ مرضها مجرَّد كذبة، وأنَّنا لا نبحث إلَّا عن تضييع الوقت، علَّنا نتخلَّص منه بشكل ما، وما الذي سيظنُّه القيصر أيضًا؟ ها هو ذا يرسل للمرَّة الثالثة من يسأل عن صحَّة ناتاليا. أنت حرَّة. أمَّا أنا فلا أرغب في مخاصمته».

- «يا ربِّي ومولاي»، قالت تاتيانا أفاناسيفنا، «ماذا سيحلُّ بها، بهذه المسكينة؟ دعني، على الأقل، أهيِّئها لهذه الزيارة».

وافق غافريلا أفاناسيفيتش على ذلك، ومضى عائدًا إلى صالة الضيوف.

- «الحمد لله»، قال لإبراهيم، «زال الخطر. ناتاليا أفضل بكثير الآن. ولولا خجلي من أن أترك ضيفنا العزيز وحده، لرافقتك الآن إلى الطابق العلوي كي ترى عروسك».

هنَّأ كورساكوف غافريلا أفاناسيفيتش ورجاه ألَّا يقلق بشأنه، مؤكِّدًا أنَّه مضطرٌّ إلى المغادرة، ثم أسرع إلى المدخل، من دون أن يحمِّل سيِّد الدار عناء مرافقته.

في هذه الأثناء، أسرعت تاتيانا أفاناسيفنا كي تهيِّئ المريضة لاستقبال الضيف القبيح. دخلت إلى الغرفة وجلست إلى جانب سرير ناتاشا وهي تتنفَّس بصعوبة، ثم أمسكت بيدها، ولكنَّ الباب فُتح حتى قبل أن تتفوَّه بكلمة. فسألت ناتاشا:

- من أتى؟

جمدت العجوز من وقع المفاجأة وفقدت القدرة عل النطق. أزاح غافريلا أفاناسيفيتش الستارة، وألقى نظرة باردة على المريضة وهو يسألها عن حالها. أرادت أن تبتسم ولكنَّها لم تستطع، صعقتها نظرة الأب الصارمة وتملَّكها القلق. وبدا لها أنَّ أحدهم كان في هذه الأثناء يقف عند رأسها، رفعته بصعوبة، فرأت،

فجأة، حبشيَّ القيصر. هنا تذكَّرت كل شيء، وتجلَّت لها فظاعة المستقبل كلُّها، غير أنَّ جسدها المرهق لم يرتعد ارتعادًا ملحوظًا. أسندت رأسها إلى الوسادة من جديد وأغمضت عينيها... وكان قلبها يخفق خفقانًا مؤلمًا. أرسلت تاتيانا أفاناسيفنا لأخيها إشارة مفادها أنَّ المريضة تريد أن تنام، فخرج الجميع من الغرفة في هدوء ما عدا الخادمة التي عادت فجلست إلى نولها اليدوي.

فتحت الجميلة التعيسة عينيها فلم تجد أحدًا بالقرب من سريرها، فنادت الخادمة وأرسلتها في طلب القزمة. وفي اللحظة نفسها كانت العجوز الضئيلة تتدحرج ككرة صغيرة مقتربة من السرير. كانت السنونوة -هكذا كانوا يسمُّون القزمة- قد صعدت خلف غافريلا أفاناسيفيتش وإبراهيم مستعينة بكلِّ ما في ساقيها القصيرتين من قدرة، واختبأت تتنصَّت وراء باب الغرفة، يدفعها إلى ذلك الفضول الذي يتَّسم به الجنس اللطيف كلُّه. صرفت ناتاشا الخادمة حين رأت القزمة التي جلست على مقعد صغير بالقرب من سريرها.

لا مثيل أبدًا لما ينطوي عليه جسد هذه القزمة الصغير من نشاط روحي. كانت تتدخَّل في كلِّ شيء، وتعرف كلَّ شيء، وتسعى إلى كلِّ شيء، وتستطيع، بعقلها المراوغ المتلصِّص أن تكتسب حبَّ سادتها وكره جميع أهل البيت الذين كانت تسيِّرهم كما تشاء. كان غافريلا أفاناسيفيتش يصغي إلى وشاياتها وشكاواها ويلبِّي طلباتها الصغيرة، وكانت تاتيانا أفاناسيفنا تستشيرها في كلِّ شيء، وتعمل بنصائحها. أمَّا ناتاشا فكانت متعلِّقة بها تعلُّقًا لا حدود له، تأتمنها على أسرارها وكلِّ خلجات قلبها، قلب الفتاة ذات الستَّة عشر ربيعًا.

- «أتدرين يا سنونوة»، قالت ناتاشا، «أبي يريد تزويجي للحبشيِّ».

أرسلت القزمة تنهيدة عميقة وازداد عبوس وجهها العابس أصلًا.

- «أما من أمل»، تابعت ناتاشا، «في أن يُشفق أبي على حالي؟».

هزَّت القزمة رأسها علامة النفي.

- ألن يدافع عنِّي جدِّي أو عمَّتي؟

- كلَّا يا أميرتي الصغيرة. لقد أدار الحبشيُّ عقول الجميع في أثناء

مرضك. السيِّد يكاد يُجنُّ إعجابًا به، والأمير لا يلهج إلَّا باسمه، أما تاتيانا أفاناسيفنا فتقول: 'المؤسف أنَّه حبشيٌّ، فلولا ذلك لكان حرامًا علينا أن نتمنَّى عريسًا أفضل منه'.

- «يا إلهي، يا إلهي!»، هتفت نتاشا المسكينة بصوت متوجِّع.
- «لا تحزني يا حلوتنا»، قالت القزمة وهي تلثم يدها الضعيفة، «أنت ستكونين في كامل حرِّيتك حتى لو تزوَّجت من الحبشيِّ. الحال اليوم غير ما كانت عليه في الماضي، فما عاد الأزواج يوصِدون الأبواب على زوجاتهم، والحبشيُّ، كما سمعت، ثري، وسيكون بيتكما كالكأس المترعة، ستعيشين عيشة فارهة»...
- «مسكين فاليريان!»، قالت ناتاشا بصوت خافت.

لم تستطع القزمة إلَّا أن تخمِّن ما قالته من كلمات لم تسمعها.

- «هذه هي المشكلة إذن يا أميرتي الصغيرة»، قالت وهي تخفض صوتها كي لا يسمعه الآخرون، «لو أنَّك قلَّلت من تفكيرك باليتيم ابن الجندي، لو أنَّك لم تهذي باسمه وأنت محمومة، لما غضب أبوك».
- «ماذا؟»، قالت ناتاشا وقد تملَّكها الخوف، «كنت أهذي باسم فاليريان وسمع أبي ذلك وغضب!».
- «هذي هي المصيبة»، أجابت، «فإذا طلبت منه الآن ألَّا يزوِّجك للحبشيِّ، ظنَّ أنَّ فاليريان هو السبب في ذلك. لا سبيل أمامك إلَّا الاستسلام لإرادة والدك وليكن ما يكون».

لم تعترض ناتاشا، لو بكلمة، على ما قالته القزمة، فقد سيطر على خيالها بقوَّة أنَّ أباها يعرف السرَّ الذي سكن قلبها. ولم يبقَ لها غير أمل واحد هو أن تموت قبل إتمام هذا الزواج. هدَّأت هذه الفكرة روعها، فاستسلمت لقدرها ضعيفة حزينة الروح.

الفصل السابع

في دارة غافريلا أفاناسيفيتش، إلى يمين المدخل، غرفة ضيِّقة متواضعة لها نافذة صغيرة واحدة. في هذه الغرفة سرير بسيط عليه غطاء من الوبر، وأمامه طاولة صغيرة من خشب السرو عليها شمعة مضاءة من شحم الخنزير، وإلى جانبها دفاتر نوطة موسيقية. وعلى الجدار عُلِّقت بزَّة رسمية زرقاء مهترئة وإلى جانبها قبَّعة لا تقلُّ عنها قِدمًا، وفوقها ثُبِّتت بثلاثة مسامير لوحة من القماش المشمَّع تصوِّر كارل الثاني عشر على ظهر جواد. كانت أصوات المزمار تصدح في أرجاء هذا العشِّ المتواضع. وكان أستاذ الرقص الأسير الذي يعيش فيه وحيدًا يضع قبَّعة مخروطية الشكل على رأسه وشالًا صينيًّا على كتفيه، وقد راح يسلِّي ضجر الأمسية الشتوية بعزف بعض المارشات السويدية القديمة التي كانت تذكِّره بأيَّام صباه. وبعد أن قضى ساعتين كاملتين في هذا العمل، فكَّك مزماره ووضعه في الدُرج وشرع يخلع ملابسه استعدادًا للنوم.

في هذه اللحظة صرَّ القفل وفُتح الباب، فدخل إلى الغرفة شابٌّ جميل طويل القامة يرتدي زيًّا رسميًّا.

وقف السويدي دهِشًا أمام هذا الضيف غير المنتظر.

قال الزائر الشاب بصوت متهدِّج:

- أنت لم تعرفني يا غوستاف أداميتش. لقد نسيت الفتى الذي كنت تعلِّمه الأبجدية السويدية، والذي كدت أن تشعل معه حريقًا في هذه الغرفة الصغيرة، وأنتما تطلقان النار من مدفع أطفال صغير.

حملق غوستاف أداميتش يتفحَّصه بنظره، وصاح أخيرًا وهو يعانقه:

- إي إي إي. مرحبًا، هل أنت هنا من سمان. اجلس، وحدِّثني عن أخوالك التيـبِّة...

(1828 - 1827)

دوبروفسكي

كتب بوشكين هذا العمل عام 1833 (بدأ في كتابته أواخر عام 1832)، وتاريخ الانتهاء منه غير محدَّد.

موضوع الرواية مبنيٌّ على وقائع حقيقية، رواها لبوشكين صديق له اسمه ناشوكين، عن أحد النبلاء البيلاروسيين غير الأثرياء يُدعى أوستروفسكي (في البداية حملت الرواية اسمه) خاض مع جاره معركة قضائية حول ملكية مزرعته، خسرها وهُجِّر من المزرعة مع فلَّاحيه، فتحوَّل إلى قاطع طريق. قرار المحكمة الوارد في الرواية نسخة حقيقية عن القرارات القضائية آنذاك، استخدم بوشكين في صياغته قرار القضاء في قضية الإقطاعيين كريوكوف وموراتوف.

الجزء الأوَّل

الفصل الأوَّل

قبل بضعة أعوام انتقل النبيل الروسي العريق كيريلا بتروفيتش ترويكوروف، للعيش في إحدى ضيعه. وقد منحته ثروته وعراقة أصله وعلاقاته وزنًا كبيرًا في المقاطعات التي ضمَّت أملاكه. كان الجيران مستعدِّين لإرضاء حتى أصغر نزواته عن طِيب خاطر، والموظَّفون الحكوميون يرتعدون خوفًا عند ذكر اسمه. وكان كيريلا بتروفيتش يتقبَّل مظاهر الخنوع هذه بوصفها أمرًا واجبًا. كان بيته يغصُّ دائمًا بالضيوف المستعدِّين لتسليته في فراغه الأرستقراطي، ومشاركته في مرحه الصاخب، بل الهائج في بعض الأحيان، وما من أحد كان يجرؤ على رفض دعوته، أو التخلُّف عن الحضور إلى بلدة بوكروفسكويه في أيَّام معلومة لتقديم فروض الاحترام. في حياته المنزلية تجلَّت عيوب الإنسان الجاهل كلُّها. كان كلُّ ما حوله يُشعره بالدلال، فعوَّده ذلك على أن يطلق العنان لكلِّ اندفاعات طبعه النزق، وكلِّ ألاعيب عقله المحدود للغاية. وهو، على الرغم من إمكانيات بدنه الخارقة، كان يشكو كلَّ مساء مرَّتين أو أكثر من التخمة، وتبدو عليه علامات السكْر. كانت ستَّ عشرة فتاة يُقمن في أحد أجنحة منزله، ويشتغلن في أعمال الزينة والتطريز وغيرها ممَّا يناسب جنسهنَّ. كانت نوافذ الجناح محجوبة بشبكة من القضبان الخشبية، والأبواب موصدة بأقفال يحتفظ كيريلا بتروفيتش بمفاتيحها. وكانت الفتيات السجينات يخرجن في ساعات محدَّدة إلى الحديقة،

ويتنزَّهن تحت رقابة امرأتين عجوزين. وكان كيريلا بتروفيتش يزوِّج بعضهنَّ بين وقت وآخر، فتحلُّ محلَّهن جديدات. تعامله مع الفلَّاحين وخدم المنزل كان صارمًا ومزاجيًّا، لكنَّهم تفاخروا بثراء سيِّدهم ومجده، وتطاولوا بدورهم على جيرانهم مستندين إلى قدرته الفائقة على حمايتهم.

أشغال ترويكوروف الدائمة، جولاته على أملاكه الشاسعة والولائم المتواصلة، والمقالب اليومية المبتكرة التي يقع ضحيَّتها عادة أحد معارفه الجدد، كانت شغله الدائم. لكنَّ أصحابه القدامى لم يكونوا بمنجاة من مقالبه دائمًا، ما عدا واحدًا هو أندريه غافريلوفيتش دوبروفسكي. كان دوبروفسكي ضابطًا متقاعدًا من سلاح الفرسان، وهو أقرب جيران ترويكوروف، يملك سبعين نفسًا من الأقنان. وكان ترويكوروف المتعالي في علاقاته حتى مع الناس ذوي الألقاب الرفيعة، يحترم دوبروفسكي بغضِّ النظر عن ثروته المتواضعة. لقد كانا ذات يوم رفيقين في الخدمة العسكرية، وهناك عرف ترويكوروف بالتجربة طبعه النزق وحزمه. ثم فرَّقتهما الظروف مدَّة طويلة. واضطر دوبروفسكي الذي تبدَّدت ثروته، إلى الاستقالة، والإقامة في الضيعة الوحيدة المتبقِّية منها. حين علم كيريلا بتروفيتش بأمره عرض عليه حمايته، لكنَّ دوبروفسكي شكره وبقي فقيرًا ومستقلًّا. وبعد بضع سنوات انتقل الجنرال أوَّل المتقاعد ترويكوروف للعيش في ضيعته. وهكذا التقيا ففرح كلٌّ منهما بلقاء الآخر. ومنذ ذلك الوقت راحا يلتقيان يوميًّا. وكان كيريلا بتروفيتش الذي لم يمنح أحدًا شرف استضافته في يوم من الأيَّام، يزور ببساطة زميله القديم في بيته المتواضع. لقد كانا متقاربين في السنِّ، وُلدا في طبقة اجتماعية واحدة، وتلقَّيا تربية متماثلة، ولذا تشابها إلى حدٍّ ما في الطبع والميول، بل كان مصيراهما أيضًا متشابهين في بعض جوانبهما. لقد تزوَّج كلٌّ منهما عن حبٍّ لكنَّهما ترمَّلا بسرعة، ولدى كلٍّ منهما مولود. ابن دوبروفسكي تربَّى في بيتربورغ، وابنة كيريلا بتروفيتش كبرت أمام عينَي والدها، وكان ترويكوروف يقول لدوبروفسكي في أحيان كثيرة:

- اسمع يا أخي أندريه غافريلوفيتش، ما دام لابنك فولودكا مستقبل طيِّب، سأزوِّجه ابنتي ماشا، فلا معنى لبقائك فقيرًا أجرد كالصقر.

فيهزُّ أندريه غافريلوفيتش رأسه ويجيب عادة:

- لا، يا كيريلا بتروفيتش، ابني فولودكا لا يصلح عريسًا لماريا كيريلوفنا. إنَّ زواج نبيل فقير مثله من نبيلة فقيرة يكون فيه سيِّد بيته، خير من أن يصبح وكيل أعمال امرأة مدلَّلة.

كان الجميع ينظرون بحسد إلى الوفاق السائد بين ترويكوروف المتعجرف وجاره الفقير، ويدهشون لشجاعة هذا الأخير حين كان، وهو على مائدة كيريلا بتروفيتش، يعبِّر عن رأيه صراحة، سواء أكان مخالفًا أم موافقًا آراء ربِّ الدار. وقد حاول بعضهم أن يقلِّده ويخرج عن حدود الطاعة، ولكنَّ كيريلا بتروفيتش أخافهم إلى حدٍّ أفقدهم إلى الأبد الرغبة في مثل هذه التجاوزات. وظلَّ دوبروفسكي الوحيد الذي لا يخضع لذلك القانون العام. لكنَّ حدثًا مصادفًا خرَّب وغيَّر كلَّ شيء.

ذات مرَّة، في بداية الخريف، أراد كيريلا بتروفيتش القيام برحلة صيد طويلة. عشيَّة الرحلة صدرت الأوامر لمدرِّبي الكلاب وسائسي الخيل بأن يكونوا جاهزين في الساعة الخامسة صباحًا. وتمَّ إرسال الخيمة والمطبخ مسبقًا إلى المكان الذي سيتناول فيه كيريلا بتروفيتش طعام الغداء. ومضى صاحب الدار وضيوفه إلى حظيرة الكلاب حيث كان يعيش ما يزيد على خمسمئة من كلاب الصيد والحراسة في رفاهية ودفء، وهي تُشيد بكرم كيريلا بتروفيتش بلغتها الكلبيَّة. في الحظيرة مشفى ميداني للكلاب المريضة يُشرف عليه المعالج البيطري الرئيس تيموشكا، وجناح تلد فيه الكلبات الأصيلة جراءها وترضعها. وكان كيريلا بتروفيتش يفخر بهذه المنشأة الرائعة، ولا يفوِّت مناسبة من دون أن يتباهى بها أمام ضيوفه الذين زاروها من قبل عشرين مرَّة على الأقل. راح يتجوَّل في الحظيرة محاطًا بضيوفه، يرافقه تيموشكا ومدرِّبو الكلاب الرئيسيون، فيتوقَّف أمام بعض بيوت الكلاب تارة، ويستفسر تارة عن صحَّة المريضة منها،

أو يبدي ملاحظات صارمة وعادلة إلى هذا الحدِّ أو ذاك، أو ينادي كلابًا يعرفها متحدِّثًا إليها بودٍّ. كان الضيوف يُعدُّون إبداء الإعجاب بحظيرة كلاب كيريلا بتروفيتش أمرًا واجبًا. دوبروفسكي هو الوحيد الذي ظلَّ صامتًا عابسًا. لقد كان صيَّادًا مولعًا بالصيد، ولكنَّ حالته الماديِّة لم تكن تمكِّنه من اقتناء أكثر من كلبين سلوقيين ومجموعة صغيرة من كلاب المطاردة. وقد شعر، رغمًا عنه، ببعض الحسد عند رؤيته هذه المنشأة الخلَّابة.

- «لمَ أنت عابس يا أخي؟»، سأل كيريلا بتروفيتش، «ألا تُعجبك حظيرة كلابي؟».

- «لا، الحظيرة تحفة»، أجاب بجفاء، «أشكُّ في أن يكون سكن فلَّاحيك كسكن كلابك».

استاء أحد مدرِّبي الكلاب.

- «نحن»، قال المدرِّب، «بفضل الله وسيِّدنا لا نشكو من سكننا، ولكنَّ الحقَّ حقٌّ، فقد يكون من الأفضل لبعض النبلاء أن يستبدل مسكنه بأي بيت من بيوت الكلاب هذه، فهنا سيجد طعامًا أكثر، ودفئًا أكثر».

ضحك كيريلا بتروفيتش بصوت عالٍ لملاحظة خادمه الوقحة، وجاراه الضيوف مقهقهين، رغم أنَّهم شعروا بأنَّ نكتة مدرِّب الكلاب يمكن أن تمسَّهم أيضًا. شحب وجه دوبروفسكي ولم ينطق بكلمة. وفي هذه الأثناء جاء العمَّال إلى كيريلا بتروفيتش بسلَّة فيها جراء حديثة الولادة، فانشغل بها، انتقى منها جروين وأمر بإغراق البقية، أما أندريه غافريلوفيتش فاختفى من دون أن يلحظ أحد ذلك.

لم يلحظ كيريلا بتروفيتش غياب دوبروفسكي إلَّا بعد أن عاد مع ضيوفه من حظيرة الكلاب وجلس إلى مائدة العشاء. سأل عنه، فأجابه الخدم أنَّ أندريه غافريلوفيتش ذهب إلى بيته، فأمر ترويكوروف أن يلحقوا به في الحال ويعيدوه حتمًا، فهو لم يكن يخرج للصيد من دون دوبروفسكي الخبير بالكلاب، والعارف ميزاتها بدقَّة، والقادر على حلِّ شتَّى إشكالات الصيد من دون أخطاء.

عاد الخادم الذي لحق بدوبروفسكي، وهم ما يزالون على مائدة العشاء، وأخبر سيِّده بأنَّه لم يستجب لدعوته ورفض العودة. غضب كيريلا بتروفيتش كعادته، وزاد الشراب في هياجه، فأمر الخادم نفسه بالعودة ثانية إلى أندريه غافريلوفيتش وإبلاغه بأنَّه هو، ترويكوروف، سيخاصمه إلى الأبد إذا لم يعد فورًا للمبيت في بوكروفسكويه. انطلق الخادم مسرعًا، أمَّا كيريلا بتروفيتش فنهض عن المائدة، وصرف ضيوفه، وذهب لينام.

كان أوَّل سؤال طرحه في صباح اليوم التالي:

- هل أندريه غافريلوفيتش هنا؟

فقدَّموا له، بدلًا من الجواب، ورقة مطويَّة على شكل مثلَّث، طلب من كاتبه أن يقرأها جهرًا، فسمع ما يلي:

سيِّدي الفاضل،

أنا لا أنوي القدوم إلى بوكروفسكويه، إلَّا بعد أن ترسلوا إليَّ مدرِّب الكلاب باراموشكا معتذرًا، وسيكون لي الخيار في عقابه أو الصفح عنه. فأنا غير مستعدٍّ لتقبُّل مزحات خدمكم، بل غير مستعدٍّ لقبولها منكم، لأنِّي لست مهرِّجًا، بل نبيل عريق. ختامًا، سأظلُّ خادمكم المطيع.

أندريه دوبروفسكي

إنَّ هذه الرسالة، بحسب فهمنا لقواعد الإتيكيت، وقحة للغاية، ولكنَّ ما أغضب كيريلا بتروفيتش فيها، ليس أسلوبها الغريب، ولهجتها، بل محتواها.

- «كيف؟»، أرعد ترويكوروف وهو يقفز من سريره حافيًا، «أنا أرسل إليه خدمي معتذرين، ويكون له الحقُّ في معاقبتهم أو الصفح عنهم! من يظنُّ نفسه، أتراه لا يعرف من يواجه؟ سأريه... سأجعله يندم كثيرًا، وسيعرف ما عاقبة الهجوم على ترويكوروف!».

ارتدى كيريلا بتروفيتش ملابسه وانطلق في رحلة الصيد بالفخامة المعتادة، لكنَّ الصيد لم يكن ناجحًا. لم يروا طول اليوم سوى أرنب واحد، وحتى هذا لم يفلحوا في اقتناصه. ولم يكن الغداء في الهواء الطلق تحت الخيمة موفَّقًا،

بل إنَّه، على الأقل، لم يُعجِب كيريلا بتروفيتش الذي ضرب الطبَّاخ، وشتم الضيوف، وتعمَّد في طريق العودة من صيده، اجتياز حقول دوبروفسكي.

مرَّت أيَّام من دون أن تهدأ الخصومة بين الجارين. لم يعد أندريه غافريلوفيتش يزور بوكروفسكويه، وأصاب الضجر كيريلا بتروفيتش، وانصبَّت كآبته عبارات مهينة للغاية أطلقها بصوت عالٍ، وانتقلت، بفضل جهود النبلاء المحلِّيين، إلى مسامع دوبروفسكي مزيَّدة ومنقَّحة. ودمَّر حدث جديد آخِرَ أملٍ في الصلح بين المتخاصمَين.

كان دوبروفسكي يطوف ذات يوم متفقِّدًا ضيعته الصغيرة، فسمع، حين اقترب من حرج أشجار البتولا، صوت ضربات فأس، تلته طقطقة سقوط إحدى الأشجار. أسرع إلى داخل الحرج، فوجد فلَّاحين من بوكروفسكويه يسرقون أشجاره في هدوء. تفرَّق الفلَّاحون هاربين حين رأوه، ولكنَّ دوبروفسكي وحوذيَّه تمكَّنا من القبض على اثنين منهم، واقتاداهما مقيَّدين إلى باحة منزله. وغنم المنتصر في هذه المعركة ثلاثة من خيول الأعداء. كان دوبروفسكي غاضبًا للغاية، فقبل اليوم لم يجرؤ أبدًا أتباع ترويكوروف، المشهورون بعدوانيَّتهم، على العبث بأملاكه، لعلمهم بالصداقة التي تربطه بسيِّدهم. وقد رأى الآن أنَّهم استغلُّوا القطيعة التي حدثت، فقرَّر، مخالفًا كلَّ مفاهيم قانون الحرب، أن يجلد أسيريه بالأغصان اللَّينة التي اقتطعاها من حرجه، ويضمَّ إلى ماشيته الخيول التي غنمها ويبعثها للعمل.

وصل خبر هذه الحادثة إلى كيريلا بتروفيتش في اليوم نفسه. أخرجه ذلك عن طوره، فأراد في الدقيقة الأولى من غضبه أن يشنَّ، هو وجميع فلَّاحيه، هجومًا على كيستينيوفكا (هكذا كانت تُسمى قرية جاره)، فيدمِّرها عن آخرها، ويسجن مالكها نفسه في دارته. لم يكن مثل هذه البطولات مستغربًا منه، ولكن، سرعان ما اتَّخذت أفكاره اتِّجاهًا آخر.

راح يذرع الصالة جيئة وذهابًا بخطوات ثقيلة، ألقى نظرة مصادفة عبر النافذة، فرأى عربة ترويكا متوقِّفة عند البوَّابة، ورجلًا ضئيلًا يعتمر قبَّعة جلدية

ويرتدي معطفًا سميكًا يترجَّل منها ويتَّجه إلى الملحق بالدار حيث يقيم وكيل أعمال المزرعة. عرف ترويكوروف الرجل، إنَّه شابشكين، العضو المحلَّف في المحكمة المحلِّية، فأمر باستدعائه، وبعد لحظة كان شابشكين يقف أمام كيريلا بتروفيتش يحيِّيه بانحناءات متتالية، وينتظر أوامره بلهفة وتذلُّل.

- «مرحبًا يا هذا، نسيت اسمك»، قال له ترويكوروف، «ما الذي جاء بك؟».
- «كنت ذاهبًا إلى المدينة يا صاحب السموِّ»، أجاب شابشكين، «فعرَّجت على إيفان ديميانوف، لأعرف إن كان لدى سموِّكم أية توجيهات».
- لقد جئت في وقت مناسب للغاية يا هذا، نسيت اسمك، أنا أحتاج إليك. اشرب كأسًا من الفودكا، وأصغِ إليَّ.

أبهج هذا الاستقبال اللطيف العضو المحلَّف في المحكمة وأذهله. اعتذر عن تناول الفودكا، وراح يصغي إلى كيريلا بتروفيتش بكلِّ ما وسعه من الانتباه.

- «عندي هنا جار»، قال ترويكوروف، «ملَّاك صغير فظٌّ، أريد الاستيلاء على أملاكه، فما الذي تقترحه في هذا الشأن؟».
- يا صاحب السموِّ، إذا كان لديكم بعض الوثائق أو...
- لا تغلط يا صاحبي، ليست هناك وثائق. هناك أوامر. القوَّة كلُّها تكمن في أن يُستولى على الأملاك من دون أي وجه قانوني. لكن، مهلًا، هذه الأملاك كانت لنا في يوم من الأيَّام، اشتريناها من رجل يُدعى سبيتسين، وبعناها فيما بعد لوالد دوبروفسكي. ألا يمكن الطعن في هذا؟
- ذلك صعب يا صاحب المكانة السامية، أغلب الظنِّ أنَّ البيع تمَّ بطريقة قانونية.
- فكِّر يا صاحبي، ابحث جيِّدًا.
- ليتكم يا صاحب السموِّ، تستطيعون، مثلًا، أن تحصلوا من جاركم بطريقة ما، على السند، أو عقد البيع الذي امتلك بموجبه ضيعته، عندها، تستطيعون طبعًا...

- أفهم ذلك، ولكن المصيبة هي أنَّ أوراقه كلَّها احترقت حين شبَّت النار في منزله.
- ماذا تقولون يا صاحب السموّ؟ احترقت أوراقه؟! أثمَّة ما هو أفضل لكم من ذلك؟ اعملوا معروفًا، وتصرَّفوا في هذه الحالة بحسب القوانين، فما من شك في أنَّكم ستنالون ما يرضيكم تمام الرضا.
- أتظنُّ ذلك؟ حسنًا، ستكون أنت المسؤول. أنا أعتمد على جهودك، ولك أن تثق بأنِّي سأكافئك عليها.

انحنى شابشكين محيِّيًا حتى كاد يلامس الأرض ثم انصرف مسرعًا، وشرع منذ ذلك اليوم بالسعي لتحقيق ما انتواه. وبفضل حنكته تسلَّم دوبروفسكي بعد أسبوعين بالضبط، دعوة من المدينة لتقديم التفسيرات اللازمة فورًا، حول ملكيَّته لقرية كيستينيوفكا الصغيرة.

أما أندريه غافريلوفيتش الذي أذهله هذا الطلب المفاجئ، فكتب في اليوم نفسه جوابًا جافَّ اللهجة أعلن فيه أنَّ قرية كيستينيوفكا الصغيرة آلت إليه بعد وفاة المرحوم والده، وأنَّه يملكها بموجب قانون الوراثة، وليس لترويكوروف أية علاقة بها، وأنَّ كلَّ ادِّعاء للغرباء بشأن ملكيَّته الخاصَّة هذه لا يعدو أن يكون دسيسةً واحتيالًا.

تركت هذه الرسالة انطباعًا سارًّا في نفس العضو المحلَّف شابشكين، فقد رأى فيها أوَّلًا، أنَّ دوبروفسكي لا يفقه الكثير في مثل هذه الأمور، وثانيًا، أنَّ رجلًا نزقًا ومتهوِّرًا إلى هذه الدرجة، يسهل حشره في أشدِّ المواقف إحراجًا. أمَّا أندريه غافريلوفيتش الذي تمعَّن في طلبات عضو المجلس بأعصاب باردة، فرأى أنَّ من الضروري أن يقدِّم إجابة وافية، لذا كتب عريضة مقنعة، ظهر، فيما بعد، أنَّها لم تكن كافية.

طال النظر في القضية. ولكنَّ أندريه غافريلوفيتش المؤمن بعدالة موقفه لم يقلق كثيرًا، ولم تكن لديه الرغبة أو القدرة على بعثرة النقود من حوله. ومع أنَّه كان دائمًا أوَّل من يسخر من فساد ضمائر معشر الكتبة، لم يخطر في باله أنَّه

سيكون ضحيَّة للدسيسة. كما أنَّ ترويكوروف لم ينشغل كثيرًا بالسعي لكسب القضيَّة التي رفعها، كان شابشكين يقوم بذلك نيابة عنه، يعمل باسمه، يهدِّد القضاة ويرشوهم، ويتحايل في تفسير شتَّى القوانين على هواه.

وأيًّا كانت الحال، فقد تسلَّم دوبروفسكي عن طريق شرطة البلدية، دعوة كي يمثل أمام قاضي ناحية-- للاستماع إلى قراره في قضيَّة الأملاك موضوع النزاع بين الملازم دوبروفسكي والجنرال أوَّل ترويكوروف، والتوقيع على قبول أو رفضه ذلك القرار. في اليوم نفسه، توجَّه دوبروفسكي إلى المدينة. لحق به ترويكوروف في الطريق وسبقه. نظر كلٌّ منهما إلى الآخر بتعالٍ، ولاحظ دوبروفسكي ابتسامة حاقدة على وجه خصمه.

الفصل الثاني

حين وصل أندريه غافريلوفيتش إلى المدينة، نزل ضيفًا على أحد معارفه من التجّار. بات عنده، وفي صباح اليوم التالي حضر إلى محكمة الناحية. لم يكترث به أحد. وحضر بعده كيريلا بتروفيتش، فهبَّ الكتَبة واقفين وقد وضعوا ريشات الكتابة وراء آذانهم، واستقبله أعضاء المحكمة بخنوع عميق، قدَّموا له أريكة احترامًا لرتبته، وسنِّه، وامتلاء جسمه، فجلس قرب باب القاعة المفتوح. أمَّا أندريه غافريلوفيتش فظلَّ واقفًا مستندًا إلى الجدار. ساد سكون عميق، وراح الكاتب يقرأ بصوته الرفيع قرار المحكمة الذي سنعرضه كاملًا مفترضين أنَّ كلَّ امرئ سيُسرُّ حين يرى إحدى الطرق التي يمكن في روسيا أن نُحرم بها من أملاكنا التي هي حقٌّ لنا من دون منازع.

«في 27 تشرين الأوَّل (أكتوبر) من عام --18 نظرت محكمة ناحية -- القضيَّة التي موضوعها استيلاء الملازم في سلاح الفرسان أندريه بن غافريلا دوبروفسكي على الأملاك العائدة للجنرال أوَّل كيريلا بن بيتر ترويكوروف، الكائنة في مقاطعة -- في بلدة كيستينيوفكا وتضمُّ(...) نفسًا من الأقنان الذكور، و(...) دونمًا من الحقول والبساتين. وقد جاء في القضيَّة ما يلي: في 9 تمُّوز (يوليو) الماضي من عام --18 تقدَّم الجنرال أوَّل ترويكوروف المذكور أعلاه، إلى هذه المحكمة بشكوى يقول فيها إنَّ والده المتوفَّى، الزميل المساعد الحائز على وسام، بيتر بن يفيم ترويكوروف، اشترى حين كان يعمل أمينًا للمجلس البلدي في ناحية -- في 14 آب (أغسطس) من عام --17 من النبيل الموظَّف الإداري فادي بن يغور سبيتسين أملاكه الكائنة في ناحية -- في بلدة كيستينيوفكا (كانت

تسمى بحسب سجلَّات إحصاء -- ضاحية كيستينيوفكا)، مع كلِّ الأقنان الذكور المدوَّنين في الإحصاء الرابع، وكلِّ المتاع الفلَّاحي والأبنية الزراعية والأراضي المزروعة البور، والغابات والمراعي وحقِّ صيد الأسماك في النهر المسمَّى كيستينيوفكا، وكلِّ ما يعود إلى تلك الملكية من منتفعات وكذلك بيت المالك الخشبي، أي كلِّ ما بقي له بعد أبيه الشرطي النبيل، يغور بن تيرنتيه سبيتسين، وصار ملكه بالوراثة، من دون إنقاص شيء أو نفس واحدة من الأقنان، مقابل 2500 روبل، وتمَّ تنظيم عقد البيع في اليوم نفسه في ديوان محكمة --، وفي 26 آب (أغسطس) من العام نفسه سجَّلت المحكمة في -- الوالد مالكًا، وثبَّتت تنازل المالك السابق لصالحه. وأخيرًا، في 6 أيلول (سبتمبر) من عام --17 مات الأب بمشيئة الله، بينما كان المستدعي الجنرال أوَّل ترويكوروف منذ عام --17، أي منذ كان فتى تقريبًا، في الخدمة العسكرية، التي أدَّى معظمها في الحملات خارج الحدود، لذا لم يكن بمقدوره أن يعرف شيئًا عن موت أبيه والتركة التي ورثها عنه. والآن، بعد أن استقال نهائيًّا من تلك الخدمة وتقاعد وعاد إلى أملاك والده الكائنة في مقاطعتي -- و-- وفي نواحي-و- و-، وفي بلدات متعدِّدة، وتضمُّ ما يصل إلى 3000 نفس من الأقنان، وجد أنَّ الملازم في سلاح الفرسان أندريه دوبروفسكي المذكور سابقًا قد تملَّك من بين تلك الأملاك الموصوفة أعلاه، الضيعة المذكور عدد أقنانها في الإحصاء -- (والبالغ بحسب الإحصاء الحالي ما مجموعه -- نفسًا) بأرضها وكلِّ منافعها، من دون أيِّ سند قانوني، لذا فهو يُرفق بهذه الدعوى عقد البيع الأصلي الذي أعطاه البائع سبيتسين لأبيه، ويطالب بمصادرة الضيعة المذكورة من مالكها من دون حقٍّ دوبروفسكي ووضعها، بحسب عائداتها، بتصرُّفه، هو ترويكوروف، التامِّ. ونظرًا لحصول دوبروفسكي من دون حقٍّ على مداخيل تلك الضيعة واستفادته منها، يطالب المستدعي بإقرار المدَّعى عليه بمقدار تلك المداخيل، وتغريمه، هو دوبروفسكي، بها بحسب القانون، وإعادتها لصاحبها ترويكوروف.

وبناء على قرار المحكمة المحلِّية في -- فُتح التحقيق فقدَّم المالك الحالي المذكور للضيعة موضوع النزاع، الملازم في سلاح الفرسان دوبروفسكي، شرحًا لكاتب مجلس النبلاء المحلِّي يقول فيه إنَّ الضيعة التي يملكها حاليًا في بلدة كيستينوفكا المذكورة أعلاه، تضمُّ العدد -- من الأقنان وأراضي ومنتفعات، وأنَّه امتلكها بالوراثة بعد موت أبيه الصف ضابط في سلاح المدفعية غافريلا بن بفغراف دوبروفسكي، الذي وصلت إليه شراء من والد المستدعي، ترويكوروف الذي كان يعمل أمين سرٍّ في مجلس المنطقة ثم أصبح زميلًا مساعدًا، وذلك بموجب التصريح المقدَّم من والد المستدعي والمؤرَّخ في 30 آب (أغسطس) من عام --17 والمصدَّق في محكمة -- المحلِّية من المستشار الاعتباري غريغوري بن فاسيلي سوبوليف الذي يتَّضح منه أنَّ والده اشترى تلك الأملاك، فقد جاء فيه بالضبط، أنَّه، هو ترويكوروف، باع لوالده، دوبروفسكي، جميع الأملاك والأراضي التي اشتراها من الموظَّف الإداري سبيتسين، وهي تضمُّ من الأقنان العدد -- وأنَّه قبض من والده المبلغ المتَّفق عليه وقدره 3200 روبل كاملًا بموجب عقد غير قابل للنكول، وطلب من المستشار الاعتباري المذكور، سوبوليف، أن ينظِّم سند التمليك لوالده أصولًا. وينصُّ التصريح على أنَّه وإلى حين إتمام تنظيم سند التمليك، وبعد دفع كامل المبلغ، توضع الأملاك المشتراة منه بتصرُّف المشتري بوصفه المالك الحقيقي، ولا يحقُّ للبائع، ترويكوروف، بعد الآن، ولا لأحد أن يتدخَّل في شؤون تلك الملكية. لكنَّه، هو أندريه دوبروفسكي، لا يعرف متى بالضبط، وفي أيِّ مكان سلَّم المستشارُ سوبوليف أباه سند التمليك، لأنَّه كان في ذلك الوقت طفلًا صغيرًا، وهو لم يستطع العثور بعد موت أبيه، على ذلك السند الذي يظنُّ أنَّه احترق مع الأوراق والأشياء الأخرى في أثناء الحريق الذي شبَّ في منزلهم في عام --17، وهذا أمر يعرفه سكَّان تلك القرية. أمَّا الأملاك المُشار إليها فيملكها آل دوبروفسكي من دون منازع، منذ أن باعها ترويكوروف، أو منذ أن أصدر سوبوليف سند التمليك، أي منذ عام --17، وقد استمرَّ ذلك بعد موت الوالد في عام

--17، وما زال حتى اليوم، وهذا ما شهد عليه سكان المنطقة وعددهم 52 شخصًا، أجابوا تحت القسَم أنَّ ما يستطيعون تذكُّره هو أنَّ السادة دوبروفسكي يمارسون ملكيَّتهم للضيعة موضوع الدعوى منذ سبعين عامًا من دون أي منازع، ولكنَّهم لا يعرفون بأي حقٍّ قانوني أو سند تمليك هم يفعلون ذلك. أمَّا المشتري السابق للضيعة، المذكور في هذه القضية، أمين سرِّ مجلس المنطقة آنذاك، بيتر ترويكوروف، فلا يتذكَّرونه ولا يتذكَّرون ملكيَّته للضيعة. وهم يتذكَّرون أنَّ بيت آل دوبروفسكي احترق قبل نحو ثلاثين عامًا في النار التي شبَّت في الضيعة ليلًا، وقد قدَّر أناس محايدون أنَّ دخل الأملاك المتنازع عليها يبلغ بدءًا من تلك الأيَّام ما لا يقلُّ مجمله عن 2000 روبل سنويًا.

وفي نقض ذلك كلِّه، تقدَّم الجنرال أوَّل كيريلا بن بيتر ترويكوروف في الثالث من كانون الثاني (يناير) من هذا العام، إلى هذه المحكمة بدعوى مفادها أنَّ الملازم في سلاح الفرسان أندريه دوبروفسكي، الذي تقدَّم عند التحقيق في هذه القضية بتوكيل أعطاه أبوه المتوفَّى غافريلا دوبروفسكي للمستشار الاعتباري سوبوليف بشأن الأملاك المبيعة له، لم يرفق بهذا التوكيل عقد بيع أصليًا، ولم يقدِّم أية أدلَّة واضحة على إتمام البيع وفق ما نصَّ عليه الفصل التاسع عشر من المرسوم الصادر في 29 تشرين الثاني (نوفمبر) عام 1752، وبالتالي فإنَّ التوكيل أصبح لاغيًا تمامًا بعد وفاة من أعطاه، وذلك طبقًا لما نصَّ عليه المرسوم الصادر في يوم... من شهر أيَّار (مايو) عام 1818، الذي نصَّ أيضًا على إعطاء الملكية لمن يملك سند تمليك، أو لمن يثبت بالتحقيق أنَّه المالك.

وقد ذكر ترويكوروف في الدعوى أنَّ الضيعة المذكورة ملكٌ لأبيه، وقدَّم برهانًا على ذلك عقد بيع يستوجب، على أساس القوانين المشار إليها، نزع ملكيتها غير المشروعة من المدعو دوبروفسكي وإعطاءها له بحكم الوراثة. ولمَّا كان الإقطاعيَّان دوبروفسكي قد تملَّكا من دون أي سند ضيعة لا يملكانها وحصلا منها من دون حقٍّ على مداخيل ليست لهما تقدَّر بمبلغ (...) على الأقل، يطالب المدَّعي بتحصيل تلك المبالغ

من الإقطاعي دوبروفسكي وإعطائها له، هو ترويكوروف. وبعد النظر في القضية وما دُوِّن فيها وفي القوانين، تبيَّن للمحكمة المحلِّية في -- ما يلي:

يتَّضح من هذه القضية أنَّ الجنرال أوَّل كيريلا بن بيتر ترويكوروف قدَّم بشأن الضيعة موضوع النزاع التي يملكها حاليًا الملازم في سلاح الفرسان أندريه بن غافريلا دوبروفسكي، وتضمُّ العدد (..) من الأقنان الذكور، وأراضٍ، ومنافع أخرى، عقد بيع أصليًّا لتلك الضيعة صادرًا في العام --17 من الموظَّف في مجلس النبلاء فادي سبيستين، لوالده المتوفَّى أمين سرِّ مجلس المقاطعة الذي أصبح فيما بعد زميلًا مساعدًا، إضافة إلى ذلك، يتَّضح من الحاشية المدوَّنة على العقد أنَّ هذا المشتري، ترويكوروف، حضر في العام نفسه إلى المحكمة المحلِّية -- حيث ثُبِّت مالكًا لتلك الضيعة بقرار منها، وأنَّ الملازم في سلاح الفرسان أندريه دوبروفسكي قدَّم من جانبه للردِّ على ذلك وكالةً أعطاها المشتري المتوفَّى ترويكوروف للمستشار الاعتباري سوبوليف من أجل إتمام عقد البيع لوالد دوبروفسكي الذي سبق ذكره، وإنَّ مثل هذه الوثائق لا يعتمد لإثبات امتلاك العقارات غير المنقولة، كما أنَّ القانون رقم (...) لا يسمح بامتلاك العقارات امتلاكًا مؤقَّتًا... أضف إلى ذلك أنَّ التوكيل يُعتبر لاغيًا تمامًا بموت مانحه. ودوبروفسكي لم يقدِّم أية وثائق أخرى تبيِّن متى وأين تمَّ عقد بيع الضيعة موضوع القضية التي ذكرها التوكيل، ولا أيَّة أدلَّة قاطعة تثبت ذلك، منذ بدء دراسة القضية، أي منذ عام --18، حتى الآن. لذا قرَّرت هذه المحكمة تثبيت الضيعة البالغ عدد أقنانها (..) نفسًا، والأراضي والمنافع التابعة لها كما هي في وضعها الراهن ملكًا للجنرال أوَّل ترويكوروف بموجب عقد البيع المقدَّم إلى المحكمة، وإبلاغ المحكمة المحلِّية في -- نزع حقِّ التصرُّف بالضيعة من الملازم في سلاح الفرسان دوبروفسكي ووضعها بتصرُّف السيد ترويكوروف الذي انتقلت ملكيَّتها إليه بالوراثة. أما بشأن مطالبة الجنرال أوَّل ترويكوموروف، علاوة على ذلك، بتعويض من الملازم في سلاح الفرسان دوبروفسكي مقابل تملُّكه، من دون وجه حقٍّ، للضيعة التي ورثها، واستفادته من مداخيلها،

فإن الضيعة المذكورة، كما بيَّنت شهادة المسنِّين من أهلها، كانت لأعوام عدَّة مُلكًا بلا منازع لآل دوبروفسكي، وليس في القضية ما يشير إلى أيِّ اعتراض سابق من جهة السيِّد ترويكوروف على ملكيَّة دوبروفسكي لتلك الضيعة، أضف إلى ذلك أنَّ القانون ينصُّ على أنَّه: 'إذا زرع شخص ما أرضًا أو أقام مبانيَ في مزرعة ليست ملكًا له، تقدَّم صاحبها بشكوى ثبتت صحَّتها، تُسلَّم الأرض وما زرع فيها من قموح وخضراوات وما شُيِّد من مبانٍ، إلى صاحب الحقِّ مباشرة'.

استنادًا إلى ما تقدَّم تردُّ المحكمة مطالبة الجنرال أوَّل ترويكوروف بتعويضٍ من الملازم في سلاح الفرسان دوبروفسكي، لأنَّ الضيعة التي يملكها تُعاد إليه من دون اجتزاء أيِّ شيء منها، وعندما تؤول ملكيَّة الضيعة إليه من دون نقصان لا يبقى له ما يطالب به. إلَّا أنَّ المحكمة تمنح، إلى جانب ذلك، الجنرال أوَّل ترويكوروف الحقَّ بمثل هذه المطالبة إذا امتلك أدلَّة قانونية قاطعة، وعليه، في هذه الحالة، أن يرفع بذلك قضيَّة مستقلَّة. يبلَّغ هذا القرار للمدَّعي والمدَّعى عليه عن طريق الشرطة حسب الأصول القانونية، ويُدعيان إلى هذه المحكمة للاستماع إلى هذا القرار والتوقيع عليه بالقبول أو الرفض.

اتُّخذ هذا القرار بالإجماع ووقَّع عليه جميع أعضاء المحكمة الحاضرين».

صمت كاتب المحكمة، ووقف رئيس الجلسة محيِّيًا ترويكوروف بانحناءة كبيرة، طالبًا منه أن يوقِّع الورقة المقدَّمة إليه، فأخذ ترويكوروف المنتصر الريشة منه ووضع توقيعه في ذيل قرار المحكمة معربًا عن قبوله التامِّ له.

وجاء دور دوبروفسكي، فحمل الكاتب الورقة إليه. لكنَّ دوبروفسكي ظلَّ صامتًا مطرق الرأس.

كرَّر الكاتب دعوته له إلى التوقيع بالقبول التامِّ أو الرفض الصريح، إذا كان يشعر في ضميره أنَّ قضيَّته محقَّة، ويرغب في الاعتراض على القرار أمام الجهة صاحبة الشأن ضمن المهلة القانونية المحدَّدة. ظلَّ دوبروفسكي صامتًا... ثم

رفع رأسه فجأة، كانت عيناه تلتمعان، ضرب الأرض بقدمه، دفع الكاتب دفعة قويَّة أسقطته أرضًا، أمسك بالمحبرة وقذف بها رئيس المحكمة. ارتعب الجميع.

- «ويحكم! تدنِّسون بيت الله! اغربوا عن هذا المكان يا معشر السفلة!»، ثم التفت مخاطبًا كيريلا بتروفيتش: «أسمعت بمثل هذا، يا صاحب السموِّ!»، وتابع قائلًا، «مدرِّبو الكلاب يقودونها إلى كنيسة الربِّ! الكلاب تتراكض في الكنيسة. انتظروا، سألقِّنكم درسًا»...

هرع الحرَّاس حين سمعوا الضجَّة، سيطروا عليه بصعوبة، ثم أخرجوه وأجلسوه في زحَّافته. وخرج ترويكوروف من بعده محاطًا بهيئة المحكمة كلِّها. لقد أثَّر فيه جنون دوبروفسكي المفاجئ تأثيرًا شديدًا، سمَّم إحساسه بالظفر.

أمَّا القضاة، الذين أملوا بالحصول على مكافأة، فلم يفوزوا منه حتى بكلمة إطراء واحدة، فقد غادر في اليوم نفسه عائدًا إلى بوكروفسكويه، بينما كان دوبروفسكي طريح الفراش، يعالجه الطبيب المحلِّي الذي، لحسن الحظِّ، لم يكن جاهلًا تمامًا حجم المريض، وعلَّق له دود العلق والذباب الهندي، فصارت حاله أفضل بحلول المساء، واستعاد وعيه، وفي اليوم التالي نقلوه إلى كيستينوفكا التي يوشك أن يفقدها.

الفصل الثالث

مضى بعض الوقت وصحَّة المسكين دوبروفسكي ما زالت سيِّئة. صحيح أنَّ نوبات الجنون لم تتكرَّر، ولكنَّ قواه ضعفت ضعفًا ملحوظًا. صار ينسى أعماله التي كان يمارسها، ولا يخرج من غرفته إلَّا نادرًا، ويقضي أيَّامًا بكاملها غارقًا في تأمُّلاته. يغوروفنا، العجوز الطيِّبة التي كانت ترعى ابنه في الماضي، أصبحت الآن مربِّيته. راحت تُعنى بشؤونه كأنَّه طفل صغير، تُذكِّره بموعد الطعام، وموعد النوم، تُطعمه، وتُجهِّزه للنوم. وكان أندريه غافريلوفيتش يُطيعها في هدوء، ولا يتعامل إلَّا معها. لم يكن قادرًا على التفكير في أموره، أو في شؤون المزرعة، لذا رأت يغوروفنا أنَّ من الضروري أن تُخبر بذلك دوبروفسكي الشابَّ الذي يخدم في أحد أفواج مشاة الحرس المرابطة آنذاك في بيتربورغ. هكذا انتزعت ورقة من دفتر الحسابات، وأملَت على الطبَّاخ خاريتون، المتعلِّم الوحيد في كيستينيوفكا، رسالة أرسلتها في اليوم نفسه إلى مركز البريد في المدينة.

والآن، حان الوقت كي نعرِّف القارئ ببطل قصَّتنا الحقيقي.

تربَّى فلاديمير دوبروفسكي في المدرسة العسكرية وتخرَّج منها ضابطًا في الحرس. لم يبخل الأب بشيء في سبيل تأمين حياة لائقة لابنه، وهكذا حصل الفتى من بيت أبيه على أكثر ممَّا بإمكانه أن يتوقَّع، فنشأ متلافًا، مغرورًا، يسمح لنفسه بنزوات مكلفة، ويلعب القمار، فغرق في الديون غير آبه بالمستقبل، آملًا أن يحظى، عاجلًا أو آجلًا، بعروس ثريَّة كسائر الشباب الفقراء.

وذات مساء، حين كان بعض الضبَّاط يضجعون على الأرائك في منزله، يدخِّنون غلايينهم الكهرمانية، سلَّمه وصيفُه غريشا رسالة، أذهله اسم مُرسلِها وخاتمها، ففضَّها على عجل وقرأ فيها ما يلي:

يا سيِّدنا فلاديمير أندرييفيتش،

أنا مربِّيتك العجوز، رأيت أن أخبرك بحال أبيك الطيِّب. حاله سيِّئة جدًّا، إنَّه يهذي أحيانًا، ويظلُّ اليوم بكامله جالسًا كطفل بليد. إنَّ الأعمار بيد الله. تعال إلينا يا صقري الوضَّاح، سنرسل الخيول لاستقبالك في محطَّة بيسوتشنيه. يقولون إنَّ المحكمة المحلِّية قادمة إلينا، لوضعنا بتصرُّف كيريلا بتروفيتش ترويكوروف، لأنَّنا، في زعمهم، ملك له، ولكنَّنا ملككم منذ الأزل، ولم نسمع أبدًا بذلك المالك. قد تستطيع، وأنت تعيش في بيتربورغ، أن تبلِّغ أبانا القيصر بأمرنا، فهو لن يتركنا للظلم.

عبدتك المخلصة أبدًا، المربِّية

أورينا يغوروفنا بوزيريفا

أبعث بتبريكاتي كأمٍّ إلى غريشا. أتراه يخدمك جيِّدًا؟ للأسبوع الثاني يستمرُّ عندنا هطول الأمطار، والراعي روديا مات عشيَّة يوم القدِّيس نيكولا.

قرأ فلاديمير دوبروفسكي مرَّات متتالية هذه السطور المشوَّشة للغاية، بقلق غير عادي. لقد فقد أمَّه منذ نعومة أظفاره، وأرسلوه في الثامنة من عمره إلى بيتربورغ وهو لا يكاد يعرف أباه. لكنَّه، ومع ذلك، كان متعلِّقًا به تعلُّقًا رومانسيًا، وهذا ما زاد توقه للحياة الأسرية التي لم يستمتع بأفراحها المتواضعة.

حزَّت في قلبه فكرة فقدانه لأبيه، وأفزعه وضع المريض المسكين الذي استشفَّه من رسالة المربِّية. تخيَّل أباه مُهمَلًا في القرية النائية بين يدي العجوز البلهاء والخدم، يتهدَّده خطر كارثة مجهولة، وهو عاجز يذوي في آلامه الجسدية والروحية، ولام فلاديمير نفسه على استهتاره الآثِم، فهو، على الرغم من أنَّ زمنًا طويلًا قد مضى من دون أن يتلقَّى رسائل من أبيه، لم يفكِّر في السؤال عنه، مفترضًا أنَّه منشغل في أسفاره أو في إدارة شؤون الضيعة.

قرَّر أن يسافر إليه، بل أن يستقيل إذا كانت حالة أبيه المرَضيَّة تتطلَّب بقاءه إلى جانبه. زملاؤه غادروه حين لاحظوا قلقه، ولمَّا بقي وحيدًا كتب طلب إجازة، ثم أشعل غليونًا وغاص في تفكير عميق.

بدأ في اليوم نفسه سعيه في طلب الإجازة، وبعد ثلاثة أيَّام كان في طريق السفر.

اقترب فلاديمير أندرييفيتش من المحطَّة التي كان عليه أن ينطلق منها إلى كيستينيوفكا. كان قلبه يغصُّ بهواجس حزينة، فقد خاف ألَّا يدرك أباه حيًّا، وتخيَّل نمط الحياة الكئيب الذي ينتظره في القرية: المكان النائي، وانعدام الحياة الاجتماعية، والفقر، ومعالجة أمور لا يفقه فيها شيئًا. وصل إلى المحطَّة، ودخل على ناظرها طالبًا منه جيادًا، فسأله الناظر عن الوجهة التي يقصدها، ثم أبلغه أنَّ الجياد قد أُرسلت إليه من كيستينيوفكا، وأنَّها في انتظاره منذ أربعة أيَّام. وسرعان ما حضر بين يدي فلاديمير أندرييفيتش الحوذيُّ العجوز أنطون الذي كان في الماضي يرافقه إلى الاصطبل ويعتني بحصانه الصغير. دمعت عينا أنطون حين رآه، وانحنى حتى لامس الأرض تحيَّة له، وأبلغه أنَّ سيِّده العجوز ما يزال حيًّا، ثم هرع يسرج الخيول. اعتذر فلاديمير أندرييفيتش عن عدم دعوته للإفطار وأسرع في الرحيل. انطلق به أنطون في الطريق بين القرى، ودار بينهما الحديث التالي:

- قل لي يا أنطون، من فضلك، ما المشكلة بين أبي وآل ترويكوروف؟
- الله العليم يا أبتِ فلاديمير أندرييفيتش... سمعنا أنَّ السيِّد اختلف مع كيريل بتروفيتش، فلجأ هذا إلى المحكمة، مع أنَّه كان هو من يحكم وينفذ في معظم الأحيان. ليس لنا، نحن الأقنان أن نناقش أمور السادة، ولكن، أقسم بالربِّ أنَّ أباك أخطأ بمعاداته لكيريلا بتروفيتش، فأنت لا تستطيع أن تحطِّم الصخرة بالسوط.
- أفهم من ذلك أن كيريلا بتروفيتش هذا يفعل عندكم ما يشاء؟
- وأكثر من ذلك يا سيِّدي، فالقاضي في نظره لا يساوي قرشًا، ورئيس الشرطة مجرَّد صبيٍّ في خدمته، والسادة يجيئون إليه لإظهار الولاء، يقول المثل: إذا وُجد المعلف حضرت الخنازير.

- هل صحيح أنَّه سينتزع الضيعة منَّا؟
- آه، يا سيدي، لقد سمعنا نحن أيضًا بذلك. قبل أيَّام قال راعي كنيسة بوكروفسكويه في حفل عماد عند عمدتنا: 'لقد انتهى زمان لهوكم، فقريبًا ستقعون في قبضة كيريلا بتروفيتش'، فردَّ عليه ميكيتا الحدَّاد قائلًا: 'كفاك يا سافيليتش، لا تكدِّر قريبك، ولا تعكِّر مزاج الضيوف'. كيريلا بتروفيتش شيء، وأندريه غافريلوفيتش شيء آخر، ونحن جميعًا عبيد الربِّ والقيصر. أنت لن تستطيع أن تقفل فم أحد بزرٍّ، على كلِّ حال.
- وإذن، أنتم لا ترغبون في أن تصبحوا ملكًا لترويكوروف؟
- ملكًا لكيريلا بتروفيتش! أنقذنا يا ربُّ، وجنِّبنا ذلك: إنَّه، في معظم الأحيان، يظلم فلَّاحيه، وهو إذا ما حصل على أقنان جدد لن يكتفي بسلخ جلودهم، بل سيمزِّق لحمهم أيضًا. كلَّا، أطال الله عمر أندريه غافريلوفيتش، أمَّا إذا اختاره الربُّ إلى جواره، فلا نريد أحدًا سواك راعيًا لنا، لا تسلِّمنا له، ونحن سنقف إلى جانبك...

قال أنطون هذه الكلمات، ثم لوَّح بالسوط، وهزَّ عنان الخيل فانطلقت تعدو بخطى واسعة.

ظلَّ دوبروفسكي، الذي أثَّر فيه إخلاص الحوذيِّ العجوز، صامتًا، واستسلم لأفكاره من جديد. انقضى أكثر من ساعة قبل أن تُوقظ غريشا صيحة مفاجئة: «هي ذي بوكروفسكويه!»، رفع دوبروفسكي رأسه. كانت العربة تسير على شاطئ بحيرة كبيرة، يتفرَّع منها نهر صغير يسيل متعرِّجًا بين التلال البعيدة التي ارتفع فوق إحداها وسط حرج أخضر كثيف سطحٌ حجري ضخم، وارتفعت فوق أخرى كنيسةٌ ذات خمس قباب وبرج أجراس قديم، تناثرت حولها أكواخ الفلَّاحين بحواكيرها وآبارها. عرف دوبروفسكي هذه الأماكن، وتذكَّر أنَّه كان يلعب فوق تلك التلَّة مع ماشا ترويكوروفا. الطفلة التي تصغره بعامين، الطفلة التي كانت ملامحها تبشِّر بحسناء في المستقبل. أراد أن يسأل عنها أنطون، غير أنَّ الخجل منعه من ذلك.

حين اقترب من بيت الإقطاعي، رأى ثوبًا أبيض، لاح له بين أشجار الحديقة. وفي اللحظة نفسها ساط أنطون الخيل مستسلمًا للغرور الذي يتَّصف به حوذيُّو الأرياف وسائقو العربات في المدن على حدٍّ سواء، فاندفعت العربة بأقصى سرعة عبر الجسر متجاوزة القرية. صعدت العربة، بعد تجاوزهما القرية، أحد المرتفعات، فرأى فلاديمير حرج أشجار البتولا في فسحة وإلى يساره، رأى بيتًا رماديًّا صغيرًا ذا سقف من القرميد الأحمر، خفق قلبه بشدَّة. لقد رأى أمامه كيستينوفكا وبيت أبيه المتواضع.

بعد عشر دقائق دخل فلاديمير فناء بيت مالك الضيعة، وجال ببصره متأمِّلًا ما حوله بانفعال لا يُوصف. إنَّه لم يرَ موطنه منذ اثني عشر عامًا. أشجار البتولا التي عرفها يوم كان هنا غرساتٍ صغيرةً زُرعت قرب السور، أصبحت الآن أشجارًا عالية كثيرة الأغصان. والفناء الذي كانت تزيِّنه ذات يوم ثلاثة أحواض من الزهور متقنة البناء يمرُّ بينها درب عريض منظَّف بعناية، تحوَّل إلى مرج نَمَت فيه الأعشاب مهمَلة ترعاها فرس مقيَّدة. شرعت الكلاب تعوي، ولكنَّها صمتت حين عرفت أنطون وراحت تهزُّ ذيولها الشعثاء. تقاطر الخدم من أكواخهم وأحاطوا بالسيِّد الشاب معبِّرين بصخب عن فرحهم. شقَّ الشابُّ طريقه بصعوبة وسط الحشد المهتاج، وهرول صاعدًا الدرجات المتهالكة نحو المدخل حيث كانت يغوروفنا تنتظره. عانقته باكية، أمَّا هو فراح يكرِّر:

- «مرحبًا، مرحبًا، يا نانا»، ضامًّا العجوز الطيِّبة إلى صدره، «ما بال أبي؟ أين هو؟ كيف حاله؟».

في هذه اللحظة، دخل إلى الصالة عجوز طويل القامة يحرِّك ساقيه بصعوبة. كان شاحبًا، نحيلًا يرتدي ثوبًا منزليًّا وقبَّعة.

- «مرحبًا بك يا فالودكا!»، قال بصوت ضعيف، فعانق فلاديمير أباه بحرارة.

هزَّت الفرحة المريض هزَّة شديدة جدًّا، فخارت قواه، خذلته ساقاه وكاد يقع لولا أن تداركه ابنه بالمساعدة.

- «لماذا نهضت من السرير؟»، قالت له يغوروفنا، «ساقاك لا تقويان على حملك، ومع ذلك تندفع إلى حيث يندفع الناس».

حُمل العجوز إلى غرفة نومه. بذل جهده محاولًا الحديث مع ابنه، لكنّ الأفكار اختلطت في رأسه، وفقدت الكلمات كلّ ترابط فيما بينهما، فصمت وراح في غيبوبة. صُعق فلاديمير لحال أبيه، جلس في غرفة نومه، وطلب من الخدم أن يتركوه معه على انفراد. أذعن الخدم لطلبه، والتفتوا حينذاك إلى غريشا. اقتادوه إلى غرفة الخدم، وهناك رحَّبوا به على طريقتهم القروية، مظهرين كلّ أشكال الفرح الممكنة، وأرهقوه بكثرة الأسئلة وعبارات الترحيب.

الفصل الرابع

على المائدة، حيث كان الطعام، كان التابوت.

قصيدة «في رثاء الأمير ميشيرسكي»

درجافين

أراد دوبروفسكي الشابُ، بعد أيَّام من وصوله، مباشرة العمل. لكنَّ الأب لم يكن في حالة تسمح له بإعطائه الإرشادات اللازمة، ولم يكن لدى أندريه غافريلوفيتش وكيل أعمال. فتَّش في أوراقه، فلم يجد غير رسالة القاضي الأولى، ومسوَّدة ردِّ أبيه عليها، ولم يستطع أن يحصل من خلالهما على فهم واضح للنزاع، لذا قرَّر أن ينتظر العواقب، معتمدًا على عدالة القضيَّة ذاتها.

في هذه الأثناء، كانت صحَّة أندريه غافريلوفيتش تزداد سوءًا ساعة بعد ساعة، فشعر فلاديمير بقرب نهاية الرجل العجوز الذي ارتدَّ إلى طفولته، فلم يبارحه.

انتهت المهلة المحدَّدة للاعتراض من دون أن يتقدَّم به أحد، فصارت كيستينوفكا مُلكًا لترويكوروف. وجاءه شابشكين تسبقه تحيَّاته وتهانيه، طالبًا منه تحديد الموعد المناسب للقيام بإجراءات تسليم الضيعة الجديدة لسموِّه، هو نفسه، أو لمن يرغب في منحه توكيلًا بذلك. ارتبك كيريلا بتروفيتش. هو بطبعه لم يكن جشعًا، ولكنَّ الرغبة في الانتقام ساقته بعيدًا جدًّا. شعر بتأنيب الضمير. كان يعرف الحالة التي وصل إليها خصمه، زميل صباه القديم، غير أنَّ الانتصار لم يبهج قلبه. ألقى على شابشكين نظرة مخيفة، باحثًا عن سبب لمشاجرته، لشتمه بأقذع الشتائم، لكنَّه لم يجد سببًا كافيًا لذلك، فقال له غاضبًا:

- انقلع من هنا، لا وقت لديَّ أضيِّعه معك.

حين رآه شابشكين بهذا المزاج السيء، انحنى محيِّيًا وغادر مسرعًا. أمَّا كيريلا بتروفيتش، الذي بقي وحيدًا، فراح يذرع المكان جيئة وذهابًا وهو يدندن: «زمجر يا رعد الانتصار»، وهذا كان دائمًا يعني أنَّه يشكو من اضطراب غير عادي في أفكاره.

أمر أخيرًا أن تُسرج له عربة خفيفة، ارتدى ملابس سميكة - كان الوقت أواخر أيلول (سبتمبر) - وقاد العربة بنفسه مغادرًا الفناء.

بعد قليل رأى بيت أندريه غافريلوفيتش الصغير، فامتلأت روحه بمشاعر متناقضة. الانتقام وشهوة السلطة اللذان تحقَّقا، حجبا إلى حدٍّ ما المشاعر الأكثر نبلًا، ولكنَّ هذه الأخيرة انتصرت في نهاية المطاف، فقرَّر أن يُصالح جاره القديم، ويقضي على آثار الخلاف، ويُعيد له أملاكه. اطمأنَّت روح كيريلا بتروفيتش لهذه النيَّة الطيِّبة، فانطلق بالخيل خببًا إلى بيت جاره، ودخل الفناء مباشرة.

المريض الذي كان في هذه الأثناء جالسًا قرب النافذة، عرف كيريلا بتروفيتش فارتسمت على وجهه علامات اضطراب فظيع: حلَّت الحمرة القانية محلَّ الشحوب العادي في وجنتيه، والتمعت عيناه، وراح يتلفَّظ بأصوات مبهمة. رفع ابنه، الجالس بقربه يراجع سجلَّات المزرعة، رأسه فأذهلته حالة أبيه. كان المريض يشير بإصبعه إلى الفناء في خوف وغضب وقد جمع بسرعة أذيال ردائه وهو يهمُّ بالوقوف. شرع ينهض... ثم سقط فجأة. اندفع الابن نحوه، غير أنَّ العجوز كان يرقد مشلولًا من دون أنفاس أو حراك.

- «أسرعوا إلى المدينة، أحضروا الطبيب!»، صرخ فلاديمير.

- «كيريلا بتروفيتش يسأل عنك»، قال خادم دخل لتوِّه، فرماه فلاديمير بنظرة مريعة.

- قل لكيريلا بتروفيتش أن ينقلع من هنا بسرعة قبل أن آمر بطرده من الفناء... هيَّا، اغرب عن وجهي!

غادر الخادم مسرعًا كي ينفِّذ أمر سيِّده، وقد أبهجه ذلك الأمر. أما يغوروفنا

فصفقت كفًّا بكفٍّ، وقالت بصوت رفيع:

- يا ولدي أنت بذلك تحطِّم رأسك! كيريلا بتروفيتش سيلتهمنا.

- «اصمتي يا نانا»، قال فلاديمير بغضب، «أرسلي الآن أنطون إلى المدينة لإحضار الطبيب».

خرجت يغوروفنا.

كان المدخل خاليًا، فالجميع هرعوا إلى الفناء ليروا كيريلا بتروفيتش. خرجت إلى الشرفة، فسمعت جواب الخادم الذي نقله عن لسان السيِّد. استمع إليه كيريلا بتروفيتش وهو جالس في عربته. صار وجهه أشدَّ ظلمة من الليل، ابتسم ابتسامة احتقار، وألقى نظرة رهيبة على الخدم، ثم انطلق بعربته متمهِّلًا بالقرب من السور. نظر عبر النافذة إلى حيث كان يجلس، قبل دقيقة، أندريه غافريلوفيتش الذي لم يعد موجودًا هناك. كانت المربِّية تقف في الشرفة، وقد نسيت ما أمرها به السيِّد، وكان الخدم يناقشون بصخب ما حدث. وفجأة ظهر فلاديمير بين الناس، وقال بصوت متهدِّج:

- لا داعي للطبيب، لقد مات أبي.

ساد الاضطراب. واندفع الناس إلى غرفة السيِّد العجوز. كان راقدًا في الأريكة التي حمله إليها فلاديمير، يده اليمنى مدلاة تلامس الأرض، ورأسه يتدلَّى فوق صدره، وقد خلا ذلك الجسد الذي لم يبرد بعد، من كلِّ علامات الحياة، وأكسبه الموت شكلًا مختلفًا. كانت يغوروفنا تنوح، أمَّا الخدم الذين تُركت الجثَّة في عهدتهم، فأحاطوا بها وغسلوها، وألبسوها البزَّة الرسمية المخيطَة منذ عام 1797، ثم مدَّدوها على الطاولة نفسها التي ظلُّوا سنين طويلة يقدِّمون عليها الطعام لسيِّدهم.

الفصل الخامس

تمَّ الدفن في اليوم الثالث. كان جسد العجوز المسكين مسجًّى على الطاولة، مغطًّى بالكفن، محاطًا بالشموع، وغرفة الطعام مكتظَّة بالخدم المتهيِّئين لحمله. حمل فلاديمير وثلاثة من الخدم التابوت. مشى الكاهن أمامه، ورافقه سادن يرتِّل أدعية جنائزية. اجتاز مالك كيستنيوفكا عتبة منزله للمرَّة الأخيرة. ساروا بالتابوت عبر حُرج البتولا، الذي تقع الكنيسة وراءه. وكان النهار صاحيًا باردًا والأوراق الخريفية تتساقط عن الشجر.

عند خروجهم من الحُرج، برزت أمامهم كنيسة كيستينيوفكا الخشبية والمقبرة وأشجار الزيزفون العتيقة. هناك رقد جسد والدة فلاديمير، وثمَّة حفرة حفرت حديثًا غير بعيد عن قبرها.

غصَّت الكنيسة بفلَّاحي كيستينيوفكا الذين جاؤوا لإلقاء تحيَّة الوداع على سيِّدهم. كان دوبروفسكي الشابُّ واقفًا بالقرب من جوقة الإنشاد. لم يكن يبكي، أو يصلِّي، لكنَّ وجهه كان مخيفًا. انتهى الطقس الحزين. تقدَّم فلاديمير الجميع، ودَّع الجثمان، وودَّعه من بعده جميع الخدم. ثم جاؤوا بغطاء للتابوت فثبَّتوه بالمسامير. كانت النسوة يندبن بصوت عالٍ، أمَّا الرجال فكانوا يمسحون دموعهم بقبضاتهم بين الفينة والأخرى. حمل فلاديمير والخدم الثلاثة التابوت إلى المقبرة، يرافقهم أهل القرية كلُّهم. أنزلوا التابوت في القبر، وألقى كلُّ واحد من الحاضرين حفنة تراب فوقه، ثم ردموا الحفرة، وانحنوا مودِّعين، وانصرفوا. غادر فلاديمير المكان مسرعًا، وسبق الجميع في الاختفاء بين أشجار حرج كيستنيوفكا.

دعت يغوروفنا باسمه، الكاهن وجميع العاملين في الكنيسة إلى وليمة جنائزية، معلنة أنَّ السيِّد الشابَّ لا ينوي حضورها. وهكذا توجَّه الأب أنطون وزوجته فيدوتوفنا والسادن إلى فناء بيت السيِّد سيرًا على الأقدام، وهم يتحدَّثون مع يغوروفنا عن فضائل المرحوم، ويناقشون المصاعب التي يرون أنَّها ستواجه وريثه، فخبر زيارة تريويكوروف والاستقبال الذي حظي به، كان قد انتشر في الناحية كلِّها، وراح السياسيون المحلِّيون يتنبَّؤون بعواقب هامَّة لكلِّ ذلك.

- «ليكن ما يكون»، قالت زوجة الكاهن، «ولكن، من المؤسف ألَّا يصبح فلاديمير أندرييفيتش سيِّد ضيعتنا. إنَّه شاب رائع، لا جدال في ذلك».

- «ومن سيصبح سيِّدنا، إذا لم يكن هو»، قاطعتها يغوروفنا، «عبثًا يتحدَّى كيريلا بتروفيتش، فهو لا يواجه جبانًا. إنَّ صقري الفتيَّ يستطيع الدفاع عن نفسه بنفسه، وبإذن الله، لن يتخلَّى عنه الناس الأفاضل. كيريلا بتروفيتش متغطرس للغاية، ولكنَّه طوى ذيله حين صاح غريشا حبيبي في وجهه: 'انقلع من هنا أيُّها الكلب العجوز! ارحل عن بيتي!'».

- «آه يا يغوروفنا»، قال السادن، «أتعجَّب من غريغوري، كيف طاوعه لسانه، أظنُّ أنَّ شتم أسقف أسهل عليَّ من تصويب نظرة غضب إلى كيريلا بتروفيتش. فمجرَّد رؤيته تثير خوفًا واضطرابًا يرغمانك على الانحناء، ويتقوَّس ظهرك من تلقاء نفسه، ينثني تلقائيًا»...

- «باطل الأباطيل»، قال الكاهن، «إنَّ كيريلا بتروفيتش نفسه سيشيَّع أيضًا إلى الأبديَّة، تمامًا مثل أندريه غافريلوفيتش، الفارق فقط هو أنَّ الجنازة ستكون أكثر فخامة، وسيُدعى عدد أكبر من الضيوف، ولكن، أليس ذلك كلُّه سيَّان عند الربِّ!».

- آه يا أبتاه! نحن أيضًا أردنا أن ندعو الناحية كلَّها، غير أنَّ فلاديمير أندرييفيتش رفض ذلك: الخير كثير عندنا، وهناك ما نقدِّمه للضيوف، ولكن ما باليد حيلة. وما دام أناس غير مدعوِّين، دعوني، على الأقل، أحتفي بكم يا ضيوفنا الأعزاء.

حثَّ هذا الإغراء الرقيق والإيحاء بوجود طعام لذيذ، المتحدِّثين على الإسراع في المشي، فوصلوا بسلام إلى منزل السيِّد حيث كانت المائدة ممدودة والفودكا حاضرة.

في هذه الأثناء، كان فلاديمير يتوغَّل في عمق الغابة محاولًا أن يُخمد بالحركة والإجهاد حزن روحه. كان يسير على غير هدى، يصطدم في سيره بأغصان الأشجار اليابسة، فتسبِّب له الخدوش، وتغوص قدماه في وحل المستنقع، لكنَّه لم يكن يلحظ شيئًا. وأخيرًا، وصل إلى مرج صغير تحيط به أشجار الغابة من الجهات كلِّها، فيه غدير ينساب ماؤه متعرِّجًا صامتًا بين الأشجار التي جعلها الخريف نصف عارية. توقَّف فلاديمير. جلس على كومة جافَّة باردة من جذور النبات. وراحت الأفكار تتتالى وتتزاحم في روحه وكلٌّ منها أشدُّ قتامة من سابقتها... شعر شعورًا حادًّا بوحدته. وبدا له المستقبل ملبَّدًا بسُحُب سوداء مخيفة. العداوة بينه وبين ترويكوروف تنذره بنكبات جديدة. ثروته الضئيلة قد تنتقل منه إلى أيدٍ غريبة، وفي هذه الحالة لن يجد في انتظاره غير الفقر. ظلَّ فترة طويلة يجلس ساكنًا في مكانه، يتأمَّل الانسياب الهادئ للغدير الذي كان يجرف معه بعض أوراق الشجر الشاحبة، فيرى في ذلك صورة حيَّة صادقة للحياة، صورة مألوفة جدًّا. وحين لاحظ، أخيرًا، أنَّ الظلام بدأ يهبط، نهض ومضى يبحث عن الطريق إلى بيته، لكنَّه تاه طويلًا في الغابة التي يجهلها، قبل أن يعثر على درب قاده مباشرة إلى باب البيت.

التقى دوبروفسكي في طريقه الكاهن وجماعته، فخطر له أن ذلك نذير شؤم. فانتحى جانب الطريق لا إراديًا، واختبأ وراء إحدى الأشجار. لم تلحظه الجماعة التي كانت تتحادث بحرارة وهي تمرُّ بجانبه.

- «ابتعدي عن الشرِّ، وافعلي الخير»، قال القسُّ لزوجته، «لا داعي لبقائنا هنا، فالهمُّ ليس همَّك أيًّا كانت نهاية الأمر».

أجابته زوجته بكلام ولكن فلاديمير لم يتمكَّن من سماعه.

حين وصل فلاديمير، رأى جمعًا غفيرًا من الفلَّاحين والخدم يحتشد في فناء الدار. وسمع، وهو ما يزال بعيدًا، ضجَّة وصخبًا غير عاديَّين. كان ثمَّة

عربتا ترويكا تقفان إلى جوار الحظيرة، وعلى الشرفة وقف عدد من رجال غرباء يرتدون الزيَّ الرسمي، وقد بدا أنَّهم يتحادثون في أمر ما.

- «ما معنى هذا؟»، سأل بغضب أنطون الذي هرع لملاقاته، «من هؤلاء، وماذا يريدون؟».
- «آه يا أبتِ فلاديمير أندرييفيتش!»، أجاب أنطون وهو يلتقط أنفاسه، «لقد حضرت هيئة المحكمة. إنَّهم يسلِّموننا إلى ترويكوروف، وينتزعوننا من رعايتك الرحيمة».

أطرق فلاديمير برأسه، وتحلَّق الناس حول سيِّدهم المنكوب.

- «يا أبانا!»، صرخوا وهم يقبِّلون يديه، «لا نريد سيِّدًا سواك، إن أمرتنا أن نطرد المحكمة، سنفعل. نموت ولا نستسلم».

نظر إليهم فلاديمير فتملَّكته مشاعر غريبة.

- «اهدؤوا»، قال لهم، «أنا سأكلِّم هؤلاء الموظَّفين».
- «كلِّمهم يا أبانا»، صاح به المجتمعون، «وبِّخ هؤلاء الملاعين».

اقترب فلاديمير من الموظَّفين. كان شابشكين معتمرًا قبَّعته، وقد وقف واضعًا يديه على خاصرتيه، وراح ينظر بتعالٍ إلى ما حوله. أمَّا رئيس الشرطة، وهو رجل طويل القامة، بدين، في الخمسين من العمر، ذو شارب، أحمر الوجه، فصرخ حين رأى دوبروفسكي قادمًا، وقال بصوت أجشَّ:

- وهكذا، أعود فأكرِّر ما قلته لكم سابقًا: أنتم من الآن فصاعدًا ملك كيريلا بتروفيتش ترويكوروف بموجب قرار المحكمة المحلِّية، ويمثِّله هنا السيِّد شابشكين. أطيعوه في كلِّ ما يأمر به، أما أنتنَّ يا نسوان فأحببْنه واحترمْنَه، فهو مولع للغاية بكنَّ.

قهقه رئيس الشرطة ضاحكًا لمزحته الوقحة هذه، وفعل شابشكين وسائر الأعضاء الشيء نفسه. استشاط فلاديمير غضبًا.

- «اسمحوا لي أن أعرف ما معنى هذا»، توجَّه بسؤاله إلى رئيس الشرطة وهو يتظاهر ببرودة الأعصاب.

- «إنَّ هذا يعني»، أجاب موظَّف متفذلك، «أنَّا جئنا لنسلِّم هذه الضيعة إلى كيريلا بتروفيتش ترويكوروف، ونطلب من سائر الغرباء مغادرتها بسلام وعن طيب خاطر».

- ولكن، أظنُّ أنَّه كان بمقدوركم أن تتوجَّهوا أليَّ قبل أن تتوجَّهوا إلى فلَّاحيَّ، كي تُعلموا المالك بنزع سلطته...

- «ومن أنت؟»، قال شابشكين وهو يرميه بنظرة وقحة، «الإقطاعي السابق أندريه بن غافريلا دوبروفسكي توفَّاه الله، أمَّا أنت فلا نعرفك ولا نريد أن نعرفك».

- «إنَّه فلاديمير أندريفيتش، سيِّدنا الشابُّ»، قال صوت من الحشد.

- «من الذي تجرَّأ وفتح فمه»، قال الرئيس متوعِّدًا، «أيُّ سيِّد، وأيُّ فلاديمير أندرييفيتش؟ سيِّدكم هو كيريلا بتروفيتش ترويكوروف، ألا تسمعون يا حمقى؟!».

- «هذا مستحيل»، أجاب الصوت نفسه.

- «هذا عصيان!»، صرخ الضابط، «هيه، يا عمدة، تعال إليَّ!».

خطا العمدة إلى الأمام.

- جدْ لي فورًا من تجرَّأ على معارضتي، سأربِّيه!

التفت العمدة إلى الحشد، وسأل:

- من تكلَّم؟

ظلَّ الجميع صامتين، وسرعان ما سرت في الصفوف الخلفية همهمة، أخذت تعلو، وتحوَّلت في دقيقة إلى صراخ مخيف. خفض الرئيس صوته محاولًا تهدئتهم.

- «لا تلتفتوا إليه!»، صاح الخدم، «هيَّا يا فتيان! اهجموا عليهم!».

تحرَّك الحشد كلُّه. فاندفع شابشكين وبقيَّة الأعضاء إلى الداخل مسرعين، وأغلقوا باب البيت.

- «هيَّا نقيِّدهم يا شباب!»، صاح الصوت نفسه.

راح الحشد يضغط محاولًا فتح الباب...

- «توقَّفوا!»، صرخ دوبروفسكي، «ما هذا أيُّها الحمقى؟ إنَّكم تُهلكون أنفسكم وتُهلكونني. اذهبوا إلى بيوتكم ودعوني وشأني. لا تخافوا، القيصر رحيم، سأستنجد به. إنَّه لن يخذلنا. نحن كلُّنا أبناؤه. ولكن كيف سيقبل أن يحميكم وأنتم تتمرَّدون وتمارسون الأعمال الإجرامية!».

ترك كلام دوبروفسكي الشابِّ، وصوته الرنَّان، ومظهره المهيب، الأثر المطلوب. هدأ الناس، وتفرَّقوا، وبات الفناء خاليًا. ظلَّ الموظَّفون جالسين في المدخل. وأخيرًا فتح شابشكين الباب بهدوء، وخرج إلى الشرفة وهو يحيي دوبروفسكي بانحناءات ذليلة ويشكره على حمايته الرحيمة لهم. استمع إليه فلاديمير باحتقار ولم يقل شيئًا.

- «لقد قرَّرنا»، تابع رئيس الشرطة، «أن نستأذنكم بالمبيت هنا هذه الليلة، فالظلمة حالكة، وفلَّاحوكم يمكن أن يهاجمونا ونحن في الطريق. نرجو أن تتكرَّم فتأمر أن يفرشوا لنا ولو بعض القشِّ في البهو... سنغادر عند طلوع الفجر».

- «افعلوا ما تشاؤون»، أجابه دوبروفسكي بجفاء، «أنا لست المالك هنا».

قال ذلك ودخل غرفة أبيه وأغلق الباب خلفه.

الفصل السادس

«هكذا انتهى كلُّ شيء»، قال فلاديمير لنفسه، «حتى هذا الصباح كنت أملك مكانًا للعيش وقطعة خبز. غدًا يجب أن أترك هذا البيت الذي وُلدت فيه ومات فيه أبي، لمن كان السبب في موته وفقري». توقَّفت عيناه تنظران جامدتين إلى صورة أمِّه التي رسمها الفنان مستندة إلى الدرابزون في ثوب صباحي أبيض، تزيِّن شعرها وردة حمراء قانية. «وهذه اللوحة سيحصل عليها عدوُّ أسرتي»، فكَّر، «وسيلقي بها في المستودع مع الكراسي المخلَّعة أو يعلِّقها في المدخل موضوعًا لسخرية مرِّوضي كلابه، أمَّا في غرفة نومها، في الغرفة التي مات فيها أبي، فسيقيم وكيله، أو سيجعلها سكنًا لحريمه. لا، لا، يجب ألَّا يكون هذا البيت البائس الذي يطردني منه، مُلكًا له». صرَّ فلاديمير على أسنانه، وتوالت الأفكار المخيفة في رأسه.

تناهت إلى سمعه أصوات الموظَّفين، كانوا يتصرَّفون وكأنَّهم أصحاب البيت، يأمرون بإحضار كذا أو كذا، فيشتِّتون بشكل مزعج استغراقه في أفكاره الحزينة. ثم هدأ أخيرًا كلُّ شيء.

فتح فلاديمير الخزائن الصغيرة والأدراج وانهمك في التنقيب في أوراق المتوفَّى. كان معظمها أوراق حسابات ومراسلات تتعلَّق بقضايا متنوِّعة، مزَّقها فلاديمير من دون أن يقرأها. ثم عثر على مغلَّف كُتبت عليه عبارة «رسائل زوجتي». اهتزَّت مشاعر فلاديمير بقوَّة وشرع بقراءتها. الرسائل مكتوبة في زمن الحرب على تركيا ومُرسلة إلى بريد الجيش من كيستينيوفكا. وفيها تصف له حياتها الخاوية، وتُحدِّثه عن أشغال المزرعة، وتشكو برقَّة ألم الفراق، وترجوه

أن يعود إلى بيته، إلى أحضان زوجته الطيِّبة. وفي إحداها عبَّرت له عن قلقها على صحَّة فلاديمير الصغير، وفي أخرى عن فرحها بمواهبه المبكرة، وتنبَّأت له بمستقبل باهر سعيد. استغرقت القراءة فلاديمير، فنسي كلَّ ما في الدنيا، وغرقت روحه في عالم السعادة العائلية، فلم يشعر بمرور الوقت. دقَّت الساعة الجدارية معلنة الحادية عشرة. فدسَّ الرسائل في جيبه وحمل شمعة وغادر المكتب. في الصالة كان الموظَّفون نائمين على الأرض، وعلى الطاولة تكوَّمت الكؤوس التي أفرغوها، وفاحت في الغرفة كلِّها رائحة الروم القوية، فشعر فلاديمير بالقرف وهو يمرُّ بجانبهم. كان باب البيت موصدًا. وحين لم يجد المفتاح، عاد إلى الصالة. وجد المفتاح على الطاولة. فتح فلاديمير الباب، فإذا برجل يقبع متخفِّيًا في الزاوية وفي يده بلطة تلتمع. وجَّه نحوه ضوء الشمعة فعرفه. إنَّه الحدَّاد أرخيب.

- «ماذا تفعل هنا؟»، سأله.
- «آه، يا فلاديمير أندرييفيتش، هذا أنت إذن!»، أجاب أرخيب هامسًا، «ليلطفْ بك الربُّ ويحميك! من حسن الحظِّ أنَّك تمشي حاملًا شمعة!».

نظر إليه فلاديمير دهِشًا، ثم سأله:

- لماذا تختبئ هنا؟
- «أنا أردتُ... أنا جئتُ... لأرى إن كان الجميع في البيت»، أجابه أرخيب بصوت خفيض، متلعثمًا.
- ولماذا تحمل البلطة؟
- لماذا البلطة؟ وهل يستطيع المرء أن يتجوَّل في هذه الأيَّام من دون بلطة! إنَّ هؤلاء الموظَّفين، كما ترى، مشاكسون، وقد يحدث ما ليس في الحسبان...
- أنت سكران، ارمِ البلطة، واذهب فخذ كفايتك من النوم.
- أنا سكران؟ يشهد الله، يا أبتِ فلاديمير أندرييفيتش، أنَّني لم أضع

قطرة شراب واحدة في فمي... وأي شراب يمكن أن يخطر في البال! من يصدِّق أنَّ الموظَّفين قرَّروا الاستيلاء علينا، وأنَّهم يطردون سادتنا من بيوتهم... انظر كيف يشخر هؤلاء الملاعين، أتمنَّى لو أقضي عليهم بضربة واحدة، ثم أختفي من دون أثر.

عبس دوبروفسكي.

- «اسمع يا أرخيب»، قال بعد صمت قصير، «ما فكَّرت فيه خطأ. المذنب ليس الموظَّفون. أشعل المصباح واتبعني».

أخذ أرخيب الشمعة من يد سيِّده، وأخرج المصباح من وراء الموقد، أضاءه ثم نزل الاثنان من الشرفة وسارا معًا في هدوء بمحاذاة الفناء. شرع الحارس يقرع لوح الإنذار الحديدي وعوت الكلاب.

- «مَن الحرَّاس؟»، سأل دوبروفسكي.

- «نحن يا أبتِ، فاسيليا ولوكيريا»، أجابه صوت رفيع.

- «اذهبا إلى بيتيكما»، قال لهما دوبروفسكي، «لا حاجة إلى وجودكما».

- «شاباش»، قال أرخيب.

- «شكرًا يا وليَّ نعمتنا»، أجابت المرأتان وغادرتا إلى بيتيهما في الحال.

تابع دوبروفسكي سيره. اقترب منه رجلان وناداه، فعرف دوبروفسكي من صوتيهما أنَّهما أنطون وغريشا.

- «لماذا ما زلتما ساهرين؟»، سألهما.

- «وكيف لنا أن ننام ونحن فيما نحن فيه!»، أجاب أنطون، «من كان يتصور»...

- «اهدأ!»، قاطعه دوبروفسكي، «أين يغوروفنا؟».

- «إنَّها في بيتك يا سيِّدي، في حجرتها الصغيرة»، أجاب غريشا.

- اذهب، وأحضرها إلى هنا، وأخرج جميع أتباعنا من المنزل، واحرص على ألَّا يبقى فيه أحد غير الموظَّفين، أمَّا أنت يا أنطون فجهِّز العربة.

انصرف غريشا ثم عاد بعد دقيقة ترافقه أمُّه، فالعجوز لم تكن قد بدَّلت ملابسها للنوم، في تلك الليلة التي لم يغمض فيها جفن لأحد غير الموظَّفين.

- «هل الجميع هنا؟»، سأل دوبروفسكي، «هل بقي أحد في المنزل؟».

- «لا أحد سوى الموظَّفين»، أجاب غريشا.

- «أحضروا العشب الجافَّ، أو القشَّ إلى هنا»، قال دوبروفسكي.

هرع الحاضرون إلى الحظيرة وعادوا يحملون رزمًا من القشِّ.

- ضعوها تحت الشرفة. هكذا. هيَّا يا فتيان، أشعلوا النار!

رفع أرخيب زجاجة المصباح، فأشعل دوبروفسكي حزمة من القشِّ.

- «مهلًا!»، قال لأرخيب، «يبدو أنِّي أقفلت باب البيت وأنا أستعجل الخروج، اذهب بسرعة، وافتحه».

ركض أرخيب فوق القشِّ. الباب كان مفتوحًا. أغلقه أرخيب وقفَّله بالمفتاح، وهو يدمدم: «أفتحه! هذا محال!». ثمَّ عاد إلى دوبروفسكي.

قرَّب دوبروفسكي الحزمة المشتعلة من القشِّ فاشتعل، وارتفع اللهب مضيئًا الفناء كلَّه.

- «ويلي»، صرخت يوغوروفنا متوجِّعة، «ماذا تفعل يا فلاديمير أندرييفيتش؟».

- «اسكتي»، قال دوبروفسكي، «طيِّب. وداعًا يا أولاد، سأرحل إلى حيث يشاء الله. أمَّا أنتم فاسعدوا بسيِّدكم الجديد».

- «يا أبانا، يا وليَّ نعمتنا»، أجابه الناس، «نموت ولا نتركك، سنذهب معك».

جاؤوا بالعربة، فركبها دوبروفسكي يرافقه غريشا، بعد أن حدَّد لهم مكانًا للقاء في حرج كيستينيوفكا، ثم ساط أنطون الجياد فانطلقت العربة خارجة من الفناء.

هبَّت الريح. وفي لحظة لفَّ اللهيب البيت كلَّه. تلوَّى الدخان الأحمر فوق السطح. وطقطق الزجاج متحطِّمًا، وتقصَّفت الأعمدة الخشبية المشتعلة وتهاوت، وعلا العويل وصرخات الاستنجاد:

- نحن نحترق، أنجدونا، أنجدونا!
- «وكيف لا!»، قال أرخيب وهو ينظر إلى الحريق ويبتسم ابتسامة حاقدة.
- «أرخيبوتشكا»، نادته يغوروفنا، «أنقذ هؤلاء الملاعين، وستنال الثواب من الله».
- «وكيف لا!»، أجاب الحدَّاد.

في هذه اللحظة ظهر الموظَّفون في النوافذ وهم يحاولون تحطيم أطرها المزدوجة. غير أن السقف انهار في صخب، وهدأ الصراخ.

وسرعان ما تقاطر الخدم إلى الفناء. هرعت النسوة مولولات، يحاولن إنقاذ متاعهن البائس. وتقافز الأولاد مستمتعين بمنظر الحريق. وتطاير الشرر كعاصفة نارية فاحترقت الأكواخ.

- «كلُّ شيء على ما يرام الآن»، قال أرخيب، «يا له من حريق، ها؟ أظنُّ أنَّ المنظر سيبدو رائعًا من بوكروفسكويه».

اجتذب انتباهه في هذه اللحظة منظر جديد، ثمَّة قطَّة كانت تركض على سطح الحظيرة المشتعلة، وهي لا تدري إلى أين تقفز، فاللهب أحاط بها من كلِّ جانب. كانت القطَّة المسكينة تموء مستغيثة، أمَّا الفتيان فكادوا يموتون ضحكًا وهم يتأمَّلون وضعها اليائس.

- «ما الذي يُضحككم أيَّها الشياطين الصغار؟»، صرخ فيهم الحدَّاد غاضبًا، «ألا تخافون الله! مخلوق من مخلوقات الله يموت، وأنتم لغبائكم تضحكون!».

ثم أسند سلَّمًا إلى السطح المحترق وصعد إلى القطَّة. أمَّا هي فأدركت نيَّته، وكتعبير عاجل عن الشكر تشبَّثت بكُمِّ سُترته. نزل الحدَّاد، الذي لفحته النار، بغنيمته إلى الأرض.

- «والآن، وداعًا أيُّها الفتيان»، قال للخدم المرتبكين، «لم يبقَ لي ما أفعله هنا. حظًّا سعيدًا، لا تذكروني بسوء».

رحل الحدَّاد، وظلَّ الحريق مضطرمًا بعض الوقت. وأخيرًا شرع يهدأ، توهَّجت كتل الجمر تسطع من دون لهب في ظلام الليل، وراح يهيم بالقرب منها سكَّان كيستينيوفكا الذين احترقت بيوتهم.

الفصل السابع

انتشر في اليوم التالي خبر الحريق في المنطقة كلِّها. وتحدَّث الجميع عنه، وقدَّموا شتَّى التخمينات والافتراضات. بعضهم أكَّد أنَّ رجال دوبروفسكي، بعد أن سكروا في التشييع، أحرقوا البيت بسبب إهمالهم، واتَّهم آخرون الموظَّفين الذين احتفلوا في المكان الجديد، وأكَّد كثيرون منهم أن دوبروفسكي نفسه وهيئة المحكمة وكلُّ الخدم احترقوا أيضًا. لكنَّ بعضهم خمَّن حقيقة ما حدث، وأكَّد أنَّ المسؤول عن هذه المصيبة الفظيعة كان دوبروفسكي نفسه، مدفوعًا بحقده ويأسه. وفي ذلك اليوم نفسه وصل ترويكوروف إلى مكان الحريق وقام شخصيًّا بالتحقيق، فتبيَّن له أنَّ رئيس الشرطة، وعضو هيئة المحكمة المحلَّف، والوكيل المكلَّف، والكاتب، وكذلك فلاديمير دوبروفسكي، والمربِّية إيغوروفنا، والخادم غريغوري، والحوذي أنطون، والحدَّاد أرخيب اختفوا في جهة مجهولة. وقد أكَّد الخدم جميعًا أنَّ الموظَّفين احترقوا عند سقوط السقف، وأنَّ عظامهم المحترقة قد جُمعت. وقالت الخادمتان فاسيليا ولوكيريا، إنَّهما شاهدتا دوبروفسكي والحدَّاد أرخيب قبل اشتعال الحريق بدقائق، كما أكَّدت الإفادات أنَّ الحدَّاد أرخيب كان حيًّا، ومن المحتمل أن يكون هو المسؤول الرئيس، إن لم يكن الوحيد، عن الحريق. وكذلك حامت شكوك قويَّة حول دوبروفسكي. أنهى كيريلا بتروفيتش التحقيق وأرسل إلى المحافظ تقريرًا مفصَّلًا بكلِّ ما حدث، وفُتحت قضية جديدة.

بعد فترة وجيزة، راحت أخبار أخرى تغذِّي فضول الناس وأحاديثهم، فقد ظهر في ناحية -- قُطَّاع طرق نشروا الرعب في المناطق المجاورة كلِّها. لم تكن

الإجراءات التي اتَّخذتها الحكومة ضدَّهم كافية، فتتالت حوادث السطو، كلٌّ واحدة منها تفوق سابقتها عنفًا. فُقد الأمن على الطرقات، وفي القرى. وراح عدد من عربات الترويكا الملأى بقُطَّاع الطُرق يطوف نهارًا في أنحاء المحافظة كلِّها، فيعترضون المسافرين وعربات البريد، ويمرُّون بالقرى، فينهبون بيوت الإقطاعيين، ويشعلون فيها النار. وقد اشتهر زعيم هذه العصابة بذكائه وبسالته وشهامته، ورُويت عنه المعجزات. شاع اسم دوبروفسكي على كلِّ لسان، وكان الجميع واثقين من أنَّه هو، وليس أي إنسان آخر، من يقود هؤلاء الأشرار الشجعان. غير أنَّ أمرًا واحدًا كان يُدهش الناس: وهو أنَّ ممتلكات ترويكوروف لم تتعرَّض لسوء، فقُطَّاع الطُرق لم ينهبوا أيَّ حظيرة من حظائره، ولم يعترضوا أيَّ حمل من أحماله. وقد عزا ترويكوروف هذا الاستثناء، انطلاقًا من تعاليه واستكباره المعتاد، إلى الخوف الذي عرف كيف يبثُّه في المحافظة كلِّها، وكذلك أيضًا إلى الشرطة الممتازة التي عيَّنها في قُراه. في البداية، سخر الجيران فيما بينهم من عنجهية ترويكوروف، وراحوا ينتظرون في كلِّ يوم زيارة الضيوف غير المدعوِّين لبوكروفسكويه، حيث سيجدون ما يغنمونه، لكنَّهم اضطروا في نهاية المطاف، إلى موافقته، والاعتراف بأنَّ قُطَّاع الطُرق أيضًا، يكنُّون له احترامًا غير مفهوم... انتصر ترويكوروف وكان عند كلِّ خبر عن عملية سطو لدوبروفسكي ينهال بالسخرية على المحافظ ومسؤولي الشرطة وقادة السرايا، الذين كان دوبروفسكي يفلت منهم سليمًا دائمًا.

وحلَّ أخيرًا يوم الأول من تشرين الأول (أكتوبر)، يوم الاحتفال بعيد الكنيسة في قرية ترويكوروف. لكن، قبل أن أبدأ بوصف ذلك الاحتفال والأحداث التي تلته، يجب أن أعرِّف القارئ بأشخاص جدد بالنسبة إليه، أو سبق أن ذكرتهم عرضًا في بداية قصَّتنا.

الفصل الثامن

أغلب الظنّ أنّ القارئ أدرك أنّ ابنة كيريلا بتروفيتش، التي لم نقُلْ عنها سوى بضع كلمات حتى الآن، هي بطلة قصّتنا. كان عمرها، في الزمن الذي نتكلّم عنه سبعة عشر عامًا، وكان جمالها في كامل ازدهاره. أحبّها أبوها إلى حدِّ الجنون، وكان يتعامل معها بحسب مزاجه الخاصّ، فيحرص تارة على تلبية أي نزوة من نزواتها مهما كانت ضئيلة الشأن، ويُخيفها تارة بمعاملته لها معاملة صارمة، بل قاسية أحيانًا. كان واثقًا من تعلُّقها به، لكنَّه لم يستطع أبدًا أن يحظى بثقتها، فقد اعتادت إخفاء مشاعرها وأفكارها، لأنَّها، على ما أظنُّ، لم تستطع يومًا أن تعرف كيف سيستقبل تلك المشاعر والأفكار. لم يكن لديها صديقات، فقد نشأت في عزلة. زوجات الجيران وبناتهم نادرًا ما كنَّ يزرن كيريلا بتروفيتش الذي كانت أحاديثه وضروب مرحه تتطلَّب صحبة من الرجال أكثر ممَّا تتطلَّب وجود السيِّدات. ولم تكن غادتنا الجميلة تظهر بين الضيوف المدعوين عند أبيها إلَّا نادرًا. المكتبة الضخمة المكوَّنة في غالبيتها من مؤلَّفات الكتَّاب الفرنسيين في القرن الثامن عشر، كانت موضوعة تحت تصرُّفها، غير أنَّ أباها الذي لم يقرأ شيئًا غير كتاب «الطاهية المثالية»، كان غير قادر على مساعدتها في اختيار ما تقرؤه، وكان من الطبيعي أن تختار ماشا، بعد تقليب شتَّى المؤلَّفات، قراءة الروايات، وهي بذلك استكملت تربيتها التي بدأت في وقت ما بإشراف الديموزيل ميمي، وهي سيِّدة كان كيريلا بتروفيتش يميل إليها، ويثق بها ثقة كبيرة، لكنَّه اضطرَّ أخيرًا إلى نقلها إلى قرية أخرى في هدوء، بعد أن صارت نتائج صداقتهما ظاهرة للغاية. تركت ديموزيل ميمي ذِكرًا حسنًا جدًّا، فهي كانت

فتاة طيِّبة لم تستخدم أبدًا نفوذها على كيريلا بتروفيتش لأغراض شرِّيرة، وهذا ما ميَّزها من مثيلاتها الأخريات اللواتي كان يغيِّرهنَّ باستمرار. وقد بدا أنَّ كيريلا بتروفيتش نفسه أحبَّها أكثر من الأخريات، لا سيَّما وأنَّ الطفل الأسود العينين، الكثير الحركة، ذا الأعوام التسعة، الذي تُذكِّر ملامحه بملامح الديموزيل ميمي بوضوح، تربَّى في كنفه، وقد اعترف به ابنًا له، في حين أنَّ الكثيرين من الأولاد الحُفاة الذين يُشبهونه شبهًا شديدًا ظلُّوا يتراكضون تحت نوافذه بوصفهم من الخدم. استدعى كيريلا بتروفيتش لصغيره ساشا معلِّمًا فرنسيًّا من موسكو، وصل إلى بوكروفسكويه في وقت الأحداث التي نصفها.

أعجب هذا المعلِّم كيريلا بتروفيتش بمظهره المريح وتعامله المتَّسم بالبساطة. قدَّم المعلِّم شهادته ورسالة من أحد أقارب ترويكوروف عمل عنده وصيفًا مدَّة أربعة أعوام. وتفحَّص كيريلا بتروفيتش ذلك كلَّه، فلم يزعجه سوى صغر سنِّ الفرنسي - ليس لأنَّه افترض أنَّ هذا العيب اللطيف يتناقض مع الصبر والخبرة الضروريين جدًّا في مهنة المعلِّم الشقيَّة، بل لأنَّ شكوكًا أخرى ساورته وقرَّر أن يوضحها له على الفور، فأمر من أجل ذلك باستدعاء ماشا (كيريلا بتروفيتش لم يكن يتكلَّم الفرنسية وكانت ماشا تؤدي دور المترجم).

- تعالي يا ماشا. قولي لهذا المسيو إنِّي سأقبله للعمل، لكن شرط ألَّا يتجرَّأ فيحوم حول البنات عندي، وإلَّا فإنَّ ابن الكلب هذا سيرى مني... ترجمي له هذا، يا ماشا.

احمرَّت ماشا خجلًا، وتوجَّهت إلى المعلِّم قائلة بالفرنسية إنَّ والدها يعتمد على تواضعه وسلوكه الحسن.

انحنى لها الفرنسي وأجاب أنَّه يأمل أن يكون أهلًا للاحترام حتى لو لم يحظَ باستلطافهم. ترجمت ماشا جوابه كلمة كلمة.

- «حسنًا، حسنًا»، قال كيريلا بتروفيتش، «إنَّه ليس بحاجة إلى الاستلطاف والاحترام، عمله هو رعاية ساشا وتعليمه اللغة والجغرافية، ترجمي هذا له».

لطَّفت ماريا كيريللوفنا في ترجمتها تعابير أبيها الفظَّة. وهكذا صرف كيريلا بتروفيتش موظَّفه الفرنسي إلى الجناح الذي خُصِّصت له غرفة فيه.

ماشا لم تهتمَّ أبدًا بالفرنسي الشابِّ، فالمعلِّم في نظرها، هي التي تربَّت على التقاليد الأرستقراطية، واحد من الخدم أو أصحاب الحِرف، والخادم أو صاحب الحرفة، لم يكن في نظرها رجلًا. هي لم تلاحظ حتى الانطباع الذي تركته في نفس المسيو دي فورج، أو ارتباكه، أو خجله، أو تبدُّل صوته. وقد التقته كثيرًا في عدد من الأيَّام التالية، من دون أن تمنحه اهتمامًا كبيرًا. لكنَّها فهمته فهمًا جديدًا تمامًا، بشكل مفاجئ.

كان كيريلا بتروفيتش يُربِّي عادة عددًا من الدببة الصغيرة في باحة داره، وكانت هذه الدببة إحدى وسائل التسلية الرئيسة لمالك بوكروفسكويه. كانوا يجيئون بهذه الدببة في طفولتها المبكرة إلى غرفة المعيشة يوميًّا، حيث يلهو بها كيريلا بتروفيتش ساعات طويلة ويحرِّضها على مهاجمة القطط والجراء. ثم صاروا، بعد أن كبرت، يقيِّدونها بالسلاسل في انتظار مناسبة لصراع حقيقي. وكانوا، في حالات نادرة، يجيئون بها إلى باحة مقابل نوافذ بيت السيِّد، ويدحرجون أمامها برميل نبيذ خشبيًا دُقَّت عليه مسامير، يشمُّ الدبُّ البرميل ثم يلمسه بهدوء فتنخدش يده، فيغضب ويدفع البرميل بقوَّة أكبر، فيشعر بألم أكبر، ويُصاب بسُعار كامل، فينقضُّ على البرميل يعاركه وهو يجأر، ويظلُّ كذلك إلى أن ينتزعوا من الحيوان المسكين ما هيَّجه هياجًا لا جدوى منه. وكان يحدث أحيانًا أن يشدُّوا إلى العربة دُبَّين، فيركبها الضيوف برغبتهم أو رُغمًا عنهم، ثمَّ يُطلقونها تتقافز هائمة على غير هدى. غير أنَّ التسلية الأفضل عند كيريلا بتروفيتش كانت التالية: يحجزون دُبًّا جائعًا في غرفة فارغة، ويربطونه بحبل إلى حلقة مثبتة في الجدار. طول الحبل يساوي تقريبًا طول الغرفة، بحيث لا يبقى في الغرفة مكان يمكن أن يكون آمنًا من هجمات الوحش المخيف سوى زاوية واحدة في الركن المقابل. ثم يجيئون بضيف منضمٍّ حديثًا لجلساتهم إلى باب الغرفة ويدفعونه إلى الداخل بشكل يبدو غير متعمَّد، فينغلق الباب ويبقى الضحيَّة البائس وحيدًا

في مواجهة وحش البراري الأشعث. ويكتشف الضيف المسكين بسرعة الزاوية الآمنة، وقد تمزَّقت ثيابه وأصيب بخدوش دامية، لكنَّه يكون مضطرًا أحيانًا إلى البقاء ساعات واقفًا، ملتصقًا بالجدار، وهو يرى، على بعد خطوتين منه، ذلك الوحش المسعور يجأر، ويثب، ويقف على قائمتيه الخلفيَّتين، ويندفع بكلِّ قوَّته محاولًا الوصول إليه. هكذا كانت التسليات النبيلة للإقطاعي الروسي!

بعد انقضاء عدَّة أيَّام على وصول المعلِّم تذكَّره ترويكوروف، ونوى أن يستضيفه في غرفة الدبِّ، فاستدعاه ذات صباح لهذا الغرض، وسار به في ممرَّات معتمة، وإذ بباب جانبي يُفتح، ويقوم خادمان بدفع الفرنسي إلى الداخل ثم يغلقان الباب بالمفتاح. حين أفاق المعلِّم من وقع المفاجأة رأى الدبَّ المقيَّد. كان الوحش قد بدأ ينتفج متشمِّمًا ضيفه عن بُعد، ثم نهض فجأة على قائمتيه الخلفيَّتين وهجم عليه... لم يرتبك الفرنسي، ولم يهرب، بل وقف ينتظر الهجوم. اقترب الدبُّ، فأخرج دي فورج مسدَّسًا صغيرًا وضع فوهته في أذن الوحش الجائع وأطلق النار، فسقط الدبُّ صريعًا. تراكض الجميع إلى المكان، وفُتح الباب، ودخل كيريلا بتروفيتش مذهولًا من هذه النهاية التي آلت إليها مزحته، وطلب بإصرار تقديم توضيح للأمر كلِّه: من نبَّه دي فورج على المزحة التي أُعدَّت له، ولماذا كان يحمل في جيبه مسدَّسًا محشوًّا. أرسل يستدعي ماشا، فجاءت مسرعة وترجمت للفرنسي أسئلة أبيها.

- «أنا لم أسمع بالدبِّ»، أجاب دي فورج، «لكنِّي أحمل دائمًا مسدَّسين لأنَّني لست مستعدًّا لتحمُّل إهانة لا يسمح لي وضعي بطلب الاعتذار عنها».

نظرت ماشا إليه بدهشة، وترجمت كلماته لكيريلا بتروفيتش. لم يعلِّق بشيء، بل أمر بسحب الدبِّ وسلخ جلده، ثم توجَّه إلى رجاله قائلًا:

- يا له من فتى! لم يجبن، والله، لم يجبن.

لقد أحبَّه منذ تلك اللحظة ولم يعد يفكِّر في اختباره.

غير أنَّ هذا الحادث ترك انطباعًا أكبر عند ماريا كيريللوفنا. الحدث صعق خيالها: رأت الدبَّ الميت، ودي فورج يقف فوقه يحادثها في هدوء، ورأت أنَّ

الشجاعة والاعتزاز بالنفس ليسا وقفًا على فئة اجتماعية محدَّدة، وصارت، منذ ذلك الحين تعامل المعلِّم الشابَّ باحترام، وراح اهتمامها به يزداد ساعة بعد ساعة، ونشأت بينهما بعض الوشائج. كانت ماشا تملك صوتًا رائعًا، وقدرات موسيقية كبيرة، فتطوَّع دي فورج لإعطائها دروسًا في الموسيقى والغناء. بعد هذا لن يصعب على القارئ أن يخمِّن أنَّ ماشا أحبَّته حتى قبل أن تدرك هي نفسها ذلك.

الجزء الثاني

الفصل التاسع

عشيَّة الاحتفال بدأ الضيوف يتوافدون، بعضهم نزل في بيت مالك القرية، والأجنحة الملحقة به، وآخرون نزلوا في بيت الوكيل، ونفر ثالث عند الخوري، ورابع عند الفلَّاحين الميسورين. امتلأت الاصطبلات بخيول السفر، وغصَّت باحات الدُّور والحظائر بالعربات المختلفة. وفي الساعة التاسعة صباحًا تمَّ الإعلان عن القدَّاس، فزحف الجميع إلى الكنيسة الحجرية الجديدة التي بناها كيريلا بتروفيتش، وازدانت بما كان يقدِّمه من هِبات سنويًا. وقد اجتمع عدد كبير من المصلِّين الوجهاء، فلم يبق للفلَّاحين البسطاء مكان داخل الكنيسة فوقفوا على درجات المدخل وفي الفناء. لم يبدأ القدَّاس، فقد كانوا ينتظرون كيريلا بتروفيتش، الذي وصل في عربة تجرُّها ستَّة أحصنة، ومشى بخطوات توحي بالمهابة إلى مكانه، ترافقه ماريا كيريللوفنا. فاتجهت أنظار الرجال والنساء إليها؛ الرجال أدهشهم جمالها، والنساء تأمَّلن ملابسها باهتمام. بدأ القدَّاس، ورتَّل المنشدون المحلِّيون الأدعية مصطفِّين في جوقة، وقد شاركهم كيريلا بتروفيتش نفسه في الإنشاد، وصلَّى من دون أن يلتفت يمنة أو يسرة، ثم انحنى في استسلام مشوب بالاعتزاز، إلى الأرض، حين ذكر الشمَّاس اسمه بصوت مرتفع في دعائه لباني هذا المعبد.

انتهى القدَّاس. وكان كيريلا بتروفيتش أوَّل من اقترب من الصليب، وتحرَّك الجميع خلفه، بعد ذلك تجمَّع الجيران حوله باحترام. تحلَّقت النساء حول

ماشا. ودعا كيريلا بتروفيتش، وهو خارج من الكنيسة، الجميع للغداء عنده، ثم ركب عربته عائدًا إلى البيت. تبعه الجميع، وغصَّت الغرف بالضيوف، ففي كلِّ لحظة كان يدخل ضيوف جدد، يشقُّون طريقهم نحو صاحب البيت بصعوبة. جلست السيِّدات بوقار متحلِّقات على شكل نصف دائرة، وقد ارتدين ملابس غالية الثمن، مع أنَّها قديمة ومتخلِّفة عن «الموضة»، وتزيَّنَّ بالكثير من الماسات والجواهر، واحتشد الرجال بالقرب من الكافيار والفودكا، وهم يتحادثون بأصوات مختلفة صاخبة. أُعدَّت المائدة في الصالة لثمانين شخصًا، وتراكض الخدم يوزِّعون زجاجات الشراب والأباريق ويمدُّون المفارش فوق الطاولات. وأخيرًا، أعلن الوصيف أنَّ «المائدة جاهزة»، فمشى كيريلا بتروفيتش في المقدِّمة ليحتلَّ مكانه على المائدة، وتبعته السيِّدات، فجلسن في أماكنهنَّ برزانة، مراعيات نوعًا من التراتب. أمَّا الآنسات فتلاصقن، وتدافعن كقطيع مرتبك من العنزات الصغيرات، وانتقين أماكنهنَّ واحدة قرب أخرى. قبالتهنَّ جلس الرجال، وجلس في الطرف الأخير من المائدة المعلِّم إلى جانبه ساشا الصغير.

بدأ الخدم بتوزيع أطباق الطعام بحسب مراتب الضيوف، مسترشدين في حال التباس الأمر، بإرشادات لافاتير[1]، التي جنَّبتهم الخطأ في معظم الأحوال. واختلط رنين الصحون والملاعق بحديث الضيوف الصاخب، وراح كيريلا بتروفيتش يتأمَّل مائدته بابتهاج، ويستمتع تمامًا بسعادة تقاسم الخبز والملح مع ضيوفه. في هذه الأثناء دخلت إلى الفناء عربة تجرُّها ستَّة أحصنة.

- «من هذا؟»، سأل صاحب البيت.
- «أنطون بافنوتيتش»، أجابت عدَّة أصوات.

فُتح الباب، واندفع أنطون بافنوتيتش سبتسين، الرجل البدين البالغ قرابة الخمسين من العمر، ذو الوجه الأحمر المستدير المزدان بلحية ثلاثيَّة

---

(1) لافاتير (1741-1801) كاتب سويسري، حاول في كتابه «علم تعبير الوجوه» تحديد طباع الشخص على أساس ملامح وجهه.

الطبقات، إلى داخل قاعة الطعام وهو ينحني محيِّيًا، مبتسمًا، ويستعدُّ لتقديم الاعتذار...

- «هاتوا طقم أدوات طعام إلى هنا»، صاح كيريلا بتروفيتش، «تفضَّل يا أنطون بافنوتيتش، اجلس، وقل لنا ما معنى أن تغيب عن قدَّاسي، وتتأخَّر على الغداء. إنَّ هذا ليس من عادتك، فأنت رجل مؤمن ومحبٌّ للطعام أيضًا».
- «أنا مذنب»، أجاب أنطون بافنوتيتش وهو يعلِّق منشفة المائدة بعروة قفطانه الأصغر، «أنا مذنب يا أبتِ كيريلا بتروفيتش. انطلقت في الطريق إليكم مبكرًا، لكن ما إن اجتزت عشرة فراسخ حتى انقسم كاوتشوك العجلة الأمامية إلى نصفين. ما رأيك؟ من حسن الحظِّ أنَّنا لم نكن بعيدين عن القرية! ومع ذلك استغرق وصولنا إليها، والعثور على الحدَّاد، وإصلاح الخلل كيفما اتفق، ثلاث ساعات كاملة، أضعناها مرغمين. ولم أجرؤ على سلوك الطريق الأقرب عبر غابة كيستينيوفكا، فلجأت إلى الالتفاف»...
- «هووهو!»، قاطعه كيريلا بتروفيتش، «أنت، على ما يبدو، لست من الشجعان! ما الذي أخافك؟».
- كيف تجهل ما أخافني يا أبتِ؟ إنَّه دوبروفسكي، الذي قد أقع بين يديه في أيَّة لحظة. إنَّه فتى لا يطيش سهمه، ولا يفلت من شباكه أحد. أمَّا أنا، فأظنُّ أنَّه سيسلخ جلدي مرَّتين.
- ولماذا يا أخي سيخصُّك بهذه الميزة؟
- كيف 'لماذا' يا أبتِ كيريلا بتروفيتش؟ ألستُ أنا من شهد إرضاءً لجنابك، أي إرضاء للضمير والعدالة، أنَّ آل دوبروفسكي يملكون كيستينيوفكا من دون أيِّ سند قانوني، وأنَّ ما يمكِّنهم من ذلك هو فقط تسامحكم. وقد وعد المرحوم - أسكنه الله الجنَّة - أن يحاسبني على طريقته، وأنا أعتقد أنَّ الابن سيحقِّق وعد أبيه. أنا أحمد الله أنَّهم

لم ينهبوا من عندي سوى عنبر حبوب واحد، حتى الآن، لكنَّهم قد يصلون إلى مسكني في أيَّة لحظة.

- «وسيكون لهم في مسكنك مرتع خصب»، قال كيريلا بتروفيتش ملاحظًا، «أنا أظنُّ أنَّ العلبة الحمراء ممتلئة عن آخرها»...

- من أين؟ يا أبتِ كيريلا بتروفيتش. لقد كانت ممتلئة، أمَّا الآن فهي خالية تمامًا.

- كفى كذبًا يا أنطون بافنوتيتش. نحن نعرفك. أين تُراك تُنفق مالك وأنت تعيش في البيت عيش الخنازير، لا تستقبل أحدًا، وتنهب فلَّاحيك، ولا تعرف غير كنز النقود.

- «أنت دائم المزاح يا أبتِ كيريلا بتروفيتش»، دمدم أنطون بافنوتيتش باسمًا، «لكنَّنا، والله، أفلسنا».

راح أنطون بافنوتيتش يبتلع نكتة صاحب المنزل مع قطعة من فطيرة دسمة. أمَّا كيريلا بتروفيتش فتركه، واتَّجه إلى قائد الشرطة الجديد، الذي يزوره للمرَّة الأولى، وكان جالسًا في الطرف المقابل بالقرب من المعلِّم:

- ما قولك أيُّها السيِّد الرئيس، هل ستقبضون، أنتم، على الأقل، على دوبروفسكي؟

جبن قائد الشرطة. انحنى، وابتسم، وتلعثم، ثم قال أخيرًا:

- سنبذل جهدنا يا صاحب المعالي.

- هِم! 'سنبذل جهدنا'. منذ زمن بعيد يبذلون جهودهم، ولكن من دون جدوى. في الحقيقة ليس هناك من سبب للقبض عليه. إنَّ في أعمال سطو دوبروفسكي كلَّ الخير لقادة الشرطة: السفريات، والتحقيقات، واستخدام عربات الآخرين، وحشو الجيوب بالنقود. فكيف يجوز القضاء على محسن كهذا؟ أليس ما أقوله صحيحًا أيُّها القائد؟

- «إنَّه الحقيقة خالصة يا صاحب المعالي»، أجاب قائد الشرطة الذي تملَّكه الارتباك كليًّا.

قهقه الضيوف.

- أحبُّ في هذا الفتى الصدق، ويؤسفني موت قائد شرطتنا المرحوم تاراس أليكسييفيتش. لو لم يحرقوه لكان الوضع في ناحيتنا أهدأ. تُرى ما هي أخبار دوبروفسكي؟ وأين شوهد آخر مرَّة؟

- «عندي يا كيريلا بتروفيتش»، فحَّ صوت نسائي غليظ، «لقد تناول الغداء عندي يوم الثلاثاء الماضي»...

اتَّجهت الأنظار كلُّها إلى آنا سافيشنا غلوبوفا، وهي أرملة بسيطة للغاية، أحبَّها الجميع لطبعها الطيِّب المرح، واستعدُّوا يتملَّكهم الفضول للاستماع إلى قصَّتها.

- يجب أن تعرفوا أنِّي قبل ثلاثة أسابيع أرسلت وكيلي إلى البريد ليحوِّل نقودًا لولدي فانيوشا. أنا لا أدلِّل ابني، بل لست في وضع يسمح لي بتدليله حتى لو أردت ذلك. لكنَّكم، أنتم أنفسكم تعرفون أنَّ الضابط في الحرس يجب أن يحيا حياة لائقة، وها أنذا أتقاسم مع فانيوشا مداخيلي الصغيرة كلَّما استطعت ذلك. لقد أرسلت له ألفي روبل، وقد خطر في بالي دوبروفسكي أكثر من مرَّة، لكنَّني قلت لنفسي: المدينة قريبة، لا تبعد سوى سبعة فراسخ، وقد يمرُّ الأمر على خير بإذن الله، وإذ بوكيلي يعود في المساء ماشيًا، شاحبًا، ممزَّق الملابس. صرخت متألِّمة: 'ما هذا؟ ماذا أصابك؟'، أجابني: 'أيَّتها الأمُّ آنا سافيشنا، قُطَّاع الطُرق نهبوني وكادوا يقتلونني، دوبروفسكي نفسه كان هناك، أراد شنقي، لكنَّه أشفق عليَّ وتركني، بعد أن سلبني كلَّ شيء، واستولى حتى على الحصان والعربة'. صُعقت! إلهي الذي في السماوات، ماذا سيحلُّ بابني فانيوشا؟ لم يكن هناك ما أستطيع فعله. كتبت لابني رسالة، أخبرته بالأمر، وأرسلت له تبريكاتي من دون أيَّة نقود. مضى أسبوع، تلاه آخر، وفجأة تأتي إليَّ عربة، تدخل فناء منزلي ويطلب جنرال لا أعرفه مقابلتي، فرحَّبت به. وإذ يدخل للقائي

رجل في الخامسة والثلاثين تقريبًا، أسمر، أسود الشعر، بشاربين، ولحية، صورة طبق الأصل من كولنييف[1]، يقدِّم نفسه كصديق وزميل في الخدمة لزوجي المرحوم إيفان أندرييفيتش، ويقول إنَّه كان يمرُّ بالقرب من البيت فلم يستطع إلَّا أن يعرِّج لزيارة أرملة صديقه التي يعرف أنَّها تعيش هنا. قدَّمت له ما رزقني الله من ضيافة، وتحدَّثنا في أمور مختلفة، وأخيرًا حدَّثته عن دوبروفسكي والمصيبة التي حلَّت بي. عبس الجنرال، وقال: 'هذا غريب، لقد سمعت أنَّ دوبروفسكي لا يهاجم كلَّ الناس بل يهاجم أغنياء معروفين، وهو، لا يسلب حتى هؤلاء كلَّ شيء، بل يتقاسم معهم ما يملكون، ولم يحدث أن اتَّهمه أحد بالقتل، لا، لا بدَّ من أنَّ في الأمر خدعة! مُري، إذا سمحتِ، باستدعاء وكيلك'. أرسلتُ أستدعي الوكيل. حضر، لكن ما أن رأى الجنرال حتى جمد في مكانه. 'قل لي يا أخي، كيف نهبك دوبروفسكي، وكيف أراد أن يشنقك'. ارتجف وكيلي وارتمى على قدمَي الجنرال: 'أنا مذنب يا أبتِ، الإثم أغراني، كذبت'. 'ما دام الأمر كذلك'، قال الجنرال، 'تفضَّل، إذن، وأخبر السيدة كيف حدث كلُّ ذلك، وأنا سأسمعك'. لم يستطع الوكيل تمالك نفسه. 'طيِّب'، تابع الجنرال، 'أخبرنا: أين التقيت بدوبروفسكي؟'. 'بالقرب من شجرتي السرو يا أبتِ، بالقرب من شجرتي السرو'. 'وماذا قال لك؟'. 'سألني: من أنت، وإلى أين أنت ذاهب، ولماذا'. 'حسنًا، وماذا حدث بعد ذلك؟'. 'بعد ذلك طلب منِّي الرسالة والنقود'. 'طيِّب'. 'أعطيته الرسالة والنقود'.'وهو؟... قلْ، ماذا فعل هو؟'. 'مذنب يا أبتِ'. 'طيِّب، قل ماذا فعل؟'... 'أعاد إليَّ النقود وقال: امضِ في رعاية الله، سلِّم هذه الأشياء للبريد'. 'حسنًا، وأنت؟'.'أنا مذنب، يا أبتِ'. 'أنا سأعرف كيف أتعامل

(1) جنرال روسي أحرز عدَّة انتصارات ضدَّ السويديين عامي 1808و1809.

معك يا تافه'، قال الجنرال بصوت رهيب، 'أمَّا أنتِ يا سيِّدتي فمُري أن يفتِّشوا صندوق هذا المحتال، وسلِّميني إيَّاه كي ألقِّنه درسًا. أنت تعرفين أنَّ دوبروفسكي نفسه كان ضابطًا في الحرس، وهو لن يقبل أن يُساء إلى زميله'. خمَّنت من يكون معاليه، ولم أكن بحاجة إلى الحديث معه عن ذلك. قام الحوذيُّون بتقييد الوكيل إلى عربته. وجدنا النقود، وتناول الجنرال الغداء عندي ثم غادر على الفور مصطحبًا الوكيل معه. وفي اليوم التالي وجدوا وكيلي في الغابة عاريًا كورقة تين ومُقيَّدًا إلى شجرة سنديان.

استمع الجميع إلى حديث آنا سافيشنا، ولا سيَّما الآنسات. وكثيرات منهنَّ تمنَّين لدوبروفسكي الخير سرًّا، فقد رأوا فيه بطلًا رومانسيًّا، وخصوصًا، ماريا كيريللوفنا، الحالمة ذات الخيال الجامح المتشرِّبة بروايات رادكليف الممتلئة بالرعب الغامض.

- «أتظنِّين يا آنا سافيشنا أنَّ من كان عندك هو دوبروفسكي نفسه؟»، سأل كيريلا بتروفيتش، «أنت، مخطئة تمامًا. أنا لا أعرف من كان في ضيافتك، لكنَّه ليس دوبروفسكي».
- كيف ليس دوبروفسكي يا أبتِ، ومن يكون، ذلك الذي يخرج إلى الطريق فيوقف المارَّة ويفتِّشهم، إن لم يكن هو؟
- لست أدري، لكنَّه ليس دوبروفسكي بالتأكيد. أنا أتذكَّره طفلًا. آنذاك كان فتى ذا شعر أجعد، فاتح اللون، أنا لا أعرف إن كان شعره قد اسودَّ فيما بعد، لكنِّي أعرف بالتأكيد أنَّ دوبروفسكي يكبر ابنتي ماشا بخمس سنوات، فهو إذن، ليس في الخامسة والثلاثين، بل في حوالي الثالثة والعشرين.
- «هو كذلك بالضبط، يا صاحب المعالي»، صاح قائد الشرطة، «عندي، في جيبي أوصاف فلاديمير دوبروفسكي، وفيها مذكور بالضبط أنَّ عمره ثلاثة وعشرون عامًا».

- «آها!»، قال كيريلا بتروفيتش، «بالمناسبة، اقرأ لنا وسنسمعك، فمن المستحسن أن نعرف أوصافه، حتى لا يستطيع الفرار منَّا إذا وقع بصرنا عليه».

أخرج قائد الشرطة من جيبه ورقة متَّسخة إلى حدٍّ كبير، فردها بطريقة توحي بأهمِّيتها، وراح يقرأ بصوت منغَّم:

- أوصاف فلاديمير دوبروفسكي مدوَّنة وفق إفادات الناس الذين كانوا في خدمته، العمر: 23 عامًا، القامة: متوسِّطة الطول، الوجه: نظيف، الذقن: حليقة، العينان: عسليَّتان، الشعر: فاتح اللون، الأنف: مستقيم، العلامات الفارقة: لا يوجد.

- «أهذا كلُّ ما عندك؟»، سأل كيريلا بتروفيتش.

- «هذا كلُّ ما عندي»، أجاب قائد الشرطة وهو يطوي الورقة.

- أهنئك أيُّها السيِّد القائد. يا لروعة هذه الورقة! بهذه الأوصاف لن يصعب عليك العثور على دوبروفسكي. فمن منَّا ليس معتدل القامة، ومن منَّا شعره ليس فاتح اللون، ومن منَّا أنفه غير مستقيم، ومن منَّا عيناه ليستا عسليَّتين! أراهن أنَّك قد تتحدَّث ثلاث ساعات متواصلة مع دوبروفسكي نفسه، من دون أن تدرك مع من جمعك القدر. الحقُّ أنَّ ذكاء رؤوس موظَّفيك أمر لا جدال فيه!

وضع قائد الشرطة الورقة بخنوع في جيبه، وشرع يأكل لحم الإوزِّ المطبوخ مع الملفوف في صمت. وفي هذه الأثناء طاف الخدم على الضيوف عدَّة مرَّات يملؤون كؤوسهم. وفرقعت سدَّادات بعض زجاجات نبيذ «غورسكي» و«تسيمليانسكي» بصوت مرتفع، فعدَّها الشاربون بطيب خاطر زجاجات شمبانيا، وبدأت الوجوه تحمرُّ، وصارت الأحاديث أعلى رنينًا وأكثر تفكُّكًا ومرحًا.

- «لا»، تابع كيريلا بتروفيتش، «نحن لن نرى بعد اليوم قائدًا للشرطة مثل المرحوم تاراس أليكسييفيتش! كان رجلًا لا يطيش سهمه، لا يغفل

عن أمر. من المؤسف أنَّهم أحرقوا الفتى، لولا ذلك، لما أفلت من قبضته أحد من العصابة كلِّها، ولكان ألقى القبض عليهم جميعًا حتى آخر فرد منهم، ولأخفق حتى دوبروفسكي نفسه في الإفلات منه أو رشوته. تاراس أليكسييفيتش كان سيأخذ منه النقود طبعًا لو عرض عليه نقودًا، ولكنَّه لن يطلق سراحه: هذه كانت عادة المرحوم. يبدو أنَّه لا خيار أمامي، وأنِّي سأضطرُّ إلى معالجة هذا الأمر بنفسي وملاحقة قُطَّاع الطُرق مع رجالي. سأجهِّز في البداية نحو عشرين رجلًا، كي ينظِّفوا غابة اللصوص. سأنتقيهم من الشجعان، وأحدهم يجرؤ على مهاجمة دبٍّ بمفرده، ولا يخشى اللصوص».

- «هل دبُك بخير يا أبتِ كيريلا بتروفيتش؟»، سأل أنطون بافنوتيتش، وهو يتذكَّر الدبَّ الأشعث الذي عرفه، وبعض المزحات التي كان هو ضحيَّتها في وقت ما.

- «دبِّي الحبيب ميشا، أطال الله عمرك»، أجاب كيريلا بتروفيتش، «مات ميتة مجيدة بيد عدوٍّ. انظر إلى المنتصر عليه»، أشار كيريلا بتروفيتش إلى دي فورج، «تأمَّل صاحبي الفرنسي. لقد انتقم لك... اسمح لي أن أقول؛ انتقم لـ... أتذكر؟».

- «وكيف لا أذكر؟»، قال أنطون بافنوتيتش وهو يحكُّ رأسه، «أذكر ذلك جيِّدًا. هكذا، إذن، مات ميشا. يحزنني موت ميشا، يحزنني والله! لقد كان مزوحًا! كم كان ذكيًّا! إنَّه دبٌّ لا مثيل له. لكن لماذا قتله المسيو؟».

راح كيريلا بتروفيتش يتحدَّث بمتعة عظيمة عن عمل رجله الفرنسي البطولي، لأنَّه كان لحسن الحظِّ يملك قدرة على التباهي بكلِّ ما يحيط به. وأصغى الضيوف باهتمام إلى قصَّة موت «ميشا» وهم ينظرون بإعجاب إلى دي فورج، الذي لم يكن يعرف أنَّ الحديث يدور على شجاعته، فجلس في مكانه بهدوء يوجِّه ملاحظات سلوكية لتلميذه الكثير الحركة.

الغداء الذي استمرَّ ثلاث ساعات انتهى. وضع ربُّ البيت منشفته على الطاولة فنهض الجميع، واتَّجهوا إلى الصالة حيث كانت تنتظرهم القهوة وألعاب الورق ومواصلة الشرب الذي بدؤوه بداية مجيدة في قاعة الطعام.

الفصل العاشر

في حوالي الساعة السابعة مساء رغب بعض الضيوف في المغادرة، لكنَّ ربَّ البيت الذي أثار «البونش» مرحه، أمر بإغلاق البوَّابات وأعلن بأنَّه لن يسمح لأحد بالخروج قبل صباح اليوم التالي. وسرعان ما صدحت الموسيقى، وفُتحت أبواب الصالة وابتدأت حفلة الرقص. جلس صاحب البيت والمقرَّبون منه في زاوية يشربون الكأس تلو الأخرى ويتأمَّلون مرح الشباب. أمَّا العجائز فرحن يلعبن الورق. كان عدد الشباب الرجال، كما في كلِّ مكان لا تقيم فيه قطعة عسكرية، أقلُّ من عدد السيِّدات، وقد تمَّ تجنيد كلِّ الرجال الصالحين لهذا العمل، وتميَّز من هؤلاء جميعًا المعلِّم الذي رقص أكثر من الجميع، وكانت الآنسات يخترنه ويَرين أنَّ رقصة الفالس تكون معه أرشق بكثير. دار المعلِّم مع ماريا كيريللوفنا عدَّة دورات تلاحقهما ملاحظات الآنسات المازحة. وأخيرًا، في منتصف الليل تقريبًا، أوقف ربُّ البيت المتعب الرقص، وأمر بتقديم طعام العشاء، أمَّا هو فذهب للنوم.

أعطى غياب كيريلا بتروفيتش الجماعة مزيدًا من الحرية والحيوية. فتجرَّأ الراقصون على الجلوس بجانب السيِّدات، وضحكت الآنسات وتهامسن مع جيرانهنَّ، وتبادلت السيِّدات الكلام عبر الطاولة بأصوات مرتفعة، وشرب الرجال، وتناقشوا، وقهقهوا... باختصار: كان العشاء مرحًا جدًّا، وترك في النفوس الكثير من الذكريات السارَّة.

رجل واحد لم يشترك في الفرح الشامل، هو أنطون بافنوتيتش الذي جلس عابسًا، صامتًا في مكانه، راح يأكل شارد الذهن. بدا قلقًا للغاية. لقد هيَّجت

الأحاديث عن قُطّاع الطُرق خياله. وسنرى سريعًا أنَّ لديه سببًا كافيًا للخوف منهم.

إنَّ أنطون بافنوتيتش لم يكن يكذب، ولم يأثم، حين دعا الربَّ ليكون شاهدًا على أنَّ العلبة الحمراء فارغة! فالعلبة الحمراء كانت فارغة فعلًا، والنقود التي حُفظت فيها ذات يوم، انتقلت إلى كيس جلدي يحمله على صدره تحت القميص. فقط ذلك العمل الاحترازي هو ما هدَّأ شكَّه بالجميع وخوفه الدائم. أمَّا الآن، وقد اضطر إلى المبيت في بيت غريب، فخاف أن يقودوه للنوم في مكان ما في غرفة منعزلة يسهل على اللصوص التسلُّل إليها، لذا راح يبحث بعينيه عن زميل يعتمد عليه، واختار أخيرًا دي فورج. كان ما دفعه إلى هذا القرار مظهر دي فورج الموحي بالقوَّة، والأكثر من ذلك، الشجاعة التي أظهرها عند مواجهة الدبِّ الذي لم يكن أنطون بانوتيتش المسكين يستطيع تذكُّره من دون أن يرتجف خوفًا. وحين غادر الضيوف المائدة، راح أنطون بافنوتيتش يحوم حول الفرنسي الشابِّ وهو يتنحنح ويسعل، وأخيرًا توجَّه إليه مستوضحًا:

- إحم، إحم، ألا يمكنني يا مسيو أن أبيت في غرفتك، لأنِّي، في الواقع...

- "Que désire monsieur?"[1]، سأله دي فورج وهو ينحني له بتهذيب.

- إيخ، يا للأسف، أنت يا مسيو لم تتعلَّم الروسية بعد، جي في، موا، شي فو كوشي[2]، هل تفهمني؟

أجاب دي فورج:

- Monsieur, très volontiers. Veuillez donner des ordres en consequence.[3]

---

(1) ماذا تريد يا سيدي؟

(2) أريد أن أنام عندك.

(3) يشرِّفني ذلك سيدي... أصدر التعليمات المناسبة.

انطلق أنطون بافنوتيتش، الراضي جدًّا عن معلوماته في اللغة الفرنسية، فورًا لإصدار تعليماته.

ودَّع الضيوف بعضهم بعضًا، وتوجَّه كلٌّ منهم إلى الغرفة المخصَّصة لنومه، أمَّا أنطون بافنوتيتش فمضى مع المعلِّم إلى المبنى الملحق. كانت الليلة دامسة الظلام، فأضاء دي فورج الطريق بمصباح جيب، وتبعه أنطون بافنوتيتش بهمَّة عالية، وهو يتلمَّس من حين لآخر الكيس في عبِّه، ليتأكَّد من أنَّ نقوده ما تزال معه.

وصلا إلى المبنى الملحق، فأشعل المعلِّم شمعة، وحين شرع الاثنان يخلعان ملابسهما راح أنطون بافنوتيتش يتجوَّل في الغرفة، يتفحَّص الأقفال والنوافذ، ويهزُّ رأسه غير مطمئنٍّ إلى نتائج فحصه. الباب يُغلق بمزلاج واحد، وليس للنوافذ إطار مزدوج. حاول أن يشكو الأمر لدي فورج، لكنَّ معرفته باللغة الفرنسية كانت محدودة جدًّا بالقياس إلى ما يتطلَّبه توضيح هذا الأمر المعقَّد، لذا لم يفهم الفرنسي ما يقوله، أمَّا هو فاضطر إلى التخلِّي عن شكواه. سريراهما كانا متقابلين، فرقد الاثنان، وأطفأ المعلِّم الشمعة.

- «بوركوا فو توشي، بوركوا فو توشي[1]»، صرخ أنطون بافنوتيتش، وهو يلفظ الفعل الروسي لفظًا ينسجم وقواعد اللغة الفرنسية، «أنا لا أستطيع دورمير[2] في العتمة».

لم يفهم دي فورج صرخته فتمنَّى له ليلة طيِّبة.

- «يا للأعجمي الملعون!»، قال سبيتسين متأفِّفًا، وهو يتدثَّر باللحاف، «ما حاجته إلى إطفاء الشمعة... إنَّ هذا أسوأ له. أنا لن أستطيع النوم من دون ضوء. يا مسيو، يا مسيو»، تابع بصوت مسموع، «جي في أفيك بارلي[3]».

---

(1) لماذا تطفئها، لماذا تطفئها؟

(2) أنام.

(3) أريد أن أتحدَّث إليك.

لكنَّ الفرنسي لم يُجب، وسرعان ما علا شخيره.

- «الشيطان الفرنسي يشخر»، قال أنطون بافنوتيتش في سرِّه، «وأنا لا يخطر لي النوم في بال. قد يدخل اللصوص فجأة عبر الباب المفتوح، أو يتسلَّلون عبر النافذة، وهذا الشيطان لن توقظه حتى المدافع. مسيو، ها مسيو! ليأخذك الشيطان».

صمت أنطون بافنوتيتش، وقد عقلن الإعياء وبخار الخمرة مخاوفه، تدريجيًّا، فراح يغالبه النعاس، وسرعان ما تملَّكه النوم العميق تملُّكًا تامًّا.

ثمَّة أمر غريب كان ينتظره عند يقظته، فقد شعر، وهو ما يزال تحت سيطرة النوم، أنَّ أحدهم يشدُّه بهدوء من ياقة قميصه. فتح أنطون بافنوتيتش عينيه فرأى أمامه في ضوء الصباح الخريفي الشاحب دي فورج. كان الفرنسي يمسك في إحدى يديه مسدَّس جيب، ويفكُّ بالأخرى الكيس الثمين. ذُهل بافنوتيتش، وقال بصوت راعش:

- كيسكوسي، مسيو، كيسكوسي[1]؟

- «اصمت، اصمت»، أجابه المعلِّم بلغة روسية صافية، «اصمت وإلَّا هلكت. أنا دوبروفسكي».

---

(1) ما هذا يا سيِّد، ما هذا؟

الفصل الحادي عشر

سنطلب الآن من القارئ أن يسمح لنا بتوضيح الأحداث الأخيرة في قصَّتنا التي لم تمكنُّنا الظروف السابقة من توضيحها.

في محطة -- في بيت الناظر الذي سبق لنا ذكره، جلس في إحدى الزوايا مسافر مظهره يدلُّ على الاستسلام والصبر اللذين يتحلَّى بهما موظَّف من الطبقة الوسطى، أو أجنبي، أي أنَّ الرجل لم يكن يملك نفوذًا على طريق السفر. وكانت عربته تقف في الفناء تنتظر التشحيم، وفيها حقيبة صغيرة تدلُّ بوضوح على ضآلة ثروته. لم يطلب المسافر لنفسه شايًا أو قهوة، بل راح ينظر عبر النافذة ويصفِّر صفيرًا أزعج زوجة الناظر الجالسة وراء الحاجز إزعاجًا شديدًا.

- «ها قد أرسل الله لنا مصفَّراتيًّا!»، قالت بصوت منخفض، «إيخ، ما أكثر صفيره، ليته ينفجر، هذا الأعجمي الملعون».
- «وما شأنك أنتِ؟»، قال الناظر، «ما المشكلة! دعيه يصفِّر على هواه».
- «ما المشكلة؟»، اعترضت الزوجة غاضبة، «ألا تعرف العلامات المنذرة بالشؤم؟».
- أيَّة علامات؟ قولهم إنَّ الصفير يذهب بالنقود. إيه! يا بوخوموفنا، بيتنا خالٍ من النقود، سواء أصُفِّر فيه أم لم يُصفَّر.
- ليتك تسفِّره يا سيدوريتش. لا فائدة لك في بقائه. أعطه خيولًا وليذهب إلى الشيطان.
- مهلًا، يا بوخوموفنا! ما عندي في الحظيرة سوى ثلاث ثلاثيات، الترويكا الرابعة ترتاح. قد يأتي مسافرون ممتازون على غير توقُّع. أنا

لا أريد أن أغامر برقبتي من أجل هذا الفرنسي. تشو! ها إنَّ ما تنبَّأتُ به يحدث! ها هم قادمون. إي - هي- هي، ما أسرع عدوهم! أيمكن أن يكون القادم جنرالًا؟

توقَّفت العربة أمام المدخل. قفز الخادم عن المقود وفتح باب العربة، وبعد دقيقة دخل على الناظر شابٌّ يرتدي معطفًا عسكريًّا وقبَّعة بيضاء، تبعه خادم يحمل علبة وضعها على حافَّة النافذة.

- «أريد خيولًا»، قال الضابط بصوت آمِر.

- «حالًا»، أجاب الناظر، «أعطني أمر المهمَّة من فضلك».

- ليس لديَّ أمر مهمَّة. أنا أسافر إلى ناحية فرعية... ألم تعرفني؟

اضطرب الناظر، واندفع يستعجل الحوذيِّين. وراح الشابُّ يمشي في الغرفة جيئة وذهابًا، ثم تجاوز الحاجز وسأل زوجة الناظر بصوت منخفض:

- من هذا المسافر؟

- «الله وحده يعلم»، أجابت زوجة الناظر، «إنَّه فرنسي، وها قد انقضت خمس ساعات وهو ينتظر الخيول ويصفِّر. لقد أضجرني هذا الملعون».

خاطب الشابُّ ذلك المسافر بالفرنسية:

- «إلى أين أنت مسافر؟»، سأله.

- «إلى أقرب مدينة»، أجاب الفرنسي، «ومن هناك سأسافر إلى إقطاعيٍّ استأجرني غيابيًّا لأعمل معلِّمًا. قد ظننت أنِّي سأصل اليوم إلى المكان، لكنَّ السيِّد الناظر قرَّر غير ذلك على ما يبدو. إنَّ الحصول على خيول في هذه المنطقة أمر صعب أيُّها السيِّد الضابط».

- «عند مَن مِن الإقطاعيين المحلِّيين ستعمل؟»، سأل الضابط.

- «عند السيِّد ترويكوروف»، أجاب الفرنسي.

- عند ترويكوروف؟ من هو هذا الترويكوروف؟

- Ma foi، mon officier...[1] قليلة هي الأمور الطيِّبة التي سمعتها عنه. يقولون إنَّه إقطاعيٌّ متعالٍ، ذو مزاج خاصٍّ، قاسٍ في معاملته مع العاملين عنده، ولا أحد يستطيع التعايش معه، وإنَّ الجميع يرتعشون حين يسمعون اسمه، وإنَّه لا يحترم المعلِّمين، وقد جلد اثنين منهم حتى الموت.
- رحماك! ومع ذلك قرَّرت الذهاب للعمل عند هذ الوحش.
- وما العمل يا سيِّدي الضابط. إنَّه يقترح منحي راتبًا جيِّدًا؛ 3000 روبل في العام، ونفقات إقامتي. سأجرِّب، فقد أكون أفضل حظًّا من الآخرين. إنَّ لديَّ أمًّا عجوزًا، سأرسل لها نصف راتبي لتأكل، أمَّا المتبقِّي، فأستطيع أن أوفِّر منه رأس مال صغيرًا يكفي لكي أعيش مستقلًّا، وآنذاك، bonsoir[2]، سأسافر إلى باريس وأدخل سوق الأعمال التجارية.
- «هل يعرفك أحد في منزل تزويكوروف؟»، سأل الضابط.
- «لا أحد»، أجاب المعلِّم، «لقد طلبني من موسكو عن طريق صديق له، طبَّاخه ابن بلدي، وهو الذي رشَّحني لهذا العمل. أريدك أن تعلم أنِّي لم أكن أعدُّ نفسي لأصبح معلِّمًا، بل لأكون حلوانيًّا، لكنَّهم قالوا لي إنَّ لقب معلِّم في بلادكم أفضل بكثير»...

فكَّر الضابط برهة.

- «اسمع»، قال للفرنسي مقاطعًا، «ماذا لو عرضوا عليك بدلًا من هذا المستقبل عشرة آلاف نقدًا، شريطة أن تعود فورًا إلى باريس».

نظر الفرنسي إلى الضابط دهِشًا، ثم ابتسم هازًّا رأسه.

- «الخيول جاهزة»، قال الناظر الذي دخل لتوِّه، وأكَّد الخادم قوله.

---

(1) في الحقيقة، سيِّدي الضابط.

(2) ليلة طيِّبة.

- «لحظة من فضلكما!»، قال الضابط، «اخرجا من هنا لدقيقة».

خرج الناظر والخادم.

- «أنا لا أمزح»، تابع حديثه بالفرنسية، «10000 أستطيع أن أعطيك إيَّاها، ولا أريد منك سوى رحيلك وأوراقك».

ثم فتح العلبة وأخرج منها عدَّة رزم من النقود.

جحظت عينا الفرنسي. لم يعد يدري بماذا يفكر.

- رحيلي... أوراقي... أنت تمزح! ما حاجتك إلى أوراقي؟

- هذا ليس شأنك. أنا أسألك: هل توافق أم لا؟

مدَّ الفرنسي يده بالأوراق للضابط الشابِّ، وهو ما يزال غير مصدِّق ما تسمعه أذناه، فأخذ الضابط الأوراق وتفحَّصها بسرعة.

- جواز سفر... هذا جيِّد. رسالة توصية، سنراها. شهادة ميلاد، هذا رائع. حسنًا، هاك نقودك، وارحل. وداعًا.

وقف الفرنسي وقد أصابه الجمود. التفت الضابط نحوه، وقال:

- لقد نسيتُ أهمَّ ما في الأمر. أعطني وعد شرف بأنَّ كلَّ هذا سيبقى سرًّا بيننا، أريد وعد شرف منك.

- «أعدك وعد شرف»، أجاب الفرنسي، «ولكن، أوراقي، كيف سأتصرَّف من دونها؟».

- في أوَّل بلدة تصل إليها، أخبرهم أنَّ دوبروفسكي نهبك. سيصدِّقونك ويعطونك الوثائق اللازمة. وداعًا، أتمنَّى لك أن تصل سريعًا إلى باريس بعناية الربِّ، وأن تجد أمَّك بخير وعافية.

خرج دوبروفسكي من الغرفة، جلس في عربته وانطلق.

أطلَّ الناظر عبر النافذة، وحين غادرت العربة التفت إلى زوجته، وصاح:

- باخوموفنا، هل فهمت شيئًا؟ لقد كان هذا دوبروفسكي.

اندفعت زوجة الناظر في الحال نحو النافذة، لكنَّ الوقت قد فات، ودوبروفسكي صار بعيدًا، فراحت توبِّخ زوجها:

- أنت لا تخاف الله، يا سيدرويتش. لماذا لم تخبرني بذلك من قبل، لو فعلت لكان بإمكاني إلقاء نظرة على دوبروفسكي، أمَّا الآن، فلا أحد يعلم كم سأنتظر مروره من هنا مرَّة ثانية. أنت قليل الوجدان حقًا، أنت حقًّا قليل الوجدان!

وقف الفرنسي جامدًا، ذاهلًا، وقد بدا له أنَّ الاتفاق مع الضابط، والنقود وكلَّ ما حدث مجرَّد حلم. لكنَّ رزم النقود كانت هنا، في جيبه، تؤكِّد له ببلاغة حقيقة الحدث المدهش.

قرَّر استئجار خيول إلى المدينة، وقاد الحوذيُّ العربة ببطء، فوصلا ليلًا.

قبل وصولهما إلى الحاجز، حيث ينتصب محرس متهدِّم بدلًا من الحرس، أمر الفرنسي الحوذيَّ بالتوقُّف، ونزل من العربة، ثم مضى راجلًا، وأفهم الحوذيَّ بحركات يديه أنَّه يهديه العربة والحقيبة ليشرب بثمنهما الفودكا. ذُهل الحوذيُّ من كرمه، كما سبق أن ذُهل الفرنسي من اقتراح دوبروفسكي، لكنَّه استنتج من ذلك أنَّ الأجنبي فقد عقله، فشكره بانحناءة عميقة ورأى أنَّه من غير الصواب أن يكمل طريقه إلى المدينة، فتوجَّه إلى ملهى يعرفه ويعرف مالكه جيِّدًا. قضى هناك الليل كلَّه، وفي صباح اليوم التالي عاد من حيث أتى بترويكا عارية من دون عربة ومن دون حقيبة، وبوجه متورِّم وعينين حمراوين.

بعد أن أخذ دوبروفسكي أوراق الفرنسي توجَّه بشجاعة، كما سبق أن ذكرنا إلى ترويكوروف وأقام في بيته. وأيًّا كانت نواياه الخفيَّة (نحن سنعرفها لاحقًا) فإنَّ سلوكه كان خاليًا من كلِّ عيب. صحيح أنَّه كان قليل الانشغال بتربية ساشا الصغير، بل أعطاه الحرِّية التامَّة في اللهو، ولم يكن يطالبه بحزمٍ بتحضير الوظائف، التي كان يكلِّفه بها للتمويه فقط، لكنَّه بذل جهدًا كبيرًا في تتبُّع النجاحات الموسيقية لتلميذته، وكثيرًا ما كان يجلس معها إلى البيانو ساعات بكاملها. وقد أحبَّ الجميعُ المعلِّم الشابَّ، قد أحبَّه كيريلا بتروفيتش لشجاعته في الصيد، وأحبَّته ماريا كيريللوفنا لما يبذله من جهد غير محدود، ولاهتمامه الخجول، وأحبَّه ساشا لتسامحه مع عبثه، وأحبَّه الخدم لطيبته وكرمه الذي كان

واضحًا أنَّه لا يتناسب ووضعه المادي. أمَّا هو فبدا متعلِّقًا بالأسرة كلِّها، وبات يُعدُّ نفسه واحدًا من أفرادها.

مضى نحو شهر بين انتمائه لسلك التعليم، وزمن الاحتفال الشهير، من دون أن يشكَّ أحد بأنَّ هذا الفرنسي الشابَّ المتواضع هو قاطع الطرق الرهيب، الذي يزرع الفزع في نفوس الإقطاعيين في المنطقة كلِّها. لم يغادر دوبروفسكي طول هذه المدَّة بوكروفسكويه، غير أنَّ الإشاعات عن أعمال سطوه لم تهدأ، والفضل في ذلك لاختراعات خيال أهل الريف، وقد يعود إلى كون عصابته استمرَّت في عملها حتى في غياب رئيسها.

حين قضى دوبروفسكي الليل في غرفة واحدة مع الرجل الذي يمكن أن يعدَّه عدوَّه الشخصي، وأحد المسؤولين الأساسيين عن مصيبته، لم يستطع أن يقاوم إغراء الانتقام منه. كان يعرف بوجود كيس النقود وقرَّر الاستيلاء عليه. وقد رأينا كيف أذهل أنطون بافنوتيتش المسكين بتحوُّله من معلِّم إلى قاطع طرق.

في الساعة التاسعة صباحًا، تجمَّع الضيوف الذين قضوا الليل في بوكروفسكويه، واحدًا بعد الآخر في غرفة المعيشة، حيث كان السماور يغلي، وقد جلست أمامه ماريا كيريللوفنا في ثوب صباحي، أمَّا كيريلا بتروفيتش فكان يرتدي سترة من الكستور وحذاء منزليًّا، وراح يشرب الشاي من كوب واسع الفوهة يشبه الطست. كان أنطون بافنوتيتش آخر الواصلين إلى الغرفة، وكان شاحب الوجه بادي الحزن، مظهره أدهش الجميع، وسأله كيريلا بتروفيتش مستفسرًا عن صحَّته، فأجابه سبيتسين بكلام لا معنى له، وهو ينظر برعب إلى المعلِّم الذي جلس هنا وكأنَّ شيئًا لم يكن. بعد بضع دقائق دخل الخادم وأبلغ سبيتسين أنَّ عربته جاهزة، فأسرع أنطون بافنوتيتش يودِّع الجميع، ورغم إلحاح ربِّ المنزل على بقائه، خرج من الغرفة مسرعًا وغادر على الفور. لم يفهم الحاضرون ما الذي أصابه، وقرَّر كيريلا بتروفيتش أنَّ ضيفه أُصيب بالتخمة. وسرعان ما خلت بوكروفسكويه، وعاد كلُّ شيء إلى وضعه المعتاد، حين شرع بقيَّة الضيوف بالمغادرة بعد الشاي والفطور الوداعي.

الفصل الثاني عشر

انقضت أيَّام عدَّة من دون أن يحدث شيء يُذكر. حياة سكَّان بوكروفسكويه كانت رتيبة. كيريلا بتروفيتش يخرج للصيد يوميًّا، وتنشغل ماريا كيريللوفنا بالقراءة والنزهة والدروس الموسيقية بوجه خاصٍّ. وقد بدأت تفهم قلبها، فتعترف بأسى لا إرادي، أنَّ قلبها ليس غير مبالٍ بمواهب الفرنسي الشابِّ. أمَّا هو فلم يكن يخرج عن حدود الاحترام واللباقة الصارمة، وهذا ما طمأن كبرياءها وهدَّأ الشكوك التي تبعث في نفسها الخوف، فراحت تستسلم باطمئنان أكبر فأكبر لعادتها الجذَّابة. كانت تكتئب في غياب دي فورج، وتنشغل به في كلِّ لحظة حين يكون موجودًا، فتسأله رأيه في كلِّ شيء، وتتَّفق معه في الرأي دائمًا. من المحتمل ألَّا تكون قد أحبَّته بعد، ولكن كان من المحتَّم عند ظهور أوَّل عقبة مصادفة، أو أي أمر مفاجئ يخبِّئه لها القدر، أن يشتعل في قلبها لهيب الهوى.

وذات يوم، جاءت ماريا كيريللوفنا إلى الصالة حيث كان المعلِّم ينتظرها، فلاحظت، دهِشةً، الارتباك على وجهه الشاحب. رفعت غطاء البيانو وأنشدت عدَّة نغمات، لكنَّ دوبروفسكي اعتذر بحجَّة صداع في رأسه، وقطع الدرس، ثم دسَّ في يدها خلسة رسالة صغيرة، وهو يغلق كرَّاس النوتات الموسيقية. لم يتَّسع لها الوقت كي تفكِّر، أخذت الرسالة، وندمت في الوقت نفسه على فعلتها، لكنَّ دوبروفسكي كان قد اختفى من الصالة. عادت ماريا كيريللوفنا إلى غرفتها وفتحت الرسالة، فقرأت ما يلي:

كوني اليوم في الساعة السابعة في الاستراحة عند الساقية

من الضروري أن أتحدث معك.

أثار ذلك فضولها بقوَّة. لقد كانت تنتظر منذ زمن اعترافه لها بالحبِّ، انتظارًا

تشوبه الرغبة والخوف، فقد كانت ستُسرُّ لو سمعت تأكيد ما خمَّنته تخمينًا، ولكنَّها كانت تشعر بأنَّه لا يليق بها أن تسمع مثل ذلك الاعتراف من رجل لا يستطيع، بحكم وضعه، أن يطلب يدها في يوم من الأيَّام. قرَّرت أن تذهب إلى الموعد، لكنَّها كانت متردِّدة، لا تعرف كيف ستستقبل اعتراف المعلِّم، أبغضبٍ أرستقراطي، أم بوعد بالصداقة، أم بنكات مرحة، أم بتعاطف صامت. ومع ذلك، كانت تنظر إلى الساعة لحظة بعد أخرى. حلَّ الظلام، وأشعلوا الشموع، وجلس كيريلا بتروفيتش يلعب الورق مع الجيران الذين قدِموا لزيارته. دقَّت ساعة قاعة الطعام السابعة إلَّا ربعًا فخرجت ماريا كيريللوفنا بهدوء إلى مدخل المنزل، تأمَّلت ما حولها في كلِّ الجهات، ثم ركضت إلى الحديقة.

كانت الليلة حالكة الظلام، والسماء تغطِّيها السحب، فلم يكن بمقدور المرء أن يرى شيئًا على بعد خطوتين، لكنَّ ماريا كيريللوفنا سارت في الظلام في الدروب التي تعرفها، وبعد دقيقة كانت في الاستراحة، فتوقَّفت هناك، كي تلتقط أنفاسها، وتظهر أمام دي فورج بمظهر اللامبالي، وغير المستعجل. لكن دي فورج ظهر أمامها قبل أن تفعل ذلك.

- «أشكرك لأنَّك لم ترفضي طلبي»، قال لها بصوت منخفض وحزين، «لقد كنت سأصاب باليأس لو لم تلبِّي رجائي».

فأجابته ماريا كيريللوفنا بعبارة أعدَّتها مسبقًا:

- أرجو ألَّا تجعلني أندم على تسامحي.

ظلَّ صامتًا، وبدا أنَّه يستجمع عزيمته.

- «الظروف تتطلَّب... أنا يجب أن أتركك»، قال أخيرًا، «قد تسمعين قريبًا... ولكن يجب عليَّ، قبل الفراق، أن أشرح، أنا نفسي، الأمر لك»...

لم تُجب ماريا كيريللوفنا بشيء، فقد ظنَّت أنَّ هذه الكلمات مقدِّمة للاعتراف المنتظر.

- «أنا لست من تظنِّين»، تابع مطرق الرأس، «أنا لست الفرنسي دي فورج، أنا دوبروفسكي».

صرخت ماريا كيريللوفنا.

- لا تخافي، أستحلفك بالله، يجب ألا تخافي اسمي. أنا هو ذلك البائس الذي حرمه أبوك من قطعة الخبز، وطرده من بيت أبيه، ورماه على الطرقات كي يسطو على الناس. لكن، يجب ألَّا تخافي على نفسك أو على أبيك. الآن انتهى كلُّ شيء. وأنا سامحته. اسمعي، أنتِ أنقذته. لقد قرَّرتُ أن يكون ضحيَّة أوَّل عمل دموي أقوم به. طُفتُ بالقرب من المنزل محدِّدًا المكان الذي يجب أن تشتعل فيه النار، والطريق الذي سأسلكه إلى غرفة نومه، والطريقة التي سأسدُّ فيها أمامه كلَّ سبل الهرب. وفي هذه الأثناء مررتِ أنت بقربي كطيف سماوي، فهدأ قلبي، وأدركتُ أنَّ البيت الذي تعيشين فيه مقدَّس، وأنَّ لعنتي ينبغي ألَّا تُصيب أيَّ كائن يرتبط بك برباط الدم. تخلَّيت عن الانتقام بوصفه جنونًا، وقضيت أيَّامًا كاملة أهيم حول حدائق بوكروفسكويه، آمِلًا أن أرى ثوبك الأبيض لو من بعيد. وصرتُ أتتبَّعك في نزهاتك الجريئة وأتنقَّل متخفِّيًا من خميلة إلى أخرى، سعيدًا بفكرة أنَّني أحميك، وبأنَّه لا خطر عليك هناك حيث أوجد سرًّا. وأخيرًا سنحت لي الفرصة، فأقمت في بيتكم. لقد كانت هذه الأسابيع الثلاثة أيَّام سعادتي. وستكون ذكراها بهجة حياتي الحزينة... اليوم تلقَّيت خبرًا بعده صار بقائي هنا مستحيلًا. أنا سأفارقكم... في هذه الساعة... لكن، كان من واجبي أن أصارحك قبل ذلك، حتى لا تلعنيني أو تحتقريني. فكِّري أحيانًا في دوبروفسكي، واعرفي أنَّه خُلق لمصير غير هذا، وأنَّ روحه عرفت كيف تحبُّك، وأنَّه أبدًا لن...

حينذاك، تردَّد صفير خفيف، فصمت دوبروفسكي وأمسك يدها وضغطها على شفتيه الملتهبتين. وتكرَّر الصفير.

- «سامحيني»، قال دوبروفسكي، «إنَّهم ينادونني، قد تقتلني دقيقة تأخير».

ابتعدَ، وبقيت ماريا كيريللوفنا واقفة جامدة، في مكانها.

عاد إليها دوبروفسكي وأمسك يدها من جديد.

- «هل تعدينني بأنَّك إذا أصابتك في يوم من الأيَّام مصيبة»، قال لها بصوت مؤثِّر رقيق، «ولم تنتظري من أحد المساعدة أو الحماية، ستلجئين إليَّ، وستطلبين منِّي فعل أيِّ شيء لإنقاذك؟ هل تعدينني بأنَّك لن ترفضي إخلاصي لك؟».

بكت ماريا كيريللوفنا في صمت. وتردَّد الصفير مرَّة ثالثة.

- «أنت تقتلينني!»، صاح دوبروفسكي، «أنا لن أتركك ما لم تعطيني الجواب. هل تعدينني أم لا؟».

- «أعدك»، أجابت الجميلة المسكينة.

عادت ماريا كيريللوفنا التي أقلقها لقاء دوبروفسكي، من الحديقة، فبدا لها أنَّ الناس كلُّهم يتراكضون، وأنَّ المنزل في حركة، في الفناء كثير من الناس، وعند المدخل تقف ترويكا، وتناهى إلى سمعها من بعيد صوت كيريلا بتروفيتش، فأسرعت في الدخول إلى الغرف، خشية أن ينكشف أمر غيابها. التقاها كيريلا بتروفيتش في الصالة، وكان الضيوف يحيطون بقائد الشرطة، الذي تعرَّفنا عليه سابقًا، وراحوا يمطرونه بالأسئلة. أمَّا قائد الشرطة فكان في لباس العمل، مسلَّحًا من الرأس حتى القدم، وكان يسبغ على إجاباته طابع السرِّية والاستعجال.

- «أين كنتِ يا ماشا؟»، سألها كيريلا بتروفيتش، «ألم تلتقي مسيو دي فورج؟».

أرغمت ماشا نفسها على إجابته بالنفي.

- «تخيَّلي!»، تابع كيريلا بتروفيتش كلامه، «لقد جاء قائد الشرطة للقبض عليه، وهو يؤكِّد لي أنَّه دوبروفسكي نفسه».

- «كلُّ الأوصاف تنطبق عليه يا صاحب المعالي»، قال قائد الشرطة بلهجة تنم على الاحترام.

- «إيه يا أخي»، قاطعه كيريلا بتروفيتش، «فلتذهب أنت وأوصافك إلى حيث تعرف. أنا لن أسلِّمك صاحبي الفرنسي إلَّا بعد أن أقوم أنا نفسي بدراسة القضيَّة. كيف يُمكنك أن تصدِّق كلام أنطون بافنوتيتش، الجبان، الكذَّاب؟ لا بدَّ من أنَّه رأى في منامه أنَّ المعلِّم أراد سلبه ماله. لماذا لم يقُل لي كلمة واحدة بهذا الشأن في ذلك الصباح؟».
- «لقد أخافه الفرنسي يا صاحب المعالي»، أجاب قائد الشرطة، «وأخذ منه عهدًا بالصمت»...
- «هذا كذب»، حسم كيريلا بتروفيتش الأمر، «الآن سأكشف كلَّ شيء. أين هذا المعلِّم؟»، سأل خادمًا دخل لتوِّه.
- «لم نجده في أي مكان»، أجاب الخادم.
- «إذن، ابحثوا عنه وجدوه!»، صرخ ترويكوروف الذي بدأ الشكُّ يساوره، «أرني أوصافك التي تتباهى بها»، قال لقائد الشرطة الذي أعطاه الورقة على الفور، «هم، هم، 23 عامًا... هذا لا يكفي للبرهان على شيء. أين المعلِّم؟».
- «لم نعثر عليه»، جاءه الجواب ثانية.

بدأ كيريلا بتروفيتش يشعر بالقلق، أمَّا ماريا كيريللوفنا فبدت كأنَّها بين الحياة والموت.

- «أنت شاحبة يا ماشا»، قال والدها، «لقد أخافوكِ».
- «لا يا بابا»، أجابت ماشا، «أنا أشعر بصداع».
- اذهبي يا ماشا إلى غرفتك ولا تقلقي.

قبَّلت ماشا يده وذهبت سريعًا إلى غرفتها، ارتمت على السرير وأجهشت بالبكاء في نوبة هيستيرية. ركضت إليها الخادمات، نزعن عنها ملابسها، وبصعوبة استطعن تهدئتها بالماء البارد وشتَّى المهدِّئات، ثم مددنها في السرير، فراحت في نوم عميق.

لم يعثروا على الفرنسي في هذه الأثناء، وصار كيريلا بتروفيتش يمشي جيئة

وذهابًا في الصالة، وهو يصفِّر بغضب لحن «زمجر يا رعد الانتصار»، وتهامس الضيوف فيما بينهم. بدا قائد الشرطة خائبًا، لم يجدوا الفرنسي، من المحتمل أن يكون أحدهم أخبره، فهرب. ولكن، من، وكيف؟ لقد ظلَّ ذلك سرًّا.

كانت الساعة الحادية عشرة، ولم يكن هناك من يفكِّر في النوم. وفي نهاية المطاف قال كيريلا بتروفيتش لقائد الشرطة بلهجة غاضبة:

- «ماذا تريد؟ أنت لن تبقى هنا حتى الفجر، بيتي ليس تكيَّة، أنت لست على قدر كافٍ من الذكاء لإلقاء القبض على دوبروفسكي، إن كان هذا دوبروفسكي حقًّا. عُدْ من حيث أتيت، وكن في المستقبل أعلى همَّة، وأنتم عودوا إلى بيوتكم»، قال مخاطبًا الضيوف، «مُروا الخدم أن يُعِدُّوا العربات، أمَّا أنا فأريد أن أنام».

بهذا الجفاء ودَّع ترويكوروف ضيوفه!

الفصل الثالث عشر

مضى بعض الوقت من دون أن يقع أيُّ حدث لافت. لكن، في أوائل الصيف التالي، حدثت تغيُّرات كبيرة في حياة كيريلا بتروفيتش العائلية.

على بعد ثلاثين فرسخًا من منزله كانت مزرعة الأمير فيرييسكي الغنيَّة. لقد قضى الأمير زمنًا طويلًا في بلاد الغربة، وكان يدير أملاكه كلَّها رائد متقاعد، ولم تقم أيَّة علاقات بين بوكروفسكويه وأرباطوفو في أثناء ذلك. لكنَّ الأمير عاد في أواخر شهر أيَّار (مايو) من الخارج وجاء إلى قريته التي لم يرها من قبل أبدًا. غير أنَّه، وهو الذي اعتاد على التسلية واللهو، لم يستطع احتمال العزلة، وفي اليوم الثالث بعد رجوعه توجَّه لتناول الغداء عند ترويكوروف الذي كان قد تعرَّف إليه في يوم ما.

كان الأمير في نحو الخمسين من عمره، لكنَّه بدا أكبر من سنِّه بكثير. فشتَّى أنواع الإفراط أضعف صحَّته وترك فيه آثارًا لا تنمحي. ورغم ذلك، كان مظهره لطيفًا ولافتًا، فقد أضفَت عليه عادة التواجد الدائم بين الناس نوعًا من اللطف لا سيَّما مع النساء. لقد كان يشعر دائمًا بالحاجة إلى التسلية لكنه يضجر باستمرار. استقبل كيريلا بتروفتش زيارته بسرور بالغ وعدَّها علامة احترام من إنسان يعرف المجتمع. وصار، بحسب عادته، يكرِّمه بالطواف به على منشآت مزرعته، فقاده إلى حظيرة الكلاب. غير أنَّ الأمير، ما أن اقترب من جوِّ الكلاب حتى كاد يختنق، فسارع إلى الخروج من الحظيرة سادًّا أنفه بمنديل معطَّر، ولم تعجبه الحديقة المعمَّرة بصفصافها المشذَّب، وبركتها المربَّعة ودروبها المستقيمة، فهو يحبُّ الحدائق الإنجليزية، وما يسمُّونه بـ «الطبيعة الحرَّة»، غير

أنه امتدح ما رآه وعبَّر عن إعجابه به. ثم جاء الخادم يعلن أنَّ المائدة جاهزة، فذهبوا إلى الغداء، وقد تعب الأمير من النزهة، فصار يعرج في مشيته، وبات نادمًا على زيارته.

لكن ماريا كيريللوفنا استقبلتهم في الصالة، فصُعق زير النساء العجوز بجمالها. أجلس ترويكوروف ضيفه إلى جانبها، فانتعش الأمير بوجودها وتملَّكه المرح، واستطاع عدَّة مرَّات أن يجتذب اهتمامها بأحاديثه المشوِّقة.

بعد الغداء اقترح كيريلا بتروفيتش على ضيفه نزهة على الخيل. اعتذر الأمير مشيرًا إلى جزمته المخملية ومازحًا بشأن مرض النقرس الذي يعاني منه، وفضَّل نزهة في العربة كي لا يبتعد عن جارته اللطيفة. أسرجوا العربة. وجلس العجوزان والحسناء، ثلاثتهم، فيها وانطلقوا. لم يتوقَّف الحديث فيما بينهم. واستمعت ماريا كيريللوفنا بسرور إلى مجاملات رجل المجتمع الراقي المتملِّقة المرحة. وفجأة توجَّه فيرييسكي إلى كيريلا بتروفيتش وسأله عن ذلك البناء المحترق وعمَّا إذا كان من أملاكه؟ عبس كيريلا بتروفيتش، فالذكريات التي يثيرها فيه الحديث عن البيت المحترق لم تكن تسرُّه، وأجابه أنَّ الأرض ملكه الآن، وأنَّها كانت من قبل مِلكًا لدوبروفسكي.

- «دوبروفسكي!»، كرَّر فيرييسكي، «كيف؟ هل كانت ملكًا لقاطع الطرق المشهور؟».

- «لا، كانت لأبيه»، أجاب ترويكوروف، «الأب كان قاطع طرق معتبرًا أيضًا، على كلٍّ حال».

- وأين هو هذا الرينالدو الآن، هل ما زال حيًّا؟ هل قبضوا عليه؟

- إنَّه حيٌّ، وطليق، ولن يقبضوا عليه، ما دام قادة الشرطة واللصوص شركاء، بالمناسبة، قل لي أيُّها الأمير، ألم يسطُ دوبروفسكي على أرباطوفو؟

- بلى، سطا عليها في العام الماضي على ما أظنُّ، أشعل فيها الحرائق أو نهبها... قولي الحقَّ يا ماريا كيريللوفنا، ألا تثير الفضول الرغبة في معرفة هذا البطل الرومانتيكي عن قرب؟

- «ولماذا الفضول؟»، قال ترويكوروف، «إنَّها تعرفه، فقد درَّسها الموسيقى ثلاثة أسابيع كاملة، من دون أن يتقاضى أجرًا عن الدروس والحمد لله!».

هنا بدأ كيريلا بتروفيتش يروي قصَّته عن المعلِّم الفرنسي. فشعرت ماريا كيريللوفنا كما لو أنَّها تجلس على إبر. أمَّا فيرييسكي فأصغى باهتمام عميق، فوجد أنَّ كلَّ ذلك غريب للغاية، وغيَّر مجرى الحديث. وحين عادوا من نزهتهم أمر أن يجيئوه بعربته، ورغم إلحاح كيريلا بتروفيتش الشديد عليه بالمبيت في ضيافته، غادر فور انتهائهم من شرب الشاي، لكنَّه، قبل ذلك، طلب من كيريلا بتروفيتش أن يزوره بصحبة ماريا كيريللوفنا، فوعده ترويكوروف المعتدُّ بنفسه بتلبية الدعوة معتبرًا أنَّ المكانة الأميرية والنجمتين والثلاثة آلاف نفس التي يملكها الأمير فيرييسكي تجعله ندًّا له.

بعد يومين من هذه الزيارة، توجَّه كيريلا بتروفيتش بصحبة ابنته لزيارة الأمير فيرييسكي، ولم يستطع وهو يقترب من أرباطوفو إلَّا أن يتأمَّل بإعجاب بيوت الفلَّاحين النظيفة المرحة، وبيت المالك الحجري المبني على طراز القصور الإنجليزية. ثمَّة مرج أخضر كان يمتدُّ أمام المنزل، ترعى فيه بقرات سويسريات ترنُّ الأجراس في رقابها، وحديقة واسعة تحيط بالمنزل من الجهات كلِّها. استقبل المالك ضيفيه عند المدخل، ومدَّ يده للحسناء الشابَّة كي تتَّكئ عليها. دخل الجميع إلى صالة رائعة تتوسَّطها مائدة أُعدَّت لثلاثة أشخاص. وقاد الأمير ضيفيه إلى النافذة، ففُتح أمامهما مشهد أخَّاذ. نهر الفولغا يجري أمام النوافذ تسير فيه العوَّامات المحمَّلة بأشرعتها المفرودة للريح، وتلوح قوارب الصيَّادين التي يُطلقون عليها اسم «مهلكة الأرواح» المعبِّر للغاية. وخلف النهر تمتدُّ الروابي والحقول، وثمَّة عدد من القُرى يُضفي الحياة على المشهد. بعد ذلك انشغل صاحب المنزل وضيفاه بمشاهدة اللوحات التي اشتراها الأمير في بلاد الاغتراب. فقام الأمير بتوضيح محتوياتها المختلفة وسِيَر الفنَّانين لماريا كيريللوفنا، مشيرًا إلى مزايا تلك اللوحات وعيوبها. لم يكن يتحدَّث عن اللوحات بلغة العارف المتحذلق

الاصطلاحية، بل بعاطفة وخيال، جعلا ماريا كيريللوفنا تستمتع بالاستماع له. ثم انتقلوا إلى المائدة، فكان ترويكوروف محقًّا تمامًا في ثنائه على مجموعة خموره، ومهارة طاهيه. أمَّا ماريا كيريللوفنا فلم تشعر بأيِّ ارتباك أو تكلُّف في التحدُّث إلى شخص كانت تراه للمرَّة الثانية فقط في حياتها. بعد الغداء، اقترح صاحب المنزل على ضيفيه نزهة في الحديقة، وهناك شربوا القهوة في استراحة على ضفَّة بحيرة واسعة، تزدحم بالجُزر. وفجأة صدحت موسيقى من آلات نفخ، ورسا قارب بستَّة مجاذيف أمام الاستراحة بالضبط. جالوا في البحيرة، بالقرب من الجُزر، وزاروا بعضها، فوجدوا في واحدة منها تمثالًا من المرمر، ووجدوا في أخرى كهفًا منعزلًا، وفي جزيرة ثالثة رأوا نصبًا تذكاريًّا عليه كتابة غامضة أثارت فضول العذارى لدى ماريا كيريللوفنا، الذي لم تُشبعه تمامًا شروح الأمير وتلميحاته المهذَّبة. انقضى الوقت بسرعة وبدأ الظلام يتسلَّل. واستعجل الأمير بحجَّة الرطوبة والندى العودة إلى المنزل، حيث كان السماور في انتظارهم. وطلب الأمير من ماريا كيريللوفنا أن تدير الأمور في بيته هو العازب العجوز. صبَّت الشاي، وهي تستمع إلى الكثير من حكايات مضيفهما الثرثار اللطيف، وفجأة سُمع إطلاق نار، وأضاء شهاب عتمة السماء، فقدَّم الأمير لماريا كيريللوفنا شالًا، ودعاها، هي وترويكوروف، إلى الشرفة. كانت الأضواء المختلفة الألوان تشتعل أمام المنزل، تدور، ترتفع إلى أعلى سنابل وأشجار نخيل ونوافير، ثم تنهمر مطرًا من نجوم، تنطفئ ثم تشتعل من جديد. فرحت ماريا كيريللوفنا بذلك كالأطفال. وأبهج الأمير فيرييسكي أنَّ ذلك أعجبها. أمَّا ترويكوروف فكان مسرورًا إلى أقصى الحدود لأنَّه عدَّ tous les frais[1] من قِبل الأمير علامات احترام له، ورغبة في إرضائه.

لم يكن العشاء في بذخه أقلَّ من الغداء في شيء. بعد ذلك توجَّه الضيفان إلى الغرفتين المخصَّصتين لهما، وفي صباح اليوم التالي ودَّعا مضيفهما اللطيف، وتبادلا معه الوعد بلقاء جديد قريب.

---

(1) كل هذا البذخ.

الفصل الرابع عشر

كانت ماريا كيريللوفنا تجلس في غرفتها تطرِّز بالإبرة أمام النافذة المفتوحة. لم تخطئ في حياكة خيوط الحرير، كما فعلت عشيقة كونراد التي حاكت الوردة بخيوط خضراء بسبب شرودها في التفكير بحبيبها. كانت الكانفا تحت إبرتها تكرِّر من دون خطأ رسوم الأصل، على الرغم من أنَّ أفكارها لم تكن تتابع عملها، بل كانت تسرح بعيدًا.

وفجأة، امتدَّت يد إلى حافَّة النافذة بهدوء، ووضع أحدهم فوق الطارة رسالة ثم اختفى قبل أن تستطيع ماريا كيريللوفنا إدراك ما حدث. وفي هذه الأثناء بالضبط دخل عليها خادم ودعاها للذهاب إلى كيريلا بتروفيتش، فأخفت الرسالة بيد مرتعشة تحت منديل رأسها وأسرعت إلى أبيها في مكتبه.

لم يكن كيريلا بتروفيتش وحيدًا. كان الأمير فيرييسكي جالسًا عنده. وحين ظهرت ماريا كيريللوفنا وقف الأمير وانحنى لها في صمت وقد بدا مضطربًا على غير عادته.

- «تعالي يا ماشا»، قال كيريلا بتروفيتش، «سأقول لك خبرًا آمل أن يُفرحك. ها قد جاءك عريس، الأمير أتى يخطبك».

جمدت ماشا، وغطَّى وجهها شحوب الموت. ظلَّت صامتة، فاقترب منها الأمير وأمسك يدها وسألها وقد بدا عليه التأثُّر، إن كانت توافق على إسعاده. ظلَّت ماشا صامتة.

- «موافقة، طبعًا، موافقة»، قال كيريلا بتروفيتش، «لكنَّك تعرف، أيُّها الأمير، أنَّ البنات يجدن صعوبة في لفظ هذه الكلمة. هيَّا يا ولديَّ تبادلا القُبل، وكونا سعيدين».

ظلَّت ماشا واقفة من دون حراك، أمَّا الأمير فقبَّل يدها، وفجأة انهمرت دموعها على وجهها الشاحب، فعبس الأمير قليلًا.

- «هيَّا، اذهبي، اذهبي، اذهبي»، قال كيريلا بتروفيتش، «جفِّفي دموعك وعودي إلينا مرحة يا صغيرتي. إنهنَّ يبكين حين يُخطبن»، تابع كلامه مخاطبًا فيرييسكي، «هكذا هي عادتهنَّ... لنتكلَّم أيُّها الأمير في الموضوع، أعني: البائنة».

استغلَّت ماريا كيريللوفنا بلهفة السماح لها بالمغادرة. هرعت إلى غرفتها، وأغلقت الباب وأطلقت العنان لدموعها متخيِّلة نفسها زوجة للأمير العجوز الذي بدا لها فجأة مُقرفًا وكريهًا... لقد أخافها الزواج، كأنَّه المشنقة، كأنَّه القبر...

- «لا، لا»، كرَّرت يائسة، «أُفضِّل الموت، أُفضِّل الدير، أُفضِّل اللحاق بدوبروفسكي».

حينئذ، تذكَّرت الرسالة فسارعت تقرؤها بلهفة يساورها شعور بأنَّها منه. وقد كانت منه فعلًا، وفيها فقط الكلمات التالية:

مساء، في الساعة العاشرة، في المكان نفسه.

الفصل الخامس عشر

القمر يضيء، والليلة التمُوزيَّة هادئة، والنسيم يهبُّ من فترة لأخرى، وهسيس خافت يسري في الحديقة كلِّها.

اقتربت الحسناء الشابَّة كظلٍّ خفيف من المكان المحدَّد للِّقاء. فبدا لها أنَّه ما من أحد هناك بعد، وفجأة، صار دوبروفسكي أمامها خارجًا من وراء الاستراحة.

- «أنا أعرف كلَّ شيء»، قال لها بصوت منخفض حزين، «أنت تذكرين وعدك لي».
- «أنت تقترح عليَّ حمايتك»، أجابت ماشا، «لكن لا تغضب: إنَّها تُخيفني. يحيِّرني كيف ستقدِّم لي المساعدة».
- أستطيع أن أخلِّصك من هذا الشخص الكريه.
- لا تلمسه بحقِّ الإله، إيَّاك أن تؤذيه، إذا كنت تحبُّني. أنا لا أريد أن أتسبَّب بأيِّ عمل فظيع...
- أنا لن أمسَّه بسوء، رغبتك مقدَّسة عندي. إنَّه مدين لك بحياته. لن أرتكب شرًّا باسمك أبدًا. أنت يجب أن تظلِّي مُطهَّرة حتى من جرائمي. ولكن كيف أستطيع إنقاذك من أبيك القاسي القلب؟
- ما زال هناك أمل. أنا آمل أن أؤثِّر فيه بدموعي ويأسي. إنَّه عنيد، ولكنَّه يحبُّني كثيرًا.
- عبثًا تأملين! إنَّه لن يرى في دموعك سوى الخوف والنفور العادي الذي تشعر به الفتيات حين يتزوَّجن من دون حبٍّ. لنحسب الأمور بالعقل: ماذا لو وضع في رأسه أن يصنع سعادتك رغمًا عنك، إذا

قادك بالقوَّة إلى تحت الإكليل، كي يسلِّم مصيرك إلى سلطان رجل عجوز؟

- عند ذاك، لن يكون في اليد حيلة، تعال، تعال لتأخذني، وسأكون زوجتك.

اضطرب دوبروفسكي، وغطَّت وجهه الشاحب حمرة قانية، ثم عاد في اللحظة نفسها فصار أشدَّ شحوبًا من السابق. وصمت طويلًا وهو مطرق الرأس.

- استجمعي قواك الروحية كلَّها، توسَّلي لأبيك، ارتمي عند قدميه، صوِّري له كلَّ فظاعة المستقبل، وشبابك الذي سيذبل بالقرب من عجوز متهتِّك، أقدمي على توضيح الأمور بلهجة قاسية: قولي له إنَّك ستلجئين إلى حماية فظيعة إذا استمرَّ في عناده... قولي له، إنَّ البذخ يعزِّي الفقراء فقط، وللحظة واحدة، لأنَّهم لم يعتادوا عليه. لا تتركيه يهدأ. لا تخافي من غضبه، أو من تهديداته، أو تتردَّدي بحقِّ الإله، ما دام هناك ظلٌّ من أمل. أمَّا إذا استنفدتِ الوسائل كلَّها ولم يبق غير هذه الوسيلة...

هنا غطَّى دوبروفسكي وجهه بيديه وبدا كما لو كان يختنق.

بكت ماشا...

- «يا لحظِّي التعيس، التعيس»، قال وهو يتنهَّد بحسرة، «لقد كنت مستعدًّا لتقديم حياتي ثمنًا لرؤيتك من بعيد، لمس يديك كان بالنسبة إليَّ نشوة عارمة. والآن، حين أتيحت لي إمكانية أن أضمَّك إلى قلبي الخفَّاق، وأقول: يا ملاكي، أذهبُ إلى الموت! يا لي من مسكين، أنا مجبر على تجنُّب هذه المتعة، يجب أن أبعدها عني بكلِّ قواي. أنا لا أجرؤ على الارتماء عند قدميك، شاكرًا السماء على هذه المكافأة التي لا أفهمها ولا أستحقُّها. أوه، كم يجب عليَّ أن أكره ذلك الـ... لكنِّي أشعر أنَّه لم يعد في قلبي الآن مكان للكره».

عانق قوامها الرشيق بهدوء، وبهدوء جذبها نحو قلبه، فأسندت رأسها باطمئنان إلى كتف قاطع الطريق الشابّ، وظلَّ الاثنان صامتين. طار الوقت.

- «آن لي أن أذهب»، قالت ماشا أخيرًا.

وبدا كما لو أنَّ دوبروفسكي أفاق من غيبوبة. أخذ يدها ووضع خاتمًا في إصبعها. قال لها:

- أحضري هذا الخاتم إلى هنا، وضعيه في تجويف شجرة السنديان هذه إذا قرَّرت اللجوء إليَّ. وأنا سأعرف كيف أتصرَّف.

ثم قبَّل دوبروفسكي يدها واختفى بين الأشجار.

الفصل السادس عشر

لم تبقَ خطبة الأمير فيرييسكي خافية على الجيران، فراح كيريلا بتروفيتش يتلقَّى التهاني، وجرت الاستعدادات للعرس. كانت ماشا تؤجِّل الموعد الحاسم يومًا بعد يوم. وفي هذه الأثناء كان تعاملها مع خطيبها العجوز باردًا ومتصنِّعًا. لم يهتمَّ الأمير لذلك، فهو لم يكن يسعى إلى الفوز بحبِّها، وكان راضيًا بقبولها الصامت.

لكنَّ الوقت كان يمضي، وقرَّرت ماشا، أخيرًا، أن تفعل شيئًا، فكتبت للأمير فيرييسكي رسالة حاولت فيها أن توقظ في قلبه مشاعر السموِّ الروحي، واعترفت صراحة بأنَّها لا تشعر بأيِّ ميل إليه مهما ضؤل، ورجته أن يتخلَّى عن طلب يدها، وأن يحميها من سلطة أبيها. سلَّمت الرسالة بشكل غير ملحوظ للأمير فيرييسكي، فقرأها على انفراد، ولم يتأثَّر أبدًا بصراحة عروسه، بل إنَّه، على العكس من ذلك، رأى أنَّ من الضروري الإسراع بالعرس، وقدَّر أنَّ عليه من أجل ذلك أن يُري الرسالة لحميه المقبل.

استشاط كيريلا بتروفيتش غضبًا، وأرغمه الأمير بصعوبة ألَّا يُظهر لماشا أنَّه يعرف بأمر رسالتها. وافق كيريلا بتروفيتش على ذلك، لكنَّه قرَّر عدم إضاعة الوقت، فحدَّد موعد العرس في اليوم التالي. وقد وجد الأمير أنَّ الموعد معقول جدًّا، وذهب إلى عروسه وقال لها إنَّ الرسالة أحزنته، لكنَّه يأمل أن يظفر بتعلُّقها به بمرور الزمن، وإنَّ فكرة التخلِّي عنها صعبة جدًّا على نفسه، فهو لا يستطيع الموافقة على الحكم بإعدامه. وبعد ذلك قبَّل يدها باحترام، وغادر من دون أن يقول أيَّة كلمة بشأن قرار كيريلا بتروفيتش.

لكن، ما إن خرج من الفناء، حتى دخل عليها أبوها وأمرها مباشرة أن تكون جاهزة في صباح الغد. ارتمت ماريا كيريللوفنا المتوتِّرة بسبب ما قاله الأمير فيرييسكي، على قدمَي أبيها غارقة بدموعها.

- «يا بابا»، صرخت متضرِّعة، «يا بابا، لا تقتلني! أنا لا أحبُّ الأمير، أنا لا أريد أن أكون زوجة له»...

- «ما معنى ذلك»، قال كيريلا بتروفيتش بصوت مرعب، «لقد كنت صامتة حتى الآن، وكنت موافقة، أمَّا الآن، وبعد أن تقرَّر كلُّ شيء، صرت تتذمَّرين، وترفضين. لا تتحامقي معي، فهذا لن يُكسبك شيئًا».

- «لا تقتلني»، كرَّرت ماشا المسكينة، «لماذا تبعدني عنك وتعطيني لرجل لا أحبُّه؟ هل ضجرت منِّي؟ أنا أريد أن أبقى معك كما كنَّا. من دوني ستغدو حزينًا يا بابا، وستكون أشدَّ حزنًا حين ستفكِّر أنِّي غير سعيدة، لا تُرغمني يا بابا على ذلك، أنا لا أريد أن أتزوَّج»...

تأثَّر كيريلا بتروفيتش بكلامها، لكنَّه أخفى ارتباكه، ودفعها عنه قائلًا بقسوة:

- كلُّ هذا هراء، افهمي ذلك. أنا أكثر معرفة منك بما تحتاجين إليه كي تكوني سعيدة. الدموع لن تنفعك، بعد غدٍ سيكون يوم زفافك.

- «بعد غد!»، صاحت ماشا، «يا إلهي! لا، لا، هذا مستحيل، هذا لن يكون. اسمعني يا بابا: إذا كنت قرَّرت قتلي، فسوف أجد من يدافع عني، إنَّه شخص لا يخطر لك على بال، وسوف ترى، وستفزع حين تدرك إلى أين أوصلني عنادك».

- «ماذا تقولين؟ ماذا؟»، قال ترويكوروف، «تهديد! تهديد لي، يا لك من بنت وقحة! أنا، لو تعرفين، سأفعل بك ما لا تتخيَّلين. أنت تحاولين إخافتي بمن يحميك. سنرى من يكون هذا المدافع عنك».

- «فلاديمير دوبروفسكي»، أجابت ماشا وهي في حالة يأس.

ظنَّ كيريلا بتروفيتش أنَّها فقدت عقلها، فراح ينظر إليها مذهولًا.

- «طيِّب»، قال لها بعد فترة صمت، «انتظري من اخترته مخلِّصًا لك، لكن ابقي حاليًّا في هذه الغرفة، فأنت لن تخرجي منها إلَّا إلى حفل الزفاف».

قال كيريلا بتروفيتش هذه الكلمات وخرج مقفلًا الباب خلفه.

بكت البنت المسكينة طويلًا وهي تتخيَّل كلَّ ما ينتظرها، غير أنَّ نقاشها الحادَّ مع أبيها خفَّف ما كانت تعاني منه روحها، فصار باستطاعتها أن تفكِّر تفكيرًا أكثر هدوءًا في مصيرها وفيما يجب أن تفعله. كان الأمر الأهمُّ بالنسبة إليها هو أن تتخلَّص من ذلك الزواج المكروه، فقد رأت أنَّ مصير زوجة قاطع طريق نعيم بالقياس إلى المصير الذي ينتظرها. نظرت إلى الخاتم الذي تركه لها دوبروفسكي، فشعرت برغبة جامحة في أن تراه على انفراد، وتتشاور معه طويلًا قبل اللحظة الحاسمة، وراودها حدس بأنها ستجد دوبروفسكي مساء في الحديقة قرب الاستراحة، فقرَّرت أن تذهب وتنتظره فور حلول المساء.

حلَّ المساء، واستعدَّت ماشا، لكنَّ الباب كان مقفلًا بالمفتاح، وقد أجابتها الخادمة من وراء الباب بأنَّ كيريلا بتروفيتش أمر بعدم السماح لها بالخروج. لقد كانت سجينة. انتابها شعور عميق بالإهانة، فجلست قرب النافذة من دون حراك، وظلَّت حتى أعماق الليل جالسة تنظر إلى السماء المظلمة من دون أن تخلع ملابسها.

غلبها النوم عند الفجر فأغفت، لكنَّ رؤى حزينة أقلقت نومها الخفيف، وأيقظتها أشعَّة الشمس وهي تشرق.

الفصل السابع عشر

استيقظت، وكانت أوَّل فكرة تبادرت إلى ذهنها هي عِظم فظاعة وضعها. دقَّت الجرس، فدخلت خادمة وأجابتها عن أسئلتها بالقول إن كيريلا بتروفيتش سافر مساء إلى أرباطوفو، وعاد في وقت متأخِّر، وأنَّه أعطى أوامر مشدَّدة بعدم السماح لها بالخروج من الغرفة، ومنع أيَّ شخص من التحدُّث معها، وأنَّه لا تُلحظ عمومًا أيَّة استعدادات خاصَّة للعرس، سوى الطلب من الكاهن عدم مغادرة القرية لأيِّ سبب من الأسباب. تركت الخادمة بعد هذه الأخبار ماريا كيريللوفنا وأقفلت الباب من جديد.

كلمات الخادمة زادت من شدَّة غضب السجينة الشابَّة، شعرت برأسها يغلي، ودمها يفور، فقرَّرت أن تخبر دوبروفسكي بكلِّ شيء، وراحت تفكِّر في طريقة لإرسال الخاتم ووضعه في تجويف شجرة السنديان المنشودة. وفي هذه الأثناء ارتطم حجر صغير بنافذتها، فرنَّ الزجاج، وأطلَّت ماريا كيريللوفنا على الفناء، فرأت ساشا الصغير يرسل إليها إشارات خفيَّة. هي كانت تعرف مدى تعلُّقه بها، وقد أفرحتها رؤيته. فتحت النافذة وسألته:

- مرحبًا، يا ساشا، لماذا تناديني؟

- لقد جئت يا أختي الحبيبة لأسألك إن كنت تحتاجين شيئًا. بابا غاضب ومنع أهل البيت كلَّهم من إطاعة أوامرك، لكن مُريني أن أفعل أيَّ شيء تريدين، وسأفعل.

- شكرًا يا حبيبي ساشينكا، اسمع! هل تعرف السنديانة القديمة، ذات التجويف، القريبة من الاستراحة؟

- أعرف يا أختي.

- اذهب إلى هناك بسرعة، إذا كنت تحبُني، ضع في التجويف هذا الخاتم، وحاذر أن يراك أحد.

قالت هذه الكلمات ورمت له الخاتم ثم أغلقت النافذة.

رفع الصبيُّ الخاتم وانطلق به بأسرع ما يستطيع، فوصل إلى الشجرة المنشودة في ثلاث دقائق. وقف هناك لاهثًا، تلفَّت حوله، ثم وضع الخاتم في التجويف. وأراد، بعد أن أنهى عمله بنجاح، أن يخبر ماريا كيريللوفنا بذلك، لكنَّ فتى ممزَّق الثياب، أحمر الشعر، أحول العينين، خرج فجأة من وراء الاستراحة واندفع نحو السنديانة، ومدَّ يده داخل الفجوة، فانقضَّ ساشا نحوه أسرع من سنجاب، وتشبَّث به بيديه الاثنتين.

- «ماذا تفعل هنا؟»، سأله مهدِّدًا.

- «وما شأنك أنت؟»، أجاب الفتى وهو يحاول الإفلات منه.

صاح ساشا:

- دع هذا الخاتم أيُّها الأرنب الأحمر! وإلَّا لقَّنتك درسًا على طريقتي.

تلقَّى ساشا، بدلًا من الجواب، ضربة على وجهه، لكنَّه، لم يُفلت الفتى بل صاح بأعلى صوته:

- لصوص، لصوص، تعالوا إلى هنا، إلى هنا.

بذل الفتى جهده للإفلات منه. يبدو أنَّه يكبر ساشا بعامين، وأقوى منه بكثير، لكنَّ ساشا كان أكثر مرونة في حركته. تصارعا بضع دقائق، ثم تغلَّب الفتى الأحمر أخيرًا على ساشا. طرحه أرضًا، وأطبق بيديه على حنجرته. لكنَّ يدًا قويَّة تشبَّثت في هذه الأثناء بشعره الأحمر الخشن، كانت تلك يد الحدائقي ستيبان الذي رفعه عن الأرض نصف ذراع...

- «ويحك أيُّها العفريت الأحمر!»، قال الحدائقي، «كيف تجرؤ على ضرب السيِّد الصغير!؟».

قفز ساشا عن الأرض وتأهَّب من جديد.

- «أنت أمسكتني من إبطي»، قال ساشا، «ولولا ذلك لما استطعتَ أبدًا أن ترميني. أَعطني الخاتم الآن، وانقلع».
- «كيف؟ لا»، أجابه الأحمر، واستدار فجأة في مكانه، مخلِّصًا شعره من يديَّ ستيبان.

شرع يركض هاربًا. لكنَّ ساشا لحق به ودفعه في ظهره، فوقع الفتى على الأرض، وأمسك به الحدائقي مجدَّدًا وقيَّده بحزامه.

- «هاتِ الخاتم!»، صرخ ساشا في وجهه.
- «مهلًا يا سيِّدي»، قال ستيبان، «سنأخذه إلى الوكيل لينال عقابه».

قاد الحدائقيُّ الأسيرَ إلى فناء منزل الإقطاعي، يرافقه ساشا وهو ينظر بقلق إلى سرواله الذي تمزَّق وتلطَّخ بخضرة العشب. وفجأة رأى الثلاثة أنفسهم أمام كيريلا بتروفيتش الذاهب لمعاينة حظيرته.

- «ما هذا؟»، سأل بتروفيتش ستيبان.

وصف ستيبان ما حدث بعبارات موجزة، فسمعه كيريلا بتروفيتش باهتمام. «وأنت أيُّها المدلَّل»، قال موجِّهًا الكلام إلى ساشا، «لماذا تشاجرت معه؟».

- لأنَّه سرق من التجويف خاتمًا، مُرهُ يا بابا أن يعيد الخاتم.
- أي خاتم؟ ومن أي تجويف؟
- نعم، ماريا كيريللوفنا أعطتني... نعم، ذلك الخاتم...

اضطرب ساشا وارتبك. عبس كيريلا بتروفيتش وقال، هازًّا رأسه:

- أرى لماريا كيريللوفنا علاقة بالأمر. اعترف بكلِّ شيء، وإلَّا جلدتك بالسوط جلدًا يُنسيك أهلك.
- أُقسم يا بابا، أنا، يا بابا... ماريا كيريللوفنا لم تأمرني بشيء، يا بابا.
- ستيبان، اذهب واقطع لي قضيبًا أخضر جيِّدًا للجلد من شجرة بتولا...
- مهلًا يا بابا، سأخبرك بكلِّ شيء. كنت اليوم أركض في الفناء، ففتحت أختي ماريا كيريللوفنا النافذة، ركضتُ نحوها، فأسقطت أختي الخاتم

من دون قصد منها، فخبَّأته في التجويف، و... هذا الفتى أراد سرقة الخاتم...

- أسقطَته من دون قصد، وأنت أردت أن تخبِّئه... يا ستيبان، اذهب وأحضر السوط.
- انتظر يا بابا، سأقول كلَّ شيء. أختي، ماريا كيريللوفنا، أمرتني أن أذهب إلى السنديانة وأضع الخاتم في التجويف، أنا ذهبت، ووضعت الخاتم، ولكنَّ هذا الفتى الملعون...

التفت كيريلا بتروفيتش إلى الفتى الملعون وسأله مهدِّدًا:

- صبيٌّ من أنت؟
- أنا من خدم آل دوبروفسكي.

اكفهرَّ وجه كيريلا بتروفيتش، وقال:

- أنت، على ما يبدو، لا تعترف بسيادتي، طيِّب، وماذا كنت تفعل في حديقتي؟

أجاب الفتى من دون مبالاة كبيرة:

- كنت أسرق الكرز البرِّي.
- آها، الخادم كسيِّده، كما يكون الراعي تكون الرعيَّة. وهل الكرز البرِّي ينمو عندي على شجر السنديان!

لم يُجب الفتى بشيء.

- «يا بابا، مُرهُ أن يعطيني الخاتم»، قال ساشا.
- «اصمت يا ألكسندر!»، أجابه كيريلا بتروفيتش، «لا تنسَ أنِّي سأصفِّي حسابي معك أنت أيضًا. اذهب الآن إلى غرفتك. أمَّا أنت أيُّها الأحول، فيبدو لي أنَّك لست فتى بسيطًا. هاتِ الخاتم وامضِ إلى بيتك».

بسط الفتى قبضته وأراه أنَّ يده خالية.

- إذا اعترفت لي بكلِّ شيء فلن أضربك، وسأعطيك «مخمَّسًا» لتشتري بندقًا. وإلَّا فإنِّي سأفعل بك ما لا تتوقَّعه. هيَّا!

لم ينبس الفتى بكلمة، بل وقف خافض الرأس، متظاهرًا بالغباء.

- «طيِّب»، قال كيريلا بتروفيتش، «ليُسجن في مكان ما، وإيَّاكم أن يهرب، سأسلخ جلد جميع من في البيت إن هرب».

قاد ستيبان الفتى إلى حظيرة الطيور، سجنه هناك، وكلَّف مربِّية الطيور آغافيا العجوز بمراقبته.

- «والآن، اذهبوا إلى المدينة لإحضار قائد الشرطة، وبأقصى سرعة»، قال كيريلا بتروفيتش، وهو يتابع الفتى بعينيه.

وهو يمشي جيئة وذهابًا في الغرفة، ويصفِّر بغضب لحن «زمجر يا رعد الانتصار»، حدَّث كيريلا نفسه: «لا شكَّ أبدًا في أنَّها تتواصل مع اللعين دوبروفسكي. لكن، هل من المعقول حقًّا أنَّها طلبت مساعدته؟ قد أكون أخيرًا وقعت على آثاره الطازجة، ولن يستطيع الإفلات منَّا هذه المرَّة. سنستفيد من هذه الفرصة... هسّ! الجرس يرنُّ، الحمد لله، وصل قائد الشرطة... هيي، هاتوا الفتى الذي قبضنا عليه إلى هنا».

وصلت في هذه الأثناء عربة إلى الفناء، ودخل قائد الشرطة، الذي عرفناه من قبل، إلى الغرفة وقد غطَّى الغبار ثيابه.

- «خبر عظيم!»، قال له كيريلا بتروفيتش، «لقد قبضت على دوبروفسكي».

- «الحمد لله على ذلك يا صاحب المعالي»، قال قائد الشرطة مبديًا فرحه، «أين هو؟».

- أعني أنَّنا لم نقبض على دوبروفسكي، بل على أحد أفراد عصابته. سيأتون به حالًا. إنَّه سيمكننا من القبض على زعيم العصابة.. ها هم جاؤوا به.

دُهش قائد الشرطة الذي كان يتوقَّع رؤية قاطع طريق رهيب، حين رأى فتى في الثالثة عشرة من عمره، تبدو عليه علامات الضعف، والتفت متعجِّبًا إلى

كيريلا بتروفيتش، منتظرًا تفسيرًا للأمر. هنا راح كيريلا بتروفيتش يروي له ما حدث في الصباح، لكن من دون أن يذكر شيئًا عن ماريا كيريللوفنا.

استمع قائد الشرطة إليه باهتمام، وهو ينظر من لحظة لأخرى إلى الفتى البائس الذي تظاهر بالغباء، وبدا أنَّه لا يهتمُّ بكلِّ ما يجري من حوله.

- «اسمح لي يا صاحب المعالي أن أتكلَّم معك على انفراد»، قال أخيرًا قائد الشرطة.

قاده كيريلا بتروفيتش إلى غرفة أخرى وأغلق خلفهما الباب.

بعد نصف ساعة خرج الاثنان مجدَّدًا إلى الصالة، حيث كان الأسير ينتظر مصيره.

- «لقد أراد السيِّد»، قال له قائد الشرطة، «أن يرسلك إلى سجن المدينة، حيث يجلدونك بالسياط، ثم يرسلونك إلى المنفى، لكنِّي تشفَّعت لك عنده وطلبت منه أن يسامحك. فكُّوا وثاقه!».

فكُّوا وثاق الفتى.

- «تقدَّم واشكر سيِّدك»، قال قائد الشرطة.

اقترب الفتى من كيريلا بتروفيتش وقبَّل يده.

- «هيَّا، اذهب إلى بيتك»، قال له كيريلا بتروفيتش، «ولا تحاول في المستقبل سرقة الكرز البرِّي من تجاويف الأشجار».

خرج الفتى يقفز مرحًا على درج المدخل، ثم انطلق من دون أن يلتفت، راكضًا عبر الحقول إلى كيستينيوفكا، حين وصل إلى القرية وهو يعدو، توقَّف عند كوخ نصف متهدِّم، هو أوَّل كوخ في القرية، ودقَّ على نافذته. فُتحت النافذة وأطلَّت منها عجوز.

- «أعطني خبزًا يا جدَّتي»، قال الفتى، «أنا لم أذق طعامًا منذ الصباح، أكاد أموت جوعًا».

- «آخ، أهذا أنت يا ميتيا؟ أين اختفيت كلَّ هذا الوقت أيُّها الشيطان الصغير؟»، قالت العجوز.

- سأخبرك فيما بعد يا جدَّتي، الآن أعطني خبزًا بحقِّ الله.
- طيِّب، ادخل إلى البيت.
- لا وقت لدي يا جدَّتي، يجب أن أذهب أيضًا إلى أحد الأماكن. أعطني خبزًا، كرمى للمسيح، أريد خبزًا.
- «يا لك من عجول»، قالت العجوز متذمِّرة، «هاك، خُذ هذه القطعة».

دسَّت له عبر النافذة قطعة خبز أسود، قضمها الفتى بلهفة، وانطلق متابعًا ركضه وهو يمضغها.

بدأت الظلمة تنتشر في الجوِّ، وراح ميتيا يجتاز الغيضات والحقول إلى حرج كيستينيوفكا. وحين وصل إلى شجرتي السرو الواقفتين كحارسين عند مدخل الحرج، توقَّف، وتلفَّت حوله في كلِّ الجهات، ثم أطلق صفيرًا حادًّا متقطِّعًا، وبدأ يصغي. فتناهى إلى سمعه، ردًّا على صفيره صفيرٌ خفيف متَّصل، وخرج من الحرج أحدهم وراح يقترب منه.

الفصل الثامن عشر

كان كيريلا بتروفيتش يمشي جيئة وذهابًا في الصالة وهو يصفّر بصوت أعلى من المعتاد لحن أغنيته، وكان البيت كلُّه في حركة: الخدم يتراكضون والخادمات في حركة دائمة، والحوذيُّون يحضِّرون العربة في الحظيرة، وفي الفناء حشد من الناس. في غرفة زينة الآنسة تقف أمام المرآة سيِّدة تحيط بها الخادمات، وهي تزيِّن ماريا كيريللوفنا الشاحبة، الساكنة، التي أمالت رأسها في إعياء تحت ثقل المجوهرات، مرتعشة ارتعاشًا خفيفًا كلَّما وخزتها يد المزيِّنة غير الحذرة، لكنَّها كانت تحافظ على صمتها، وهي تنظر إلى المرآة نظرات لا تعبِّر عن معنى.

- «هل ستنتهين قريبًا؟»، علا صوت كيريلا بتروفيتش قرب الباب.
- «في الحال»، أجابت المزيِّنة، «قفي يا ماريا كيريللوفنا، وانظري، هل أنت راضية عن زينتك؟».

نهضت ماريا كيريللوفنا ولم تُجب بشيء. وفُتح الباب.

- «العروس جاهزة»، قالت المزيِّنة لكيريلا بتروفيتش، «أصدر أمرك بركوب العربة».
- «برعاية الله»، أجاب كيريلا بتروفيتش، ثم أخذ عن الطاولة أيقونة، «تعالي إليَّ يا ماشا»، قال لها بصوت متهدِّج، «دعيني أباركك»... فارتمت الفتاة على قدميه وأجهشت بالبكاء.
- «يا بابا... يا بابا»، قالت ودموعها تنهمر، وقد احتبس صوتها.

باركها كيريلا بتروفيتش على عجل، ثم صعدوا بها، بل حملوها حملًا تقريبًا إلى داخل العربة، وجلست إلى جانبها عرَّابة زفافها وإحدى الخادمات. وذهب

الجميع إلى الكنيسة. هناك كان العريس في انتظارهم، وخرج للقاء عروسه فصعقه شحوبها ومظهرها الغريب. دخلوا معًا إلى الكنيسة الباردة الخالية، وأغلقوا الباب خلفهم. وخرج الكاهن من وراء المذبح وبدأ عمله على الفور. لم ترَ ماريا كيريللوفنا شيئًا، ولم تسمع شيئًا، ولم تكن تفكِّر إلَّا في أمر واحد، لقد كانت منذ الصباح تنتظر دوبروفسكي، ولم يفارقها الأمل لحظة، حتى حين توجَّه إليها الكاهن بالأسئلة المعتادة ارتعدت، وجمدت، وأبطأت في الردِّ، فهي ما زالت تنتظر، غير أنَّ الكاهن لم ينتظر ردَّها، ونطق بالكلمات التي لا رجعة عنها.

انتهى طقس الإكليل، شعرت بقبلة الزوج المكروه الباردة، وسمعت تهاني الحضور المبتهجين، وهي ما تزال عاجزة عن تصديق أنَّ حياتها باتت مقيَّدة إلى الأبد، وأنَّ دوبروفسكي لم يطرْ إليها لتحريرها. وراح الأمير يتوجَّه إليها بكلمات لم تفهمها، خرجا من الكنيسة التي احتشد في فنائها فلَّاحو بوكروفسكويه. طاف عليهم نظرها بسرعة ثم عادت إلى جمودها السابق. جلس العروسان في العربة التي انطلقت بهما إلى أرباطوفو، وتوجه كيريلا بتروفيتش إلى هناك كي يستقبل العروسين. أمَّا الأمير فجلس إلى جانب زوجته الشابَّة غير متأثِّر أبدًا ببرودها الظاهر. لم يُثِرْ ضجرها بالتعابير المعسولة عن الحبِّ، أو بالإطراء المثير للسخرية، بل كانت كلماته بسيطة ولا تحتاج إلى جواب. قطعت بهما العربة على هذه الحال نحو عشرة فراسخ، كانت الخيول تندفع مسرعة على الطريق الريفي غير المعبَّد، غير أنَّ العربة لم تكن تهتزُّ، وذلك بفضل نوابضها الإنجليزية. وفجأة علت أصوات مطاردة، فتوقَّفت العربة وأحاط بها عدد من المسلَّحين، ثم تقدَّم رجل نصف مقنَّع، وفتح باب العربة من الجهة التي تجلس فيها الأميرة الشابَّة، وقال لها:

- اخرجي، أنت حرَّة.
- «ما معنى هذا؟»، صاح الأمير، «ومن أنت؟».
- «إنَّه دوبروفسكي»، قالت الأميرة.

لم يفقد الأمير رباطة جأشه، أخرج من جيب سترته مسدَّس جيب، وأطلق النار على قاطع الطريق المقنَّع. صرخت الأميرة مرعوبة، وغطَّت وجهها بيديها. جرحت الطلقة كتف دوبروفسكي وسال دمه. ولم يضيِّع الأمير دقيقة واحدة، بل أشهر مسدَّسًا ثانيًا، لكنَّهم لم يمنحوه الفرصة ليطلق النار، فُتحت أبواب العربة وسحبته منها أيدٍ قويَّة، ثم انتزعت منه المسدَّس، والتمع فوق رأسه عدد من الخناجر.

- «لا تلمسوه!»، صرخ دوبروفسكي فتراجع شركاؤه العابسون. «أنتِ حرَّة»، تابع دوبروفسكي كلامه، مخاطبًا الأميرة الشاحبة.
- «لا»، أجابت الأميرة، «فات الأوان، لقد تكلَّلت، أنا زوجة الأمير فيرييسكي».
- «ماذا تقولين!»، صاح دوبروفسكي يائسًا، «لا، أنتِ لست زوجته، لم تكوني حرَّة، ما كنت موافقة أبدًا»...
- «لقد وافقتُ، أقسمتُ على ذلك»، قاطَعته بصلابة، «الأمير زوجي، مُرهُم أن يُطلقوا سراحه، ودعني وإيَّاه. أنا لم أخدعك. أنا انتظرتك حتى آخر دقيقة... لكنِّي أقول لك الآن إنَّ الأوان قد فات. أطلق سراحنا».

غير أنَّ دوبروفسكي لم يكن يسمعها، آلام الجرح، وانفعالات روحه الشديدة استنفدت قواه، فسقط قرب العربة، وأحاط به قُطَّاع الطرق الذين استطاع أن يقول لهم بضع كلمات، فوضعوه على ظهر الحصان، يسنده اثنان منهم بينما أمسك الثالث بمقود الحصان، ورحل الجميع في طريق جانبية، تاركين العربة في منتصف الطريق، وركَّابها الرجال مقيَّدين، وخيولها غير مسرجة، لكنَّهم لم ينهبوا منها شيئًا، ولم يُريقوا قطرة دم واحدة انتقامًا لدم زعيمهم الذي أُريق.

الفصل التاسع عشر

في قلب الغابة النائمة، في فسحة ضيِّقة ارتفع حاجز ترابي صغير مكوِّنًا منحدرًا يتلوه خندق، انتصبت خلفه عدَّة بيوت ترابية وأكواخ، في الفناء بينها أناس كثيرون في ملابس متنوِّعة يستطيع المرء على الفور أن يعرف من خلال أسلحتهم أنَّهم قُطَّاع طرق، كانوا يتناولون الغداء جالسين من دون قبَّعات، بالقرب من قصعة جماعية. وعلى المنحدر، بالقرب من مدفع صغير جلس حارس طاويًا قدميه تحته، وهو يخيط رقعة فوق جزء ممزَّق من ثوبه، مستخدمًا الإبرة بمهارة توحي بأنَّه خيَّاط محترف، متلفِّتًا بين حين وآخر، إلى جميع الجهات.

على الرغم من أنَّ إبريق الشراب دار عدَّة مرَّات بين الحشد وتداولته الأيدي، ساد صمت غريب. تناول قُطَّاع الطُرق طعامهم، ثم نهضوا واحدًا بعد آخر يصلُّون صلاة الشكر للربِّ، وتوزَّع بعضهم على الأكواخ، بينما راح بعضهم الآخر يتجوَّل في الغابة، أو تمدَّد في قيلولة بحسب العادة الروسية.

أنهى الحارس عمله، فنفض ما علق بثيابه. تأمَّل الرقعة، ثم غرس الإبرة في كمِّ ثوبه وجلس فوق المدفع وهو يغنِّي بأعلى صوته أغنية روسية قديمة حزينة:

«لا تضجِّي يا أمِّي الخضراء دوبروفوشكا

لا تشوِّشي أفكاري أنا الفتى»...

في هذه الأثناء فُتح باب أحد الأكواخ وخرجت منه عجوز بمنديل رأس أبيض، حسنة الهندام، نظيفة الملابس، وقفت في العتبة وقالت بغضب:

- كفاك يا ستيوبكا! السيِّد يحاول النوم وأنت تصرخ. إنَّك من دون ضمير أو شفقة.

- «أنا مخطئ يا يوغوروفنا»، أجاب ستيوبكا، «طيِّب، سأكفُّ عن ذلك،

فليسترح سيِّدنا، وليُشْفَ». انصرفت العجوز، وراح ستيوبكا يتمشَّى جيئة وذهابًا فوق المنحدر.

في الكوخ الذي خرجت منه العجوز كان دوبروفسكي الجريح يرقد وراء ستار على سرير نقَّال. أمامه على الطاولة مسدَّساته، أمَّا سيفه فمعلَّق على الجدار فوق رأسه. الكوخ مفروش بسجَّاد باهظ الثمن، وبعضه كان معلَّقًا على الجدران، وفي الزاوية طاولة عليها أدوات زينة نسائية فضِّية ومرآة. وكان في يد دوبروفسكي كتاب مفتوح، لكنَّ عينيه كانتا مغلقتين. ولم تستطع العجوز التي كانت تنظر إليه من وراء الستار أن تعرف أهو نائم، أم أنَّه كان فقط غارقًا في التفكير.

انتفض دوبروفسكي فجأة. سادت في الموقع حالة استنفار، ومدَّ ستيوبكا رأسه عبر النافذة.

- «يا أبتِ، فلاديمير أندرييفيتش»، صاح ستيوبكا، «جماعتنا أرسلوا إنذارًا، هناك من يتعقَّبنا».

قفز دوبروفسكي من السرير، حمل سلاحه وخرج من الكوخ. كان قُطَّاع الطُرق يحتشدون بصخب في الفناء، وحين ظهر ساد صمت عميق.

- «هل الجميع هنا؟»، سأل دوبروفسكي.
- «الجميع ما عدا جماعة المراقبة»، أجابوه.
- «خذوا أماكنكم!»، صاح دوبروفسكي.

شغل كلُّ قاطع طريق المكان المحدَّد له. وفي هذا الوقت اندفع ثلاثة من المراقبين نحو البوَّابة، فمشى دوبروفسكي للقائهم.

- «ما الأمر؟»، سألهم.
- «الجنود في الغابة»، أجابوه، «إنَّهم يطوِّقوننا».

أمر دوبروفسكي بإقفال البوَّابة، وذهب ليتفقَّد المدفع الصغير. سُمع في الغابة عدد من الأصوات، راح يقترب، في حين كان قُطَّاع الطُرق ينتظرون في صمت. وفجأة خرج من الغابة ثلاثة، أو أربعة جنود، ثم ارتدُّوا في الحال وهم يطلقون النار منذرين زملاءهم.

- «استعدُّوا للمعركة»، قال دوبروفسكي.

سرت هسهسة بين قُطَّاع الطُرق ثم هدأ كلُّ شيء من جديد. عند ذاك سمعوا ضجَّة الجنود القادمين، وقد التمعت أسلحتهم بين الأشجار، وتدفَّق نحو مئة وخمسين جنديًّا من الغابة، اندفعوا نحو الحاجز الترابي وهم يصرخون. أشعل دوبروفسكي فتيل المدفع وكانت الطلقة ناجحة: قطعت رأس أحد المهاجمين وجرحت اثنين منهم. ارتبك الجنود في هذه الأثناء لكنَّ الضابط اندفع إلى الأمام فلحق به الجنود وركضوا في الخندق. أطلق قُطَّاع الطُرق النار عليهم من البنادق والمسدَّسات، وراحوا يدافعون بالبلطات عن الحاجز الترابي الذي اندفع نحوه الجنود المهتاجون وقد تركوا نحو عشرين من رفاقهم جرحى في الخندق. التحم الطرفان في معركة بالأيدي حين وصل الجنود إلى أعلى الحاجز الترابي، وبدأ قُطَّاع الطُرق يتقهقرون، لكنَّ دوبروفسكي اقترب من الضابط، سدَّد مسدَّسه إلى صدره ثم أطلق النار، فتكوَّم الضابط على الأرض، فحمله بعض الجنود على أيديهم وأسرعوا ينقلونه إلى الغابة، أمَّا الآخرون فتوقَّفوا بعد أن فقدوا رئيسهم.

استغلَّ قُطَّاع الطُرق الذين أنعشهم ما حدث، لحظة الفوضى هذه، وكرُّوا عليهم، وردوهم إلى الخندق، وحاصروهم، فهرب الجنود المحاصرون ولحق بهم قُطَّاع الطُرق وقد علت صيحاتهم. لقد حُسمت المعركة بانتصارهم. واستنادًا إلى الفوضى الكاملة في صفوف العدوِّ أوقف دوبروفسكي هجوم جماعته، وأمرهم بتحصين الموقع، وجمع الجرحى، ومضاعفة الحراسة، وعدم السماح بغياب أيِّ عنصر.

لفتت الأحداث الأخيرة انتباه الحكومة بشكل جدِّي إلى أعمال السطو الجريئة التي يقوم بها دوبروفسكي، فتمَّ جمع المعلومات عن الأماكن التي يتواجد فيها، وأُرسلت سريَّة من الجنود لجلبه حيًّا أو ميّتًا. أُلقي القبض على عدد من أفراد عصابته، وعرفت الحكومة منهم أنَّ دوبروفسكي لم يعد بينهم، وأنَّه، بعد المعركة بأيَّام جمع شركاءه وأخبرهم أنَّه ينوي تركهم إلى الأبد، ونصحهم بأن يغيِّـروا، هم أنفسهم، نمط حياتهم.

- أنتم أثريتم تحت قيادتي، ولكلٍّ منكم مظهر يستطيع به أن يصل بأمان إلى مقاطعة ما، نائية، ويُمضي هناك بقيَّة حياته في أعمال شريفة، وفي حال من الرفاه. لكنَّكم، جميعًا، أفَّاقون، ولن ترغبوا، على ما أظنُّ، أن تتركوا ما تمارسونه من عمل.

قال لهم هذا الكلام ثم تركهم، ولم يأخذ معه سوى واحد هو --، ولم يعرف أحد إلى أين ذهب. شكَّت الحكومة في البداية في صدق إفادتهم، فولاء قُطَّاع الطُرق لزعيمهم أمر معروف، لذا افترضت أنَّهم يحاولون بهذه الإفادة إنقاذه. لكنَّ الأحداث التالية أكَّدت صدق ما قالوه، فالغزوات الرهيبة، والحرائق، والنهب، أمور توقَّفت، وتحرَّرت الطرقات. وجاء في أخبار أخرى أنَّ دوبروفسكي هرب إلى خارج الحدود.

ابنة آمِر القلعة

صُنْ شرفك منذ الصغر.

قول روسي مأثور

ظهرت فكرة كتابة هذه الرواية عند بوشكين في أوائل عام 1833، وانتهى من صوغ نصِّها الأخير في أيلول عام 1836.

بدأ بوشكين يفكِّر في كتابة «ابنة آمِر القلعة» في أثناء شغله على رواية «دوبروفسكي». آنذاك كان يشغل باله مصير الضبَّاط المنشقِّين عن طبقة النبلاء، وقد أتاح له اختياره لموضوعه من زمن تمرُّد بوغاتشوف إمكانية معالجة مصائر الطبقة الفلَّاحية وطبقة النبلاء، والثورة الفلَّاحية، ونظام الحكم المطلق البيروقراطي في روسيا.

يقول بوشكين: «روايتي مبنيَّة على حكاية سمعتُها ذات يوم عن ضابط قيل إنَّه حنث بيمينه وانضمَّ إلى عصابة بوغاتشوف، عفت عنه الإمبراطورة استجابةً

لتوسُّلات أبيه الطاعن في السنّ، الذي ارتمى على قدميها يقبِّلهما»، (من رسالة إلى ب. كورساكوف بتاريخ 25 تشرين الأوَّل (أكتوبر)، عام 1836). إنَّ الضابط الذي كانت حكايته أساس الرواية هو شخصية حقيقية، اسمه م. شفانافيتش، انضمَّ فعلًا إلى المتمرِّدين، وكان في نيَّة بوشكين أن يصوِّره بطلًا وحيدًا في الرواية، كما يُشير مخطَّطها الأوَّلي، غير أنَّ الكاتب اضطرَّ بسبب الرقابة إلى تصويره في بطلين في المراحل التالية من شغله عليها، بطل إيجابي هو غرينييف، وبطل سلبي هو شفابرين، إذ من الواضح أنَّ الرقابة ما كانت لتسمح بتصوير ضابط من طبقة النبلاء يتخلَّى عن شرف انتمائه ويحنث بيمينه، وهذا ما جعل بوشكين يعدِّل الصيغة الأخيرة للرواية فيظهر أنَّ الضابط النبيل غرينييف لا يمكن أن يتخلَّى عن انتمائه لطبقته أو يحنث بقسَمه، لكنَّه، مع ذلك، يلجأ إلى بوغاتشوف بعد أن يئِس من مساعدة محافظ أرينبورغ له في إنقاذ عروسه، وقد استطاع بوشكين بهذا التعديل، أن يمرِّر، رغم أنف الرقابة، صورة صادقة ومنطقية لجوانب القوَّة وجوانب الضعف في الثورة الفلَّاحية الروسية.

الفصل الأوَّل

رقيبٌ في الحرس

- لو كان في الحرس لصار نقيبًا غدًا.

- هذا ليس ضروريًّا؛ دعه يخدم في الجيش.

- قول جميل! دعه يندعك...

- طيِّب، من أبوه؟

كنياجنين

أبي، أندريه بتروفيتش غرينيف، خدم في صباه عند الأمير مينيخ، وتقاعد برتبة مقدَّم أوَّل في عام --17، وعاش منذ ذلك الوقت في قريته في سيمبيرسك، حيث تزوَّج من الآنسة أفدوتيا فاسيليفنا يو، وهي ابنة نبيل محلِّي فقير. كنَّا تسعة أولاد. إخوتي وأخواتي ماتوا صغار السنِّ.

كانت أمِّي حاملًا بي حين سجَّلوني رقيبًا في فوج سيميونوف، بفضل المقدَّم في الحرس الأمير ب- قريب أسرتنا. لو أنَّ أمِّي أنجبت بحكم المصادفة بنتًا، لكان على أبي أن يُعلم من يجب، بأنَّ الرقيب الذي لم يلتحق بالقطعة مات، ولانتهى الأمر عند ذلك. لقد كنت معدودًا في إجازة حتى أُنهي تعليمي. وكان التعليم آنذاك مختلفًا عمَّا هو الآن، فمنذ سنِّ الخامسة سلَّموني لدَي السائس سافيليتش، الذي لقَّبته أنا، لسلوكه اليقظ، بـ «العمِّ». وقد أتقنت برعايته القراءة والكتابة باللغة الروسية، وأنا في الثانية عشرة، وصار باستطاعتي أن أقدِّر بشكل جيِّد جدًّا خصائص كلب الصيد. وفي هذه الأثناء استأجر لي والدي فرنسيًّا هو

المسيو بوبريه، الذي استقدموه من موسكو مع احتياطي كافٍ لمدَّة عام من النبيذ والزبدة البروفانسية. وقد استاء سافيليتش من استقدامه استياءً شديدًا. «الحمد لله»، دمدم محدِّثًا نفسه، «أنا أرى أنَّ الولد نظيف، ومسرَّح الشعر، وشبعان. وأَعجب من الحاجة إلى إنفاق المزيد من النقود، واستئجار مسيو، وكأنَّنا لم يعد لنا وجود!».

كان بوبريه يعمل في وطنه حلَّاقًا، ثم عمل في بروسيا جنديًّا، بعد ذلك سافر إلى روسيا pour être outchitel[1]، من دون أن يفهم معنى هذه الكلمة. هو كان فتى طيِّبًا، لكنَّه كان هوائي المزاج ومستهترًا للغاية. نقطة ضعفه الأساسية هي حبُّه للجنس الجميل، ولم تكن نادرة تلك الحالات التي تلقَّى فيها دفعات الصدِّ بسبب لطفه، وهي دفعات كان يتأوَّه منها ألمًا أيَّامًا كاملة. أضِفْ إلى ذلك أنَّه (بحسب تعبيره) لم يكن عدوًّا للخمر، وذلك يعني (باللغة الروسية) أنَّه كان يحبُّ الإكثار في الشرب. ولكنَّ الخمر لم تكن تقدَّم عندنا إلَّا ساعة الغداء، وكأسًا واحدة لكلٍّ فرد، وحتَّى هذه كان المعلِّم عادة لا ينالها، وهذا ما جعل بوبريه يعتاد سريعًا على شرب «العنبرية» الروسية المخمَّرة منزليًّا، بل يفضِّلها على خمور وطنه التي كانت على الأقل، أكثر فائدة للمعدة. لقد تحقَّق الانسجام بيننا على الفور، فقد فضَّل رغم أنَّ عقد العمل كان يُلزمه بأن يعلِّمني الفرنسية، والألمانية والعلوم كلَّها، أن يتعلَّم منِّي على عجل الثرثرة باللغة الروسية كيفما اتفق، وبعد ذلك راح كلٌّ منا يمارس ما يشاء من أعمال. عشنا متفاهمَين روحيًّا، ولم أكن أتمنَّى أيَّ معلِّم غيره. ولكنَّ القدر فرَّق بيننا سريعًا، وإليكم الحدث الذي سبَّب ذلك.

الغسَّالة بالاشكا البدينة الضخمة، ومربِّية الأبقار أكولكا العوجاء، اتَّفقتا ذات يوم على الارتماء عند قدميّ أمِّي في وقت واحد، والاعتراف بأنَّهما وقعتا في الخطيئة، شاكيتين وهما تبكيان أمر المسيو الذي استغلَّ عدم خبرتهما. أمِّي كانت لا تحبُّ المزاح في مثل هذه الأمور، فنقلت ذلك إلى أبي الذي كان

(1) كي يصير معلِّمًا.

عقابه سريعًا. طلب على الفور إحضار المحتال الفرنسي، فأخبروه أنَّ المسيو يعطيني درسًا. جاء أبي إلى غرفتي. وفي هذه الأثناء كان بوبريه ينام ببراءة في السرير. أمَّا أنا فكنت منهمكًا في العمل. هنا لا بدَّ لي من أن أذكر أنَّهم جلبوا لي من موسكو خريطة جغرافية. كانت الخريطة معلَّقة على الجدار، لا يستخدمها أحد، وقد أغرتني منذ زمن بعيد بكبرها وورقها الجيِّد، فقرَّرت أن أصنع منها طائرة، وشرعت في العمل مستغلًّا نوم بوبريه. دخل والدي الغرفة لحظة كنت أحاول لصق ذيل الطائرة إلى «رأس الرجاء الصالح» المرسوم على الخريطة، وحين رأى اجتهادي في دراسة الجغرافيا شدَّ أُذني بقوَّة، ثم اندفع نحو بوبريه، أيقظه بخشونة وانهال عليه بعبارات اللوم. أراد بوبريه المرتبك النهوض، لكنَّه عجز عن ذلك. لقد كان الفرنسي التعيس ثملًا إلى حدِّ الانطفاء. تكثُر المصائب والنتيجة واحدة. أمسك أبي بقبَّة قميص الفرنسي وأنهضه من الفراش، ثم دفعه باتِّجاه الباب، وفي اليوم نفسه طرده من الدار، الأمر الذي أشعر سافيليتش بفرح لا يُوصف. هكذا انتهت عمليَّة تعليمي.

عشت طفولتي أطارد الطيور، وألعب مع الصِبية من أولاد الخدم لعبة «النطَّة»، حيث نتبادل القفز فوق ظهور بعضنا. وحين بلغت أواخر السادسة عشرة من العمر طرأ تغيُّر هامٌّ في حياتي.

كانت أمِّي، ذات يوم خريفي، تحضِّر المربَّى بالعسل في غرفة المعيشة، وأنا أتلمَّظ ناظرًا إلى رغوة القدر. أمَّا أبي فكان قرب النافذة يقرأ مفكِّرة البلاط التي يرسلونها إليه في كلِّ عام. لقد كان لهذا الكتاب تأثير كبير عليه، فهو لم يكن يقرأ فيه بحياد أبدًا، بل إن قراءته تثير فيه دائمًا انفعالًا عجيبًا ومرارة. لذا كانت أمِّي، التي تعرف كلَّ عاداته وردود أفعاله عن ظهر قلب، تحاول دائمًا أن تُبعد هذا الكتاب المشؤوم قدر الإمكان عن متناول يده، وهكذا كانت «مفكِّرة البلاط» تغيب عن ناظريه شهورًا كاملة أحيانًا، لكنَّه كان حين يجلبها يظلُّ ممسكًا بها ساعات طويلة. كان أبي إذن يقرأ «مفكِّرة البلاط» فيهزُّ كتفيه من وقت لآخر، مكرِّرًا بصوت خافت:

- مساعد جنرال! لقد كان عندي في السريَّة رقيبًا! حاز على وسامين من مرتبة فارس! منذ متى نحن...

وأخيرًا، رمى أبي «المفكِّرة» على الديوانة، وغرق في التفكير غرقًا لا يُوحي بالخير.

وفجأة، توجَّه إلى أمِّي قائلًا:

- ما عمر بيتروشا يا أفدوتيا فاسيليفنا؟

- «بيتروشا دخل في عامه السابع عشر»، أجابت أمِّي، «فقد وُلد في العام الذي فقدت فيه العمَّة ناستاسيا غيراسيموفنا عينها والذي»...

- «طيِّب»، قاطعها أبي، «لقد آن أوان التحاقه بالخدمة، كفاه لهوًا مع أولاد الخدم، ومطاردةً للطيور».

فكرة مفارقتي قريبًا أذهلت أمِّي فسقطت الملعقة من يدها في القدر، وسالت دموعها على وجهها. أمَّا أنا فكنت، على العكس، معجبًا بذلك إلى حدٍّ يصعُب وصفه، ففكرة «الخدمة» اقترنت عندي بفكرة الحرِّية وملذَّات الحياة في بيتربورغ. تخيَّلت نفسي ضابطًا في الحرس، وهذا كان في تصوُّري ذروة الرفاه الإنساني.

لم يكن أبي من النوع الذي يغيِّر قراراته أو يؤجِّل تنفيذها. وهكذا تحدَّد يوم سفري. وأعلن أبي عشيَّة رحيلي أنَّه ينوي أن يرسل معي رسالة إلى رئيسي المقبل. فطلب ريشةً وورقًا.

- «لا تنسَ يا أندريه بتروفيتش»، قالت أمِّي، «أن تُهدي سلامي إلى الأمير ب- وتبلغه أنِّي آمل ألَّا يحرم بيتروشا من رعايته».

- «هذا هراء!»، أجاب أبي عابسًا، «ما الذي يدعوني إلى الكتابة للأمير ب-؟».

- أنت قلت إنك ستتكرَّم بالكتابة إلى رئيس بيتروشا!

- حسنًا وما علاقة هذا بذاك؟

- لا تنسَ أنَّ رئيس بيتروشا هو الأمير ب-، فبيتروشا مسجَّل في فوج سيميونوفسكي.

- مسجَّل! وما شأني بكونه مسجَّلًا؟ بيتروشا لن يذهب إلى بيتربورغ، فما الذي سيتعلَّمه من الخدمة في بيتربورغ؟ التبذير والميوعة؟ لا، دعيه يخدم في الجيش، هناك سيتعلَّم تأدية الأعمال الصعبة، ويشمُّ رائحة البارود، ويصير جنديًّا، لا فتى طائشًا. مسجَّل في الحرس، هه! أين بطاقته الشخصية؟ هاتيها إلى هنا.

عثرت أمِّي على بطاقتي الذاتية المحفوظة في علبة مع القميص الذي كنت أرتديه حين عمَّدوني، وأعطتها لأبي بيد راعشة. قرأها أبي باهتمام، ثم وضعها أمامه على الطاولة وبدأ كتابة رسالته.

كان الفضول يعذِّبني: «إلى أين سيرسلونني ما داموا لن يرسلوني إلى بيتربورغ؟». لم تفارق عيناي ريشة أبي التي كانت تتحرَّك ببطء شديد. أنهى أخيرًا رسالته ووضعها مع بطاقتي الذاتية في مغلَّف واحد، ثم نزع نظَّارته واستدعاني، وقال:

- هاك! هذه رسالة إلى أندريه كارلوفيتش ر. زميلي القديم وصديقي. أنت ستسافر إلى أورنبورغ، وستخدم تحت إمرته.

وهكذا انهارت آمالي البرَّاقة كلُّها! وبدلًا من حياة بيتربورغ المرحة بات ينتظرني الضجر في منطقة نائية صمَّاء. الخدمة التي تحمَّست لها قبل دقيقة كلَّ ذلك الحماس، صارت شقاء شديد الوطأة. لكنَّ النقاش في هذا الأمر كان عديم الجدوى! ففي صباح اليوم التالي جيء بعربة السفر إلى مدخل الدار. وضعوا فيها حقيبتي، وصندوقًا فيه عدَّة الشاي، وصُررًا فيها خبز وفطائر هي آخر مظاهر الدلال المنزلي. باركني أبواي. وقال لي والدي:

- وداعًا يا بيتر. اخدم بإخلاص من تُقسم على خدمته. أطع أوامر رؤسائك. لا تسعَ وراء كسب ودِّهم. لا تندفع إلى أداء الخدمات، ولا تتهرَّب منها؛ تذكَّر القول المأثور: 'حافظ على ثوبك جديدًا، وصُن شرفك منذ الصغر'.

أمَّا أمِّي فأوصتني ودموعها تنهمر بأن أحافظ على صحَّتي، وأوصت سافيليتش برعاية ولدها. ألبسوني سترة من فراء الأرانب، وفوقها معطفًا من فرو الثعلب، ثم جلست مع سافيليتش في العربة وانطلقنا في رحلتنا ودموعنا تنهمر.

في ليل اليوم نفسه، وصلتُ إلى سيمبيرسك، حيث كان عليَّ أن أقضي يومًا لشراء بعض الأشياء الضرورية، وقد كلَّفت بذلك سافيليتش. قضينا الليل في نُزُل، وفي الصباح توجَّه سافيليتش إلى السوق. أمَّا أنا، فبعد أن ضجرت من النظر إلى الزقاق الموحل من النافذة، رحت أطوف على الغرف كلِّها. حين دخلت إلى غرفة البلياردو رأيت سيِّدًا طويل القامة، في الخامسة والثلاثين من العمر تقريبًا، له شاربان أسودان طويلان، يرتدي ثوبًا منزليًّا ويُمسك في يده عصا البلياردو، وبين أسنانه غليونًا. كان يلعب مع مدوِّن نقاط اللعب: إذا ربح المدوِّن، يشرب على حساب السيِّد قدحًا من الفودكا، وإذا خسر وجب عليه أن يمرَّ من تحت طاولة البلياردو حبوًا على أطرافه الأربعة. وقفتُ أتفرَّج على لعبهما. كان الحبو على الأطراف الأربعة يتكرَّر أكثر فأكثر كلَّما طالت اللعبة، إلى أن انتهى الأمر ببقاء مدوِّن النقاط تحت الطاولة.

حينذاك، نطق السيِّد الواقف عند رأسه ببعض العبارات القويَّة، وكأنَّه يرثيه قبل الدفن، ثم اقترح عليَّ أن أشاركه اللَّعب، فاعتذرت لعدم معرفتي باللعبة. بدا له ذلك غريبًا، على ما أظنُّ، فقد نظر إليَّ نظرةً تنمُّ عن الإشفاق. لكنَّه تبادل معي الحديث، فعرفت أنَّ اسمه إيفان إيفانوفيتش زورين، وأنَّه قائد سريَّة في فوج الفرسان ---، ويقيم في النُزُل نفسه، وهو في سيمبيرسك لاستقبال مجنَّدين جددٍ.

دعاني زورين لأتناول معه غداء بسيطًا على الطريقة العسكرية، فوافقتُ بسرور. جلسنا إلى المائدة. شرب زورين كثيرًا، وحضَّني على ذلك قائلًا إنَّ عليَّ أن أتعوَّد على الحياة العسكرية. وروى لي نوادر من حياة الجيش ضحكت لها حتى كدت أسقط أرضًا. نهضنا أخيرًا عن المائدة ونحن صديقان بكلِّ ما للكلمة من معنى. وهنا، تطوَّع لتعليمي لعبة البلياردو.

- «هذه اللعبة ضروريَّة لأمثالنا من الجنود»، قال لي، «أنت، مثلًا، تصل في الحملة إلى أحد المواقع، فبماذا ستسلِّي نفسك؟ أنت لا تستطيع أن تقضي الوقت كلَّه في اضطهاد اليهود، ولذا ستذهب رغمًا عنك إلى النُزُل، وتلعب البلياردو، وهذا يتطلَّب منك أن تُتقن اللعبة!».

اقتنعت بكلامه تمامًا وأقبلتُ على التعلُّم إقبالًا شديدًا. كان زورين يحمِّسني بصوت مرتفع، ويبدي دهشته من سرعة نجاحي. وبعد عدَّة دروس اقترح عليَّ أن نلعب مقابل رهان نقدي، وليكن قرشًا واحدًا في كل لعبة، وذلك ليس بهدف الربح، بل كيلا نلعب من دون مقابل، فاللَّعب مجَّانًا عادة من أسوأ العادات، على حدِّ تعبيره. وافقته على ذلك أيضًا، فطلب زورين لنا شراب «البونش» وأقنعني بتجربته، مكرِّرًا أنَّ عليَّ اعتياد الحياة العسكرية؛ ولا حياة عسكرية من دون «البونش»! أطعته في ذلك. وفي هذه الأثناء كانت لعبتنا مستمرَّة. وكنت، أزداد إقدامًا في اللعب كلَّما كثرت رشفاتي من كأسي. صارت كراتي تتطاير بكثرة خارج الطاولة. اهتجت ورحت أشتم مدوِّن النقاط الذي لا يعلم إلَّا الله كيف كان يضاعف الرهان بين فترة وأخرى. لقد كنت، باختصار، أتصرَّف كفتى انفلت على هواه. وكان الوقت يمرُّ من دون أن نلحظ ذلك. نظر زورين إلى ساعته، وضع عصا البلياردو من يده، وأعلن لي أنَّ خسارتي بلغت مئة روبل. أربكني ذلك بعض الشيء. نقودي كلُّها كانت مع سافيليتش، فبدأت أعتذر، لكنَّ زورين قاطعني قائلًا:

- رحماك لا تقلق. أنا أستطيع الانتظار، والآن، هيَّا بنا إلى أرينوشكا.

وما النتيجة؟ النتيجة أنِّي أنهيت يومي في ضياع كما بدأته. تناولنا العشاء عند أرينوشكا. وكان يملأ كأسي باستمرار مكرِّرًا قوله لي: «يجب أن تعتاد على الحياة العسكرية». نهضت عن الطاولة فلم أستطع الوقوف على قدميَّ إلَّا بصعوبة؛ فقادني زورين، إلى النُزل وقد انتصف الليل.

استقبلنا سافيليتش عند المدخل، فتأوَّه حين رأى بما لا يقبل الشكَّ علامات حماستي للخدمة.

- «ما هذا الذي حلَّ بك يا سيدي؟»، قال سافيليتش بصوت ينمُّ عن الأسى، «أين تجرَّعت هذا كلَّه؟ آه منكما أيُّها السيِّدان! أنا لم أشهد شيئًا كهذا في حياتي!».

- «اصمت يا منحوس!»، أجبته متلعثمًا، «من المؤكَّد أنَّك سكران، اذهب ونَمْ... وخذني إلى سريري».

استيقظت في اليوم التالي ورأسي يؤلمني، وأحداث البارحة تمرُّ غائمة في ذاكرتي. قطع سافيليتش سلسلة أفكاري حين دخل عليَّ حاملاً كوبًا من الشاي.

- «بكَّرت يا بيتر أندرييفيتش»، قال لي هازًّا رأسه، «بكَّرت في السُّكْر. تُرى عمَّن ورثت ذلك؟ ما أعرفه هو أنَّ أباك وجدَّك لم يكونا سكِّيرين، ناهيك عن أمِّك التي لم تضع يومًا في فمها شرابًا غير منقوع الفواكه. أتدري من السبب في هذا كلِّه؟ إنَّه المسيو الملعون. كان ديدنه أن يركض إلى أنتيبيفنا متوسِّلًا: 'مدام، جي فو بري فودكي'[1]. وهاك ما خلَّفته هذه الـجي فو بري! لا شكَّ في أنَّ ابن الكلب ذاك هو من أورثك هذه «الخيرات»، هل حقًّا أنَّ ما كان ينقصنا هو استئجار هذا الهرطيق ليقوم بدور المربِّي وكأنَّ بيت السيِّد قد خلا من الرجال؟!».

شعرت بالخجل، فأشحت بوجهي وقلت له:

- انصرف يا سافيليتش من هنا، أنا لا أريد الشاي.

لكنَّ إسكات سافيليتش، إذا بدأ في إلقاء عظته، أمر صعب:

- أنت ترى يا بيتر أندرييفيتش ما يؤدِّي إليه السُّكْر. صداع في الرأس، وعدم رغبة في الأكل. الإنسان السكران لا يصلح لشيء... اشرب منقوع الخيار المخلَّل مع العسل، والأفضل أن تشرب نصف كأس من العنبرية. هل تأمر بذلك؟

---

(1) سيِّدتي، أرجوكِ.

دخل في هذه الأثناء صبيٌّ وسلَّمني رسالة من إي. إي. زورين. فتحتها وقرأت السطور التالية:

العزيز بيتر أندرييفيتش،

أرسلْ لي من فضلك مع خادمي المئة روبل التي خسرتها البارحة في اللعب معي. أنا في حاجة قصوى إلى النقود.

في خدمتك دائمًا

إيفان زورين

لا بدَّ ممَّا ليس منه بدٌّ. تصنَّعت اللامبالاة وأنا أخاطب سافيليتش، المسؤول عن مالي وملابسي وأموري كلِّها، آمرًا إيَّاه أن يعطي الصبيَّ مئة روبل.

- «كيف! لماذا؟»، سأل سافيليتش مذهولًا.

- «أنا مدين له بهذا المبلغ». أجبته بأشد ما استطعت من برود.

- «مدين له!»، اعترض سافيليتش الذي راحت دهشته تزداد من لحظة إلى أخرى، «ومتى يا سيِّدي، متى استدنت هذا المبلغ؟ في هذا الأمر شيء لا أفهمه. الأمر لك يا سيِّدي، ولكنِّي لن أدفع له النقود».

قلت لنفسي: «إذا لم أستطع في هذه اللحظة الحاسمة أن أُخضع العجوز، فسيكون من الصعب عليَّ في المستقبل أن أتحرَّر من وصايته». نظرت إليه بتعالٍ وقلت له:

- أنا سيِّدك، وأنت خادمي. والنقود نقودي. وأنا خسرتها لأنَّ هذا ما رغبت فيه. أمَّا أنت، فأنصحك ألَّا تتذاكَ، وأن تنفِّذ ما تؤمر به.

صعقت كلماتي سافيليتش صعقًا، فصفق يدًا بيد، ووقف جامدًا.

- «لمَ لا تزال واقفًا!»، صرخت بغضب.

بكى سافيليتش.

- «يا أبتِ بيتر أندرييفيتش!»، نطق بصوت راعش، «لا تقتلني حزنًا. يا نور عينيَّ! أطعني، أنا العجوز: اكتب لقاطع الطريق هذا أنَّك كنت تمزح، وأنَّنا لا نملك مثل هذا المبلغ. مئة روبل! ارحمنا يا ربُّ! قل له

إنَّ والديك منعاك منعًا قاطعًا عن المقامرة، إلَّا إذا كان الرهان حبَّات بندق»...

قاطعته بصرامة:

- كفى كذبًا! هات المال، وإلَّا صفعتك على قفاك وطردتك.

نظر إليَّ سافيليتش نظرة ملؤها مرارة حزن عميق ومضى لإحضار الدين. شعرت بالإشفاق على العجوز المسكين، ولكنِّي أردت انتزاع حرِّيتي وإثبات أنِّي لم أعد طفلًا. أرسلت النقود إلى زورين. وأسرع سافيليتش السعي لإخراجي من ذلك النُزل اللعين. عاد إليَّ وأعلن أنَّ الخيل جاهزة. ورحلت من سيمبرسك بضمير قلق وندم أخرس، من دون أن أودِّع معلِّمي، ومن دون أن أفكِّر في أنِّي سألتقيه يومًا من الأيَّام.

الفصل الثاني

الدليل

إيه أيُّها البلد الذي قصدته
أيُّها البلد المجهول
الذي لم تقُدني إليه رغبتي
ولم يحملني إليه جواد كريم
بل حملني إليه، أنا الفتى، حماستي
وشجاعتي، وهمَّتي الفتيَّة
وحبِّي لنبيذ الخمَّارات.

أغنية قديمة

أفكاري في طريق السفر لم تكن سارَّة جدًّا، فخسارتي لم تكن قليلة بحسب معايير تلك الأيَّام. وأنا لم أستطع في قرارة نفسي إلَّا الاعتراف بأنَّ سلوكي في النُزل في سيمبيرسك كان غبيًّا، وهذا ما أشعرني بالذنب بحقِّ سافيليتش. ذلك كلُّه راح يعذِّبني. كان العجوز يجلس عابسًا على مقعد الحوذي، مديرًا لي ظهره، وصامتًا لا ينطق إلَّا نادرًا، بصيحات يحضُّ بها الخيل. أردت أن أتصالح معه على الفور، لكنِّي لم أعرف كيف أبدأ الحديث. وأخيرًا، قلت له:

- حيلك، حيلك يا سافيليتش! كفى، هيَّا نتصالح، أنا مذنب، أنا نفسي أعرف أنِّي مذنب. أنا أخطأت البارحة، وأسأتُ إليك عبثًا. أعدك بأن أكون أكثر تعقُّلًا في المستقبل وسأصغي إلى نصائحك. هيَّا، لا تغضب، تعال نتصالح.

أجاب سافيليتش وهو يطلق زفرة عميقة:

- إيه، يا أبتِ بيتر أندرييفيتش! أنا غاضب على نفسي. أنا نفسي غاطس في الذنب. أتعجَّب من نفسي، كيف تركتك وحدك في النزل! ما العمل الآن؟ لقد ضلَّلني الشيطان، فكَّرت في زيارة زوجة سادن الكنيسة، إشبينتي. زرت إشبينتي، ووقعت الواقعة. إنَّها مصيبة فعلًا! كيف سأواجه سيِّديَّ؟ ماذا سيقولان حين يعرفان أنَّ ابنهما يسكر ويقامر؟

حاولت أن أهدِّئ من روع سافيليتش، فأعطيته عهدًا ألَّا أصرف كوبيكًا واحدًا بعد اليوم من دون موافقته. راح يهدأ شيئًا فشيئًا، لكنَّه استمرَّ يدمدم بينه وبين نفسه هازًّا رأسه: «مئة روبل! هذا ليس بالقليل!».

اقتربت من المكان المقصود. تمتدُّ من حولي سهوب حزينة، تتخلَّلها روابٍ وأودية. الثلج يغطِّي كلَّ شيء، والشمس تغرب. العربة تسير في طريق ضيِّقة، والأدقُّ أنَّها تسير مسترشدة بآثار زلَّاجات الفلَّاحين. وفجأة شرع الحوذي يتلفَّت حوله. ثم خلع قبَّعته وخاطبني قائلًا:

- ألن تأمر يا سيِّدي بأن نعود أدراجنا؟
- ولماذا آمر بذلك؟
- الطقس مُقلِق: لقد اشتدَّ قليلًا هبوب الريح. انظر كيف تجرف الثلج وتنثره.
- لا أرى مشكلة في ذلك.
- أترى ماذا هناك؟

أشار الحوذي بالسوط نحو الشرق.

- أنا لا أرى شيئًا غير سهب أبيض وسماء صافية.
- وهناك، هناك، إنَّها غيمة صغيرة.

نظرت فرأيت فعلًا غيمة صغيرة بيضاء على حافَّة السماء، ظننتها في البداية تلَّة صغيرة بعيدة، فأوضح لي الحوذي أنَّ هذه الغيمة الصغيرة تُنذر بحدوث إعصار.

لقد سبق أن سمعت عن العواصف الثلجية في تلك الأماكن، وعرفت أنَّ تلك العواصف كانت تجرف قوافل كاملة. نصحني سافيليتش، الذي اتَّفق في الرأي مع الحوذي، بالعودة، لكنَّ الريح بدت لي ضعيفة، وأملتُ أن نصل إلى المحطَّة التالية في وقت قريب، لذا أمرت بمتابعة السير وزيادة السرعة.

انطلق الحوذي بالعربة، وهو يديم النظر إلى الشرق. وعدَت الخيول بهمَّة وانسجام. وراحت الريح تزداد شدَّة بين فينة وأخرى. وتحوَّلت الغيمة إلى سحابة بيضاء صعدت متثاقلة وتمدَّدت بالتدريج لتغطِّي السماء. هطل الثلج ذرَّات صغيرة في البداية، ثم انهمر فجأة في ندف كبيرة. عوت الريح وتحوَّلت إلى عاصفة. واندمجت السماء المعتمة بالبحر الثلجي في لحظة. اختفى كل شيء.

- «انظر يا سيدي!»، صاح الحوذي، «نحن في كارثة: إنَّه الإعصار!».

أطللت برأسي من العربة، كلُّ ما رأيته كان العتم ورشقات الثلج. كانت الريح تعوي بتعابير وحشية، كأنَّها كائن حيٌّ. غطَّانا الثلج أنا وسافيليتش، وأبطأت الخيول خطوها، ثم توقَّفت.

- «لمَ لا نتابع السير؟»، سألت الحوذي بنفاد صبر.

- «ولماذا السير؟»، أجاب وهو ينزل عن مقعد القيادة، «نحن، بالأساس، لا ندري إلى أين وصلنا. لا طريق أمامنا والضباب يحيط بنا من كلِّ جانب».

هممت بتوبيخه، فتصدَّى لي سافيليتش يدافع عنه.

- «هذه نتيجة عدم سماعك للنصيحة»، قال بلهجة غاضبة، «لو عُدنا إلى النُزل، لشربنا الشاي، وبتنا هناك حتى الصباح، ولهدأت العاصفة وتابعنا سيرنا. وإلى أين نسرع؟ ليتنا كنَّا نسرع إلى حفل زفاف!».

لقد كان سافيليتش على حقٍّ. فلا مجال لفعل أيِّ شيء. الثلج ينهال باستمرار، وقد ارتفعت تلَّة منه قرب العربة. كانت الخيول تقف مطأطئة رؤوسها وهي ترتجف من وقت لآخر. دار الحوذي حول العربة، وراح يشدُّ أحزمتها

تقطيعًا للوقت. أمَّا سافيليتش فكان يدمدم متذمِّرًا. نقَّلت بصري بين جميع الجهات آمِلًا أن أرى أيَّة علامة لمسكن أو طريق، لكنِّي لم أستطع أن أميِّز شيئًا سوى دوران ذرَّات الثلج العكر... وفجأة رأيت شيئًا أسود! صرختُ:

- هيه، يا حوذي! انظر! ألا ترى هناك شيئًا أسود؟

حدَّق الحوذي وقال وهو يجلس في مكانه:

- الله أعلم، قد يكون عربة، وقد يكون شجرة، يبدو لي أنَّه يتحرَّك. لا بدَّ من أنَّه ذئب أو إنسان.

أمرتُ بالانطلاق نحو ذاك الشيء المجهول الذي راح، في الوقت نفسه يسير نحونا. بعد دقيقتين صرنا بمحاذاة رجل.

- «هيه، أيُّها الرجل الطيِّب!»، صاح الحوذي، «قل لنا: ألا تعرف الطريق؟».

- «الطريق هنا»، أجاب الرجل، «أنا أقف على أرض صلبة، لكن ما الفائدة؟».

- «اسمع يا رجل»، قلت له، «ألا تعرف هذه المنطقة؟ هل تستطيع أن تقودنا إلى مكان نبيت فيه؟».

- «أنا أعرف المنطقة»، أجاب الرجل، «أنا، والحمد لله، جلت فيها طولًا وعرضًا. ولكن أنت ترى حالة الطقس، ستضلُّ الطريق حتمًا. الأفضل أن تبقى في مكانك وتنتظر أن يهدأ الإعصار، بإذن الله، وتصحو السماء، عندئذ سنهتدي إلى الطريق بواسطة النجوم».

أنعشتني برودة أعصابه، فقرَّرت تسليم أمري إلى الله، وقضاء الليلة في السهب، وفجأة جلس عابر السبيل على مقعد القيادة بنشاط، وقال للحوذي:

- الحمد لله أنَّ هناك مكانًا مأهولًا غير بعيد، استدر إلى اليمين وانطلق.

- «ولماذا الانعطاف إلى اليمين؟»، سأل الحوذي مستاء، «أين ترى الطريق هناك؟ أم أنَّك قلت في نفسك: الخيول ليست خيولي، والعربة ليست عربتي، فانطلق يا حوذي ولا تتوقَّف».

بدا لي الحوذي محقًّا في كلامه.

- «أتساءل فعلًا»، قلت له، «ما الذي يجعلك تعتقد بوجود مكان مأهول قريب؟».

- «ما يجعلني أعتقد ذلك»، أجاب عابر السبيل، «هو أنَّ الريح تهبُّ من هناك فأشمُّ فيها رائحة الدخان، ذلك يعني أنَّ القرية قريبة».

أدهشني ذكاؤه ورهافة حسِّه. أمرت الحوذي بالانطلاق. مشت الخيول بصعوبة وقوائمها تغوص عميقًا في الثلج. وتقدَّمت العربة ببطء، تارة تصعد فوق كومة من الثلج وتارة تنحدر في وهدة، وتميل مرَّة على هذا الجنب، ومرَّة على ذاك. كان ذلك شبيهًا بعوم سفينة في بحر عاصف. كان سافيليتش يتأوَّه وهو يصطدم بخاصرتي بين حين وآخر. أمَّا أنا فأسدلت الستارة وتدثَّرت بمعطف الفراء، وغفوت يهدهدني غناء العاصفة واهتزاز العربة في سيرها البطيء.

رأيت في نومي حلمًا لم أستطع أبدًا أن أنساه، وما زلت حتى الآن أرى فيه نبوءة حين أقارنه بالظروف الغريبة لحياتي. فليسامحني القارئ، فهو أغلب الظنِّ، يعرف بخبرته، كم يحبُّ الإنسان أن يستسلم للخرافات، على الرغم من احتقاره الكلِّي للأوهام.

لقد كانت عواطفي وروحي في حالة يتراجع فيها الواقع المحسوس أمام الأحلام ويندمج معها في رؤى أوائل النوم الغامضة، فرأيت في منامي أنَّ الإعصار ما زال على أشدِّه، وأنَّنا ما زلنا تائهين في صحراء من الثلج... وفجأة رأيت بوَّابة دخلت منها إلى فناء دارنا في ضيعتنا. وكان أوَّل ما فكَّرت فيه هو الخوف من أن يغضب أبي من عودتي من دون إذن منه إلى بيت أهلي، فيعدَّ ذلك عصيانًا متعمَّدًا. قفزت قلِقًا من العربة فرأيت أمِّي واقفة تستقبلني عند المدخل ومظهرها ينمُّ عن حزن عميق.

- «اهدأ»، قالت لي، «أبوك مريض يحتضر، وهو يودُّ أن يودِّعك».

تبعتها إلى غرفة النوم يصعقني الخوف. كانت الغرفة مضاءة بنور ضعيف، ويقف قرب السرير أناس بوجوه حزينة. اقتربت بهدوء من السرير، فرفعت أمِّي طرف الكلَّة وهي تقول:

- لقد وصل بيتروشا يا أندريه بتروفيتش. عاد حين عرف بمرضك. باركه.

جثوت على ركبتي ونظرت إلى المريض. ما هذا الذي أراه؟ فلَّاح بلحية سوداء يرقد في السرير، بدلًا من أبي، وينظر إليَّ بمرح. التبس عليَّ الأمر، فالتفتُّ إلى أمِّي مرتبكًا، وقلت لها:

- ما معنى هذا؟ إنَّه ليس أبي. فما الذي يجعلني أطلب المباركة من فلَّاح؟

- «الأمر سيَّان يا بيتروشا»، أجابت أمِّي، «إنَّه في مكان أبيك، قبِّل يده ودعْه يباركك»...

لم أوافقها. عند ذاك قفز الفلَّاح من السرير، وأمسك بلطة كانت خلف ظهره، وراح يطوِّح بها في كلِّ الاتِّجاهات. حاولت الهرب... فلم أستطع. امتلأت الغرفة بالجثامين. تعثَّرت بالأجساد الميتة وانزلقت في برك ملأى بالدم... ناداني الرجل المخيف بمودَّة قائلًا:

- لا تخفْ، اقترب لأباركك...

تملَّكني الرعب والارتباك، واستيقظت في هذه اللحظة. الخيل متوقِّفة، وسافيليتش يهزُّ يدي ويقول:

- اخرج يا سيدي، لقد وصلنا.

- «إلى أين وصلنا؟»، سألته وأنا أفرك عينيَّ.

- إلى نُزُل. الربُّ ساعدنا، فوجدنا أنفسنا عند سوره مباشرة. اخرج يا سيِّدي من العربة بسرعة، وهيَّا ندخل لتتدفَّأ.

خرجت من العربة. الإعصار ما زال مستمرًّا رغم أنَّ شدَّته انخفضت. كان الظلام حالكًا يفقأ العين. استقبلنا صاحب النُزُل عند البوَّابة حاملًا مصباحًا يحميه بطرف ردائه، وقادني إلى غرفة ضيِّقة لكنَّها نظيفة جدًّا يضيئها سراج. وقد عُلِّقت على جدارها بندقيَّة وقبَّعة قوزاقية طويلة.

صاحب النزل من أصل قوزاقي، فلَّاح في الستِّين من عمره تقريبًا، لكنَّه ما زال نضرًا ونشيطًا. مشى سافيليتش خلفي حاملًا صندوق متاع، وطلب نارًا كي

يعدَّ الشاي، الذي لم يبدُ لي يومًا أنَّه ضروري كما هو ضروري الآن، فانطلق صاحب النُزُل يسعى لتأمين ذلك.

- «وأين الدليل؟»، سألت سافيليتش.
- «هنا يا صاحب السموّ»، أجابني صوت من أعلى.

نظرتُ إلى «اليوك»[1] في الأعلى فرأيت لحية سوداء وعينين لامعتين.

- هل جمَّدك البرد يا صاحبي؟
- وكيف لا أتجمَّد بردًا وأنا في معطف رقيق! كنت أرتدي فروة، لكن، لا بدَّ من الاعتراف بالذنب! لقد أودعتها في محلٍّ للرهن، فقد بدا لي أنَّ الصقيع ليس شديدًا.

وفي هذه اللحظة دخل صاحب النُزُل حاملًا سماور يغلي فيه الماء. عرضت على دليلنا كوبًا من الشاي فنزل عن «اليوك». بدا لي مظهره لافتًا: كان في نحو الأربعين، معتدل الطول، نحيفًا، عريض المنكبين، في لحيته السوداء بعض الشيب، عيناه الواسعتان تشعَّان بالحياة وتدوران في كلٍّ الاتِّجاهات، لوجهه طلَّة بهيجة، ولكنَّها ماكرة. شعره محلوق على شكل دائرة تتوسَّط رأسه، وهو يرتدي معطفًا رقيقًا مهترئًا، وسراويل تترية. أعطيته كوب الشاي، شرب منه رشفة فبدت على وجهه علامات النفور وقال:

- ليتك تتكرَّم يا صاحب السموِّ فتأمر لي بكأس من النبيذ؛ فالشاي ليس مشروبنا نحن القوزاق.

نفَّذت طلبه بسرور.

أخرج صاحب النُزُل من الخزانة زجاجة وكأسًا، ثم اقترب منه ونظر إلى وجهه وقال:

- إيه! أنت في ناحيتنا ثانية! من أين أرسلك الربُّ إلينا؟

غمز الدليل غمزة ذات معنى وأجاب بمثل شعبي:

---

(1) تجويف في الجدار في البيوت العتيقة تُكدَّس فيه الفرشات واللُّحف.

- كنت في الحقل، ألتقط الحبَّ، رمتني الجدَّة بحصوة، لم تُصبني... حسنًا، وماذا عنكم؟
- «عنَّا!»، أجاب صاحب النُزُل متابعًا الحديث باللغة المرمَّزة نفسها، «أردنا قرع الجرس لقدَّاس المساء، زوجة الخوري منعتنا؛ الخوري في زيارة، والشياطين حلَّت مكانه».
- «اصمت يا عمُّ!»، قاطعه دليلي المتشرِّد، «إذا هطل المطر، نبتت الفُطور، وإذا نبتت الفُطور، حضرت العربة. أمَّا الآن (هنا عاد فغمز بعينه) فخبِّئ البلطة وراء ظهرك: حارس الغابة في جولة. في صحَّتك يا صاحب السموِّ!».

قال ذلك وحمل الكأس، رسم شارة الصليب، وشرب كأسه دفعة واحدة، ثم انحنى لي محيِّيًا وعاد إلى مكانه في «اليوك».

لم أستطع آنذاك أن أفهم شيئًا من حديثهما الذي دار بلغة اللصوص، لكنِّي أدركت فيما بعد أنَّه كان يدور حول أمور معيَّنة. آنذاك، لم يكن قد مضى وقت طويل على إخضاع قوَّات يايتس بعد تمرُّد عام 1772. استمع سافيليتش إلى ذلك الحديث وقد بدت عليه علامات انزعاج شديد، وراح ينظر بعين الشكِّ تارة إلى صاحب النزل، وتارة إلى الدليل. كان النزل أو «أوميت» بحسب اللغة المحلِّية، في منطقة معزولة في السهب، بعيدة عن أيِّ مركز سكَّاني، وكان شبيهًا جدًّا بمأوى لقطَّاع الطرق، لكن، لم يكن باليد حيلة، وعليَّ أن أستعدَّ لقضاء الليل فيه. تمدَّدت فوق ديوانة خشبية، وقرَّر سافيليتش النوم فوق الموقد، ونام صاحب النزل على الأرض. وسرعان ما علا شخير البيت كلِّه، أمَّا أنا فنمت كالقتيل.

حين استيقظت في صباح اليوم التالي متأخِّرًا، رأيت أنَّ العاصفة هدأت وأشرقت الشمس، ورقد الثلج بياضًا يعشى له البصر فوق السهب الذي لا تحدُّه العين. كانت الخيل مسرجة. حاسبت صاحب النُزُل الذي أخذ منَّا أجرًا معتدلًا جدًّا جعل سافيليتش يمتنع عن مساومته كما يفعل عادة، وبدا أنَّ الشكوك التي

ساورته البارحة، قد مُحيت تمامًا من رأسه. ناديت الدليل وشكرته على المساعدة التي قدَّمها لنا، وأمرت سافيليتش أن يُعطيه خمسين روبلًا مكافأة.

عبس سافيليتش.

- «خمسين روبلًا مكافأة!»، قال، «لماذا؟ لأنَّك تكرَّمت بنقله في العربة إلى النزل؟ الأمر أمرك يا سيدي: نحن لا نملك خمسينات زائدة عن الحاجة. إذا أعطينا مكافآت لكلِّ من هبَّ ودبَّ، فستعاني أنت نفسك من الجوع».

لم أستطع مناقشة سافيليتش، فالنقود، بحسب تعهُّدي، من اختصاصه، يتصرَّف بها كما يشاء، ولكنِّي أشعر بالأسف لعجزي عن إكرام الرجل الذي أنقذني، إن لم يكن من كارثة، فمن وضع مزعج للغاية، على الأقل.

- «حسنًا»، قلت ببرودة أعصاب، «أعطه شيئًا من ملابسي، ما دمت لا تريد أن تعطيه نقودًا. إنَّ ثيابه رقيقة جدًّا، أعطه معطفي المخيط من فرو الأرانب».

- «ارحمني يا أبتِ بيتر أندرييتش!»، قال سافيليتش، «ما حاجته إلى معطفك المخيط من فرو الأرانب؟ إنَّ هذا الكلب سيبيعه ويسكر بثمنه في أوَّل خمَّارة».

- «هذا ليس شأنك أيُّها العجوز»، قال الدليل المتشرِّد، «سواء أسكرتُ بثمنه أم لا. إنَّ سموَّه ينزع المعطف عن كتفيه وليس عن كتفيك، هذه هي إرادته النبيلة، أمَّا عملك فهو أن تُطيع لا أن تناقش».

- «أنت لا تخاف الله أيها الشقي!»، أجابه سافيليتش بلهجة غاضبة، «أنت ترى أنَّ الفتى قليل الخبرة، ومع ذلك يسرُّك أن تنهبه، مستغلًّا بساطته. ما حاجتك إلى معطف السيِّد المخيط من الفراء؟ أنت لن تستطيع حتى حشر كتفيك العريضتين الملعونتين فيه».

- «لا تتذاكَ، أرجوك»، قلت للعجوز، «اذهب وأحضر المعطف».

- «إلهي المالك كلَّ شيء!»، صرخ سافيليتش بصوت كالأنين، «معطفك

من فراء الأرانب جديد تقريبًا! وأنت تعطيه لمن لا يستحقُّه، تعطيه لهذا السكِّير المتشرِّد!».

لكن جيء بالمعطف رغم ذلك. وحاول الفلَّاح قياسه على الفور. كان المعطف ضيِّقًا فعلًا، حتى على جسدي أنا. لكنَّه استطاع على نحو ما أن يرتديه، فتفتَّق جانباه. أمَّا سافيليتش فكاد يعوِّل وهو يسمع صوت الخيوط وهي تتقطَّع. كان المتشرِّد مسرورًا فوق العادة بهديَّتي، فرافقني حتى العربة وهو يودِّعني بانحناءات كبيرة، ويقول:

- شكرًا يا صاحب السموِّ! فليكافئك الربُّ على إحسانك. أنا لن أنسى طول العمر فضلك عليَّ.

ثم مضى إلى وجهته. أمَّا أنا فتابعت رحلتي غير عابئ بزعل سافيليتش، وسرعان ما نسيت إعصار البارحة، ودليلي، والمعطف المحوك من فراء الأرانب.

حين وصلت إلى أرينبورغ، ذهبت مباشرة لمقابلة الجنرال. رأيت رجلًا قامته الطويلة تحدَّبت بتقدُّم السنِّ، وقد شاب شعره الأسود الطويل وابيضَّ كلُّه. زيُّه القديم الذي بهت لونه يذكِّر بالحرب في زمن آنا إيوانوفنا، وفي كلامه لكنة ألمانية شديدة. أعطيته رسالة والدي. حين قرأ اسمه ألقى عليَّ نظرة سريعة، وقال:

- يا إلهي! منذ سمن كان أندريه بتروفيتش في سنِّك، والآن ابنه صار فتى رائعًا! آه يا سمن، يا سمن!

فتح الرسالة وراح يقرؤها بصوت منخفض مبديًا ملاحظاته:

- «السيِّد العزيز أندريه كارلوفيتش، آمل أن تكون معاليك... ما هذا التهسيب؟ فو، يا عيب السوم! طبعًا الانضباط أوَّلًا، ولكن هل يكتبون بهذه الطريقة لكوموراد قديم؟ معاليك لم تنس... إحم... وحين... المرحوم الفيلدمارشال مين... في حملة... وكذلك كارولينا... إيه يا برودَر! أتراه ما زال يذكر أعمالنا الطائشة القديمة؟ أدخل الآن في الموضوع... إليك ابني المدلَّل... إحم... أمسكه بقفَّازين من إبر

القنفذ... ما معنى قفَّاز إبر القنفس؟ هذا لا بد مثل من روس... ما معنى أمسكه بقفَّازين من إبر القنفس؟»، كرَّر متوجِّهًا إليَّ بالسؤال.

أجبته متظاهرًا بأكبر قدر ممكن من البراءة:

- هذا يعني التعامل معي بلطف ومودَّة، والتقليل من الصرامة، والسماح بمزيد من الحرِّية، وإمساكي بقفَّازين من إبر القنفذ.

- إحم، فهمت... ولا تتركه على هواه... لا. يبدو أنَّ القفَّازين من إبر القنفذ تعني غير الذي قلته... مع هذه الرسالة... بطاقته الذاتية... أين هي؟ آ. ها هي ذي... سنشطب اسمه من سجلَّات فوج سيميونوف... حسنًا، حسنًا: سنتمِّم كلَّ شيء... اسمح لي أن أعانقك كزميل قديم وصديق، بغضِّ النظر عن الرُتب، آها! أخيرًا، تذكَّر ذلك... وكذا... كذا...

قال بعد أن أنهى قراءة الرسالة، ووضع بطاقتي الذاتية جانبًا:

- طيِّب، يا بنيَّ، سنقوم بكلِّ ما يلزم. أنت ستكون ضابطًا في فوج ---، ولكي لا يضيع الوقت عبثًا، ارحل غدًا إلى قلعة بيلوغورسك، حيث ستكون بإمرة النقيب ميرونوف، إنَّه إنسان طيِّب وشريف. هناك ستؤدِّي خدمة عسكرية حقيقية، وتتعلَّم الانضباط. ليس لك في أرينبورغ ما تفعله والفراغ مؤذٍ للشباب. أمَّا الآن فتفضَّل بتناول الغداء عندي.

قلتُ في سرِّي: «ساعة بعد ساعة، تزداد الأمور صعوبة! أيُّ نفع جنيت من تسجيلي وأنا في رحم أمِّي رقيبًا في الحرس! إلى أين أوصلني ذلك؟ إلى فوج --- في قلعة نائية على حدود سهوب قرغيزيا!».

تناولت الغداء عند أندريه كارلوفيتش ووصيفه العجوز. كان الشحُّ الألماني سائدًا على مائدته وهو العازب، وأظنُّ أنَّ خوفه من رؤية ضيف زائد على المائدة بين وقت وآخر، هو ما كان، إلى حدٍّ ما، السبب في إبعادي إلى حامية القلعة. ودَّعت في اليوم التالي الجنرال، ورحلت إلى المكان الذي عُيِّنت فيه.

الفصل الثالث

القلعة

نحن حامية الحصن، نعيش فيه،
طعامنا الخبز، وشرابنا الماء
فإذا هاجمنا أعداء كاسرون،
ينازعوننا طعامنا،
سنحشو المدافع،
ونقيم لهم وليمة ببارودها.

من أغاني الجنود.

إنَّهم طاعنون في السنِّ، يا أبتِ.

«المعوَّق عقليًا»

تبعد قلعة بيلوغورسك أربعين فرسخًا عن أرينبورغ. الطريق إليها تمتدُّ بمحاذاة ضفَّة نهر يايك الصخرية. النهر لم يتجمَّد بعد، وأمواجه الرصاصية اللون تلوح سوداء حزينة على ضفافه التي غطَّاها الثلج الأبيض فأكسبها مظهرًا واحدًا لا تميُّز فيه، وقد امتدَّت بعدها سهوب قرغيزيا. غرقت في أفكاري التي كانت حزينة في معظمها. لم يكن في حياة حامية القلعة الكثير ممَّا يجتذبني. حاولت أن أتخيَّل النقيب ميرونوف، رئيسي المقبل، فتصوَّرته عجوزًا صارمًا غضوبًا، لا يهتمُّ بشيء سوى خدمته العسكرية، يسجنني لأتفه الأسباب ويمنع عنِّي كلَّ طعام غير الخبز والماء. كنَّا نسير بسرعة جيِّدة. وقد بدأت عتمة المساء تنتشر من حولنا.

- «هل ما زالت القلعة بعيدة؟»، سألتُ الحوذي.

- «ليست بعيدة»، أجاب، «ها هي ذي أمامنا».

نظرت إلى الجهات كلِّها، متوقِّعًا أن أرى أسوارًا رهيبة، وأبراجًا وخندقًا، لكنِّي لم أرَ إلَّا قرية صغيرة محاطة بسياج من جذوع الأشجار. كانت في أحد جوانب القرية ثلاث أو أربع تلال من القشّ غطَّى الثلج بعض أجزائها، ومطحنة مائلة على جنبها، تهدَّلت في كسل أجنحتها المصنوعة من ألياف لحاء الشجر.

- «ولكن أين القلعة؟»، سألت دهِشًا.

- «ها هي ذي»، أجاب الحوذي مشيرًا إلى القرية ونحن ندخلها.

رأيت عند البوَّابة مدفعًا قديمًا من الحديد الصلب. أمَّا القرية فدروبها ضيِّقة ومتعرِّجة، وبيوتها واطئة، أسطح معظمها مغطى بالقشّ. أمرت الحوذي بالتوجُّه إلى مقرِّ الآمِر، وبعد دقيقة توقَّفت العربة أمام بيت خشبي صغير مبني على تلَّة مرتفعة، بالقرب من كنيسة خشبية أيضًا.

لم يستقبلني أحد. اجتزت الشرفة وفتحت باب الغرفة الأمامية. عاجز مسنٌّ كان يجلس إلى طاولة، يضع رقعة زرقاء على كوع زيِّه الرسمي الأخضر. طلبت منه أن يُبلغ عن حضوري.

- «ادخل يا أبتِ»، أجابني، «الجماعة في الداخل».

دخلت إلى غرفة نظيفة، مرتَّبة على الطراز القديم، في الزاوية خزانة أوانٍ، وعلى الجدار عُلِّقت شهادة ضابط مغطَّاة بزجاج شفَّاف مؤطَّر، وإلى جانبها لوحات قماشية تصوِّر الاستيلاء على كيسترين وأوتشاكوف، وأخرى تصوِّر «اختيار الخطيبة»، وثالثة تصوِّر «موت قطَّة». وقرب النافذة جلست عجوز ترتدي سترة مبطَّنة باللبَّاد وتغطِّي رأسها بمنديل. كانت تحلُّ كبَّة خيوط تلفُّها على يدي عجوز محدودب يرتدي زيَّ ضابط.

- «ماذا تريد يا أبتِ؟»، سألتني وهي تتابع عملها.

أجبتها بأنِّي وصلت للالتحاق بالخدمة، وحضرت لأقدِّم نفسي إلى النقيب حسب الأصول. قلت ذلك وتوجَّهت أخاطب العجوز المحدودب ظانًّا أنّه الآمِر. لكنَّ ربَّة المنزل قاطعتني قائلة:

- إيفان كوزميتش ليس في البيت، فقد ذهب لزيارة الأب غيراسيم، لكنَّ هذا لا يعرقل شيئًا يا أبتِ، فأنا أدير شؤون المنزل. أرجوك تفضَّل بالجلوس.

نادت خادمة وأمرتها باستدعاء الوكيل. أمَّا الرجل العجوز فنظر إليَّ بعينه الوحيدة في فضول.

- «هل لي أن أسألك»، قال، «في أي فوج كنت؟».

أرضيت فضوله.

- «وهل أجرؤ فأسأل»، تابع، «لماذا انتقلت من الحرس إلى الجيش؟».

أجبته بأنَّ هذا ما أرادته القيادة.

- «أظنُّ أنَّ ذلك كان بسبب تصرُّفات لا تليق بضابط في الحرس»، تابع سائلي الملحاح.

- «كفى افتراء وثرثرة تافهة!»، قالت له زوجة النقيب، «أنت ترى أنَّ الشابَّ متعب من السفر، ولا رغبة لديه في محادثتك... صحِّح وضع يديك لئلَّا تفلت الخيوط»... تابعت وهي توجِّه الكلام لي، «أمَّا أنت، يا أبتِ فلا تحزن بسبب حشرهم إيَّاك في منطقتنا النائية. أنت لست الأوَّل، ولن تكون الأخير. اصبر، فمع الصبر ستألف ذلك. ها هو ذا شفابرين أليكسي إيفانوفيتش يعيش هنا منذ نقلوه قبل خمسة أعوام بسبب مبارزة قتل فيها خصمه. الله وحده يعلم ما الذي أوقعه في الإثم، خرج، كما علمنا، إلى ضواحي المدينة مع مساعد ضابط، وقد اصطحبا سيفيهما. وهناك راحا يتبارزان، فطعن أليكسي إيفانيتش

مساعد الضابط، وذلك بحضور شاهدين! فماذا تريده أن يفعل؟ الإثم لا يحتاج إلى معلِّم».

في هذه اللحظة، دخل الوكيل، وهو قوزاقي شابُّ حسن القوام.

- «يا مكسيميتش!»، قالت له زوجة النقيب، «خصِّص للسيِّد الضابط شقَّة. واحرص أن تكون الأنظف».
- «حاضر يا فاسيليسا يغوروفنا»، أجاب الوكيل، «ما رأيكِ في إسكان سموِّه مع إيفان بوليجايف؟».
- «أنت تخطئ يا مكسيميتش»، قالت زوجة النقيب، «المكان بحدِّ ذاته ضيِّق عند بوليجايف، وهو إشبيني، ويتذكَّر دائمًا أنَّنا رؤساؤه. خذ السيِّد الضابط - ما اسمك واسم أبيك يا أبتِ؟».
- بيتر أندرييفيتش.
- خذ بيتر أندرييفيتش إلى سيميون كوزوف. لقد ترك هذا المحتال فرسه ترعى في حقلي... طيِّب، هل كلُّ شيء على ما يرام يا مكسيميتش؟
- كلُّ شيء هادئ والحمد لله. كلُّ ما هنالك أنَّ العريف بروخوروف تشاجر في الحمَّام مع أوستينيا نيغولينا بسبب دلو ماء ساخن.
- «إيفان إيغناتيتش!»، قالت زوجة النقيب للعجوز المحدودب، «حقِّق مع بروخوروف وأستينيا، وتبيَّن أيَّهما على حقٍّ، ومن المذنب، ثم عاقب الاثنين. حسنًا يا مكسيميتش اذهب برعاية الله. وأنت يا بيتر أندرييفيتش، ماكسيمتش سيأخذك إلى مسكنك».

حيَّيتها، وقادني الوكيل إلى منزل على ضفَّة النهر العالية، في أقصى طرف القلعة. كان نصف المنزل مشغولًا بأسرة سيميون كوزوف، أمَّا النصف الثاني فأعطوه لي، وهو يتألَّف من غرفة واحدة نظيفة إلى حدٍّ مُرضٍ، ومقسومة بحاجز إلى نصفين. تركت سافيليتش يتدبَّر أمر السكن، ورحت أنظر عبر نافذة ضيِّقة. انبسط أمام ناظري سهب حزين، وانتصبت قبالتي بضعة أكواخ، وتراكضت عجوز تحمل قصعة وتنادي الخنازير التي راحت تجيبها بشخير جماعي. أهذا

هو المكان الذي حُكم عليَّ أن أقضي فيه شبابي! انتابتني الكآبة، فابتعدت عن النافذة، وتمدَّدت في السرير وقررت النوم من دون عشاء، رغم نداءات سافيليتش الذي كان يكرِّر متوسِّلًا:

- إلهي، يا مالك الملك! إنَّه يرفض أن يأكل! ماذا ستقول سيِّدتي إذا مرض ابنها؟

ما كدت أشرع صباح اليوم التالي في ارتداء ملابسي حتى فُتح الباب، ودخل عليَّ ضابط شابٌّ قصير القامة، وجهه الأسمر لم يكن جميلًا، ولكنَّه كان يتَّسم بحيويَّة فائقة.

- «اعذرني على مجيئي من دون استئذان»، قال لي بالفرنسية، «جئت للتعرُّف عليك. لقد سمعت بوصولك البارحة. وقد تملَّكتني الرغبة في أن أرى أخيرًا وجهًا إنسانيًّا، إلى حدٍّ جعلني عاجزًا عن الانتظار. أنت ستفهم ما أقول بعد أن تقيم هنا بعض الوقت».

أدركت من كلامه أنَّه الضابط الذي نُقل من الحرس بسبب المبارزة. تعارفنا في الحال. كان شفابرين إنسانًا ذكيًّا جدًّا. وكان حديثه حادًّا وجذَّابًا. وصف لي بمرح شديد أسرة الآمِر، ومجتمعه، ومنطقته التي قادني إليها قدري. وقد ضحكت من أعماق قلبي حين دخل علينا ذلك العاجز الذي كان يرقِّع زيَّه الرسمي في الغرفة الأمامية في منزل الآمِر، ودعاني باسم فاسيليسا يغوروفنا إلى الغداء عندهم، وتطوَّع شفابرين لمرافقتي.

حين اقتربنا من منزل الآمِر، وجدنا في الساحة الصغيرة نحو عشرين رجلًا من مشوَّهي الحرب المتقدِّمين في السنِّ بضفائر طويلة وقبَّعات مثلَّثة الأضلاع. كانوا مصطفِّين على نسق. أمامهم يقف الآمِر وهو عجوز نشيط طويل القامة يعتمر قبَّعة طويلة ورداء منزليًّا صينيًّا. اقترب منَّا حين رآنا، وقال لي بعض الكلمات الودودة، ثم عاد يُصدر أوامره. توقَّفنا كي نشاهد التدريب، لكنَّه طلب منَّا الذهاب إلى فاسيليسا يغوروفنا واعدًا أن يلحق بنا، وأضاف:

- ليس هنا ما يستحقُّ أن تشاهدوه.

استقبلتنا فاسيليسا يغوروفنا ببساطة وبهجة، وعاملتني وكأنَّها تعرفني طول حياتها. وقام العاجز وبالاشكا بتحضير المائدة.

- «ما بال زوجي إيفان كوزميتش أطال فترة التدريب اليوم!»، قالت زوجة الآمِر، «بالاشكا، اذهبي ونادي السيِّد للغداء... لكن، أين ماشا؟».

في هذه اللحظة دخلت فتاة في الثامنة عشرة تقريبًا، مستديرة الوجه، مورَّدة الخدَّين، شعرها كستنائي فاتح، ينسدل ناعمًا خلف أذنيها اللتين توهَّجتا بالحمرة. لم تُعجبني كثيرًا للوهلة الأولى. نظرتُ إليها بقناعات مسبقة، فقد سبق أن صوَّر لي شفابرين ماشا، ابنة النقيب، فتاة حمقاء تمامًا. جلست ماريا إيفانوفنا في الزاوية وانهمكت في الخياطة. جيء في هذه الأثناء بحساء الملفوف. وحين لم ترَ فاسيليسا يغوروفنا زوجها، أرسلت بالاشكا مرَّة ثانية في طلبه.

- قولي للسيِّد إنَّ الضيوف ينتظرون، وحساء الملفوف سيبرد، التدريب والحمد لله، لا يهرب، وسيجد فرصته ليشبع صراخًا.

ظهر النقيب سريعًا يرافقه العجوز المحدودب.

- «ما هذا يا أبتِ؟»، قالت له زوجته، «الطعام وُضع على المائدة من زمن، وأنت نناديك فلا تستجيب».

- «اسمعي يا فاسيليسا يغوروفنا»، أجاب إيفان كوزميتش، «كنتُ منشغلًا بالخدمة، أدرِّب الجنود».

- «هيه، كفى كلامًا!»، قالت زوجة النقيب محتجَّة، «لا نسمع إلَّا بتدريبك للجنود، ولكن، لا هم سيتقنون الخدمة العسكرية، ولا أنت تفقه فيها شيئًا. ليتك تبقى في البيت، وتصلِّي للربِّ، ذلك أفضل. ضيوفنا الأعزاء، تفضَّلوا بالجلوس إلى المائدة».

جلسنا للغداء. فاسيليسا يغوروفنا لم تصمت دقيقة واحدة. أمطرتني بالأسئلة: «مَن والدايَ، وهل هما على قيد الحياة، وأين يعيشان، وما ثروتهما؟». وحين سمعت أنَّ أبي يملك ثلاثمئة فلَّاح، قالت:

- الحياة ليست سهلة! لكنَّ هناك، مع ذلك، أناس أثرياء في هذه الدنيا! أمَّا نحن، يا أبتِ، فلا نملك سوى نفس واحدة هي بالاشكا، ونحن، والحمد لله على كلِّ حال، نعيش بالقليل. أمر واحد يعكِّر حياتنا: ماشا، بنت في سنِّ الزواج، لكن، ما هي بائنتها؟ مشط ناعم الأسنان، ومكنسة، وثلاثة كوبيكات - فليسامحني الرب! - تذهب بها إلى الحمَّام. سيكون من حُسن حظِّها أن تلتقي إنسانًا طيبًا، وإلَّا فإنها ستبقى بنتًا، عروسًا أبديَّة.

نظرتُ إلى ماريا إيفانوفنا فرأيت وجهها مصطبغًا بالحمرة، ودموعها تتساقط في صحنها. أشفقتُ عليها، فسارعت إلى تغيير موضوع الحديث.

- «لقد سمعت»، قلت من دون مناسبة، «أنَّ البشكيريِّين يستعدُّون لمهاجمة قلعتكم».

- «ممَّن، يا أبتِ، سمعت ذلك؟»، سأل إيفان كوزميتش.

- «هذا ما قالوه لي في أرينبورغ»، أجبته.

- «هراء!»، قال الآمِر، «نحن هنا لم نسمع شيئًا كهذا منذ زمن بعيد. البشكيريُّون قوم أخفناهم، والقرغيزيُّون أيضًا لقنَّاهم درسًا، وأظنُّهم لا يُفكِّرون في التحرُّش بنا، وإذا فعلوا، فسيلقون ردًّا أهدِّئهم به لسنوات عشر مقبلة».

- «وأنتِ، ألا تخافين؟»، تابعت كلامي متوجِّهًا إلى زوجة النقيب، «ألا يُخيفك أن تبقي وحيدة في القلعة، عُرضة لخطر كبير؟».

- «الأمر اعتياد، يا أبتِ»، أجابت، «قبل نحو عشرين عامًا، حين نقلونا من الفوج إلى هنا، كنت أخاف خوفًا شديدًا من هؤلاء الكفَّار الملاعين، أطلب من الله ألَّا أعود للشعور بمثله. كنت حين أرى قبَّعاتهم المصنوعة من جلد الثعلب، وأسمع زعيقهم، يتجمَّد قلبي، صدِّقني! أمَّا الآن فقد اعتدتُ على ذلك، لذا صرتُ لا أتزحزح من مكاني حين يجيئون ويبلغوننا أنَّ الأشرار يحتشدون قرب القلعة».

- «فاسيليسا يغوروفنا سيِّدة شجاعة بامتياز»، قال شفابرين بلهجة رزينة، «وإيفان كوزميتش يشهد على ذلك».
- «حسنًا، اسمعني»، قال إيفان كوزميتش، «هذه امرأة ليست من النوع الجبان».
- «وماريا إيفانوفنا؟»، سألتُ، «أهي أيضًا شجاعة مثلك؟».
- «تسألني هل ماشا شجاعة؟»، قالت أمها، «لا، ماشا جبانة. إنَّها إلى اليوم، لا تستطيع سماع طلقة نار من سلاح: تضطرب كلُّها. منذ عامين أطلق إيفان كوزميتش احتفالًا بيوم عيدي قذيفة من مدفعنا، فخافت يمامتي خوفًا كاد يودي بها إلى العالم الآخر. ومنذ ذلك الحين توقَّفنا عن إطلاق النار من ذلك المدفع اللعين».

نهضنا عن المائدة، فتوجَّه النقيب وزوجته للنوم، أمَّا أنا فذهبت إلى منزل شفابرين وقضيت عنده المساء كلَّه.

الفصل الرابع

المبارزة

تفضَّل إذن وقِفْ في وضع المبارزة،
وسترى كيف سأطعن جسدك.

كنياجنين

بعد مُضيٍّ بضعة أسابيع، لم تعد حياتي في قلعة بيلوغورسك مقبولة فقط، بل سارَّة أيضًا. كانوا يستقبلونني في بيت الآمِر واحدًا منهم. الزوج والزوجة كانا محترمين جدًّا. إيفان كوزميتش الذي دخل سلك الضبَّاط بوصفه من أبناء العسكريين، كان إنسانًا بسيطًا وغير مثقَّف، إلَّا أنَّه نزيه وطيِّب إلى أقصى حدٍّ. وكانت زوجته تدير شؤونه، وهذا أمر ينسجم مع لامبالاته، وتنظر حتى إلى أعمال الخدمة العسكرية كأنَّها أعمال منزلية، فتدير القلعة كما تدير بيتها تمامًا. أمَّا ماريا إيفانوفنا فكفَّت بسرعة عن تخوُّفها منِّي. تعارفنا، فوجدتها فتاة عاقلة وحسَّاسة. لقد تعلَّقت بشكل غير ملحوظ بهذه الأسرة الطيِّبة، حتى بإيفان إيغناتيفيتش مساعد الضابط المحدودب، الذي زعم شفابرين أنَّه على علاقة محرَّمة مع فاسيليسا يغوروفنا، الأمر الذي لم يكن له أيُّ ظلٍّ من الحقيقة، لكنَّ شفابرين لم يكن يعبأ بذلك.

ترفَّعتُ إلى رتبة ضابط. لم تُثقِل الخدمة كاهلي، ففي القلعة التي يحميها الربُّ، لا يوجد اجتماع صباحي، أو تدريب، أو دوريات حراسة. كان الآمِر يدرِّب جنوده أحيانًا بحسب رغبته، ولكنَّه ظلَّ عاجزًا عن تعليمهم تمييز اليمين

من اليسار، رغم أنَّ كثيرين منهم، كانوا يرسمون شارة الصليب عند كلِّ منعطف آملين أن يجنِّبهم ذلك الوقوع في الخطأ. كان عند شفابرين عدد من الكتب الفرنسية، صرت أقرؤها، فاستيقظ فيَّ حبُّ الأدب. أقرأ في الصباح، وأتدرَّب على الترجمة، وأحيانًا أحاول حتى نظم الشعر. وكنت غالبًا أتناول الغداء عند الآمِر، وأقضي، عادة، بقيَّة النهار عنده، حيث يأتي أحيانًا في الأماسي الأب غيراسيم وزوجته أكولينا بامفيلوفنا، الناشرة الأولى للأخبار في المنطقة كلِّها. وكنت، طبعًا، ألتقي آ. إي. شفابرين في كلَّ يوم، لكنَّ استمتاعي بمجالسته صار يقلُّ يومًا بعد يوم. نكاته التي يتناول فيها دائمًا أُسرة الآمِر، كانت تُثير نفوري الشديد، ولا سيَّما تلك التي تمسُّ ماريا إيفانوفنا. ذلك كان المجتمع الوحيد في القلعة، وأنا لم أكن راغبًا في أيِّ مجتمع غيره.

البشكيريُّون، بغضِّ النظر عن كلِّ التنبُّؤات، لم يغضبوا، وظلَّ الهدوء سائدًا حول قلعتنا. لكنَّ السلام انقطع فجأة بخصومة محلِّية.

لقد سبق أن قلتُ إنِّي اشتغلت بالأدب. وكانت أعمالي متميِّزة بالنسبة إلى ذلك الزمن، فقد مدحها، بعد أعوام، أليكسندر بتروفيتش سوماروكوف مدحًا شديدًا. وقد وُفِّقت ذات يوم في كتابة أغنية رضيت عنها. من المعروف أنَّ المؤلِّفين يبحثون، بحجَّة طلب النصيحة، عن مستمع يمدح ما كتبوه. وهكذا حملت أغنيتي بعد أن أنجزتها، إلى شفابرين، فهو الشخص الوحيد في القلعة، القادر على تقويم إبداع ناظم الشعر. وبعد مقدِّمة قصيرة، أخرجت دفتري من جيبي، وقرأت له الأشعار التالية:

«قتلتُ فكرة الحبِّ الرائعة
بحثًا عن النسيان،
وابتعدت عن ماشا يعصرني الألم،
أملًا في الحصول على الحرِّية
لكنَّ العينين اللتين أسرتاني،
تمثلان أمامي في كلِّ لحظة،

تعكِّران صفو روحي،
وتدمِّران في داخلي السكينة.
وأنتِ، حين تعرفين ما أعاني،
أشفقي عليَّ يا ماشا،
حرام أن أبقى أسيرًا لكِ،
أعاني هذا العذاب الذي لا يُطاق».

- «كيف ترى هذه الأغنية؟»، سألتُ شفابرين وأنا أنتظر المديح الذي أستحقُّه حتمًا. لكنَّ شفابرين الذي كان يسايرني عادة، أعلن، لعظيم أسفي، أنَّ الأغنية رديئة.
- «لمَ تقول هذا؟»، سألته وأنا أُخفي استيائي.
- «لأنَّ»، أجاب، «مثل هذه الأشعار يليق بمعلِّمي، فاسيلي كيريليتش تريدياكوفسكي، إنَّ هذه الأغنية تذكِّرني بقوَّة بأشعاره الغزلية».

هنا، أخذ منِّي الدفتر وبدأ يشرِّح من دون شفقة كلَّ سطر شعري، وكلَّ كلمة، ساخرًا منِّي بأقسى العبارات. لم أستطع تحمُّل ذلك، فانتزعت منه الدفتر، وقلت له إنِّي لن أريه أشعاري ما حييت، فسخر شفابرين من تهديدي هذا أيضًا.

- «سنرى»، قال لي، «إن كنت ستستطيع الالتزام بكلمتك؛ نُظَّام الشعر يحتاجون إلى مستمع، كما يحتاج إيفان كوزميتش إلى إبريق فودكا قبل الغداء. ومن هي هذه الماشا التي تعبِّر لها برقَّة عن غرامك ومعاناتك في حبِّها؟ أتراها ماريا إيفانوفنا؟».
- «هذا ليس شأنك»، أجبته عابسًا، «أيًّا كانت هذه الماشا. أنا لم أطلب رأيك، ولا تعنيني تخميناتك».
- «أوهو! يا لك من ناظم أشعار معتدٍّ بنفسه، وعاشق متواضع!»، تابع شفابرين، بينما كان غضبي يتصاعد، «إليك نصيحة من صديق: أنا أنصحك أن تلجأ إلى أعمال أخرى غير نظم الأغاني، إذا أردت أن تنجح».

- ما معنى ذلك يا سيِّد؟ هلَّا أوضحت معنى كلامك؟
- بكلِّ سرور. هذا يعني أنَّ عليك إذا أردت أن تزورك ماشا ميرونوفا في الأماسي، أن تُهديها قُرطين بدلًا من أشعارك الرقيقة.

فار الدم في عروقي.

- «ولماذا ترى فيها هذا الرأي؟»، سألته وأنا أكتم غيظي بصعوبة.
- «لأنِّي»، أجاب وهو يبتسم ابتسامة ساخرة جهنَّمية، «أعرف بالتجربة مزاجها وعاداتها».
- «أنت تكذب أيُّها الحقير!»، صرخت مهتاجًا، «أنت تكذب بوقاحة لا تفوقها وقاحة».

اكفهرَّ وجه شفابرين.

- «لن تمرَّ فعلتك بسلام»، قال وهو يضغط على ذراعي بشدة، «أنت ملزم بدعوتي إلى المبارزة».
- «كما تشاء، ومتى تشاء»، أجبته مبتهجًا.

كنت في تلك اللحظة مستعدًّا لتمزيقه.

ذهبت في الحال إلى إيفان إيغناتيفيتش، فوجدته يمسك مسلَّة بيديه. كان، بتكليف من زوجة الآمِر، يشكُّ نباتات الفطر في حبل لتجفيفها استعدادًا للشتاء. قال حين رآني:

- ها، يا بيتر أندرييفيتش! أهلًا وسهلًا! أي ريح سعيدة ساقتك إلينا؟ هل لي أن أجرؤ فأسأل عن سبب هذه الزيارة؟

أوضحت له بكلمات موجزة أنِّي تخاصمت مع أليكسي إيفانيتش، وأنِّي أرجوه، هو إيفان إيغناتيفيتش، أن يكون شاهدي في المبارزة. استمع إيفان إيغناتيفيتش بانتباه، وهو ينظر إليَّ بعينه الوحيدة المفتوحة إلى أقصى حدٍّ. سألني:

- هل أفهم من كلامك أنَّك تريد أن تطعن أليكسي إيفانيتش، وتريد منِّي أن أكون شاهدًا؟ أليس كذلك؟
- هكذا بالضبط.

- رحماك يا بيتر أندرييتش! أتعجَّب ممَّا تفكِّر فيه! أنت وأليكسي إيفانيتش تشاجرتما؟ يا للمصيبة الكبيرة! الشجار لا يعلق بقبَّة ثوب. هو يشتمك، وأنت تردُّ عليه، يلكمك على سحنتك فتضربه على أذنه، تتبادلان الضربات، مرَّة واثنتين، وثلاثًا، ثم تفترقان، ونقوم نحن بالمصالحة بينكما. ولكنِّي أتجرَّأ فأسأل: ما الخير في أن يقتل المرء قريبه في المبارزة؟ قد يهون الأمر إذا كنت أنت المنتصر، لن آسف على أليكسي إيفانيتش، فأنا نفسي لا أحبُّه. لكن، ماذا لو اخترق هو جسدك بسيفه؟ ماذا تقول في ذلك؟ إنِّي أتجرَّأ فأسألك: من سيكون الخاسر في هذه الحالة؟

حديث مساعد الضابط الحكيم لم يزعزعني، ظللت متمسِّكًا برأيي.

- «أنت وما تشاء»، قال إيفان إيغناتيتش، «افعل ما يمليه عليك عقلك. ولكن لماذا يجب أن أكون أنا شاهدًا؟ ما الداعي لذلك؟ اثنان يتقاتلان، أتجرَّأ فأسأل: ما هذا المشهد الذي لم يره أحد من قبل؟ أنا، والحمد لله، حاربت السويدي، والتركي، ورأيت ما يكفي».

حاولت أن أُفهِمه ما وظيفة الشاهد، لكنَّ إيفان إيغناتيتش لم يفهمني بحال من الأحوال.

- «هذا شأنك»، قال، «ما دمتُ لا أشارك في هذه القضيَّة، وإلَّا فإنِّي سأذهب إلى إيفان كوزميتش وأبلغه، كما يفرض عليَّ واجب الخدمة، أنَّ بعضهم في القلعة يحضِّر لعمل شرير مناقض لمصلحة الدولة: أفلا يرغب السيِّد الآمِر في أن يتَّخذ الإجراءات اللازمة؟».

خفت، وصرت أرجو إيفان إيغناتيتش ألَّا يُخبر الآمِر بشيء. أقنعته بعد جهد جهيد، فأعطاني عهدًا بذلك. أمَّا أنا فقرَّرت أن أتركه وشأنه.

قضيت المساء، كعادتي، عند الآمِر، فحرصت على أن أبدو مرحًا، لا مباليًا، كي لا أُثير الشكوك، وأتجنَّب الأسئلة المضجرة. لكن، يجب أن أعترف بأنِّي لم أكن أمتلك برودة الأعصاب التي يتحلَّى بها غالبًا أولئك الذين وُجِدوا في وضع مثل وضعي. كنت في هذا المساء ميَّالًا إلى الرقَّة واللطافة، وقد أعجبتني

ماريا إيفانوفنا أكثر من المعتاد. التفكير في أنِّي قد لا أراها بعد اليوم، أسبغ عليها في عيني طابعًا مؤثِّرًا. شفابرين جاء إلى هنا أيضًا. انتحيتُ به جانبًا وأخبرته بحديثي مع إيفان إيغناتيتش.

- «وما حاجتنا إلى الشهود؟»، قال لي بجفاء، «سنتدبَّر أمرنا من دونهم».

اتَّفقنا على أن تكون المبارزة خلف البيادر، غير بعيد عن القلعة، وأن نلتقي هناك في اليوم التالي، في الساعة السابعة صباحًا. كان حديثنا وديًّا في ظاهره، الأمر الذي جعل إيفان إيغناتيتش يقع، لفرحته، في زلَّة لسان.

- «هذا كان يجب أن يحدث منذ زمن»، قال لي وقد بدا عليه الفرح، «صُلح رديء خير من عداوة محقَّة، صحيح أنَّ الصلح لا يردُّ عنك الإهانة، لكنَّه يضمن لك السلامة».

سألته زوجة الآمِر التي كانت تنجِّم بورق اللعب:

- ماذا؟ ماذا تقول يا إيفان إيغناتيتش؟ لم أسمع.

لاحظ إيفان إيغناتيتش علامات الاستياء على وجهي وتذكَّر وعده لي، فاضطرب ولم يعرف بماذا يجيب، فأسرع شفابرين لنجدته.

- «إيفان إيغناتيتش يؤيِّد الصلح بيننا»، قال.

- ومع من كان، يا أبتِ، خصامك؟

- وقع بيني وبين بيتر أندرييتش خصام كبير.

- ما سببه؟

- سببه أمر تافه، أغنية، يا فاسيليسا يغوروفنا.

- يا له من أمر تتخاصمان بسببه! أغنية! تُرى كيف حدث ذلك؟

- حدث ذلك كما يلي: منذ فترة قصيرة ألَّف بيتر أندرييفتش أغنية، وغنَّاها لي اليوم، فأنشدت ردًّا عليه مقطعًا من أغنيتي المفضَّلة أقول فيه: 'يا ابنة الآمِر، لا تخرجي للنزهة في منتصف الليل'... فبدا ذلك نشازًا. غضب بيتر أندرييتش، لكنَّه اقتنع فيما بعد أنَّ كلَّ إنسان حرٌّ في أن يُغنِّي ما يشاء ولمن يشاء. وهكذا تمَّت تسوية الأمر.

وقاحة شفابرين كادت تُخرجني عن طوري، لكن، لا أحد غيري فهم تلميحاته الفظَّة، أو، على الأقل، لا أحد انتبه لها. وانتقل الحديث عن الأغاني، إلى ناظمي الشعر، فلاحظ الآمِر أنَّ ناظمي الشعر كلَّهم أناس تائهون، وسكِّيرون مدمنون، ونصحني بمودَّة أن أترك نظم الشعر، بوصفه عملًا يناقض الخدمة العسكرية، ولا يؤدِّي إلى نهاية طيِّبة.

وجود شفابرين صار بالنسبة إليَّ أمرًا لا يُحتمل، لذا ودَّعتُ الآمِر وأسرته سريعًا، وحين عدتُ إلى البيت تفقَّدت سيفي، وتفحَّصت حدَّه، ثم ذهبت إلى الفراش بعد أن أمرت سافيليتش أن يوقظني في الساعة السابعة.

في اليوم التالي، وفي الوقت المحدَّد، كنت أقف خلف البيادر منتظرًا خصمي الذي وصل بعد وقت قصير.

- «قد يلحقون بنا»، قال لي، «يجب أن نسرع».

خلعنا السترة الرسمية... ووقفنا مجرِّدَين سيفينا من غمديهما. في هذه اللحظة ظهر فجأة إيفان إيغناتيتش من وراء البيادر برفقة نحو خمسة من مشوَّهي الحرب، وأمرنا بالذهاب معه إلى منزل الآمِر. أطعناه رغمًا عنَّا، وسرنا إلى القلعة يُحيط بنا الجنود، ويتقدَّمنا إيفان إيغناتيتش الذي قادنا مزهوًّا بانتصاره، يمشي مشية منتفج مدهشة.

دخلنا بيت الآمِر. فتح إيغناتيتش الباب مُطلِقًا صيحة انتصار:

- جئتك بهما.

استقبلتنا فاسيليسا يغوروفنا:

- آخ، يا أبتِ، ما هذا الذي فعلتماه؟ كيف؟ ولماذا؟ جريمة قتل في قلعتنا! اسجنهما حالًا يا إيفان كوزميتش! بيتر أندرييتش! أليكسي إيفانيتش! هاتا سيفيكما، هيَّا، هيَّا! بالاشكا خُذي هذين السيفين إلى المستودع. أنا لم أتوقَّع منك هذا يا بيتر أندرييتش! ألا تخجل من نفسك؟ دعنا من أليكسي إيفانيتش: هو طُرد من الحرس لقتله نفسًا، ولا يؤمن بالله، ولكن، أنت، ماذا دهاك؟ لماذا تحشر نفسك معه؟

وافق إيفان كوزميتش زوجته تمامًا، وقال:

- اسمع أنت، فاسيليسا يغوروفنا تقول الحقَّ. المبارزات ممنوعة رسميًّا في القانون العسكري.

أخذت بالاشكا سيفينا في هذه الأثناء إلى المستودع. أنا لم أستطع أن أكتم ضحكتي. أما شفابرين فحافظ على جدِّيته.

- «على الرغم من كلِّ احترامي لك»، قال لها ببرود، «لا أستطيع إلَّا أن أقول إنَّك عبثًا تُزعجين نفسك وتُخضعيننا لحُكمك. اتركي هذا الأمر لإيفان كوزميتش، فهو عمله».

- «آه منك، يا أبتِ!»، قالت زوجة الآمر محتجَّة، «ألا تعرف أنَّ الزوج والزوجة روح واحدة وجسد واحد؟ ما بالك تتثاءب يا إيفان كوزميتش؟ ضعهما على الفور في مكانين منفردين، وامنع عنهما كلَّ طعام غير الخبز والماء حتى يتخلَّصا من حماقتهما. واطلب من الأب غيراسيم أن يفرض عليهما كفَّارة، ويلزمهما بطلب الغفران من الربِّ والقسم على التوبة أمام الناس».

لم يدرِ إيفان كوزميتش أيَّ قرار يتَّخذ. وبدت ماريا إيفانوفنا شاحبة شحوبًا شديدًا للغاية. لكنَّ العاصفة هدأت تدريجيًّا، وهدأت زوجة الآمِر، وألزمت كلًّا منَّا بتقبيل الآخر، ثم جاءتنا بالاشكا بسيفينا، وخرجنا من منزل الآمِر في مظهر يوحي بأنَّنا متصالحان، عند خروجنا رافقنا إيفان إيغناتيتش.

- «ألم تخجل»، قلت له بلهجة غاضبة، «وأنت تشي بنا للآمِر بعد وعدك لي بأنَّك لن تفعل ذلك؟».

- «يشهد الله أني لم أخبر إيفان كوزميتش بالأمر»، أجابني، «فاسيليسا يغوروفنا هي التي أرغمتني على الاعتراف لها بكلِّ ذلك، وهي التي عالجت الأمر كلَّه من دون علم الآمِر. فلنحمد الله على أنَّ الأمور انتهت بهذا الشكل».

قال هذه الكلمات وقفل عائدًا إلى المنزل، فبقينا أنا وشفابرين على انفراد.

- «قضيتنا لا يمكن أن تنتهي هكذا»، قلت له.
- «طبعًا»، أجاب شفابرين، «أنت يجب أن تدفع دمك ثمنًا لإهانتك لي، لكنَّهم، في الأغلب، سيراقبوننا، لذا لا بدَّ لنا من التظاهر بضعة أيَّام بأنَّ خصومتنا انتهت. وداعًا».

وهكذا افترقنا كأنَّ شيئًا لم يكن.

عند عودتي إلى منزل الآمِر، جلست، كالعادة، إلى جانب ماريا إيفانوفنا. لم يكن إيفان كوزميتش في البيت، وكانت فاسيليسا يغوروفنا مشغولة بأعمالها المنزلية. أمَّا نحن، فرحنا نتحدَّث بصوت منخفض. حدَّثتني ماريا إيفانوفنا برقَّة عن القلق الذي سبَّبتُه للجميع بشجاري مع شفابرين:

- لقد جمد الدم في عروقي حين أخبرونا أنَّكما ستتبارزان بالسيف. ما أغرب جنس الرجال! إنَّهم، بسبب كلمة ستُنسى حتمًا بعد أسبوع، مستعدُّون لتمزيق بعضهم بعضًا، والتضحية، ليس فقط بأرواحهم، وإنَّما بضميرهم أيضًا وبسلامة أولئك الذين... غير أنِّي واثقة من أنَّ الذي تسبَّب بهذا الشجار هو أليكسي إيفانيتش.
- ما الذي يجعلك تعتقدين ذلك يا ماريا إيفانوفنا؟
- لا شيء... إنَّه يسخر دائمًا! أنا لا أحبُّ أليكسي إيفانيتش. أقرف منه للغاية. والغريب أنِّي لا أريد أن ينفر منِّي مهما كلَّفني ذلك من ثمن. إنَّ هذا يُقلقني ويُخيفني.
- وكيف ترينه الآن يا ماريا إيفانوفنا؟ أهو معجب بك أم لا؟

تلعثمت ماريا إيفانوفنا واحمرَّ وجهها.

- أظنُّ أنِّي أراه معجبًا بي.
- ولماذا تظنين ذلك؟
- لأنَّه تقدَّم لخطبتي.
- تقدَّم لخطبتك؟ هو تقدَّم لخطبتك؟ متى؟
- في العام الماضي. قبل قدومك بشهرين تقريبًا.

- وأنت رفضت ذلك؟
- دعني أوضح لك: أليكسي إيفانيتش إنسان ذكيٌّ طبعًا، ومن أُسرة جيِّدة، ويمتلك ثروة. ولكن، حين أفكِّر أنَّ عليَّ أن أتبادل القبلة معه تحت الإكليل وأمام الجميع... لا، لن يكون ذلك أبدًا، أيًّا كان الرفاه الموعود!

كلمات ماريا إيفانوفنا بصَّرتني وفسَّرت لي الكثير. لقد فهمت الآن سبب إصرار شفابرين على ذمِّها والحطِّ من شأنها بكلامه الخبيث. لا بدَّ من أنَّه لاحظ ميل كلٍّ منَّا إلى الآخر فحاول التفريق بيننا. وبدت لي كلماته التي كانت سبب شجارنا أشدَّ سفالة، لأنَّها لم تكن سخرية وقحة، فظَّة، بل افتراءً متعمَّدًا. فازدادت رغبتي في معاقبة صاحب اللسان السليط قوَّة، وصرت أنتظر اللحظة المناسبة بنفاد صبر.

لم يطُل انتظاري. ففي اليوم التالي، حين كنتُ جالسًا أنظم قصيدة رثاء وأقضم الريشة في انتظار ولادة القافية، طرق شفابرين نافذة غرفتي. تركت الريشة وحملت السيف وخرجت إليه.

- «لماذا نؤجِّل؟»، قال لي، «إنَّهم لا يراقبوننا. لنذهب إلى النهر. هناك لن يعيقنا أحد».

سرنا صامتَين. مشينا في درب شديد الانحدار، توقَّفنا عند حافَّة النهر تمامًا، وجرَّدنا سيفينا من غمديهما. كان شفابرين أمهر منِّي في استخدام السيف، لكنِّي كنت أقوى وأكثر جرأة، فالمسيو بوبريه، الذي كان جنديًّا ذات يوم، أعطاني عددًا من الدروس في المبارزة، وقد استخدمتُها. لم يتوقَّع شفابرين أن يجد فيَّ خصمًا خطيرًا. ظللنا فترة طويلة نتبارز من دون أن يستطيع أيٌّ منَّا إلحاق أذى بالآخر. وحين لاحظت أنَّ شفابرين بدأ يضعف، شرعت أهاجمه بهمَّة أكبر ودفعته للتراجع حتى النهر تقريبًا. وفجأة، سمعت أحدهم يناديني باسمي، ورأيت سافيليتش يركض نحوي عبر الدرب الصخري... وفي هذه اللحظة نفسها شعرت بطعنة شديدة في الصدر، أسفل الكتف الأيمن، فسقطت فاقدًا الوعي.

الفصل الخامس

الحبُّ

آه منكِ يا بنت، يا بنت، يا جميلة،
لا تتزوَّجي، يا بنت، في سنٍّ صغيرة.
اسألي، يا بنت، أباك وأمَّك،
أباك وأمَّك، والأسرة كلَّها.
اكتسبي، يا بنت، العقل والحكمة،
واجعلي العقل والحكمة مهر زواجك.
أغنية شعبية

إن وجدتَ أفضل منِّي نسيتني
وإن وجدت أسوأ منِّي ذكرتني.
أغنية شعبية

حين أفقتُ من الغيبوبة، ظللتُ بعض الوقت غائم الذهن، لا أفهم ماذا جرى لي. كنت راقدًا في سرير، في غرفة لا أعرفها، وأشعر بضعف شديد، يقف أمامي سافيليتش حاملًا شمعة بين يديه، وأحدهم يفكُّ بحذر الضمادات الملفوفة حول صدري وكتفي. وبالتدريج بدأت الأفكار تتوضَّح في رأسي. تذكَّرت المبارزة، وأدركت أنِّي جُرحت فيها. وفي تلك اللحظة أرسل الباب صريرًا.

- «ماذا؟ كيف حاله؟»، همس صوت ارتعش قلبي لسماعه.
- «ما زال على حاله»، أجاب سافيليتش متنهِّدًا بحسرة، «ما زال غائبًا عن الوعي لليوم الخامس».

أردتُ أن ألتفت، لكنِّي لم أستطع.

- «أين أنا؟ من هناك؟»، قلت بصعوبة.

اقتربت ماريا إيفانوفنا من سريري وانحنت عليَّ.

- «ما بك؟ كيف ترى نفسك الآن؟»، سألتني.

- «الحمد لله»، أجبتها بصوت ضعيف، «أهذه أنت يا ماريا إيفانوفنا؟ قولي لي»...

لم أستطع متابعة الكلام فصمتُّ. أطلق سافيليتش صيحة ابتهاج، وغمرت وجهه علامات الفرح. راح يكرِّر صيحته:

- أفاق من الإغماء! أفاق من الإغماء! الحمد لله يا مالك المُلك! هيه، يا أبتِ بيتر أندرييتش! أنت أخفتني! الأمر ليس سهلًا! إنَّه اليوم الخامس...

قطعت ماريا إيفانوفنا كلامه:

- لا تكلِّمه كثيرًا، يا سافيليتش، إنَّه ما زال ضعيفًا.

خرجَت من الغرفة وردَّت الباب بهدوء. اضطربت أفكاري. أنا، إذن في بيت الآمِر، وقد دخلت عليَّ ماريا إيفانوفنا. أردت أن أطرح بعض الأسئلة على سافيليتش، لكنَّ العجوز أشار برأسه ناهيًا، وسدَّ أذنيه بإصبعيه. فأغمضت عينيَّ متحسِّرًا، وسرعان ما غرقت في النوم.

حين استيقظت ناديت سافيليتش، فرأيت أمامي، بدلًا منه، ماريا إيفانوفنا. حيَّاني صوتها الملائكي. أنا لا أستطيع أن أعبِّر عن الشعور العذب الذي تملَّكني في تلك اللحظة. أمسكتُ يدها وانحنيت عليها أغمرها بدموع الحنان. لم تسحب ماشا يدها... وفجأة لمست شفتاها خدِّي فأحسست بقبلتها الحارَّة النضرة. سرَت في جسمي حرارة النار.

- «عزيزتي ماريا إيفانوفنا الطيِّبة»، قلت لها، «كوني زوجتي، اقبلي أن تمنحيني السعادة».

انتبهت وتمالكت نفسها.

- «اهدأ، حلَّفتك بالله»، قالت لي وهي تسحب يدها من يدي، «أنت ما زلت في حال الخطر: قد ينتكِئ الجرح. حافظ على نفسك من أجلي، على الأقل».

قالت ذلك وغادرت تاركة إيَّاي في حالة من النشوة والحماسة. السعادة بعثتني إلى الحياة من جديد. ستكون لي! إنَّها تحبُّني! لقد ملأت هذه الفكرة كياني كلَّه.

منذ تلك اللحظة، صارت حالتي تتحسَّن يومًا بعد يوم. كان طبيبي حلَّاق الفوج، فلم يكن من معالج غيره في القلعة، وهو، والحمد لله، لم يكن يتذاكى. الشباب ونقاء الطبيعة عجَّلا في شفائي. وكانت أسرة الآمِر كلُّها تعتني بي. لازمتني ماريا إيفانوفنا باستمرار، كنت، طبعًا، أنتهز كلَّ فرصة ومناسبة لمتابعة المكاشفة التي انقطعت، وكانت ماريا إيفانوفنا تصغي إليَّ بصبر. وقد اعترفت لي، من دون أيِّ تصنُّع، بأنَّ قلبها ميَّال إليَّ، وأنَّ أبويها سيكونان طبعًا سعيدَين لسعادتها.

- «ولكن فكِّر جيِّدًا»، أضافت، «ألن يلقى زواجنا اعتراضًا من والديك؟».

دفعني كلامها إلى التفكير في الأمر. لم أكن أشكُّ في حنان أمِّي، لكنِّي، في ضوء معرفتي لنمط تفكير أبي، شعرت بأنَّ حبِّي لن يحظى بالكثير من عطفه، وسيُعدُّه نزوة من نزوات الشباب. اعترفت بذلك بإخلاص لماريا إيفانوفنا، لكنِّي قرَّرت أن أكتب لأبي، بأبلغ أسلوب ممكن، طالبًا منه مباركته. أريت الرسالة لماريا إيفانوفنا التي وجدتها مقنعة جدًّا ومؤثِّرة، وبدت واثقة للغاية من نجاحها، فاستسلمت لمشاعر قلبها الرقيق بكلِّ وداعة شبابها وحبِّها.

بعد أيَّام قليلة من شفائي تصالحت مع شفابرين. قال لي إيفان كوزميتش، يلومني بسبب المبارزة:

- آه منك يا بيتر أندرييفتش! من واجبي أن أسجنك، لكنَّك لقيت عقابك من دون سجن. أمَّا أليكسي إيفانيتش فسجين عندي في مستودع القمح تحت الحراسة، وسيفه في خزانة مقفلة عند فاسيليسا يغوروفنا. دعه يقبع هناك ويفكِّر، عساه يندم على ما فعل.

لقد كنتُ سعيدًا للغاية، لذا لم يكن قلبي يتَّسع للشعور بالكراهية، بل رحت أطلب العفو عن شفابرين، فقرَّر الآمِر الطيِّب، بموافقة زوجته، إطلاق سراحه وزارني شفابرين معربًا عن أسفه العميق لما حدث بيننا، ومعترفًا بأنَّه مذنب في كلِّ ذلك، وطالبًا منِّي أن أنسى ما كان. ولأنِّي بطبعي لا أُضمر الحقد، غفرت له بإخلاص شجارنا، والجُرح الذي أصابني منه. ورأيت في افترائه تعبيرًا عن غضبه لعزَّة نفسه، ولحبِّه المرفوض، فسامحت بكلِّ ما في روحي من سخاء منافِسي التعيس في الحبِّ.

تماثلت للشفاء سريعًا، وصار باستطاعتي الانتقال إلى مسكني. كنت أنتظر بنفاد صبر الردَّ على رسالتي، خائفًا من التعلُّق بالأمل، ومحاولًا أن أُخمد في نفسي كلَّ توقُّع محزن. لم أكن قد تكلَّمت في الأمر بعد، مع فاسيليا يغوروفنا وزوجها، ولكنَّ طرح الموضوع معهما ما كان ليدهشهما، فلم أكن أنا، أو ماريا إيفانوفنا، نحاول أن نُخفي عواطفنا عنهما، وكنَّا واثقَين سلفًا من موافقتهما على زواجنا.

وأخيرًا، دخل عليَّ سافيليتش صباح ذات يوم حاملًا في يده رسالة. انتزعتُها منه بلهفة. العنوان مكتوب بخطِّ والدي، وهذا ما جعلني أتوقَّع شيئًا مهمًّا، لأنِّي كنت في العادة أتلقَّى الرسائل من أمِّي، أمَّا أبي فيكتفي بكتابة بضعة أسطر في ذيل رسالتها. ظللت طويلًا لا أجرؤ على فتح المغلَّف، رحت أتأمَّل العنوان المكتوب بخطٍّ فخم: «إلى ابني بيتر أندرييفيتش غرينيف، في مقاطعة أرينبورغ، في قلعة بيلوغورسك». حاولت أن أفهم من خلال الخطِّ المزاج الذي كُتبت به الرسالة، لكنِّي قرَّرت أخيرًا فتح المغلَّف، فأدركت من السطور الأولى أنَّ كلَّ شيء ذهب أدراج الرياح. أمَّا محتوى الرسالة فكان ما يلي:

> ولدي بيتر
>
> رسالتك التي تطلب فيها مباركتنا نحن والديك، وموافقتنا على زواجك من ماريا إيفانوفنا ابنة ميرونوف، استلمناها في الخامس عشر من هذا الشهر، وأنا لا أنوي فقط إبلاغك عدم مباركتي، وعدم موافقتي، بل أنوي أيضًا أن

أجيء إليك فأعاقبك على طيشك وألقِّنك درسًا كما يُلقَّن الأطفال، بغضِّ النظر عن رتبة ضابط التي تحملها، فقد أثبتَّ أنَّك لست أهلًا بعد، لحمل السيف الذي أُعطي لك للدفاع عن الوطن، لا لخوض المبارزات مع الأولاد أمثالك. أنا سأكتب على الفور لأندريه كارلوفيتش، أطلب منه أن ينقلك من قلعة بيلوغورسك، إلى أيِّ مكان بعيد عنها، عسى أن يخلِّصك ذلك من حماقاتك. حين سمعت أمُّك بالمبارزة وبأنَّك جريح، مرضت حزنًا، وهي الآن طريحة الفراش. تُرى من أيِّ نوع من الرجال ستكون؟ أنا أصلِّي للربِّ وأدعو عساك تنصلح، رغم أنِّي لا أجرؤ فآمل أن يشملني برحمته الواسعة.

أبوك آ. غ.

أثارت قراءة هذه الرسالة مشاعر مختلفة في نفسي. التعابير القاسية التي لم يبخل أبي بها أشعرتني شعورًا عميقًا بالإهانة. وبدت لي اللهجة المتعالية التي تكلَّم بها عن ماريا إيفانوفنا، غير لائقة، وغير عادلة أيضًا. وأرعبتني فكرة نقلي من قلعة بيلوغورسك. لكنَّ أكثر ما أحزنني هو خبر مرض أمي. صببت جام غضبي على سافيليتش، فقد كنت واثقًا من أنَّه من أخبر والديَّ بالمبارزة. رحت أسير جيئة وذهابًا في غرفتي الضيِّقة، ثم توقَّفت وقلت وفي عينيَّ نظرة تهديد:

- يبدو أنَّك لم تكتفِ بكوني جُرحت بسببك، وظللت شهرًا كاملًا على حافَّة القبر، فها أنتذا تريد أن تُميت أمِّي أيضًا.

ذُهل سافيليتش وكأنَّ صاعقة نزلت عليه.

- «ارحمني يا سيِّدي، ما هذا الذي تقوله؟»، قال وهو يكاد يبكي، «أنا السبب في جرحك! الله يعلم أنِّي ركضت لأحميك بصدري من سيف أليكسي إيفانيتش! الشيخوخة الملعونة لم تساعدني. وماذا فعلت لإيذاء أمِّك؟».

- «ماذا فعلتَ؟»، أجبته، «من طلب منك أن تكتب تقارير عنِّي! هل عيَّنوك جاسوسًا عليَّ؟».

- «أنا؟ أنا كتبت تقارير عنك؟»، أجاب سافيليتش بعينين غارقتين

بالدموع، «يا إلهي، يا ربَّ السماوات! هاك، إذن، اقرأ ما كتبه لي السيِّد، وسترى كيف كنت أكتب التقارير عنك».

قال ذلك وأخرج من جيبه رسالة قرأت فيها ما يلي:

يجب أن تخجل يا كلب، يا عجوز، من مخالفتك لتوجيهاتي الصارمة، وعدم كتابتك لي عن ابني بيتر أندرييفيتش، ومن اضطرار الغرباء إلى إخباري بأعماله الطائشة. أهكذا تؤدِّي واجبك، وتنفِّذ إرادة سادتك؟ أنا سأرسلك يا كلب، يا عجوز، لترعى الخنازير عقابًا لك على كتمانك الحقيقة عنِّي وممالأتك للفتى. يجب عليك، فور استلام أمري هذا، أن تكتب لي عن حالته الصحِّية الآن، فقد أبلغوني أنَّها آخذة بالتحسُّن، وعن موضع جرحه بالضبط، وعمَّا إذا كانوا قد عالجوه جيِّدًا.

كان واضحًا أنَّ سافيليتش بريء، لم يخطئ في حقِّي، وأنِّي أهنته بلومي وشكوكي من دون وجه حقٍّ. طلبت منه أن يسامحني، لكنَّ غضب العجوز لم يهدأ.

- «هذا، إذن، ما جنيته في حياتي»، راح يكرِّر، «هذا ما نلته من سادتي مكافأة لي على خدماتي! أنا كلب عجوز، وراعي خنازير، وأنا، إضافة إلى ذلك، سبب جرحك! لا، يا أبتِ بيتر أندرييفيتش! الملعون ليس أنا، بل هو المسيو المسؤول عن ذلك كلِّه: لقد علَّمك الضرب وطعن الهواء بالأسياخ الحديدية، وخبط الأرض بالأقدام، وكأنَّ الطعن في الهواء والخبط بالأقدام يحميان من إنسان شرير! ما كان ينقصنا غير استئجار ذلك المسيو وتبديد نقودنا».

لكن، من ذاك الذي تطوَّع لإخبار والدي عن سلوكي؟ الجنرال؟ أستبعد ذلك، فهو لا يبدو مهتمًّا جدًّا بأبي، أمَّا إيفان كوزميتش فما كان ليعدَّ الإبلاغ عن المبارزة أمرًا ضروريًّا. حرتُ بين التخمينات. ثمَّ تركَّزت شكوكي على شفابرين، إنَّه المستفيد الوحيد من الوشاية بي، فهي قد تؤدِّي إلى إبعادي عن القلعة وانقطاع صلتي بأسرة آمِرها. ذهبت إلى ماريا إيفانوفنا لإبلاغها بالأمر كلِّه. استقبلتني عند المدخل.

- «ماذا أصابك؟»، سألتني حين رأتني، «ما أشدَّ شحوبك!».
- «لقد انهار كلُّ شيء!»، أجبتها وأنا أعطيها رسالة والدي، فامتقع لونها أيضًا.

قرأت الرسالة ثم أعادتها لي بيد راجفة، وقالت بصوت مرتعش:

- يبدو أنَّ ذلك ليس نصيبي... والداك لا يريدانني في أسرتهما. كلُّ شيء بمشيئة الله! الله الأعلم بما هو خير لنا. ما باليد حيلة، يا بيتر أندرييتش. أتمنَّى على الله أن تسعد أنت على الأقل...
- «هذا لن يكون!»، صرختُ وأنا أمسك يدها، «أنت تحبِّينني، وأنا مستعدٌّ لفعل كلِّ شيء. دعينا نذهب ونرتمي على أقدام والديك، إنَّهما من البسطاء، وليسا من ذوي القلوب القاسية... سيباركاننا، وسنتكلَّل... وأنا واثق أنَّنا سنستطيع أن نرقِّق قلب والدي مع الزمن، ستقف أمِّي إلى جانبنا، وسيغفر لي أبي»...
- «لا، يا بيتر أندرييفيتش»، أجابت ماشا، «أنا لن أتزوَّج من دون مباركة والديك. من دون مباركتهما لن تكون سعيدًا. لنسلِّم أمرنا إلى الله، فإذا وجدتَ عروسًا أخرى، إذا أحببت فتاة أخرى، فبرعاية الله يا بيتر أندرييتش، أما أنا فسأدعو لكما»...

بكت قبل أن تكمل كلامها، وابتعدت عني. أردت اللحاق بها إلى الغرفة، لكنِّي شعرت بعجزي عن تمالك نفسي، فعدت إلى البيت.

جلستُ غارقًا في تفكير عميق، وفجأة قطع سافيليتش عليَّ تفكيري.

- «هاكَ يا سيِّدي»، قال لي وهو يعطيني ورقة مكتوبة، «وانظر ما إذا كنت أنا أكتب تقارير بحقِّ سيِّدي وأسعى إلى تعكير العلاقة بين الابن وأبيه».

أخذتُ الورقة من يده، ما فيها كان جواب سافيليتش على الرسالة التي وصلته. وفيما يلي ما جاء فيه كلمة كلمة:

وليّ الأمر أندريه بتروفيتش

أبانا الرحيم

وصلتني رسالتكم الكريمة التي تعبِّرون فيها عن غضبكم عليّ، أنا عبدكم وتوبِّخونني لأنَّني لا أنفِّذ توجيهات سيادتكم. أنا، في الحقيقة، لست كلبًا عجوزًا، بل أنا خادمكم المخلص الذي يطيع أوامر سادته والذي خدمكم دائمًا بكلّ طاقته، وعاش هكذا حتى شاب شعر رأسه. أنا لم أخبركم بجرح بيتر أندرييتش كي لا أخيفكم عبثًا، وقد سمعت أنَّ سيِّدتي، أمَّنا، أفدوتيا فاسيلفنا رقدت مريضة من الخوف، وأنا أصلِّي للربِّ على نيَّة شفائها. أمَّا بيتر أندرييتش فقد جرح كتفه من الأمام تحت عظم الترقوة مباشرة، وعمق الجرح قريب من عقلة ونصف عقلة إصبع. وقد قضى فترة علاجه في منزل آمِر القلعة الذي نقلناه إليه من ضفَّة النهر، وعالجه الحلَّاق في القلعة ستيبان بارامونوف، بيتر أندرييتش تعافى الآن والحمد لله، ولا أجد ما أكتبه لكم عنه إلَّا كلَّ خير. ما أسمعه هو أنَّ القادة راضون عنه، وفاسيليسا يغوروفنا تعامله كأنَّه ابنها. أمَّا العمل الطائش الذي قام به فلا يُلام عليه الشاب: إنَّ للحصان أربع قوائم ومع ذلك يتعثَّر ويكبو. لقد وعدتم أن ترسلوني لرعي الخنازير. أنا طوع إرادتكم السامية، وفي الختام أحيِّيكم تحيَّة العبد لسيِّده.

خادمكم المخلص

أرخيب سافيلين

لم أستطع إلَّا أن أبتسم عدَّة مرَّات وأنا أقرأ ما كتب العجوز الطيِّب. كنت في حالةٍ لا تسمح لي بالإجابة عن رسالة أبي. وبدا لي ما ورد في رسالة سافيليتش كافيًا لطمأنة أمِّي، لذا لم أكتب أيَّ ردٍّ.

منذ ذلك الحين تبدَّلت أوضاعي: ماريا إيفانوفنا امتنعت تقريبًا عن التحدُّث إليَّ، وصارت تتهرَّب من لقائي، وبات منزل الآمِر مكانًا باردًا بالنسبة إليَّ، فاعتدت بالتدريج على قضاء الوقت وحيدًا في مسكني. في البداية لامتني فاسيليسا يغوروفنا على ذلك، لكنَّها تركتني وشأني حين لمست عنادي، أمَّا إيفان كوزميتش، فلم أكن ألتقيه إلَّا عندما تقتضي الخدمة ذلك. وصارت لقاءاتي

وشفابرين نادرة وباردة، لا سيَّما وقد لاحظت أنَّه يضمر لي كرهًا، عزَّز شكوكي السابقة فيه. حياتي لم تعد تُطاق. غرقت في أفكار سوداء غذَّتها العزلة والبطالة. واشتعل حبِّي في وحدتي وازداد بمرور الوقت إحساسي بوطأته. وفقدت الرغبة في القراءة وفنِّ الكلمة. انهارت نفسي، فخفت أن أصاب بالجنون، أو انغمس في المجون. غير أنَّ أحداثًا مفاجئةً هزَّت نفسي هزَّة قويَّة خيِّرة، وتركت أثرًا مهمًّا في حياتي كلِّها.

الفصل السادس

تمرُّد بوغاتشوف

أنتم، أيُّها الفتيان، استمعوا
إلى ما نقوله نحن المسنِّين.
أغنية

قبل أن أبدأ وصف الأحداث الغريبة التي كنت شاهدًا عليها، يجب أن أقول بضع كلمات عن الوضع الذي عاشته مقاطعة أرينبورغ في أواخر عام 1773.

سكن هذه المقاطعة الشاسعة، الغنيَّة، كثير من الشعوب نصف البدائية التي لم تخضع للحكَّام الروس إلَّا من زمن غير بعيد. استياؤهم الدائم، وعدم اعتيادهم على القوانين والحياة المدنية، والاستهتار والقسوة، كلُّ ذلك تطلَّب من الحكومة رقابة مستمرَّة كي تُبقيهم في طاعتها، فبنت القلاع في أماكن عَدَّتها مريحة، غالبية سكَّانها من القوزاق المالكين لضفاف نهر يايتسك منذ القِدم. لكنَّ قوزاق نهر يايتسك الذين أنيطت بهم مهمَّة المحافظة على هدوء المنطقة وأمنها، صاروا منذ فترة رعايا غير هادئين، وخطرين بالنسبة للحكومة، ففي عام 1722 حدث احتجاج في بلدتهم الرئيسية، كان سببًا لاتِّخاذ الجنرال ميجر تراوبينبيرغ تدابير قاسية بهدف إخضاع الجنود. وكانت النتيجة قتل تراوبينبيرغ بطريقة وحشية، وفوضى في الإدارة، لكنَّ التمرُّد أُخمد أخيرًا بقذائف المدافع والتدابير العقابية القاسية.

حدث ذلك قبل قدومي إلى قلعة بيلوغورسك بوقت قصير. عند وصولي كان كلُّ شيء هادئًا، أو بدا كذلك. الرئاسة صدَّقت بسهولة التوبة الغامضة

للمتمرِّدين المراوغين، الذين كظموا غضبهم وراحوا ينتظرون الفرصة المناسبة لتجديد الفوضى.

أعود الآن إلى متابعة القصَّة.

في مساء أحد الأيَّام المصادف الأوَّل من تشرين الأول (أكتوبر) عام 1773، كنت جالسًا في منزلي أسمع عويل الريح الخريفية، وأنظر عبر النافذة إلى السحب المتراكضة قرب القمر، جاؤوا لاستدعائي إلى مكتب الآمِر. توجَّهت إلى هناك فورًا. عند الآمِر وجدتُ شفابرين وإيفان إيغناتيتش والوكيل القوزاقي. فاسيليسا يغوروفنا وماريا إيفانوفنا لم تكونا في الغرفة. بادلني الآمِر التحيَّة وقد بدت عليه علامات القلق. أغلق الباب وطلب من الجميع الجلوس ما عدا الوكيل الذي ظلَّ واقفًا عند الباب، ثم أخرج من جيبه ورقة، وقال لنا:

- أيُّها السادة الضبَّاط، هناك خبر مهمٌّ! اسمعوا ماذا كتب الجنرال.

وضع نظارته على عينيه وقرأ ما يلي:

السيِّد آمر قلعة بيلوغورسك، النقيب ميرونوف.

سرِّي

أبلغكم أنَّ قوزاقيًّا من منطقة الدون، هو المنشقُّ يميليان بوغاتشوف، هرب من السجن وأقدم على وقاحة لا تغتفر بانتحاله اسم الإمبراطور المرحوم بطرس الثالث، وجمع حوله عصابة شرِّيرة، وأثار الاضطرابات في قرى منطقة يايتسك، واستولى على عدَّة حصون ونهبها، ونشر السلب والقتل في كلِّ مكان. لذلك عليكم أيُّها السيِّد النقيب، اتِّخاذ الإجراءات اللازمة لصدِّ ذلك الدعيِّ المجرم، وتدميره تمامًا إذا هاجم القلعة التي تحت إمرتكم.

قال الآمِر وهو ينزع النظَّارة ويضع الورقة جانبًا:

- اتِّخاذ الإجراءات اللازمة! اسمعوني! الكلام سهل، لكنَّ هذا الشرِّير يبدو قويًّا، ونحن ليس في إمرتنا سوى مئة وثلاثين شخصًا، إذا لم نأخذ في الحسبان القوزاق الذين لا يُعتمد عليهم، أنت لست مقصودًا بهذا الكلام يا ماكسيميتش، (ضحك الوكيل ضحكة مكتومة). إنَّما ما

باليد حيلة أيُّها السادة الضبَّاط! استعدُّوا، نظِّموا الحراسة والدوريَّات الليليَّة. وفي حال مهاجمتنا أغلقوا البوَّابات وانشروا الجنود. وأنت، يا ماكسيميتش، راقب قوزاقك بشدَّة، تفقَّدوا المدفع ونظِّفوه جيِّدًا. والأهمُّ أن تفعلوا ذلك كلَّه بسرِّية، لكي لا يعرف أحد بالأمر قبل الأوان.

أصدر إيفان كوزميتش هذه الأوامر ثم صرفنا. خرجت مع شفابرين ورحنا نناقش ما سمعناه.

- «ما رأيك؟ كيف، برأيك سينتهي الأمر؟»، سألته.
- «الله أعلم»، أجابني، «سنرى. أنا لا أرى أيَّ شيء مهمٍّ حتى الآن. أمَّا إذا»... هنا شرد بأفكاره وراح يصفِّر لحن مقطع من أوبرا فرنسية.

انتشر خبر ظهور بوغاتشوف في القلعة كلِّها، رغم جميع إجراءاتنا لكتمانه. لم يكن إيفان كوزميتش، ليُطلع بحال من الأحوال زوجته، رغم احترامه الشديد لها، على السرِّ العسكري الذي ائتمن عليه، فهو حين تسلَّم رسالة الجنرال صرف بمهارة فائقة فاسيليسا يغوروفنا، زاعمًا أنَّ الأب غيراسيم حصل من أرينبورغ على أخبار عجيبة يتكتَّم عليها، فرغبت فاسيليسا يغوروفنا في الحال بزيارة زوجة الأب غيراسيم، واصطحبت معها، بناء على اقتراح إيفان كوزميتش، ماشا كيلا تعاني الضجر إذا بقيت وحدها.

حين صار إيفان كوزميتش السيِّد الوحيد في المنزل، أرسل في طلبنا حالًا، بعد أن سجن بالاشكا في المستودع كي لا تسمع ما يدور من حديث.

عادت فاسيليسا يغوروفنا إلى البيت من دون أن تحصل على أيَّة أخبار من زوجة الأب غيراسيم، فعرفت أنَّ اجتماعًا عقد عند إيفان كوزميتش وأن بالاشكا كانت مسجونة في فترة غيابها. أدركت أنَّ زوجها خدعها، فشرعت تحقِّق معه. لكنَّ إيفان كوزميتش كان مستعدًّا سلفًا لهجومها. لم يرتبك أبدًا، بل أجاب شريكته الفضولية بنشاط:

- اسمعيني يا ماماشا، لقد حاولت النسوة إشعال المواقد بالقشّ، ولمّا كان ذلك يمكن أن يتسبَّب بكارثة، فقد أصدرت أمرًا صارمًا بألَّا تُشعل النسوة المواقد بالقشّ بعد اليوم، وإشعالها بأوراق السرو الإبرية.
- ولماذا كانت بالاشكا مسجونة؟

لم يكن إيفان كوزميتش مستعدًّا لسؤال كهذا، فتلعثم ودمدم بكلمات غير متناسقة. أدركت فاسيليسا يغوروفنا أنَّ زوجها يراوغ، وفهمت أنَّها لن تحصل منه على أيِّ شيء، فكفَّت عن طرح الأسئلة، وراحت تتكلَّم عن الخيار المملَّح الذي خلَّلته أكولينا بامفيلوفنا بطريقة فريدة تمامًا. طوال الليل لم تستطع فاسيليسا يغوروفنا أن تنام، ولم تستطع أن تخمِّن ما الذي يدور في رأس زوجها ولا يحقُّ لها أن تعرفه.

رأت في اليوم التالي، وهي عائدة من الصلاة، إيفان إيغناتيتش الذي كان يُخرج من سبطانة المدفع خرقًا وحصى وملاقط وأظلاف حيوانات وغير ذلك ممَّا حشره الأطفال في داخلها. «ما معنى هذه الاستعدادات العسكرية؟»، قالت زوجة الآمِر في سرِّها، «أتراهم يتوقَّعون أن يهاجمهم القرغيزيون؟ هل من المعقول أن يُخفي عنِّي إيفان كوزميتش مثل هذه التفاهات؟». نادت إيفان إيغناتيتش وهي مصمِّمة بحزم على أن تعرف منه السرَّ الذي عذَّب فضولها الأنثوي.

وجَّهت فاسيليسا عدَّة ملاحظات تتعلَّق بإدارة شؤون المنزل، كما يفعل المحقِّقون حين يوجِّهون أسئلة لا علاقة لها بالموضوع كي يشتِّتوا حذر الشخص الذي يستجوبونه. بعد ذلك صمتت بضع دقائق، وتنهَّدت بعمق، ثم قالت وهي تهزُّ رأسها:

- يا إلهي! ما هذه الأخبار! ترى ما نتيجة ذلك؟
- «إيه يا ماماشا! الله كريم»، أجاب إيفان إيغناتيتش، «عندنا جنود كثيرون، وبارود كثير، والمدفع نظَّفته. سندحر بوغاتشوف بإذن الله. الله لن يخذلنا، والخنزير لن يأكلنا!».
- «وما نوع هذا الشخص، بوغاتشوف؟»، سألت زوجة الآمِر.

هنا أدرك إيفان إيغناتيتش أنَّه فضح السرَّ، فعضَّ على لسانه، لكنَّ إدراكه جاء متأخِّرًا، فقد أكرهته فاسيليسا يغوروفنا على الاعتراف بكلِّ شيء، وأعطته وعدًا بألَّا تُخبر أحدًا بذلك.

التزمت فاسيليا يغوروفنا بوعدها ولم تبُح لأحد بكلمة، ما عدا زوجة راعي الكنيسة، وذلك فقط لأنَّ بقرتها ما زالت ترعى في السهب، حيث يمكن أن يختطفها الأشرار.

سرعان ما صار الجميع يتكلَّمون عن بوغاتشوف. كانت الأحاديث متنوِّعة، فأرسل الآمِر الوكيل بمهمَّة الاستطلاع جيِّدًا ومعرفة ما يدور في البلدات والحصون المجاورة. عاد الوكيل بعد يومين وأعلن أنَّه رأى في السهب، على بُعد حوالي ستِّين فرسخًا من القلعة، نيرانًا كثيرة، وسمع من البشكيريين أنَّ قوَّة، لم يروا مثلها من قبل، قادمة، لكن، عمومًا لا يستطيع أن يقدِّم أيَّة أخبار مؤكَّدة لأنَّه لم يجرؤ على متابعة التقدُّم نحو تلك النيران.

لوحظ في القلعة هذه الأثناء أنَّ هياجًا غير عادي ظهر بين القوزاق، كانوا يحتشدون في مجموعات صغيرة في كل الشوارع، يتحادثون بصوت خافت ثم يفترقون حين يرون خفيرًا أو جنديًّا من جنود الحامية. دسَّ الآمِر بينهم مخبرين، فجاءه يولاي، وهو كالميكيٌّ اعتنق المسيحية، بتقرير مهمٍّ، تبيَّن بحسب يولاي، أنَّ الأخبار التي نقلها الوكيل كاذبة، وأنَّ القوزاقي المراوغ أخبر رفاقه، حين عاد، بأنَّه زار المتمرِّدين، وأنَّه مثل أمام قائدهم نفسه، وأنَّ القائد سمح له بتقبيل يده وحادَثه طويلًا. وضع الآمِر الوكيل تحت الحراسة على الفور، وعيَّن يولاي في مكانه. استقبل القوزاقيون هذا الخبر باستياء ظاهر. احتجُّوا بصوت عالٍ وسمعهم إيفان إيغناتيتش نفسه، وهو ينفِّذ قرار الآمِر، يقولون: «ستنال عقابك يا جرذ الحامية!». في ذلك اليوم نفسه أراد الآمِر أن يستجوب الوكيل، لكنَّ الوكيل هرب من حرَّاسه بمساعدة أنصاره على ما يبدو.

وزاد ظرف جديد من قلق الآمِر، فقد اعتُقِل بشكيريٌّ يحمل مناشير تحضُّ على الثورة، ففكَّر الآمِر بجمع ضبَّاطه مرَّة ثانية لمناقشة هذا الحدث. لكنَّه أراد

قبل ذلك، إبعاد فاسيليسا يغوروفنا بحجَّة مقنعة. لقد كان إيفان كوزميتش رجلًا مستقيمًا للغاية وصادقًا، ولذا لم يستطع تلفيق حجَّة جديدة غير تلك التي سبق أن استخدمها.

- «اسمعيني يا فاسيليسا يغوروفنا»، قال لها وهو يتنحنح، «يقولون إنَّ الأب غيراسيم قد حصل من المدينة على»...
- «كفى كذبًا يا إيفان كوزميتش!»، قاطعته زوجته، «أنت، كما أظنُّ تنوي عقد اجتماع في غيابي لمناقشة أمر يميليان بوغاتشوف، فلا تحاول خداعي مرَّة ثانية!».
- «حسنًا، يا ماماشا»، قال لها، «ابقي، ما دمتِ تعرفين كلَّ ذلك، وسنناقش الأمر في حضورك».
- «هذا ما يجب أن تفعله يا أبتِ»، أجابته، «لا أن تتحايل. أرسل في طلب الضبَّاط».

اجتمعنا مرَّة ثانية، وقرأ لنا إيفان كوزميتش، في حضور زوجته، منشور بوغاتشوف، المكتوب بقلمِ قوزاقيٍّ نصف متعلِّم، يُعلن فيه عن نيَّته الهجوم فورًا على قلعتنا، ويدعو القوزاق والجنود إلى الانضمام لعصابته، ويطلب من الضبَّاط عدم المقاومة مهدِّدًا بإعدامهم في حال عدم استجابتهم. كان المنشور مكتوبًا بتعابير فظَّة معبِّرة، تخلق انطباعًا خطيرًا في عقول الناس البسطاء.

- «يا له من سافل!»، صرخت زوجة الآمِر، «ما الذي يتجرَّأ ويطلبه منَّا أيضًا؟ أتُراه يريدنا أن نخرج لاستقباله ونضع راياتنا عند قدميه؟ آه منه، ابن الكلب! أتُراه لا يعرف أنَّنا، والحمد لله، في الخدمة العسكرية منذ أربعين عامًا وقد رأينا فيها ما يكفي؟ أيوجد حقًّا قادة يطيعون قاطع الطريق هذا؟».
- «لا أعتقد أنَّ هناك من أطاعه»، أجاب إيفان كوزميتش، «لكنِّي سمعت أنَّ هذا الشرير استولى على حصون كثيرة».
- «يبدو أنَّه قويٌّ حقًّا»، قال شفابرين.

- «سنعرف الآن قوَّته الحقيقية»، قال الآمِر، «هاتي مفاتيح العنبر يا فاسيليسا يوغوروفنا. إيفان إيغناتيتش، أحضر البشكيري، ومُرْ يولاي أن يُحضر السياط».
- «مهلًا يا إيفان كوزميتش»، قالت زوجة الآمِر وهي تنهض من مكانها، «دعني آخذ ماشا من البيت إلى مكان آخر، حتى لا تسمع الصراخ فتشعر بالخوف. وأنا، إذا أردت الحقَّ، لا أحبُّ الاستجوابات. أتمنَّى لكم التوفيق».

في الماضي، كان التعذيب متجذِّرًا في إجراءات المحاكمة، ولذا فإنَّ الأمر الذي منعه بقي زمنًا طويلًا غير فعَّال، فقد ظنُّوا أنَّ اعتراف المتَّهم شخصيًّا شرط أساسي لوقف تعذيبه، مع أنَّ هذه الفكرة ليست من دون أساس فحسب، بل هي أيضًا مناقضة تمامًا للتفكير الحقوقي السليم، إذ ما دام نفي المتَّهم لا يُعدُّ دليلًا على براءته، فمن الأحرى أن يكون اعترافه أقلَّ دلالة على إدانته. أنا ما زلت حتى الآن أسمع من قضاة كبار أنَّهم يرغبون في القضاء على هذه العادة الوحشية. أمَّا في زماننا فلا أحد يشكُّ في ضرورة التعذيب، لا بين القضاة، أو بين المتَّهمين. وهكذا لم يدهش أمر الآمِر أيًّا منَّا أو يقلقه. ذهب إيفان إيغناتيتش لإحضار البشكيري المسجون في العنبر عند زوجة الآمِر، وبعد دقائق أُحضر الأسير إلى الممرِّ المؤدِّي إلى مكتب الآمِر، الذي وجَّه بإدخاله.

اجتاز البشكيري العتبة بصعوبة (كانت رجلاه مقيَّدتين)، ثم خلع قبَّعته العالية ووقف عند الباب. نظرت إليه فارتعدت. أنا لن أنسى هذا الإنسان أبدًا. بدا في سنٍّ تزيد على السبعين عامًا. كان من دون أنف، ومن دون أذنين. رأسه حليقة، وقد نمَت له بضع شعيرات شيباء بدل اللِّحية، كان قصير القامة، نحيلًا، محنيَّ الظهر، لكنَّ عينيه الضيِّقتين ما زالتا تلتمعان كشهب النار.

- «إيخي»، قال الآمِر حين عرف من خلال علاماته المخيفة أنَّه واحد من متمرِّدي عام 1741، «يبدو أنَّك أيُّها الذئب العجوز، قد وقعت من قبل في فخاخنا. أنا أعتقد أنَّ هذه ليست المرَّة الأولى التي تتمرَّد

فيها، ما دامت رأسك محلوقة هذه الحلاقة الناعمة. اقترب وحدِّثني من أرسلك إلينا؟».

ظلَّ البشكيري صامتًا ينظر إلى الآمِر نظرة من لا يفهم شيئًا.

- «ما بالك لا تجيب؟»، تابع إيفان كوزميتش، «أتُراك لا تفقه شيئًا باللغة الروسية! يولاي، اسأله بلغتكم: من أرسله إلى قلعتنا؟».

كرَّر يولاي سؤال إيفان كوزميتش باللغة التترية. لكنَّ البشكيري نظر إليه نظرته السابقة نفسها، ولم ينطق بكلمة.

- «طيِّب»، قال الآمِر، «أنت عندي ستتكلَّم. يا شباب انزعوا عنه هذا الرداء المقلَّم الغبيَّ، وطرِّزوا ظهره. تأكَّد يا يولاي من أنَّكم تفعلون ذلك جيِّدًا!».

شرع اثنان من مشوَّهي الحرب بنزع ملابس البشكيري. فارتسمت على وجه ذلك التعيس علامات القلق. راح يتلفَّت إلى جميع الجهات كوحش صغير وقع بين أيدي أطفال. لكن، حين أمسك أحد مشوَّهي الحرب بيديه، ووضعهما حول رقبته، ثم حمل العجوز على كتفيه بينما حمل يولاي السوط ولوَّح به في الهواء، حينذاك أطلق البشكيري صرخة ضعيفة متوسِّلة، وأحنى رأسه فاتحًا فمه الذي لم يكن فيه من اللِّسان سوى قطعة لحم صغيرة تتحرَّك.

حين أتذكَّر أنَّ هذا حدث في حياتي، وأنِّي عشت فترة حكم الإمبراطور ألكسندر السعيدة وما زلت، لا أستطيع إلَّا أن أُدهش من سرعة نجاحات التنوير وانتشار قواعد الحبِّ الإنساني. أيُّها الشابُّ! تذكَّر، إذا وقعت كتاباتي بين يديك، أنَّ أفضل التحوُّلات وأبقاها هي نتيجة تلك التي تقوم على تهذيب الطباع من دون أيَّة هزَّات عنيفة.

صُعق الجميع.

- «حسنًا»، قال الآمِر، «يبدو أنَّنا لن نحصل على شيء مفيد منه. يولاي، خُذ البشكيري إلى العنبر. أمَّا نحن، أيُّها السادة فسنبقى لنتحادث في بعض الأمور».

كنَّا نتناقش حول وضعنا، حين دخلت فجأة، فاسيليسا يغوروفنا إلى الغرفة وهي تلهث وقد بدا عليها القلق الشديد.

- «ماذا أصابك؟»، سأل الآمِر دهِشًا.

- «مصيبة، يا أبتِ!»، أجابت فاسيليسا يغوروفنا، «لقد استولوا على نيجنيزورنايا صباح اليوم. العامل عند الأب غيراسيم عاد لتوِّه من هناك، وقد رأى كيف اجتاحوها. شنقوا الآمِر هناك وجميع الضبَّاط، وأخذوا الجنود كلَّهم أسرى. ولن يطول الوقت حتى يصل هؤلاء الأشرار إلى هنا».

الخبر المفاجئ صعقني. كنت أعرف آمِر قلعة نيجنيزورنايا. هو رجل هادئ متواضع شابٌّ، قدِم قبل شهرين من أرينبورغ مع زوجته الشابَّة، ونزل ضيفًا عند إيفان كوزميتش. قلعة نيجنيزورنايا تبعد عن قلعتنا خمسة وعشرين فرسخًا. ولذا كان علينا أن نتوقَّع هجوم بوغاتشوف بين ساعة وأخرى. تخيَّلت مصير ماريا إيفانوفنا فشعرت بقلبي يكفُّ عن الخفقان.

- «اسمع، يا إيفان كوزميتش!»، قلتُ للآمِر، «إنَّ واجبنا أن ندافع عن القلعة حتى آخر نفس، هذا أمر لا جدال فيه، لكن، من واجبنا أن نفكِّر في أمن النساء. أرسلهن إلى أرينبورغ إذا كانت الطريق ما تزال آمنة، أو إلى قلعة نائية حصينة، لا يستطيع الأشرار الوصول إليها».

التفت إيفان كوزميتش إلى زوجته، وقال لها:

- اسمعيني، يا ماماشا، لمَ حقًّا لا نرسلكنَّ بعيدًا حتى ننتهي من أمر هؤلاء المتمرِّدين؟

- «هيه، مهلًا!»، قالت زوجة الآمِر، «أين هي تلك القلعة التي لا يطير الرصاص إليها؟ ولماذا تظنُّ أنَّ قلعة بيلوغورسك ليست حصينة؟ نحن، والحمد لله، نعيش فيها منذ اثنين وعشرين عامًا، واجهنا البشكيريين، والقرغيزيين، وسنبقى هنا بعد بوغاتشوف!».

- «طيِّب يا ماماشا»، قال إيفان كوزميتش معترضًا، «ابقي، تفضَّلي ما دمت تثقين بصمود قلعتنا. ولكن، ماذا نفعل بماشا؟ جيِّد أن نصمد في وجه بوغاتشوف، أو تصلنا النجدة وننتصر عليه، ولكن، ماذا لو استولى الأشرار على القلعة؟».
- «حسنًا، عند ذلك»... تلعثمت فاسيليسا يغوروفنا وصمتت وعلى وجهها علامات قلق شديد.
- «لا، يا فاسيليسا يغوروفنا»، تابع الآمِر وقد رأى، ربَّما للمرَّة الأولى في حياته، أنَّ كلماته أثَّرت فيها، «ليس من الصواب بقاء ماشا هنا. سنرسلها إلى أرينبورغ عند أمِّها في المعمودية. هناك قوَّات ومدافع كثيرة وأسوار حجرية. وأنتِ أنصحك بالذهاب إلى هناك معها، تخيَّلي ما الذي سيحلُّ بك إذا اجتاحوا القلعة، فكونك عجوزًا لن يشفع لك عندهم».
- «طيِّب»، قالت زوجة الآمِر، «ليكن ما تقول. سنرسل ماشا. أمَّا أنا فلا تطلب منِّي الرحيل حتى في أحلامك: لن أرحل، لا معنى لافتراقي عنك في آخر عمري، والبحث عن قبر منعزل في أرض غريبة. لقد عشنا معًا، وسنموت معًا».
- «حتى هذا حلٌّ لا بأس به»، قال الآمِر، «ولكن لا داعي للإبطاء. اذهبي وأعدِّي ماشا للسفر. غدًا سنرسلها عند الفجر، وسأرسل معها حراسة رغم عدم وجود فائض من الرجال عندنا. ولكن أين ماشا؟».
- «إنَّها عند أكولينا بامفيلوفنا»، أجابت زوجة الآمِر، «لقد ساءت حالتها حين سمعت باجتياح نيجنيزورنايا، أخشى أن تمرض. إلهي، يا مالك الملك، ما هذه الحالة التي وصلنا إليها!».

ذهبت فاسيليسا تسعى في تحضير ابنتها للسفر. واستمرَّ الحديث عند الآمِر، لكنِّي لم أعد أشارك فيه، أو أستمع إليه. ظهرت ماريا إيفانوفنا على العشاء شاحبة، باكية. تناولنا العشاء في صمت، ونهضنا عن الطاولة في وقت أسرع من

المعتاد. ودَّعنا الأسرة كلَّها، وتوجَّه كلٌّ منَّا إلى مسكنه. غير أنِّي تعمَّدت ترك سيفي ثم عدت لأخذه. كان لديَّ إحساس بأنِّي سأجد ماريا إيفانوفنا وحيدة. وقد استقبلتني فعلًا عند الباب وأعطتني السيف.

- «وداعًا يا بيتر أندرييتش!»، قالت لي ودموعها تنهمر، «سيرسلونني إلى أرينبورغ. كُن حيًّا، وكُن سعيدًا. قد يقدِّر الله لنا أن نلتقي، أمَّا إذا لم»...

هنا أجهشت بالبكاء. ضممتها إلى صدري.

- «وداعًا يا ملاكي»، قلت لها، «وداعًا يا حبيبتي، يا مناي! تأكَّدي أنَّك، مهما حدث لي، ستكونين الوحيدة التي أفكِّر فيها وأصلِّي من أجلها!».

بكت ماشا بصوت مرتفع مسندة رأسها إلى صدري. قبَّلتها بحرارة وغادرت الغرفة مسرعًا.

الفصل السابع

الاجتياح

يا رأسي، يا رأسي المسكين،
يا رأسي الذي عاش عسكريًّا!
خدمت يا رأسي المسكين
ثلاثة وثلاثين عامًا بالتمام.
آه، أنت لم تحقِّق يا رأسي المسكين
مكسبًا لنفسك أو بهجة
أو كلمة طيِّبة في مدحك
أو مرتبة عالية
ما حقَّقته يا رأسي المسكين
وتدان طويلان عاليان
وعارضة من خشب الدلب
وعروة من الحرير.

أغنية شعبية

لم أخلعْ ملابسي ولم أنمْ في هذه الليلة. كنتُ أنوي الذهاب في الفجر إلى بوَّابة القلعة التي يجب أن تخرج منها ماريا إيفانوفنا، فأودِّعها هناك لآخر مرَّة. أحسست بتغيير كبير في داخلي. بدا قلقي الروحي أقلَّ وطأة بكثير من وطأة تلك الكآبة التي كانت تُطبق عليَّ قبل فترة وجيزة. وامتزج حزن الفراق في نفسي بآمالٍ غير واضحة ولكنَّها عذبة، وبتوقُّعٍ، بنفاد صبر، للخطر، وبإحساس بعزَّة النفس والنبل. انقضت الليلة من دون أن أشعر بانقضائها. وحين هممت بالخروج من

المنزل، قُرع الباب، ثم فُتح ودخل عريف يخبرني أنَّ قوزاقنا خرجوا من القلعة ليلًا وأخذوا معهم يولاي بالقوَّة، وأنَّ أناسًا مجهولين يتجمَّعون حول القلعة. أرعبتني فكرة ألَّا تكون ماريا إيفانوفنا غادرت، فأعطيت العريف توجيهات سريعة، وانطلقت بسرعة إلى منزل الآمِر. طلع الصباح. كنت أطير في الشارع، فسمعت أحدهم يناديني. توقَّفت.

- «إلى أين؟»، قال إيفان إيغناتيتش الذي لحق بي، «إيفان كوزميتش على المنحدر وقد أرسلني في طلبك. بوغاتشوف يهاجمنا».
- «هل رحلت ماريا إيفانوفنا؟»، سألته وقلبي يرتجف.
- «لم تستطع»، أجاب إيفان إيغناتيتش، «الطريق إلى أرينبورغ مقطوعة، والقلعة محاصرة. الوضع سيِّئ، يا بيتر أندرييتش!».

ذهبنا إلى المنحدر وهو مكان مرتفع كوَّنته الطبيعة وعُزِّز بسور من الأوتاد. هناك تجمَّع كلُّ سكَّان القلعة. الحامية تقف بسلاحها. والمدفع، جاؤوا به إلى هنا. والآمِر يمشي جيئةً وذهابًا أمام جنوده القليلي العدد، وقد أكسب اقتراب الخطر المحارب العجوز نشاطًا غير عادي. وفي السهب، غير بعيد عن القلعة، كان قرابة عشرين فارسًا يَعْدون على ظهور خيولهم، وقد بدوا من القوزاق، غير أنَّ بعض البشكيريين، الذين يمكن تمييزهم بسهولة من خلال قبَّعاتهم المصنوعة من جلد الفهد، وكنانات سهامهم، كانوا بينهم. طاف الآمِر على جنوده وهو يقول لهم:

- حسنًا، يا أولاد، سنصمد اليوم دفاعًا عن أمِّنا الإمبراطورة، ونبرهن للعالم كلِّه أنَّنا أناس شجعان وأمناء على العهد!

أعلن الجنود حماستهم بصوتٍ عالٍ. وكان شفابرين يقف إلى جانبي وينظر إلى العدوِّ بعين ثابتة. الخيَّالة الذين في السهب تجمَّعوا في كومة واحدة حين لاحظوا الحركة في القلعة، وراحوا يتحادثون فيما بينهم. أمر إيفان إيغناتيتش بتوجيه المدفع نحوهم وأشعل الفتيل بنفسه. أرعدت القذيفة وطارت فوقهم من دون أن تُحدث أيَّ أذى. أمَّا هم فتفرَّقوا، وعدوا مبتعدين عن أنظارنا، وخلا السهب.

عندئذ، ظهرت فاسيليسا يغوروفنا على المنحدر ومعها ماشا التي رفضت مفارقتها.

- «حسنًا، ما الأخبار؟»، قالت زوجة الآمِر، «كيف تسير المعركة؟ أين العدوُّ؟».
- «العدوُّ غير بعيد»، أجاب إيفان كوزميتش، «بإذن الله سيكون كلُّ شيء على ما يرام. ما بكِ يا ماشا، هل أنتِ خائفة؟».
- «لا، يا أبتِ»، أجابت ماريا إيفانوفنا، «البقاء وحيدة في البيت يخيفني أكثر».

قالت ذلك ونظرت إليَّ مبتسمة بصعوبة. ضغطتُ بشكل لا إرادي على مقبض سيفي، متذكِّرًا أنَّني البارحة تسلَّمته من يديها، كأنَّ حبيبتي كانت تطلب منِّي حمايتها. التهب قلبي. تخيَّلت نفسي فارس أحلامها. وتلهَّفت للقيام بعمل يُثبت أنِّي أستحقُّ ثقتها، ورحت أنتظر اللحظة الحاسمة بنفاد صبر.

في هذه الأثناء، ظهرت من وراء مرتفع على بُعد نصف فرسخ من القلعة، حشود جديدة من الفرسان، وسرعان ما زُرع السهب بعدد غفير من الناس المسلَّحين بالرماح والأقواس، في وسطهم رجل يمتطي حصانًا أبيض، ويرتدي قفطانًا أحمر، وفي يده سيف جُرِّد من غمده. كان الرجل بوغاتشوف نفسه. توقَّف، فأحاطوا به. ثم انفصل عن الحشد، بأمر منه على ما يبدو، أربعة فرسان اندفعوا بكلِّ سرعة إلى سور القلعة، فعرفنا فيهم الرجال الذين خانونا: أحدهم دسَّ تحت حافَّة قبعته رقعة من الورق، وعلَّق آخر رأس يولاي على سنِّ رمحه، طوَّحه ثم رماه إلينا عبر السور، فسقط رأس الكالميكي التعيس عند قدمَي الآمِر. وكان الخونة يصرخون:

- لا تُطلقوا النار، اخرجوا لملاقاة القيصر. القيصر هنا!
- «سأريكم!»، صرخ إيفان كوزميتش، «أيُّها الفتيان! أطلقوا النار!».

أطلق جنودنا صلية ناريَّة. القوزاقي الذي كان يحمل الرسالة ترنَّح وسقط عن الحصان، الآخرون انطلقوا بخيولهم عائدين. نظرتُ إلى ماريا إيفانوفنا التي

صعقها منظر رأس يولاي المدمّى، وأصمَّ صوت إطلاق النار أذنيها، فبدت غائبة عن الوعي. نادى الآمِر العريف وعاد يقود فرس المقتول ممسكًا بعنانه. سلَّم الآمِر الرسالة. قرأها إيفان كوزميتش في صمت ثم مزقها. كان المتمرِّدون قد استعدُّوا في هذه الأثناء للهجوم على ما يبدو، فسرعان ما بدأ الرصاص يئزُّ قرب آذاننا، وانغرس عدد من السهام في الأرض والسور غير بعيد عنّا.

- «فاسيليسا يغوروفنا!»، قال الآمِر، «هذا المكان ليس للنساء، خُذي ماشا، ألا ترين! البنت بين الحياة والموت».

نظرت فاسيليسا يغوروفنا، التي هدأت قليلًا تحت الرصاص، إلى السهب الذي لوحظت فيه حركة كبيرة، ثم التفتت إلى زوجها وقالت له:

- يا إيفان كوزميتش، الحياة والموت بيد الله: بارك ماشا. ماشا اقتربي من أبيك.

اقتربت ماشا من أبيها شاحبة، راعشة، جثت على ركبتيها وانحنت أمامه حتى لامست الأرض. باركها الآمِر العجوز برسم شارة الصليب في الهواء فوق جسدها ثلاث مرَّات، ثم أنهضها وقبَّلها وقال لها بصوت مختلف عن صوته المعتاد:

- حسنًا، يا ماشا، كوني سعيدة، صلِّي للربِّ فهو لن يخذلك. أتمنَّى، إذا وجدت إنسانًا طيِّبًا، أن يهبكما الله الحبَّ ويُنير دربكما. عيشا، كما عشنا، أنا وفاسيليسا يغوروفنا. والآن وداعًا يا ماشا. خذيها يا فاسيليسا يغوروفنا بسرعة.

ارتمت ماشا على عنق أبيها وأجهشت بالبكاء.

- «فليقبِّل أحدنا الآخر أيضًا»، قالت له زوجته وبكت، «وداعًا يا إيفان كوزميتش. سامحني إذا كنت قد أسأت إليك!».

- «وداعًا، وداعًا، يا ماماشا!»، قال الآمِر وهو يعانق زوجته العجوز، «طيِّب، كفى! اذهبا، اذهبا إلى البيت، وإذا استطعتِ ألبسي ماشا معطفًا».

ذهبت زوجة الآمر وابنتها. أمَّا أنا فتابعت ماريا إيفانوفنا بنظري، التفتت نحوي وحيَّتني بإحناءة من رأسها. في هذه اللحظة استدار إيفان كوزميتش نحونا، وتوجَّه باهتمامه كلِّه نحو العدوّ. تجمَّع المتمرِّدون حول قائدهم وبدؤوا فجأة يترجَّلون عن الخيول.

- «اصمدوا الآن بقوَّة»، قال الآمِر، «سيبدأ الهجوم»...

في هذه اللحظات، علا زعيق وصراخ مخيف، وركض المتمرِّدون ركضًا نحو القلعة. مدفعنا كان محشوًّا بقذيفة، انتظر الآمِر حتى بلغوا أقرب نقطة، وأطلق القذيفة الثانية على حين غرَّة فسقطت في قلب الحشد. ارتدَّ المتمرِّدون إلى الجانبين وبدؤوا بالتراجع، وبقي قائدهم في الأمام وحيدًا... لوَّح بسيفه، وراح يدعوهم للإقدام بحرارة... والصراخ والزعيق الذي هدأ للحظة عاد فانبعث من جديد.

- «حسنًا، يا أولاد»، قال الآمِر، «افتح البوَّابة الآن، اقرع الطبل. إلى الأمام يا فتيان! اهجموا، اتبعوني!».

بسرعة البرق صار الآمِر وإيفان إيغناتيتش وأنا خارج سور القلعة، لكنَّ الحامية جبنت فلم تتحرَّك من مكانها.

- «لماذا تقفون في مكانكم يا أولاد؟»، صاح إيفان كوزميتش، «الموت هو الموت: إنَّه واجب عسكري!».

وفي هذه الأثناء وصل المتمرِّدون واقتحموا القلعة. صمت الطبل، وألقت الحامية سلاحها، وأسقطني المهاجمون أرضًا، غير أنِّي نهضت ودخلت معهم إلى القلعة. كان الآمِر مصابًا بجرح في رأسه، تحيط به مجموعة من الأشرار الذين راحوا يطالبونه بالمفاتيح. هممت بالاندفاع نحوه لمساعدته فأمسك بي عدد من القوزاق الأشدَّاء وقيَّدوني قائلين:

- ستلقون عقابكم يا من عصيتم القيصر!

جرُّونا في الطرقات، وخرج السكَّان من البيوت يقدِّمون لهم الخبز والملح. وعلا صوت جرس الكنيسة. وفجأة ارتفع صوت يعلن أنَّ القيصر في الساحة، ينتظر إحضار الأسرى، وحضور الرعيَّة لتأدية قسَم الولاء.

كان بوغاتشوف يجلس على أريكة في الشرفة أمام منزل الآمِر، يرتدي قفطانًا قوزاقيًا أحمر مطرَّزًا بالذهب. قبّعته العالية من فرو السوبل المزيَّنة بأشرطة من الذهب كانت منكَّسة فوق عينيه اللامعتين. بدا لي وجهه مألوفًا، وقد أحاط به قادة مجموعات القوزاق. أمَّا الأب غيراسيم فوقف أمام الشرفة وفي يده صليب، وكان، كما بدا لي، يتوسَّل إليه العفو عن الضحايا. نُصبت في الساحة مشنقة على عجل. حين اقتربنا فرَّق البشكيريون الناس وقدَّمونا إلى بوغاتشوف. هدأ قرع الجرس، وساد صمت عميق.

- «من منهم الآمِر؟»، سأل القيصر الدعيُّ.

تقدَّم وكيلنا من بين الحشود وأشار إلى إيفان كوزميتش. ألقى بوغاتشوف على العجوز نظرة رهيبة، وقال له:

- كيف تجرَّأت وعصيتني أنا مليكك؟

استجمع الآمِر الذي أعيته الجروح، آخر ما لديه من قوَّة وأجابه بصوت صلب:

- أنت لست مليكي، أنت لصٌّ ودعيٌّ، هذه حقيقتك.

أظلم وجه بوغاتشوف العابس، ولوَّح بمنديل أبيض. أمسك عدد من القوزاق النقيب العجوز وجرُّوه إلى المشنقة. كان البشكيري المشوَّه، الذي استجوبناه أمس، يقف على ظهر جواد عند عارضة المشنقة ممسكًا بالحبل، وبعد دقيقة رأيت إيفان كوزميتش المسكين يتدلَّى في الهواء. بعد ذلك جاؤوا بوغاتشوف بإيفان إيغناتيتش.

- «قدِّم قسَم الولاء»، قال له بوغاتشوف، «للقيصر بيتر فيودوروفيتش!».

- «أنت لست قيصرنا»، أجاب إيفان إيغناتيتش، مكرِّرًا كلمات رئيسه، «أنت، يا عمُّ، لصٌّ ودعيٌّ!».

هزَّ بوغاتشوف المنديل مرَّة ثانية، وعُلِّق مساعد الضابط الطيِّب إلى جانب رئيسه السابق.

وجاء دوري. نظرت بجرأة إلى بوغاتشوف وأنا أتهيأ لأكرِّر جواب رفيقيَّ

الشهمين. آنذاك، ولدهشتي التي لا توصف، رأيت بين القادة المتمرِّدين شفابرين، بشعر حليق على شكل دائرة، وقفطان قوزاقي، وهو يقترب من بوغاتشوف ويهمس في أذنه ببضع كلمات.

- «اشنقوه!»، قال بوغاتشوف من دون حتى أن ينظر إليَّ.

وضعوا الحبل حول عنقي ورحت أصلِّي في سرِّي، معبِّرًا للربِّ عن ندمي الصادق وتوبتي عن كلِّ ما ارتكبته من آثام، ومتوسِّلًا إليه أن يُنقذ جميع المقرَّبين إلى قلبي. جرُّوني إلى المشنقة.

- «لا تَخفْ، لا تَخفْ»، كان قتَلَتي يكرِّرون.

لعلَّهم حقًّا يريدون بذلك تشجيعي. وفجأة سمعت أحدهم يصرخ:

- انتظروا أيُّها الملاعين! انتظروا...

توقَّف الجلَّادون. ورأيت سافيليتش ينبطح عند قدمَي بوغاتشوف.

- «يا أبانا الحبيب!»، قال العجوز المسكين، «ما الذي تجنيه من قتل ابن أحد النبلاء! اتركه، سيدفعون لك فدية مقابل ذلك: أمَّا إذا كنت تريد أن تخيفهم، وتريهم عاقبة العصيان، فاشنقني أنا العجوز، بدلًا منه!».

أشار بوغاتشوف بيده للجلَّادين، فأطلقوا سراحي في الحال.

- «لقد عفا عنك أبونا»، قالوا.

لا أستطيع أن أقول إنِّي كنت في تلك اللحظة فرِحًا بخلاصي، ولكنِّي لا أستطيع أيضًا أن أقول إنِّي أسفت لذلك. كانت مشاعري مختلطة حينذاك ومشوَّشة جدًّا. قادوني إلى القيصر الدعيِّ، وأرغموني على الجثوِّ على ركبتيَّ. مدَّ لي بوغاتشوف يدًا بدينة.

- «قبِّل يده!»، صرخوا من حولي.

لكنِّي كنت أفضِّل شرَّ ميتة على هذا الإذلال السافل.

- «يا أبتِ بيتر أندرييتش!»، همس سافيليتش الواقف خلفي وهو يدفعني، «لا تكن عنيدًا! ماذا يكلِّفك ذلك؟ ابصق وقبِّل يد الشرِّ... (تفو) قبِّل يده».

لكنِّي لم أتحرَّك. أنزل بوغاتشوف يده وقال بلهجة ساخرة:

- جنابه جنٌّ من الفرح على ما يبدو. أنهضوه!

أوقفوني وتركوني طليقًا، فرحت أتابع الكوميديا الفظيعة التي تجري من حولي.

بدأ السكَّان بتأدية القسَم. كانوا يتقدَّمون واحدًا إثر آخر، يقبِّلون الصليب، ثم ينحنون تحيَّة للقيصر الدعيِّ. وكان جنود الحامية هناك أيضًا. خيَّاط السريَّة المسلَّح بمقصِّه المثلَّم كان يقصُّ جدائلهم، ثم يتقدَّمون وهم ينفضون الشعر عن ملابسهم، فيقبِّلون يد بوغاتشوف الذي كان يعلن العفو عنهم ويضمُّهم إلى عصابته. استمرَّ ذلك كلُّه نحو ثلاث ساعات. وأخيرًا نهض بوغاتشوف عن الأريكة ونزل عن الشرفة يرافقه مساعدوه. بعد ذلك جاؤوه بالحصان الأبيض المزيَّن بعدَّة فاخرة. ثم حمل اثنان من القوزاق بوغاتشوف من تحت إبطيه وأجلساه على سرج الحصان. أمَّا هو فأعلن للأب غيراسيم أنَّه سيتناول الغداء عنده. وفي هذه اللحظة علا صراخ امرأة. كان عدد من أفراد العصابة يجرُّون على الشرفة فاسيليسا يغوروفنا منفوشة الشعر ممزَّقة الثياب وشبه عارية، وقد ارتدى أحدهم معطفها الشتويَّ السميك، وانهمك الآخرون في نهب الفرشات والصناديق وآنية الشاي والشراشف والملابس وشتَّى قطع الأثاث.

- «يا آبائي!»، صرخت العجوز المسكينة، «اسمحوا لي أن أتوب إلى الله. يا آبائي المحبوبين، خذوني إلى إيفان كوزميتش».

وفجأة نظرت إلى المشنقة فعرفت زوجها.

- «أيُّها الأشرار!»، صرخَت بجنون، «ماذا فعلتم به؟ يا نور عيني أنت يا إيفان كوزميتش، أيُّها الرأس العسكري الشجاع! لم تنل منك حراب البروسيين، أو طلقات رصاص الأتراك، ولم تضحِّ بحياتك في معركة شريفة، بل قتلك مجرم فارٌّ محكوم بالأشغال الشاقَّة!».

- «اقتلوا هذه الساحرة العجوز!»، قال بوغاتشوف.

ضربها قوزاقي شابٌّ بالسيف على رأسها، فخرَّت صريعة على درجات مدخل بيتها. غادر بوغاتشوف المكان، وانطلق الجميع يتبعونه مسرعين.

الفصل الثامن

الضيف المتطفِّل

الضيف المتطفِّل أسوأ من تتري.

مثل شعبي

خلت الساحة. وبقيت واقفًا في مكاني، لا أستطيع أن أرتِّب أفكاري التي شوَّشتها تلك الانطباعات الفظيعة.

جهلي بمصير ماريا إيفانوفنا عذَّبني أكثر من كلِّ شيء آخر. أين هي؟ ماذا حلَّ بها؟ هل استطاعت الاختباء؟ هل ملجؤها آمِن؟

دخلتُ منزل الآمِر ممتلئًا بالأفكار المقلِقة. المكان كلُّه خالٍ، الكراسي، والطاولات، والصناديق محطَّمة، والأواني مكسَّرة، وكُّل شيء منهوب، صعدت الدرج الصغير المؤدِّي إلى العلِّية راكضًا، ودخلت للمرَّة الأولى في حياتي غرفة ماريا إيفانوفنا. رأيت سريرها الذي نبشه المجرمون، خزانتها كانت محطَّمة ومنهوبة، أمَّا القنديل الصغير فما زال مشتعلًا أمام كوَّة الأيقونات الفارغة. والمرآة الصغيرة المعلَّقة على قطعة من الجدار بين نافذتين سلمت أيضًا... أين كانت صاحبة هذه الصومعة البنَّاتية المسالمة؟ خطرت في بالي فكرة مرعبة: تخيَّلتها في قبضة هؤلاء المجرمين... انقبض قلبي... بكيت دموعًا مُرَّة، مُرَّة، ونطقت اسم محبوبتي بصوتٍ عالٍ... سمعت في هذه اللحظة حركة خفيفة، وظهرت بالاشكا من وراء الخزانة شاحبة راعشة.

- «آه، يا بيتر أندرييتش!»، قالت بالاشكا وهي تضرب كفًّا بكفٍّ، «يا لهذا اليوم! يا لهذه الفظائع!».

- «وماريا إيفانوفنا؟»، سألتُ بلهفة، «ماذا حلَّ بها؟».
- «سيِّدتي حيَّة»، أجابت بالاشكا، «إنَّها مختبئة عند أكولينا بامفيلوفنا».
- «عند زوجة الكاهن!»، صرخت يتملَّكني الرعب، «يا إلهي! بوغاتشوف هناك الآن!»...

انطلقتُ خارجًا من الغرفة، وبلمح البصر كنت في الشارع، أركض إلى بيت راعي الكنيسة مسرعًا، لا ألوي على شيء ولا أشعر بشيء. تعالت من هناك صرخات وقهقهات وأغانٍ... هناك كان بوغاتشوف يتناول الطعام ويحتفل مع زملائه. ركضت بالاشا تتبعني. أرسلتها كي تدعو أكولينا بامفيلوفنا بهدوء للقائي. بعد دقيقة، خرجت إليَّ زوجة الكاهن وبيدها إناء فارغ.

- «قولي، بحق الله، أين ماريا إيفانوفنا؟»، سألتها بقلق لا يوصف.
- «يمامتي راقدة عندي في السرير خلف الستارة»، أجابتني زوجة الكاهن، «لا أُخفيك يا بيتر أندرييتش، أنَّ كارثة كادت تقع، لكنَّ كلَّ شيء مرَّ بسلام والحمد لله، حين جلس الشرِّير ليتناول غداءه، استيقظت ابنتي المسكينة وهي تئنُّ. أنا جمدت في مكاني. سمع أنينها فسألني:'من عندك يتأوَّه يا عجوز؟'. وضعت يديَّ على خصري في مواجهة اللصِّ: 'قريبتي يا جلالة القيصر؛ إنها مريضة طريحة الفراش منذ أسبوعين'. 'وهل قريبتك صبيَّة؟'. 'صبيَّة يا صاحب الجلالة'. 'أرني يا عجوز قريبتك'. انتفض قلبي في مكانه، لكن ما باليد حيلة. 'اعذرني يا سيِّدي القيصر، البنت لا تستطيع النهوض والمثول بن يديك'. 'لا بأس يا عجوز، أنا سأذهب لرؤيتها بنفسي'. ومشى اللعين، فعلًا، إلى ما وراء الستارة. تصوَّر! أزاح الستارة ونظر بعينيه الصقريَّتين! ولم يفعل شيئًا... لقد أبعد الله الشرَّ! أتصدِّق! لقد كنت، أنا والأب زوجي، نتهيَّأ للموت تحت التعذيب. يمامتي، لحسن الحظِّ، لم تعرفه. إلهي، مالك الملك، عشنا لنشهد هذا اليوم! يعجز الكلام! من كان يتصوَّر ما حلَّ بإيفان كوزميتش المسكين! وماذا عن فاسيليسا يغوروفنا؟ وإيفان

إيغناتيتش؟ لماذا لاقى ذلك المصير؟ وكيف عفوا عنك؟ وكيف ترى شفابرين إليكسي إيفانيتش؟ حلق شعره على شكل دائرة، وهو الآن على المائدة عندنا يحتفل معهم! إنَّه «شاطر» من دون شكٍّ... حين تكلَّمت عن قريبتي المريضة، نظر إليَّ نظرة شعرت معها- صدِّقني- وكأنَّه يخرق جسدي بطعنة سكِّين، لكنَّه لم يفضح سرِّي، فشكرًا له على ذلك».

في هذه اللحظة علا صراخ الضيوف الثملين، وصوت الأب غيراسيم. كان الضيوف يطالبون بالخمر، فنادى صاحب المنزل زوجته لتلبية الطلب، فاستعجلت الحديث معي.

- «اذهب إلى منزلك يا بيتر أندرييتش»، قالت لي، «لا أستطيع التفرُّغ لك الآن، الأشرار يسكرون، وقد تقع في أيدي هؤلاء السكارى لا قدَّر الله فتكون مصيبة. وداعًا يا بيتر أندرييتش، سيحدث ما هو مقدَّر أن يحدث، وإنِّي لأرجو ألَّا يتخلَّى الله عنَّا!».

ذهبت زوجة الكاهن. ومضيت إلى مسكني وقد هدأت قليلًا. مررت بالقرب من الساحة فرأيت بعض البشكيريين يتزاحمون قرب المشنقة وهم يخلعون أحذية المشنوقين. كظمت غيظي بصعوبة، وأنا أرى عدم جدوى التدخل لمنعهم. اللصوص كانوا يتراكضون في القلعة، ينهبون بيوت الضباط، والمتمرِّدون السكارى تعالت صيحاتهم في كلِّ مكان. عدت إلى البيت فاستقبلني سافيليتش عند المدخل.

- «الحمد لله!»، صاح حين رآني، «لقد ظننت أنَّ الأشرار أمسكوا بك مرَّة ثانية. هل تصدِّق يا أبتِ بيتر أندرييتش؟ لقد نهب هؤلاء المحتالون كلَّ ما عندنا: الملابس، والأغطية، والأثاث، والأواني، لم يتركوا شيئًا. لا يهمُّ! الحمد لله على أنَّهم تركوك حيًّا! هل عرفت يا سيِّدي زعيمهم؟».

- لا، لم أعرفه، من هو؟

- كيف لم تعرفه؟ هل نسيت ذلك السكران الذي أخذ منك معطف الفراء في النُزُل؟ المعطف المخيط من فرو الأرانب، لقد كان معطفًا جديدًا تمامًا، فمزَّقه ذلك الشيطان وهو يدكُّ جسمه فيه!

دُهشت. لقد كان الشبه بين بوغاتشوف ودليلنا كبيرًا فعلًا، الأمر الذي أقنعني بأنَّ بوغاتشوف والدليل شخص واحد، وفهمت حينها سبب العفو عنِّي. لم يكن بمقدوري إلَّا أن أعجب من الترابط العجيب بين الأحداث: معطفٌ ولَّادي أهديتُه لمتشرِّد فأنقذني من حبل المشنقة، وسكِّير يترَّنح بين الدُّور، حاصر القلعة وزلزل الحكومة!

- «ألا تريد أن تأكل؟»، سألني سافيليتش الذي لا يغيِّر عاداته أبدًا، «ليس في البيت ما يؤكل. سأذهب وأحضِّر لك شيئًا ما».

بقيت وحيدًا، وغرقت في التفكير. ماذا عليَّ أن أفعل؟ هل أبقى في القلعة الخاضعة للشرِّير، أو ألتحق بعصابته؟ إنَّ هذا لا يليق بضابط. الواجب يقضي أن أذهب إلى هناك حيث يمكن أن تكون خدمتي مفيدة للوطن في هذه الظروف الصعبة... لكنَّ الحبَّ كان ينصحني بإلحاح بالبقاء حيث ماريا إيفانوفنا، وحمايتها، والدفاع عنها. ورغم أنِّي كنت واثقًا من تبدُّل الظروف السريع والحتمي، لم أستطع إلَّا أن أقلق وأنا أتخيَّل خطورة وضعها.

قطع سلسلة أفكاري قوزاقي جاء مسرعًا يُعلمني «أنَّ القيصر العظيم يطلبني».

- «أين هو الآن؟»، سألته وأنا أتهيَّأ لتلبية الطلب.

- «في منزل الآمِر»، أجاب القوزاقي، «إنَّ أبانا استحمَّ بعد الغداء وهو الآن يرتاح. كلُّ شيء فيه، يا صاحب السموِّ، يدلُّ على أنَّه شخصية مميَّزة: لقد أكل في الغداء خنُّوصين مقليَّين، واستحمَّ في بخار حارٍّ جدًّا لم يستطع تاراس كوروتشكين احتمال حرارته فأعطى فومكا بيكبايف فرشاة التدليك، واستعاد وعيه بصعوبة بعد رشِّه بالماء البارد. لا جدال في عظمة حركاته... يقولون إنَّهم رأوا في الحمَّام رموز القيصر على صدره: النسر ذا الرأسين في أحد طرفي الصدر وهو

بحجم قطعة نقدية من فئة الخمسة كوبيكات، وصورته في الطرف الآخر».

لم أجد من الضروري الاعتراض على رأي القوزاقي، وتوجَّهت معه إلى منزل الآمِر، متخيِّلًا سلفًا لقائي مع بوغاتشوف، ومحاولًا أن أخمِّن ما سينتهي إليه. ويستطيع القارئ أن يقدِّر بسهولة أنِّي لم أكن هادئًا تمام الهدوء.

حين وصلت إلى بيت الآمِر كان الظلام قد بدأ في الهبوط. اسودَّت المشنقة وضحاياها اسودادًا غريبًا. وكانت جثَّة زوجة الآمِر المسكينة ما تزال أسفل درج المدخل حيث يقف اثنان من القوزاق للحراسة. القوزاقي الذي رافقني دخل ليعلن عن وصولي، ثم عاد في الحال، وقادني إلى الغرفة التي ودَّعتُ فيها ماريا إيفانوفنا، عشيَّة الأحداث، ذلك الوداع الرقيق.

استقبلني مشهد غير عادي. على المائدة غطاء اصطفَّت فوقه الزجاجات والكؤوس، وبوغاتشوف يجلس مع نحو عشرة من قادة القوزاق بقبَّعاتهم وقمصانهم الملوَّنة، وقد احمرَّت سحنهم والتمعت عيونهم بفعل الخمر. لم يكن بينهم شفابرين والوكيل اللذان سلكا درب الخيانة حديثًا.

- «آها، يا صاحب السموِّ!»، قال بوغاتشوف حين رآني، «أهلًا وسهلًا، تفضَّل واجلس مرحَّبًا بك».

أفسح لي الجالسون مكانًا، فجلست صامتًا على طرف الطاولة. كان جاري قوزاقيًا شابًّا رشيق القوام، جميلًا، صبَّ لي كأسًا من النبيذ العادي لم ألمسها. رحت أتأمَّل هذا الجمع بفضول. كان بوغاتشوف يجلس على رأس المائدة، مسندًا كوعيه إلى الطاولة وهو يمسِّد لحيته السوداء بكفِّه الكبيرة. قسَمات وجهه خالية من العيوب، وجذَّابة، لا تُوحي بالوحشية. كان يتوجَّه بحديثه كثيرًا إلى رجل في الخمسين من العمر تقريبًا، مطلِقًا عليه لقب «أمير» حينًا، ومسمِّيًا إيَّاه «تيموفييتش» حينًا آخر، ويناديه «يا عمَّاه» حينًا ثالثًا. كان الجميع يتعاملون فيما بينهم كزملاء ولا يُبدون أيَّ تفضيل خاصٍّ لقائدهم. حديثهم دار على هجوم الصباح، ونجاح التمرُّد، والأعمال القادمة، كلُّ واحد منهم يتفاخر، ويقدِّم

اقتراحاته، ويناقش بوغاتشوف بحرِّية. وقد تقرَّر في ذلك الاجتماع الحربي الغريب الهجوم على أرينبورغ، وهو خطوة جريئة كادت تنتهي بنجاح كارثي! وأُعلن أنَّ القيام بالحملة سيكون في اليوم التالي.

- «طيِّب، يا إخوتي»، قال بوغاتشوف، «لننشد قبل النوم أغنيتي المفضَّلة: ابدأ يا تشوماكوف!».

أنشد جاري بصوت رفيع مديد أغنية حزينة من أغاني البورلاك[1]، فالتقط الجمع اللحن وغنُّوا معه في جوقة واحدة:

«لا تصخبي، يا أمِّي الغابة الخضراء.
فتعيقينني، أنا الفتى الطيِّب، عن التفكير
بالتحقيق معي، أنا الفتى الطيِّب، غدًا في الصباح
أمام قاضٍ رهيب هو القيصر نفسه.
سيسألني الحاكم – القيصر:
'قلْ لي، قلْ لي يا ابن الفلَّاح،
كيف، ومع من سرقت، مع من نهبت،
هل كان معك الكثير من الشركاء؟'.
'أنا سأقول لك بصدق أيُّها القيصر البروفوسلافي[2] المؤمن
الحقيقة كلَّها، الحقيقة الخالصة..
كان عندي رفاق أربعة:
رفيقي الأوَّل الليل الحالك،
ورفيقي الثاني خنجر فولاذي
أمَّا رفيقي الثالث فهو جوادي الكريم
ورفيقي الرابع قوس مشدود
سهامه قذائف ملتهبة'.

---

(1) البورلاك: عمَّال يجرُّون السفن العملاقة في مياه النهر الضحلة بالحبال (المترجم).

(2) البروفوسلافي – المسيحي المنتمي إلى الكنيسة الروسية (المترجم).

'مرحى يا ابن الفلَّاح،

عرفت كيف تسرق، وأحسنت الجواب!

لذا، سأكافئك يا فتى

بقصر منيف في وسط السهب،

مشنقة بعمودين وعارضة من خشب الدلب'».

أعجز عن وصف التأثير الذي تركته فيَّ هذه الأغنية الشعبية البسيطة عن المشنقة، التي راح يغنِّيها أناس محكومون بالإعدام شنقًا. وجوههم الرهيبة، وأصواتهم المنسجمة، ونغمة الحزن التي أسبغوها على الكلمات التي كانت معبِّرة بحدٍّ ذاتها، كلُّ ذلك هزَّني بشاعرية مخيفة.

شرب الضيوف كأسًا أخرى، ثم قاموا عن المائدة، فودَّعوا بوغاتشوف. هممت باللحاق بهم، لكنَّ بوغاتشوف قال لي:

- اجلس، أنا أريد التحدُّث إليك.

وبقينا هكذا وجهًا لوجه.

ساد الصمت بيننا بضع دقائق. كان بوغاتشوف يحدِّق إليَّ بثبات، ويغمز بعينه اليسرى من حين لآخر معبِّرًا بهذه الحركة تعبيرًا مدهشًا عن المكر والسخرية. وأخيرًا، ضحك بمرح صادق إلى حدٍّ جعلني، وأنا أتأمَّله، أضحك من دون أن أعرف سببًا لذلك.

- «ماذا يا صاحب السموِّ؟»، قال لي، «اعترفْ! هل جبنت حين وضع فتياني الحبل حول عنقك؟ أنا أظنُّ أنَّك فقدت صوابك... لقد كان من الممكن أن تتأرجح تحت عارضة المشنقة لولا تدخُّل خادمك. لقد عرفتُ على الفور ذلك العجوز. طيِّب، هل خطر في بالك يا صاحب السموِّ، أنَّ الرجل الذي أنقذك من الضياع هو القيصر العظيم نفسه؟» (هنا اتَّخذ لنفسه مظهر العظمة والغموض) «لقد ارتكبتَ في حقِّي ذنبًا عظيمًا»، تابع كلامه، «ولكنِّي عفوت عنك لكرم أخلاقك، ولأنَّك خدمتني حين كنتُ مضطرًا إلى الاختباء عن أنظار أعدائي.

وسترى، إذا انتظرت، كم سأكرمك حين أستردُّ دولتي! ولكن، هل تعدني بأن تخدمني بإخلاص؟».

بدا لي سؤال المحتال ووقاحته أمرًا مسلّيًا، فلم أستطع أن أمنع نفسي من الضحك ضحكة قصيرة.

- «ما بالك تضحك؟»، سألني عابسًا، «أم أنَّك لا تصدِّق أنَّني القيصر العظيم؟ أجبْ من دون مواربة!».

ارتبكتُ. لم أكن قادرًا على الإقرار بأنَّ هذا المتشرِّد هو القيصر، فقد بدا لي أنَّ ذلك جُبن لا يُغتفر. كما أنِّي لا أستطيع أن أقول له مواجهةً: «أنت محتال»، فأنا بذلك أحكم على نفسي بالهلاك. إنَّ ما كنت مستعدًّا وأنا في أوج غضبي للإقدام عليه عند المشنقة وعلى مرأى من الناس كلِّهم، بدا لي الآن انتفاجًا لا جدوى منه. تردَّدت. وكان بوغاتشوف ينتظر جوابي عابسًا متجهِّمًا. وأخيرًا (ما زلت أتذكَّر تلك اللحظة برضا عن النفس) انتصر الشعور بالواجب في داخلي على ضعفي الإنساني، فقلت لبوغاتشوف:

- اسمع! سأقول لك الحقيقة كلَّها. قل الحقَّ! أتراني أستطيع أن أقرَّ بأنَّك القيصر؟ أنت رجل ذكيٌّ، وسترى، أنت بنفسك، أنَّني أراوغ.

- إذن، من أنا برأيك؟

- الله وحده يعلم من أنت؛ ولكنَّك تلعب، كائنًا من كنت، لعبة خطرة.

نظر إليَّ بوغاتشوف نظرة سريعة.

- «هكذا إذن، أنت لا تصدِّق»، قال لي، «أنَّني القيصر بيتر فيودوروفيتش؟ طيِّب، لا بأس. ولكن، أليس الحظُّ حليف الشجعان؟ ألم يصبح غريشا أوتريبيف قيصرًا في سالف الزمن؟ عُدَّني من شئت، ولكن ابقَ معي. ما علاقتك بكلِّ ما عدا ذلك؟ من ليس قسِّيسًا قد يكون زعيمًا. اخدمني بإخلاص وصدق، أكرمك، أجعلك فيلدمارشالًا، وأميرًا. ما رأيك؟».

- «لا»، أجبته بصلابة، «أنا من النبلاء بالمولد، وقد أقسَمت يمين الولاء للقيصرة الإمبراطورة: أنا لا أستطيع خدمتك، فإذا كنت تريد الخير لي اتركني أرحل إلى أرينبورغ».

فكَّر بوغاتشوف برهة، ثم قال:

- هل تعدني، إذا تركتك، ألَّا تحارب ضدِّي على الأقل؟

- كيف يمكنني أن أعدك بذلك؟ أنت، نفسك، تعرف أنَّ هذا الأمر ليس بيدي. إذا أُمرت بمحاربتك فسوف أحاربك وما باليد حيلة. أنت نفسك رئيس الآن، وأنت نفسك تلزم مرؤوسيك بالطاعة. فكيف سأبدو إذا أنا رفضت الخدمة حيث يفرض الواجب عليَّ أداءها؟ إن رأسي بين يديك: إن تركتني شكرتك، وإن قتلتني فالأمر يومئذ لله؛ المهم أنِّي كنت صادقًا معك.

أدهش صدقي بوغاتشوف.

- «ليكن ذلك»، قال لي وهو يربِّت على كتفي، «الإعدام هو الإعدام، والعفو هو العفو. اذهب إلى حيث تشاء، وافعل ما تشاء. تعالَ غدًا صباحًا لتودِّعني، أمَّا الآن فاذهب ونَمْ، أنا أيضًا أشعر بالنعاس».

تركت بوغاتشوف وخرجت إلى الشارع. الليلة كانت هادئة وصقيعية. كان ضوء القمر والنجوم ساطعًا يضيء الساحة والمشنقة. كلُّ شيء في القلعة كان هادئًا ومُظلمًا. ضوء واحد كان يشعُّ من الخمارة التي تعالت فيها صيحات السكارى الذين ما زالوا ساهرين. ألقيت نظرة على بيت الكاهن. النوافذ والبوَّابة مغلقة، وبدا لي كلُّ شيء في ذلك البيت هادئًا.

وصلت إلى بيتي فوجدت سافيليتش قلقًا لغيابي. أبهجه خبر إطلاق سراحي بهجة لا تُوصف.

- «الحمد لله يا مالك الملك!»، قال وهو يرسم على صدره شارة الصليب، «سنغادر القلعة عند الفجر إلى أيِّ مكان يمتدُّ بصرنا إليه.

لقد أعددت لك بعض الطعام، فكُل الآن يا أبتِ، ثم نَمْ حتى الصباح وكأنَّك في حضن السيِّد المسيح».

اتَّبعت نصيحته، تناولت العشاء بشهيَّة كبيرة، ثم نمت على الأرض العارية بعد أن أُرهقت نفسيًّا وبدنيًّا.

الفصل التاسع

الفراق

عذبة معرفتي بك
أيَّتها الجميلة
ومحزن، محزن فراقك
يحزنني كما لو كنت أفارق روحي.
خيراسكوف

أيقظني قرع الطبل في الصباح الباكر. ذهبت إلى مكان الاجتماع، حيث اجتمعت حشود أنصار بوغاتشوف بالقرب من المشنقة التي ما زالت ضحايا يوم أمس معلَّقة عليها. كان القوزاقيُّون على ظهور خيولهم، والجنود يتنكَّبون سلاحهم. وكانت الرايات ترفرف. وقد وُضعت عدَّة مدافع، ومن بينها مدفع قلعتنا، على عربات لنقلها. وتجمَّع سكَّان القلعة كلُّهم في هذا المكان ينتظرون القيصر الدعيَّ. وعند مدخل بيت آمِر القلعة، وقف قوزاقيٌّ مُمسكًا بعنان جواد أبيض جميل من أصل قرغيزي. بحثت بعينيَّ عن جثَّة زوجة الآمِر، فوجدت أنَّهم أزاحوها إلى مكان غير بعيد وغطُّوها بقطعة من قماش خشن. خرج بوغاتشوف أخيرًا إلى الشرفة، فخلع الناس قبَّعاتهم. وقف بوغاتشوف في الشرفة وسلَّم على الجميع. وأعطاه أحد القادة كيسًا مملوءًا بقطع نقدية نحاسية فراح ينثرها حفنة بعد حفنة، فاندفع الناس يجمعونها وهم يتصايحون، ولم يمرَّ الأمر من دون أن يُصاب بعضهم نتيجة تدافعهم. أحاط ببوغاتشوف شركاؤه الرئيسيون، وكان بينهم

شفابرين. التقت نظراتنا، وكان بمقدوره أن يرى نظرة احتقاري له، فأشاح بوجهه الذي ارتسمت على قسَماته علامات الحقد الصادق والسخرية الكاذبة. حين رآني بوغاتشوف بين الحشد، حيَّاني بإحناءة من رأسه ودعاني للاقتراب منه.

- «اسمعني»، قال لي، «ارحل حالًا إلى أرينبورغ، وقُلْ لحاكمها وكلِّ جنرالاتها، عن لساني، أن ينتظروا قدومي إليهم بعد أسبوع. انصحهم أن يستقبلوني بحبٍّ كحبِّ الأطفال، وبالطاعة، وإلَّا فإنَّهم لن يستطيعوا تجنُّب الإعدام الفظيع. أتمنَّى لك رحلة سعيدة يا صاحب السموِّ!».

بعد ذلك توجَّه إلى الناس، وقال مشيرًا إلى شفابرين:

- هاكم يا أبنائي، آمِركم الجديد! أطيعوه في كلِّ شيء، فهو المسؤول أمامي عنكم وعن القلعة. استمعت إلى هذه الكلمات برعب: لقد صار شفابرين رئيسًا للقلعة، وبقيت ماريا إيفانوفنا تحت سلطته! يا إلهي، ما الذي سيحدث!

نزل بوغاتشوف من الشرفة، قرَّبوا منه الحصان، فامتطاه بمهارة، من دون أن ينتظر القوزاقيَّين اللذين أرادا مساعدته في امتطائه. في هذه اللحظة رأيت صاحبي سافيليتش يندفع من بين الحشد مقتربًا من بوغاتشوف ويعطيه ورقة. لم أستطع أن أخمِّن ما الذي سينتج عن ذلك.

- «ما هذا؟»، سأل بوغاتشوف بلهجة تعبِّر عن عظمة.

- «اقرأها، إذا سمحت، وستعرف»، أجاب سافيليتش.

أخذ بوغاتشوف الورقة وحدَّق إليها طويلًا منتفجًا.

- «ماذا تكتب بهذا الخطِّ الرديء»، قال أخيرًا، «عيناي الفاتحتا اللون لا تستطيعان قراءة شيء. أين أمين سرِّي؟».

فتى في ريعان الشباب، يرتدي زيَّ عريف، ركض بهمَّة إلى بوغاتشوف.

- «اقرأ بصوت عالٍ»، قال القيصر الدعيُّ وهو يناوله الورقة.

شعرت بفضول شديد لمعرفة ما الذي خطر في بال صاحبي العجوز وكتبه لبوغاتشوف. راح أمين السرِّ يقرأ بصوت عالٍ، البنود بالترتيب، وهي ما يلي:

- رداءان منزليَّان، واحد قطني والآخر حريري مقلَّم، ثمنهما ستَّة روبلات.
- «ما معنى هذا؟»، سأل بوغاتشوف عابسًا.
- «مُرهُ أن يتابع القراءة»، أجاب سافيليتش بهدوء.

تابع أمين السرِّ:

- زيٌّ رسمي من الجوخ الأخضر الرقيق، ثمنه سبعة روبلات، سراويل بيضاء من الصوف، ثمنها خمسة روبلات، اثنا عشر قميصًا من الكتَّان الهولندي بأساور على الأكمام، ثمنها عشرة روبلات، صندوق يحتوي أدوات تحضير الشاي، بروبلين وخمسة كوبيكات...
- «ما هذا الهراء؟»، قاطعه بوغاتشوف، «مالي وللصناديق والسراويل وأساور الأكمام؟».

صاح سافيليتش موضِّحًا:

- هذا، كما ترى يا أبتِ، هو سجلٌّ بمتاع سيِّدي النبيل، الذي نهبه الأشرار...
- «أيُّ أشرار؟»، سأل بوغاتشوف مهدِّدًا.
- «أرجو عفوك!»، تمتم سافيليتش قائلًا، «إنَّهم فتيانك، سواء أكانوا أشرارًا أم غير أشرار، وقد عبثوا بمتاعنا ونهبوه. لا تغضب، إنَّ للحصان أربع قوائم، ومع ذلك يتعثَّر ويكبو. مُرهُ أن يتابع القراءة».
- «تابع القراءة»، قال بوغاتشوف. فتابع أمين السرِّ:
- لحاف من الشيت، وآخر من التفتا المطعَّمة بالكتَّان، أربع روبلات. معطف من فرو الثعلب، مبطَّن بقماش أحمر، 40 روبلًا. وأيضًا معطف من جلد الأرانب، أُهديَ لجلالتك في النُزُل، 15 روبلًا.
- «ما هذه الـ 'أيضًا'!»، صرخ بوغاتشوف والشرر يتطاير من عينيه.

أعترف أنِّي خفت على صاحبي العجوز، الذي حاول القيام بالتوضيح ثانية، لكنَّ بوغاتشوف قاطعه:

- «كيف تجرَّأت على التقدُّم إليَّ بهذه الترهات؟»، صاح به وهو ينتزع الورقة من يد أمين السرِّ ويرميها في وجه سافيليتش، «يا لك من عجوز غبيٍّ! آخ، نهبوك! ما هذه المصيبة؟ الأجدر بك أيُّها العجوز المتهالك، أن تظلَّ تصلِّي إلى الأبد من أجلي ومن أجل فتياني لأنَّنا لم نعلِّقك، أنت وسيِّدك النبيل هنا، إلى جانب من عصاني... معطف من جلد الأرانب! سأعطيك معطفًا من جلد الأرانب! أتدري بأنِّي سآمر أن يسلخوا جلدك حيًّا ويخيطوا منه معاطف؟».

- «الأمر لك»، أجاب سافيليتش، «أمَّا أنا فعبد مأمور، وواجبي أن أحافظ على أشياء سيِّدي النبيل».

كان بوغاتشوف، على ما يبدو، يُعاني من نوبات العظمة.

استدار وغادر من دون أن ينطق بكلمة، وتبعه شفابرين وبقيَّة الرؤساء. وغادرت العصابة بانتظام. مشى الناس في وداع بوغاتشوف، وبقيت في الساحة وحيدًا مع سافيليتش، الذي أمسك بيديه سجلَّه وراح يتأمَّله وقد بدت عليه علامات الأسف العميق.

لقد فكَّر، حين رأى علاقتنا الطيِّبة ببوغاتشوف، أن يستغلَّ تلك العلاقة لصالحنا، لكنَّ محاولته تحقيق فكرته الذكية لم تنجح. شرعت أوبِّخه على اندفاعه الذي كان في غير مكانه، ولم أتمالك نفسي من الضحك.

- «اضحك يا سيدي»، أجابني سافيليتش، «اضحك، وغدًا سنضطرُّ إلى شراء كلِّ تلك الأشياء من جديد، عندئذ سنرى إن كان ذلك مضحكًا».

هرعت إلى بيت الكاهن لأرى ماريا إيفانوفنا. استقبلتني زوجة الكاهن بخبر حزين. لقد أصيبت ماريا إيفانوفنا في الليل بحمَّى شديدة. وهي طريحة الفراش تهذي وقد فقدت وعيها. قادتني زوجة الكاهن إلى غرفتها. اقتربت من سريرها بهدوء. صعقني ما أصاب وجهها من تبدُّلات. لم تعرفني المريضة. وقفت أمامها طويلًا، ذاهلًا عن سماع الأب غيراسيم وزوجته الطيِّبة، اللذين كانا، على ما يبدو، يحاولان تهدئتي. أقلقتني أفكار قاتمة. حالة البنت اليتيمة المسكينة التي

لا حماية لها وهي متروكة في وسط المتمرِّدين الحاقدين، وعجزي الشخصي، أخافاني. وشفابرين، شفابرين الذي كان يعذِّب خيالي. إنَّه قادر على فعل ما يشاء بعد أن منحه القيصر الدعيُّ سلطة إدارة القلعة، حيث بقيت الفتاة التعيسة التي كانت موضع كرهه من دون أن ترتكب ذنبًا. تُرى، ماذا كان باستطاعتي أن أفعل؟ كيف يمكنني أن أساعدها؟ كيف أحرِّرها من قبضة ذلك الشرِّير؟ لم يبقَ أمامي سوى وسيلة واحدة: قرَّرت التوجُّه فورًا إلى أرينبورغ، كي أستعجل تحرير قلعة بيلوغورسك، وأسهم في ذلك قدر استطاعتي. ودَّعت الكاهن وأكولينا بامفيلوفنا، طالبًا منهما بحرارة رعاية تلك الفتاة التي صرت أعدُّها زوجتي. أمسكت يد الفتاة المسكينة وقبَّلتها مبلِّلًا إيَّاها بالدموع.

- «وداعًا»، قالت لي زوجة الكاهن، وهي ترافقني إلى باب الدار، «وداعًا يا بيتر أندرييتش. قد نلتقي في زمن أفضل إن شاء الله. لا تنسنا، واكتب لنا دائمًا، فلم يبق الآن لماريا إيفانوفنا المسكينة من يعزِّيها، أو يحميها، غيرك أنت».

حين خرجت إلى الساحة، توقَّفت برهة، وألقيت نظرة على المشنقة، انحنيت محيِّيًا، ثم خرجت من القلعة وانطلقت في طريق أرينبورغ، يرافقني سافيليتش الذي لم يتخلَّف عنِّي لحظة.

سرت غارقًا في أفكاري، وفجأة سمعت وقع حوافر خيل ورائي. التفتُّ، فإذا بي أرى قوزاقيًّا يخرج من القلعة يعدو على حصانه ويجرُّ خلفه فرسًا بشكيرية ويرسل لي بيديه إشارات. توقَّفت، وسرعان ما عرفت أنَّه وكيلنا السابق. اقترب منِّي، ثم ترجَّل عن جواده وقال لي وهو يسلِّمني عنان الفرس الثانية:

- «يا صاحب السموِّ! إنَّ أبانا يهديك حصانًا وأحد معاطفه المحاكة من الفراء (كانت هناك فروة من جلد الغنم مشدودة إلى سرج الفرس). وهو يهديك، عدا ذلك»، قال الوكيل متلعثمًا، «كيسًا من المال... لكنَّه سقط مني في الطريق، فأرجو أن يصفح عنِّي قلبك الكبير».

نظر إليه سافيليتش بطرف عينه وقال متذمِّرًا:

- سقط في الطريق! إذن، ما الذي يخشخش في عبّك يا عديم الشرف!
- «ما الذي يخشخش في عبّي؟»، قال الوكيل محتجًا، من دون أن يشعر بحرج، «ليسامحك الربُ أيُّها العجوز! الذي يخشخش هو عنان الفرس وليس كيس المال».
- «حسنًا»، قلت لهما منهيًا النقاش، «اشكر باسمي من أرسلك، وحاول أن تلتقط، وأنت عائد، الكيس الذي سقط منك، واشرب الفودكا بما فيه من نقود».
- «أنا ممتنٌ لك جدًّا يا صاحب السموّ»، أجاب الوكيل، وهو يدير رأس حصانه، «سأصلّي من أجلك مدى الدهر».

قال هذه الكلمات وانطلق يعدو بحصانه عائدًا، ممسكًا ما في عبّه بإحدى يديه، واختفى بعد دقائق عن الأنظار.

ارتديت الفروة وامتطيت الفرس، وأردفت سافيليتش خلف ظهري...

- «ها أنتذا ترى يا سيّدي»، قال العجوز، «أن نَقرتي لجبين ذلك المحتال لم تذهب عبثًا. لقد خجل اللصُ، صحيح أنَّ هذه الفرس البشكيرية العجوز والفروة من جلد الغنم لا تساوي نصف ما نهبه اللصوص منّا، ناهيك عمّا أهديته إيّاه أنت، ولكن كما يقول المثل، شعرة من جلد الخنزير مكسب».

الفصل العاشر

حصار المدينة

بعد أن احتلَّ السهول والجبال
نظر من الذروة كالنسر إلى المدينة.
أمر ببناء مظلَّة خلف أرتال الجنود،
خبَّأ تحتها المدافِع، لينقلها في الليل إلى ضواحي المدينة.

خيراسكوف

حين اقتربنا من أرينبورغ، رأينا حشدًا من المحكومين بالأشغال الشاقَّة، رؤوسهم حليقة، ووجوههم شوَّهتها مخالب الجلَّادين. كانوا يعملون قرب التحصينات بإشراف مشوَّهي الحرب من عناصر الحامية. بعضهم كان ينقل في عربات، النفايات التي تملأ المكان، وبعضهم كان يحفر الأرض بالرفوش، وكان الحجَّارة ينقلون قطع القرميد يصلحون بها جدار المدينة. استوقفنا الحرس عند بوَّابة المدينة وطلبوا بطاقاتنا الذاتية، وحين سمع الرقيب أنِّي قادم من قلعة بيلوغورسك قادني مباشرة إلى منزل الجنرال.

التقيت الجنرال في حديقته. كان يتفقَّد أشجار التفَّاح التي عرَّتها أنفاس الخريف، ويساعد الحدائقي العجوز بتغطية جذوعها بعناية بالقشِّ الدافئ. كان وجهه يجسِّد الهدوء والصحَّة وطيبة القلب. فرح بلقائي وراح يسألني عن الأحداث الفظيعة التي كنتُ شاهدًا عليها. رويت له كلَّ شيء. سمعني الرجل العجوز باهتمام وهو يقطع الأغصان اليابسة.

- «مسكين ميرونوف!»، قال حين انتهيت من رواية قصّتي الحزينة، «أنا حزين لأجله، لقد كان ضابطًا جيِّدًا. والسيِّدة ميرونوف، كانت سيِّدة طيِّبة القلب، وأستاذة في تحضير الخِيار المخلَّل! وماذا عن ماشا، ابنة الآمِر؟».

أجبته أنَّها بقيت في القلعة ترعاها زوجة الكاهن.

- «آي، آي، آي!»، قال الجنرال، «هذا سيِّئ، سيِّئ للغاية. الاعتماد على انضباط هؤلاء الأشقياء مستحيل. تُرى ماذا سيحلُّ بهذه البنت المسكينة؟».

أجبته بأنَّ قلعة بيلوغورسك ليست بعيدة، ومن الممكن أن يسارع سيادته فيرسل قوَّة تحرِّر أهلها المساكين. هزَّ الجنرال رأسه وقد بدا عليه الحذر.

- «سنرى، سنرى»، قال لي، «ما زال لدينا متَّسع من الوقت لنتحدَّث في الأمر. أمَّا الآن، فتفضَّل واقبل دعوتي إلى كوب شاي، سنعقد في مساء اليوم مجلسًا حربيًّا. وسيكون بإمكانك أن تقدِّم لنا معلومات أكيدة عن هذا المتشرِّد بوغاتشوف وجيشه. أمَّا الآن فاذهب وخذ قسطًا من الراحة».

ذهبت إلى الشقَّة المخصَّصة لسكني، وكان سافيليتش قد سبقني إليها ورتَّبها، وهناك رحت أنتظر بنفاد صبر حلول الموعد المحدَّد. يستطيع القارئ أن يتصوَّر بسهولة، أنِّي لن أتأخَّر عن موعد انعقاد المجلس الذي يجب أن يكون له تأثير كبير في حياتي. وهكذا كنت عند الجنرال في الموعد المحدَّد تمامًا.

وجدت عنده مدير الجمارك، وهو موظَّف مدنيٌّ كبير السنِّ، بدين، متورِّد الخدَّين في قفطان من قماش لمَّاع، راح يسألني عن مصير إيفان كوزميتش ويسمِّيه «الإشبين». كان يقاطعني كثيرًا بأسئلة إضافية وملاحظات وحِكَم، إن لم تدلَّ عليه كرجل مطَّلع على العلم العسكري، فهي، في أقلِّ تقدير، تدلُّ على أنَّه رجل فهيم، ذو ذكاء فطري. أخذ المدعوُّون بالحضور في هذه الأثناء، لم يكن بينهم أيُّ عسكريٍّ عدا الجنرال. حين جلس الجميع وقُدِّمت لهم أكواب الشاي، عرض الجنرال بوضوح وتفصيل شديد الوضع الذي قدِموا لمناقشته.

- «والآن، أيُّها السادة»، تابع الجنرال، «علينا أن نقرِّر كيف يجب أن نتصرَّف في مواجهة المتمرِّدين: هل نهاجم، أم ندافع؟ إنَّ لكلِّ طريقة محاسنها ومساوئها. العمل الهجومي يقوِّي الأمل في القضاء على العدوِّ. أمَّا العمل الدفاعي فأكثر ضمانًا وأقلُّ خطرًا... وهكذا سنبدأ بجمع الأصوات بالتسلسل القانوني، أي نبدأ بالرتب الأدنى. أيُّها السيِّد الملازم!»، تابع موجِّهًا الكلام إليَّ، «قُلْ لنا رأيك إذا سمحت».

نهضت، فوصفت أوَّلًا بوغاتشوف وعصابته بكلمات موجزة، وأكَّدت أنَّ القيصر الدعيَّ ما كان قادرًا على الصمود لو استُخدم السلاح استخدامًا صحيحًا.

استقبل الموظَّفون رأيي باستهجان واضح. لقد رأوا فيه أخطاء وجرأة شابٍّ صغير السنِّ. علت الهمهمة، وسمعت بوضوح كلمة «رضيع» يلفظها أحدهم بصوت خافت. التفت الجنرال نحوي وقال باسمًا:

- أيُّها السيِّد الملازم! الآراء الأولى تكون عادة في المجالس الحربية لصالح التحرُّكات الهجومية، هذا أمر طبيعي. والآن، سنتابع جمع الآراء. أيُّها السيِّد المستشار! قل لنا رأيك!

شرب الموظَّف المتقدِّم في السنِّ كوبه الثالث من الشاي الممزوج بنسبة عالية من الروم، على عجل وأجاب الجنرالَ:

- أعتقد يا صاحب المعالي أنَّنا يجب ألا نقوم بأيَّة أعمال هجومية أو دفاعية.
- «كيف ذلك أيُّها المستشار؟»، اعترض الجنرال دهِشًا، «التكتيك لا يعرف طُرقًا أخرى: الحركة تكون إمَّا دفاعية أو هجومية»...
- تحرَّك يا صاحب السيادة حركة شرائية.
- إيخ خي! رأيك حكيم جدًّا. التكتيك يسمح بالحركة الشرائية، ونحن سنأخذ بنصيحتك. يمكننا أن ندفع مقابل رأس كلِّ شقيٍّ... سبعين روبلًا أو حتى مئة... من النفقات السرية...

- «وحينذاك»، قاطعه مدير الجمارك، «لن أكون مستشارًا، بل غنمة قرغيزية، إذا لم يقم هؤلاء اللصوص بتسليمنا زعيمهم مقيَّد اليدين والرجلين».
- «سنعود، فيما بعد، للتفكير في هذا الأمر ومناقشته»، أجاب الجنرال، «ولكن علينا في كلِّ الأحوال أن نتَّخذ إجراءات عسكرية أيضًا. أيُّها السادة، اطرحوا آراءكم حسب التسلسل القانوني».

جاءت الآراء كلُّها مناقضة لرأيي. تكلَّم الموظَّفون كلُّهم عن عدم صلابة الجيش، وعدم ضمان النتائج، وعن الحذر وما شابه ذلك. وافترضوا جميعًا أنَّ الأمر الأكثر حكمة هو البقاء تحت مظلَّة المدافع خلف الأسوار الحجرية المتينة. وبعد أن سمع الجنرال الآراء، نفض رماد غليونه وقال أخيرًا الكلمة التالية:

- يا سادتي! يجب أن أعلن من ناحيتي أنِّي أوافق تمامًا على رأي الملازم، لأنَّ هذا الرأي مبنيٌّ على كلِّ قواعد التكتيك السليم، التي تفضِّل دائمًا تقريبًا، الحركة الهجومية على الحركة الدفاعية.

هنا توقَّف وراح يحشو غليونه بالتبغ. شعرت بالظفر، ورحت أنظر بتعالٍ إلى الموظَّفين الذين صاروا يتهامسون مُظهرين سُخطهم وقلقهم.

- «ولكن، يا سادتي»، تابع وهو يطلق تنهيدة عميقة مصحوبة بسحابة كثيفة من دخان التبغ، «أنا لا أستطيع أن أتحمَّل هذه المسؤولية العظيمة حين يتعلَّق الأمر بأمن المناطق التي ائتمنت عليها من جلالة الإمبراطورة، مولاتي الرؤوم. ولذا أنا أوافق على رأي أغلبية الأصوات التي قرَّرت أنَّ من الأكثر حكمة والأقل خطرًا على المدينة، انتظار الحصار وصدُّ هجوم العدو بقوَّة المدفعية والإغارة عليه - حين يصبح ذلك ممكنًا - ودحره».

عند ذلك نظر الموظَّفون إليَّ بدورهم نظرة ساخرة. انفضَّ الاجتماع. ولم أستطع إلَّا أن أشعر بالإشفاق على ضعف المحارب المحترم الذي اتَّخذ قرارًا يتناقض كليًّا وقناعته، باتباع رأي أناس عديمي المعرفة والخبرة.

بعد مرور بضعة أيَّام على ذلك الاجتماع الشهير، عرفنا أنَّ بوغاتشوف صدق وعده، وأنَّه يقترب من أرينبورغ. ورأيت جيش المتمرِّدين من فوق سور المدينة، فلاحظت أنَّ عددهم قد تضاعف عشر مرَّات عمَّا كان عليه في الهجوم الأخير الذي شهدته، وأنَّ لديهم مدافع حصل عليها بوغاتشوف من الحصون الصغيرة التي احتلَّها. وقدَّرت، وأنا أتذكَّر قرار المجلس الحربي، بأنَّنا سنبقى زمنًا طويلًا سجناء أسوار أرينبورغ، فكدت أبكي من الحزن.

لن أصف حصار أرينبورغ فهو ليس موضوع مذكَّرات عائلية، بل هو ملك التاريخ. سأقول بإيجاز إنَّ هذا الحصار الذي حدث بسبب قِصر نظر الإدارة المحلِّية، كان مدمِّرًا بالنسبة للسكان الذين عانوا من الجوع وشتَّى أنواع الكوارث. من السهل على المرء أن يتخيَّل أنَّ الحياة في أرينبورغ صارت لا تُطاق. وأنَّ الجميع صاروا ينتظرون في اكتئاب مصيرهم. الجميع تأوَّهوا ألمًا من ارتفاع الأسعار التي باتت مخيفة فعلًا. واعتادوا على القذائف التي تسقط في باحات دُورهم، حتى هجمات بوغاتشوف لم تعد تُثير اهتمام الناس. كنت أموت ضجرًا. والزمن يمضي. لا رسائل من قلعة بيلوغورسك. الطُرق كلُّها كانت مقطوعة. والبُعد عن ماريا إيفانوفنا ما عاد محمولًا، وجهلي بأحوالها يعذِّبني. لم يكن عندي ما أتسلَّى به سوى ركوب الخيل. لقد كان عندي، والفضل لبوغاتشوف، فرس طيِّبة أتقاسم وإيَّاها طعامنا القليل، وأخرج على ظهرها يوميًّا إلى خارج المدينة، فأتبادل إطلاق النار مع فرسان بوغاتشوف. كانت الكفَّة في عمليات إطلاق النار هذه تميل عادة لصالح الأشرار الشبِعين، السكارى، الممتطين خيولًا طيِّبة، ففرسان مدينتنا الناحلون لم يكن بمقدورهم التغلُّب عليهم. كان جنودنا المشاة الجائعون يخرجون إلى السهل أيضًا في بعض الأحيان، لكنَّ كثافة الثلج كانت تُعيق نجاحهم في قتال الفرسان المتناثرين في السهب. وكانت المدفعية تقصف من دون جدوى من أعلى المنحدر، أمَّا في السهل فكانت عجلاتها تغوص في الثلج ولا تتحرَّك بسبب ضعف خيول الجرِّ. هذه كانت صورة أعمالنا الحربية! وهذا ما سمَّاه موظَّفو أرينبورغ حذرًا وحكمة.

ذات يوم، حين استطعنا بشكل ما أن نفرِّق ونطرد حشدًا كثيفًا إلى حدٍّ ما، هجمت على قوزاقيٍّ تخلَّف عن زملائه، وهممت بضربه بسيفي التركي، لكنَّه خلع قبَّعته فجأة وصاح:

- مرحبًا يا بيتر أندرييتش! كيف حالك؟

نظرت إليه، فعرفت وكيلنا. فرحت كثيرًا بلقائه.

- مرحبًا يا ماكسيميتش، هل تركت بيلوغورسك منذ زمن طويل؟

- بل من فترة قصيرة، يا أبتِ بيتر أندرييتش، البارحة عدت من هناك. أنا أحمل رسالة لك.

- «أين هي؟»، صرخت يتملَّكني الانفعال.

- «إنَّها معي»، أجاب ماكسيميتش، داسًّا يده في عبِّه، «لقد وعدت بالاشا أن أوصلها لك بأيِّ طريقة». قال ذلك وأعطاني ورقة مطويَّة وغادر يعدو بفرسه. فتحت الرسالة وقرأت مرتعشًا السطور التالية:

شاء الله أن أُحرم أبي وأمي فجأة، وليس لي في الأرض أقارب أو رعاة. ألجأ إليك لأنِّي أعرف أنَّك كنت تريد لي الخير دائمًا، وأنَّك مستعدٌّ لمساعدة أيِّ إنسان. أدعو الله أن تصل إليك هذه الرسالة! ماكسيميتش وعدني أن يوصلها إليك. لقد سمعَت بالاشا من ماكسيميتش أنَّه يراك كثيرًا عن بُعد في غزواتك خارج السور، وأنَّك لا تحرص أبدًا على سلامتك، لا تفكِّر في أولئك الذين يُصلُّون من أجلك والدموع تنهمر من عيونهم. لقد مرضت طويلًا، وحين شُفيت، أرغم أليكسي إيفانيتش، الذي يدير الأمور عندنا، الأبَ غيراسيم على تسليمي له، مهدِّدًا إيَّاه ببوغاتشوف. أنا أقيم في بيتنا تحت الحراسة. أليكسي إيفانيتش يحاول إرغامي على الزواج منه. هو يقول إنَّه أنقذ حياتي لأنَّه لم يفضح خدعة أكولينا بامفيلوفنا، التي قالت للأشرار إنَّني قريبتها. أمَّا أنا فكان أسهل عليَّ أن أموت، من أن أصبح زوجة لرجل مثل أليكسي إيفانيتش. إنَّه يعاملني بقسوة شديدة ويهدِّدني بأنَّه، إن لم أغيِّر رأيي وأوافق، سينقلني إلى معسكر الشرِّير، لأواجه ما واجهته ليزافيتا خارلوفا. لقد طلبت من أليكسي إيفانوفيتش

مهلة للتفكير، فوافق على انتظار ردِّي ثلاثة أيَّام، لن تكون لي أيَّة رحمة بعدها، إذا رفضت الزواج منه، يا أبتِ بيتر أندرييتش! أنت حاميَّ الوحيد، دافعْ عنِّي، أنا المسكينة. اطلب من الجنرال وكلِّ القادة أن يرسلوا إلينا نجدة، وتعال، أنت نفسك، إن استطعت.

يتيمتك المطيعة المسكينة

ماريا ميرونوفا

قرأت الرسالة فكدت أفقد عقلي. عدوت إلى المدينة بفرسي، وأنا أسوطها من دون رحمة. ورحت في الطريق أفكِّر في شتَّى سبل إنقاذ الفتاة المسكينة من دون جدوى. وصلت إلى المدينة، فتوجَّهت مباشرة إلى الجنرال، ودخلت عليه مكتبه فورًا.

كان الجنرال يذرع الغرفة جيئة وذهابًا، وهو يدخِّن غليونه البنفسجي.

توقَّف حين رآني، لا بدَّ من أنَّ مظهري أدهشه، استفسر منِّي باهتمام ومودَّة عن سبب قدومي العاجل.

- «يا صاحب السعادة»، قلت له، «ألجأ إليك كأبٍ حنون، أستحلفك بالله ألَّا ترفض طلبي: القضيَّة تتعلَّق بسعادتي مدى الحياة».

- «ما الأمر يا أبتِ؟»، سأل العجوز دهِشًا، «ماذا أستطيع أن أفعل لأجلك؟ قُلْ».

- مُرْ يا صاحب السيادة بإعطائي سريَّة جنود وخمسين قوزاقيًّا، واسمح لي بتطهير قلعة بيلوغورسك.

حدَّق إليَّ الجنرال مليًّا، مفترضًا، على ما يبدو، أنِّي جُننت (وهو محقٌّ في ذلك تقريبًا).

- «كيف هذا؟ كيف ستطهِّر قلعة بيلوغورسك؟»، سأل في نهاية المطاف.

- «أنا أتعهَّد لك بالنجاح»، أجبته بحرارة، «اسمح لي فقط، أن أفعل ذلك».

- «لا، أيُّها الشابُّ»، قال وهو يهزُّ رأسه، «سيكون من السهل على العدوِّ، بسبب بُعد المسافة، أن يقطع اتصالك بالنقطة الاستراتيجية الرئيسة، وسيُحقِّق عليك نصرًا كاملًا. إنَّ قطع الاتصال»...

شعرت بالخوف وأنا أراه يغوص في الفكر العسكري، فسارعت إلى مقاطعته.

- «إنَّ ابنة النقيب ميرونوف»، قلت له، «كتبت لي رسالة تطلب فيها المساعدة، شفابرين يريد إرغامها على الزواج منه».

- أحقًّا؟ آه، إنَّ شفابرين هذا Schelm[1] فظيع، إذا وقع في يدي سأطلب محاكمته في 24 ساعة، وسنُعدمه على أسوار القلعة! أمَّا الآن فيجب أن نتحلَّى بالصبر...

- «نتحلَّى بالصبر!»، صرخت وقد خرجت عن طوري، «وهو في أثناء ذلك يتزوَّج ماريا إيفانوفنا!»...

- «أوه!»، قاطعني الجنرال، «هذه ليست مصيبة. الأفضل لها أن تكون زوجة شفابرين مؤقَّتًا؛ إنَّ هذا قد يؤمِّن لها الحماية، وبعد أن نُعدمه، ستجد، إن شاء الله، زوجًا. الأرامل الصغيرات السنِّ لا يبقين من دون زواج، أي، أنا أريد القول إنَّ الأرملة تجد لنفسها زوجًا أسرع من العذراء المتقدِّمة في السنِّ».

- «أنا أفضِّل الموت»، قلت مهتاجًا، «على أن أتنازل عنها لشفابرين!».

- «با، با، با، با!»، قال الجنرال العجوز، «الآن فهمت: أنت كما هو واضح، تحبُّ ماريا إيفانوفنا. أوه، هذا أمر آخر! مسكين أيها الفتى! ومع ذلك أنا لا أستطيع أبدًا أن أعطيك سريَّة من الجنود، وخمسين من القوزاق. إنَّ هذه الحملة غير معقولة، وأنا لا أستطيع أن آخذها على مسؤوليتي».

طأطأتُ رأسي، وتملَّكني اليأس. وفجأة، خطرت في بالي فكرة ستعرفها أيُّها القارئ في الفصل القادم، كما يقول الروائيُّون القدماء.

---

(1) عاهر (بالألمانية).

الفصل الحادي عشر

في قرية المتمرِّدين

شبع الأسد آنذاك، ورغم أنَّه وحش بطبعه
«ماذا جئت تفعل في عريني؟»
سأله بحنان.

آ. سوماروكوف

تركت الجنرال وذهبت مسرعًا إلى مسكني، فاستقبلني سافيليتش بمواعظه المعتادة.

- لم يكن ينقصك يا سيِّدي إلَّا معاشرة قُطَّاع الطُرق السكارى! أهذا عمل يليق بالنبلاء! قد نخسرك في ساعة غفلة، لا قدَّر الله. وليت هذا يحدث في حرب مع تركي أو سويدي، إنَّه يحدث مع خصم أخجل أن أسمِّيه.

قطعت خطبته بسؤال:

- كم معي من النقود عمومًا؟

- «اطمئِن»، أجابني وقد ارتسمت على وجهه علامات الرضا، «لقد نبش المحتالون كلَّ شيء، ومع ذلك استطعتُ أن أُخفي النقود».

قال هذه الكلمات وأخرج من جيبه كيسًا طويلًا منسوجًا يدويًّا مملوءًا بالفضَّة.

- «حسنًا يا سافيليتش»، قلتُ له، «أعطني نصفه الآن، وخُذ أنت الباقي. أنا ذاهب إلى قلعة بيلوغورسك».

- «يا أبتِ بيتر أندرييتش!»، قال العجوز الطيِّب بصوت أرعش، «اتَّقِ الله، كيف ستسير في الطريق في هذا الزمن، حيث لا طريق للسفر بسبب اللصوص! ارحم والديك على الأقل، ما دمت لا ترحم نفسك. إلى أين ستسافر؟ ولماذا؟ انتظر بعض الوقت: ستأتي القوَّات، وسيُلقون القبض على المجرمين، عند ذلك سافر إلى حيث تشاء».

لكنَّ قراري كان حاسمًا لا رجعة عنه.

- «وقت مناقشة الأمر قد فات»، أجبتُ الرجل العجوز، «يجب أن أسافر، لا أستطيع إلغاء سفري. لا تضغط عليَّ يا سافيليتش، الله كريم، وقد نلتقي! انتبه، لا تخجل، ولا تبخل على نفسك. اشترِ كلَّ ما تحتاجه حتى لو بثلاثة أضعاف ثمنه. أنا أهديك هذه النقود. إذا لم أعد بعد ثلاثة أيَّام»...

- «ماذا تقول يا سيِّدي؟»، قاطعني سافيليتش، «أتركك تسافر وحدك! لا تطلب هذا حتى في منامك، فأنا سأتبعك لو سيرًا على الأقدام ما دمت قد قرَّرت السفر، ولن أفارقك. أتريدني أن أقعد هنا وراء السور الحجري من دونك! هل تراني فقدت عقلي؟ الأمر أمرك يا سيِّدي، أمَّا أنا فلن أفترق عنك».

أدركت أنَّ الجدال مع سافيليتش لا يُجدي، فسمحت له أن يستعدَّ للسفر. وبعد نصف ساعة، امتطيت حصاني الأصيل، وركب سافيليتش الفرس العجوز النحيلة العرجاء، التي أعطاه إيَّاها مجَّانًا أحد سكَّان المدينة بعد أن عجز عن إطعامها، واتَّجهنا إلى بوَّابة المدينة، حيث سمح لنا الحرَّاس بالمرور وخرجنا من أرينبورغ.

بدأ الليل يهبط. الطريق يمرُّ بالقرب من بلدة بيردسكويه، حيث معسكر البوغاتشوفيين. كان الطريق المباشر مغمورًا بالثلج، ولكنَّ آثار حوافر الخيل المتجدِّدة يوميًّا تملأ السهب. كنت أعدو بفرسي خببًا، وسافيليتش يكاد يعجز عن اللحاق بي، فيصرخ من بعيد بين فينة وأخرى:

- أبطئ يا سيِّدي، أبطئ، كرمى لله. عجوزي الملعونة لا تستطيع اللحاق بشيطانك الطويل القوائم. تُرى إلى أين تُسرع؟ ليتك كنت تسرع إلى وليمة، لكنَّك تسرع لملاقاة الخطر، احذر يا سيِّدي... بيتر أندرييتش... يا أبتِ بيتر أندرييتش! لا تقتلنا! إلهي يا مالك الملك، إنَّ ابن سادتي يضيع!

سرعان ما التمعت أضواء بيردسكويه. وصلنا إلى الوديان وهي خطوط حماية طبيعية للبلدة. لم يتأخَّر سافيليتش عنِّي، ولم تنقطع توسُّلاته. كنت آمل أن أجتاز البلدة بسلام، وفجأة رأيت في العتمة أمامي مباشرة نحو خمسة من الفلَّاحين المسلَّحين بالعصيِّ الغليظة. هؤلاء كانوا خطَّ الحراسة الأمامي لمعسكر البوغاتشوفيين. أطلقوا صيحة تحذير. كنتُ لا أعرف كلمة السرِّ، فقرَّرت أن أمرَّ بقربهم صامتًا، لكنَّهم طوَّقوني في الحال، وأمسك أحدهم بعنان فرسي. سللت سيفي وضربت الفلَّاح على رأسه؛ أنقذَته قبَّعته، لكنَّه ترنَّح وترك مقود الحصان. الآخرون ارتبكوا وتفرَّقوا، انتهزت هذه الفرصة فسُطْتُ الفرسَ وانطلقت بها إلى الأمام.

كانت عتمة الليل الزاحفة قادرة على حمايتي من شتَّى الأخطار، لكنَّني لاحظت فجأة أنَّ سافيليتش لم يكن إلى جانبي. مسكين ذلك العجوز! لم يستطع بفرسه العرجاء أن يفلت من قاطِعي الطريق. لم أدرِ ماذا أفعل. انتظرت بضع دقائق، وبعد أن تأكَّدت أنَّهم أوقفوه، استدرتُ بفرسي وهرعت لنجدته.

حين اقتربت من الوادي سمعت ضجَّة وصيحات من بعيد، وصوت صاحبي سافيليتش. أسرعت في العدو، فوجدت نفسي من جديد بين الحرَّاس الذين أفلتُّ منهم قبل دقائق. كان سافيليتش بينهم. لقد أخذوا العجوز عن ظهر دابَّته واستعدُّوا لشدِّ وثاقه. أبهجتهم عودتي. اندفعوا نحوي يصرخون، وفي لحظة أنزلوني عن ظهر الحصان. أحدهم، يبدو أنَّه رئيسهم، أبلغنا أنَّه سيأخذنا الآن إلى القيصر.

- «إنَّ أبانا»، أضاف، «حرٌّ في قراره أن يشنقكما الآن، أو ينتظر إشراق الصباح الربَّاني».

لم أقاوم، وحذا سافيليتش حذوي، وقادنا الحرَّاس وهم يشعرون بالظَّفر.

اجتزنا الوادي ودخلنا البلدة. كانت البيوت كلُّها مُضاءة. الضجَّة والصراخ يسودان في كلِّ مكان. التقيت في الشارع كثيرًا من الناس، لكنَّ العتمة حالت دون أن يلحظ أو يعرف أحد أنَّني ضابط من أرينبورغ. قادونا مباشرة إلى كوخ في زاوية من زوايا تقاطع الطرق. عند البوَّابة اصطفَّ مدفعان وبعض براميل النبيذ.

- «ها هو ذا القصر»، قال أحد الحرَّاس، «الآن سنبلِّغ عنكما».

دخل إلى البناء. نظرت إلى سافيليتش، كان العجوز يرسم شارة الصليب ويصلِّي من دون صوت. انتظرتُ طويلًا، وأخيرًا عاد الحارس، وقال لي:

- ادخل! إنَّ أبانا أمر بإدخال الضابط.

دخلت الكوخ، أو القصر، كما سمَّاه الفلَّاحون. كان المكان مضاء بشمعتين قويَّتي الإنارة، والجدران مغطَّاة بورق ذهبيِّ اللون. غير أنَّ المقاعد والطاولة، والمغسلة المعلَّقة بحبل، والمنشفة المعلَّقة بمسمار، والملقط، والمصطبة العريضة أمام الموقد، والقدور التي عليها، كلَّ ذلك كان كالمعتاد في الأكواخ الأخرى. كان بوغاتشوف يجلس تحت الأيقونات، بقفطان أحمر، وقبَّعة عالية، مشدود القامة بشكل يوحي بالأهمية، وقد وقف إلى جانبه عدد من رفاقه الرئيسيين المتظاهرين بالخضوع. كان واضحًا أنَّ خبر حضور ضابط من أرينبورغ أيقظ فضولًا لدى المتمرِّدين، فاستعدُّوا للقائي يُخامرهم شعور بالظفر. عرفني بوغاتشوف من النظرة الأولى، فاختفت ملامح الأهمِّية الزائفة التي أسبغها على مظهره فجأة.

- «آها! هذا أنت يا صاحب السموِّ!»، قال لي بحيويَّة، «كيف حالك؟ وما الذي جاء بك إلينا؟».

أجبته أنِّي كنت مسافرًا لغرض يخصُّني، فأوقفني رجاله.

- «وما هذا الغرض؟»، سألني.

لم أعرف بماذا أجيب. فافترض بوغاتشوف أنِّي لا أريد الإجابة أمام الآخرين، فالتفت إلى رفاقه وطلب منهم الخروج. أطاعه الجميع، ما عدا اثنين لم يتحرَّكا من مكانهما.

- «تكلَّم بجرأة أمامهما»، قال لي بوغاتشوف، «أنا لا أُخفي عنهما شيئًا».

نظرت بطرف عيني إلى الرجلين اللذين يأتمنهما بوغاتشوف على أسراره. كان أحدهما عجوزًا ضئيلًا، مقوَّس الظهر، أشيب اللحية، وليس فيه أيُّ شيء لافت للنظر، سوى شريطة زرقاء تقلَّدها عبر الكتف فوق سترة رمادية. لكنِّي لن أنسى ما حييت زميله. كان طويل القامة، ممتلئ الجسد، عريض الكتفين، وقد بدا لي أنَّه في نحو الخامسة والأربعين. لحيته كثيفة، وعيناه رماديَّتان لامعتان، أنفه من دون خيشوم، وثمَّة نقاط حمراء على جبينه وخدَّيه، أسبغت على وجهه العريض تعبيرًا يصعب تفسيره. كان يرتدي قميصًا أحمر، ورداء قرغيزيًّا، وسراويل قوزاقية، الأوَّل (كما عرفت فيما بعد) كان العريف الهارب بيلوبورودوف، أمَّا الثاني فهو أفاناسي سوكولوف (الملقب خلوبوشا)، وهو مجرم منفيٌّ، هرب ثلاث مرَّات من مناجم سيبيريا. وبغضِّ النظر عن المشاعر التي كانت تُقلقني بشكل خاصٍّ، متَّع المجتمع الذي وُجدت فيه مصادفة، خيالي بشدَّة، لكنَّ بوغاتشوف أعادني إلى ذاتي بسؤاله:

- تكلَّم! ما الغرض الذي تركت من أجله أرينبورغ؟

خطرت في بالي فكرة غريبة: بدا لي أنَّ النبوءة التي رأيتها في المنام هي التي قادتني إلى بوغاتشوف مرَّة ثانية، وهي بذلك تمنحني فرصة لتحقيق ما أريده، فقرَّرت الاستفادة منها، حتى قبل أن أناقش ما أنوي فعله، وأجبت عن سؤال بوغاتشوف قائلًا:

- كنت مسافرًا إلى قلعة بيلوغورسك لإنقاذ يتيمة يظلمونها هناك.

التمعت عينا بوغاتشوف.

- «مَن مِن رجالي يجرؤ على إيذاء يتيمة؟»، صرخ بوغاتشوف، «إنَّه لن ينجو من عقابي حتى لو كان عرض جبينه سبعة أشبار. قُلْ من المذنب؟».

- «المذنب هو شفابرين»، أجبته، «إنَّه يسجن البنت التي رأيتَها أنتَ مريضة عند زوجة الكاهن، ويريد أن يتزوَّجها قسرًا».

- «سأُربِّي شفابرين»، قال بوغاتشوف متوعِّدًا، «سيعرف منِّي كيف أعاقب من يتصرَّف على هواه ويسيء إلى الشعب. سأشنقه».

- «اسمح لي بكلمة»، قال خلابوشا بصوت أجشَّ، «لقد استعجلت فعيَّنت شفابرين آمِرًا للقلعة، والآن تستعجل في الحكم عليه بالشنق. لقد أهنت القوزاق حين عيَّنت أحد النبلاء رئيسًا عليهم، فلا تُخِف النبلاء بإعدامهم عند تلقِّيك أوَّل شكوى ضدَّهم».

- «إنَّهم لا يستحقُّون الشفقة أو الإكرام!»، قال العجوز الضئيل ذو الشريطة الزرقاء، «ليس إعدام شفابرين أمرًا مؤسفًا، وليس سيِّئًا استجواب السيِّد الضابط كما يجب: لماذا شرَّفنا بزيارته، فليس من حقِّه أن يطلب منك إنصافه، إذا كان لا يعترف بك قيصرًا، أمَّا إذا كان يعترف بك فلماذا بقي حتى هذا اليوم في أرينبورغ مع أعدائك؟ أنا أرى أن نضعه في العنبر، ونشوي هناك جسده بالنار، فأنا أظنُّ أنَّ جنابه مدسوس علينا من قادة أرينبورغ».

بدا لي منطق الشرِّير العجوز مقنعًا للغاية، فسرَت القشعريرة في جسدي كلِّه، وأنا أفكِّر في الناس الذين وقعتُ في أيديهم. ولاحظ بوغاتشوف اضطرابي.

- «هل هذا صحيح يا صاحب السموِّ؟»، قال وهو يغمز لي بعينه، «يبدو لي أنَّ فيلدمارشالي محقٌّ في قوله. ما رأيك؟».

سخرية بوغاتشوف أنعشتني مجدَّدًا، فأجبت بهدوء أنَّني تحت سلطانه، وأنَّه يستطيع أن يفعل بي ما يشاء.

- «طيب»، قال بوغاتشوف، «حدِّثني الآن عن حال مدينتكم».

- «الحمد لله»، أجبته، «كلُّ شيء على ما يرام».

- «على ما يرام؟»، كرَّر بوغاتشوف، «والناس تموت من الجوع!».

القيصر الدعيُّ كان يقول الحقيقة. غير أنِّي، بحكم ما يوجبه عليَّ القسَم،

رحت أؤكِّد له أنَّ كلَّ ذلك إشاعات فارغة، وأنَّ في أرينبورغ احتياطيًّا كبيرًا من شتَّى المؤن.

- «أنت ترى»، قطع العجوز الحديث، «أنَّه يخدعك وجهًا لوجه. الفارُّون كلُّهم يؤكِّدون بالإجماع أنَّ أرينبورغ تعاني الجوع والموت، وأنَّ الناس هناك يأكلون الجثث المتفسِّخة، ويعدُّون من يحصل على شيء منها محظوظًا، أمَّا جنابه فيؤكِّد أنَّ كلَّ شيء متوفِّر. أنصحك، ما دمت تريد شنق شفابرين، أن تعلِّق على المشنقة نفسها هذا البطل، كي لا يحسد أحد أحدًا».

بدا لي أنَّ كلمات العجوز اللعين هزَّت قناعات بوغاتشوف. لكنَّ خلوبوشا اعترض، لحسن الحظِّ، على كلام زميله.

- «كفى يا نعُوميتش»، قال له، «أنت تدعو دائمًا إلى القتل والتشقيف. أيُّ عملاق أنت؟ إنَّ من ينظر إليك يستغرب كيف تستقرُّ روح في هذا الجسد الضعيف. أنت نفسك على حافَّة قبرك وتقتل الآخرين. ألا يكفيك ما أرقت من دماء؟».

- «وأيُّ قدِّيس أنت؟»، صاح بيلوبورودوف محتجًّا، «من أين هبطت عليك الرحمة؟».

- «طبعًا»، أجاب خلوبوشا، «أنا آثِم أيضًا. وهذه اليد (ضمَّ قبضته البارزة عظامها، ورفع كمَّه كاشفًا ذراعًا كثيفة الشعر)، هذه اليد مسؤولة عن إراقة دم مسيحي كثير. لكنَّني فتكت بعدوٍّ لا بضيفٍ. قتلتهم في أرض مكشوفة أو غابة مظلمة، لا في البيت وأنا جالس قرب الموقد، بالهراوة وحدِّ السيف، لا بوشايات النساء».

أدار العجوز له ظهره ودمدم متذمِّرًا:

- يا لمُمزَّق الخياشيم!

- «بماذا تتمتم أيُّها العجوز المتداعي؟»، صاح خلوبوشا، «سأُريك يا ممزَّق الخياشيم، انتظر، سيأتي، سيأتي زمن تشمُّ فيه، إن شاء الله،

رائحة الملاقط... لكن، حتى يحين ذلك الوقت، حاذر، كيلا أنتف لك لحيتك!».

- «أيُّها السيِّدان الينرالان!»، قال بوغاتشوف بلهجة توحي بالأهمية، «كفاكما خصامًا. ليست مصيبة أن ترتجف سيقان كلاب أرينبورغ كلُّها تحت عارضة المشنقة، المصيبة هي أن تتخاصم كلابنا فيما بينها. هيًا تصالحا!».

خلوبوشا وبيلوبورودوف تبادلا نظرات قاتمة، ولم ينطقا بكلمة، رأيت أنَّ من الضروري تغيير الحديث الذي كان من الممكن أن ينتهي بالنسبة إليَّ نهاية سيِّئة للغاية، فالتفتُّ إلى بوغاتشوف وقلت له بلهجة مرحة:

- آخ! لقد كدت أنسى أن أشكرك لمنحي الحصان والفروة، فمن دونهما ما كنت لأصل إلى المدينة، ولتجمَّدت في الطريق.

نجحت حيلتي، انفرجت أسارير بوغاتشوف.

- «جمالُ الدَّين في ردِّه»، قال وهو يغمز بعينيه ويزمُّهما، «حدِّثني الآن ما علاقتك بهذه البنت التي يُسيء إليها شفابرين؟ أهي حبيبة القلب؟ ها؟».

- «إنَّها خطيبتي»، أجبت بوغاتشوف، فقد رأيت تبدُّل المناخ ولم أجد ضرورة لإخفاء الحقيقة.

- «خطيبتك!»، صاح بوغاتشوف، «لمَ لم تقل ذلك من قبل؟ نحن سنزوِّجك بها ونحتفل بعرسك!». ثم توجَّه بكلامه إلى بيلوبورودوف: «اسمع يا فيلدمارشال! نحن وسموُّه صديقان منذ زمن، دعونا الآن نتناول العشاء، والصباح رباح، غدًا سنرى كيف سنعالج أمره».

كنت أتمنَّى رفض هذا التكريم ولكن ما باليد حيلة. ابنتا صاحب المنزل القوزاقي الفتيَّتان مدَّتا غطاء أبيض على الطاولة، وأحضرتا الخبز وحساء السمك وعدَّة زجاجات من النبيذ والبيرة، وهكذا وجدت نفسي للمرَّة الثانية على مائدة بوغاتشوف ورفاقه المخيفين.

استمرَّت هذه الوليمة الصاخبة التي عايشتُها رغمًا عنِّي، حتى أعماق الليل. وأخيرًا بدأ السُّكْر يتغلَّب على الساهرين. أغفى بوغاتشوف جالسًا على كرسيِّه، ونهض رفاقه مشيرين إليَّ بضرورة تركه وحيدًا. خرجت معهم. وبأمر من خلوبوشا اقتادني الحرَّاس إلى كوخ يستخدمونه سجنًا، وجدت فيه سافيليتش، وهناك تركنا الحرَّاس سجينَين. بدا العجوز مذهولًا وهو يرى ما كان يحدث فلم يطرح عليَّ أيَّ سؤال. تمدَّد في العتمة وظلَّ يتنهَّد ويتأوَّه فترة طويلة، ثم أغفى أخيرًا وعلا شخيره، أمَّا أنا فاستسلمت لأفكاري التي حرمتني النوم دقيقة واحدة من الليل.

في الصباح، جاؤوا يدعونني لمقابلة بوغاتشوف. ذهبت إليه. عند البوَّابة كانت تقف عربة أسرجت إليها ثلاث خيول تتريَّة. وكان الناس محتشدين في الشارع. التقيت بوغاتشوف في المدخل. كان يرتدي ملابس السفر، معطف فراء قرغيزيًا، وقبَّعة من الفراء. وكان جلساء الأمس يحيطون به متظاهرين بالولاء والخضوع، الأمر الذي كان يناقض بشدَّة كلَّ ما كنت شاهدًا عليه في العشيَّة. حيَّاني بوغاتشوف بمرح وأمرني بالجلوس معه في العربة.

جلسنا.

- «إلى قلعة بيلوغورسك!»، قال بوغاتشوف للتتريِّ ذي المنكبين العريضين الذي كان يقود الترويكا واقفًا.

خفق قلبي بشدَّة. تحرَّكت الخيول، ورنَّت أجراسها، واندفعت العربة كالطير...

- «قفْ! قفْ!»، نادى صوت أعرفه جيِّدًا، إنَّه سافيليتش يركض لملاقاتنا. أمر بوغاتشوف الحوذي بالتوقُّف.

- «يا أبتِ بيتر أندرييتش!»، صاح العجوز، «لا تتركني في شيخوختي مع هؤلاء المحتـ»...

- «ها، هذا أنت يا عجوز!»، قال له بوغاتشوف، «لقد أذِن الله بلقائنا مرَّة ثانية. طيِّب، اجلس إلى جانب الحوذي».

- «شكرًا، أيُّها القيصر، شكرًا يا أبانا الحبيب!»، قال سافيليتش، وهو يحتلُّ مكانه، «ليمنحك الربُّ مئة عام من الصحَّة، لأنَّك رأيتني، أنا العجوز، وهدَّأت روعي. سأصلِّي طول عمري من أجلك، ولن أذكر المعطف المصنوع من جلد الأرانب بعد اليوم».

كان بإمكان هذا المعطف من جلد الأرانب أن يُغضب بوغاتشوف غضبًا شديدًا، غير أنَّ هذا القيصر الدعيَّ، لحسن الحظِّ، لم يسمع، أو تجاهل تلميح سافيليتش الذي جاء في غير محلِّه. انطلقت الخيول، والناس مصطفُّون على الطريق، يحيُّون بانحناءات تلامس فيها رؤوسهم خصورهم. وكان بوغاتشوف يُحيِّي بإحناءة خفيفة من رأسه الناس على الجانبين. بعد دقيقة خرجنا من البلدة وانطلقنا في طريق منبسطة.

يستطيع المرء بسهولة أن يتصوَّر مشاعري في تلك اللحظة، فبعد عدَّة ساعات يجب أن ألتقي تلك التي كنت أعدُّها مفقودة. تخيَّلت نفسي في لحظة التقائنا. وفكَّرت أيضًا في ذلك الرجل الذي كان مصيري بين يديه، وفي المسار الغريب للظروف، الذي دفعه للارتباط بي ارتباطًا غامضًا. تذكَّرت قسوته الفظيعة وعاداته الدموية وأنَّه هو الذي تطوَّع لإنقاذ حبيبتي! بوغاتشوف لم يكن يعرف أنَّها ابنة النقيب ميرونوف، وشفابرين الحاقد قد يكشف له الأمر كلَّه، وقد يرى بوغاتشوف الأمر بشكل مختلف عن رؤيتي له... تُرى، ما الذي سيحلُّ بماريا إيفانوفنا؟ سَرَت القشعريرة في جسدي كلِّه، وانتصب شعر رأسي كالإبر...وفجأة قطع بوغاتشوف أفكاري، والتفت يسألني:

- فيمَ تفكِّر يا صاحب السموِّ؟
- «أفكِّر في ما نحن فيه»، قلت له، «أنا ضابط ومن النبلاء: البارحة كنت أقاتل ضدَّك، واليوم أسافر معك في عربة واحدة، وسعادة حياتي في يدك».
- «ما معنى ذلك؟»، سأل بوغاتشوف، «هل أنت خائف؟».

أجبته بأنِّي ما دمت قد حظيت يومًا بعفوه، لا أطمع برحمته فقط، بل بمساعدته أيضًا.

- «أنت محقٌّ، والله أنت محقٌّ!»، قال القيصر الدعيُّ، «أنت ترى أنَّ فتياني ينظرون إليك بعداء، والعجوز يصرُّ اليوم أيضًا على أنَّك جاسوس وأنَّ الواجب يقضي بأن نعذِّبك ونشنقك، غير أني لم أوافق»، وتابع خافضًا صوته كي لا يسمعه سافيليتش والتتري، «كرمى لكأس النبيذ الذي قدَّمته لي والمعطف المُحاك من جلد الأرانب. ها أنتذا ترى أنِّي لست مصَّاص الدماء الذي يتحدَّث عنه إخوانك».

تذكَّرت اجتياح قلعة بيلوغورسك، لكنِّي لم أرَ النقاش معه ضروريًّا، فلم أردَّ على ما قاله بأيَّة كلمة.

- «ماذا يقولون عني في أرينبورغ؟»، سأل بوغاتشوف بعد فترة صمت قصيرة.

- يقولون إنَّ هزيمتك أمر صعب. لا جدال في أنَّ أفعالك عرَّفتهم من أنت.

عبَّر وجه القيصر الدعيِّ عن اعتداد كبير بالنفس.

- «طبعًا»، قال بلهجة مرحة، «أنا أتقن فنَّ القتال. أتُراهم عرفوا عندكم في أرينبورغ بنتائج معركة يوزييفا؟ أربعون يرينالًا قتيلًا، وأربع فرق أسرى. ما رأيك؟ هل يستطيع ملك بروسيا أن يجاريني؟».

بدا لي انتفاج قاطع الطريق هذا مسلِّيًا.

- «وأنت ما رأيك؟»، قلت له، «هل تستطيع التغلُّب على فريدريك؟».

- على فيودور فيودوروفيتش؟ وكيف لا؟ ها أنذا أتغلَّب على ينرالاتكم وهم الذين غلبوه. إنَّ سلاحي ما زال حتى الآن سعيد الحظِّ. امنحني الوقت، ليكون سعيدًا أيضًا حين أهاجم موسكو.

- وهل تفكِّر في الهجوم على موسكو؟

فكَّر القيصر الدعيُّ برهة ثم قال بصوت منخفض:

- الله أعلم، دربي ضيقة، ونطاق حرِّيتي محدود. رجالي يتذاكون. إنَّهم

لصوص. أذناي يجب أن تبقيا منصتتين بحدَّة، فهم مستعدُّون لافتداء رقابهم برأسي عند أوَّل إخفاق.

- «هو ذا!»، قلتُ لبوغاتشوف، «أليس الأفضل لك أن تنأى بنفسك عنهم قبل ذلك، وتلجأ إلى طلب الرحمة من القيصرة؟».

ضحك بوغاتشوف بمرارة.

- «لا»، أجابني، «لقد فات أوان الندم والتوبة، أنا لن أحظى بأيَّة رحمة. سأتابع كما بدأت. من يدري؟ فقد أنجح. أنت تعرف أنَّ غريشكا أرتبييف حكم حتى موسكو... ولكن هل تعرف كيف كانت نهايته؟ لقد رموه من النافذة، وقطَّعوه، ثم أحرقوه، ووضعوا رماده في قذيفة مدفع وأطلقوها!».

- «اسمع»، قال بوغاتشوف وهو في حال إلهام وحشي، «سأروي لك حكاية روتها لي في طفولتي عجوز كالميكية. سأل النسرُ الغرابَ يومًا: 'قلْ لي أيُّها الطائر الغراب، لماذا تعيش أنت في الدنيا ثلاثمئة عام، بينما لا أعيش أنا إلَّا ثلاثة وثلاثين عامًا؟'، فأجابه الغراب: 'لأنَّك يا أبتِ، تشرب دمًا حيًّا، أمَّا أنا فأتغذَّى على الجيَف'. فكَّر النسر، وقال لنفسه: 'فلأجرِّب أنا أيضًا أن أتغذَّى مثله'. طيِّب. طار النسر والغراب، فشاهدا فرسًا نافقة، هبطا وحطَّا عندها. شرع الغراب ينقر الجيفة متلذِّذًا. نقر النسر الجيفة مرَّة، ثم مرَّة، ثم لوَّح بجناحيه، وقال للغراب: 'لا، يا أخي الغراب، أن أشرب دمًا حيًّا وأرضى بما يمنحني الله من العمر، خير لي من أن أظلَّ ثلاثمئة عام أتغذَّى بلحم الجيف!'. ما رأيك في هذه الحكاية الكالميكية؟».

- «حكاية جميلة»، أجبته، «لكنَّ العيش على القتل والسلب هو في رأيي، نقر للجيف».

نظر إليَّ بوغاتشوف بدهشة ولم يقل شيئًا. صمتنا، وغرق كلٌّ منَّا في أفكاره. وراح التتري يُغنِّي أغنية مديدة حزينة، أمَّا سافيليتش فأغفى متمايلًا إلى جانبه،

وانطلقت العربة بسرعة كبيرة على الطريق الشتوية الملساء... وفجأة، لاحت لي القرية الصغيرة على ضفَّة نهر يايكا الوعرة بأسوارها وجرس كنيستها. وبعد ربع ساعة دخلنا حصن بيلوغورسك.

الفصل الثاني عشر

اليتيمة

مثلما أنَّ تفَّاحتنا
من دون هالة خضراء أو أغصان
كذلك هي أميرتنا الصغيرة
من دون أب أو أمٍّ
وليس لها من يزيِّنها للعرس
أو من يباركها.
من أغاني الأعراس

وقفت العربة أمام مدخل بيت الآمِر. وعرف الناس أجراس عربة بوغاتشوف فاندفعوا في حشد يتبعونها، واستقبل شفابرين القيصر الدعيَّ عند المدخل، مرتديًا زيَّ القوزاق وقد أطلق لحيته. أقبل هذا الخائن يساعد بوغاتشوف في النزول من العربة، مُظهرًا بتعابير سافلة بهجته واندفاعه. ارتبك حين رآني، لكنَّه سرعان ما تمالك نفسه ومدَّ لي يده قائلًا:

- وأنت صرت معنا؟ هذا ما كان يجب أن يحدث منذ زمن!

أشحت ببصري عنه ولم أجبه بشيء.

توجَّع قلبي حين دخلنا الغرفة التي عرفتها منذ زمن بعيد، شهادة الآمِر المرحوم العسكرية ما تزال معلَّقة على الجدار، كأنَّها شاهدة على قبر عهد مضى. جلس بوغاتشوف على الديوانة التي كان يجلس عليها في الماضي إيفان كوزميتش، مغالبًا النعاس الذي تُسبِّبه له أحاديث زوجته المتذمِّرة. وقدَّم شفابرين نفسه الفودكا لبوغاتشوف، فشرب كأسًا وقال مشيرًا إليَّ:

- قدِّم الضيافة لصاحب السموِّ.

كان في غاية الاضطراب، فهو، بفطنته المعتادة، أدرك، طبعًا أنَّ بوغاتشوف لم يكن راضيًا عنه، فجبُن أمامه ونظر إليَّ نظرة ملؤها الشكُّ. استفسر منه بوغاتشوف عن حال القلعة، وعن الإشاعات حول قوَّات العدوِّ وما شابه ذلك، وفجأة سأله على غير توقُّع:

- قل لي يا أخي، من البنت التي وضعتها عندك تحت الحراسة؟ أرنيها.

شحب شفابرين شحوب الأموات.

- «سيِّدي القيصر»، قال بصوت راعش، «يا سيِّدي القيصر، إنَّها ليست سجينة... إنَّها مريضة... إنَّها راقدة في الغرفة العلويَّة».

- «خُذني إليها إذن»، قال القيصر الدعيُّ وهو ينهض من مكانه.

ثنيُه عن قراره كان مستحيلًا. قاد شفابرين بوغاتشوف إلى الغرفة العلويَّة حيث ماريا إيفانوفنا، فتبعتُه.

توقَّف شفابرين على الدرج.

- «سيِّدي القيصر!»، قال، «بيدك أن تأمرني بما تشاء، ولكن لا تأمر بدخول رجل غريب إلى غرفة نوم زوجتي».

اضطربتُ وقلت لشفابرين:

- «أنت، إذن، متزوِّج!»، وكنت آنذاك مستعدًّا لتمزيقه.

- «اهدأ!»، قاطعني بوغاتشوف، «هذا أمر يخصُّني. أمَّا أنت»، تابع موجِّهًا الكلام إلى شفابرين، «فلا تراوغ، أنا أُدخِل إليها من أشاء، سواء أكانت زوجتك أم لم تكن زوجتك. اتبعني يا صاحب السموِّ».

عند باب الغرفة، توقَّف شفابرين من جديد، وقال بصوت متقطِّع:

- سيِّدي القيصر، أنبِّهك لأنَّها مصابة بالحمَّى البيضاء، وهي منذ ثلاثة أيَّام لا تكفُّ عن الهذيان.

- «افتح الباب!»، قال بوغاتشوف.

بدأ شفابرين يبحث في جيوبه، ثم قال إنَّه لم يحمل المفتاح معه. دفع بوغاتشوف الباب برجله، فخلع القفل وفُتح الباب ودخلنا.

نظرت فجمدت. على الأرض، في ثوب فلَّاحي ممزَّق، جلست ماريا إيفانوفنا شاحبة، نحيلة، مشعثة الشعر، أمامها إبريق ماء تغطِّي فوهته قطعة خبز. حين رأتني ارتعدت وصرخت، ولست أدري ماذا حلَّ بي عند ذلك.

نظر بوغاتشوف إلى شفابرين وقال بسخرية مُرَّة:

- «ما أجود مستشفاك!»، ثم اقترب من ماريا إيفانوفنا، «قولي لي يا يمامتي، لماذا يعاقبك زوجك؟ ما الذنب الذي ارتكبته بحقِّه؟».

- «زوجي!»، كرَّرت الفتاة، «إنَّه ليس زوجي، ولن أكون أبدًا زوجة له! لقد قرَّرت أنَّ الموت أفضل، وسأموت إذا لم يُنقذني أحد».

ألقى بوغاتشوف نظرة رهيبة على شفابرين:

- «وأنت تجرَّأت على خداعي!»، قال له، «أتعرف، أيُّها العاطل، ماذا تستحقُّ؟».

سقط شفابرين جاثيًا على ركبتيه... وفي هذه اللحظة أخمد الاحتقار كلَّ ما كان في نفسي من الحقد والغضب. ورحت أنظر باشمئزاز إلى ذلك النبيل الذي يتمرَّغ على الأرض عند قدَمي قوزاقي هارب. هدأ غضب بوغاتشوف قليلًا.

- «سأعفو عنك هذه المرَّة»، قال لشفابرين، «لكن اعلم أنَّ فعلتك هذه ستُحسب عليك أيضًا عند أوَّل ذنب ترتكبه».

ثم التفت إلى ماريا إيفانوفنا، وقال لها بمودَّة:

- اخرجي أيَّتها الفتاة الجميلة؛ أنا أمنحك حرِّيتك. أنا القيصر.

ألقت عليه ماريا إيفانوفنا نظرة سريعة فأدركت أنَّ من يقف أمامها هو قاتل أبويها. غطَّت وجهها بيديها الاثنتين وسقطت فاقدة الوعي. هرعتُ نحوها، لكن بالاشا، الخادمة التي أعرفها منذ زمن بعيد اندفعت بشجاعة كبيرة إلى داخل الغرفة وراحت تعتني بسيِّدتها. وخرج بوغاتشوف من الغرفة، ومضينا نحن الثلاثة، إلى غرفة المعيشة.

- «ما قولك يا صاحب السموِّ؟»، قال بوغاتشوف ضاحكًا، «ها قد أنقذنا الفتاة الجميلة! ألا ترى أن نُحضر القسَّ، ونُرغمه على عقد قران ابنة أخته؟ أظنُّ أني سأكون أباها في المعمودية، وسيكون شفابرين إشبينها. نتمِّم الزواج، ونسكر، ثم نغلق عليكما الباب!».

لقد حدث ما كنت أخشاه. حين سمع شفابرين اقتراح بوغاتشوف فقد صوابه.

- «مولاي!»، صاح وهو في هياج شديد، «أنا مذنب، أنا كذبت عليك، ولكن غرينيف يخدعك أيضًا. هذه الفتاة ليست قريبة كاهن الكنيسة، إنَّها ابنة إيفان ميرونوف الذي أعدمتَه حين استوليت على هذه القلعة».

صوَّب بوغاتشوف إليَّ عينين تقدحان شررًا.

- «ما هذا الذي أسمعه؟»، سألني غير مصدِّق.

- «ما قاله لك شفابرين هو الحقيقة»، أجبته بثبات.

- «أنت لم تقل لي ذلك»، قال بوغاتشوف عابسًا.

- «احكم بنفسك»، أجبته، «هل كان من الممكن أن أُعلن أمام رجالك أنَّ ابنة ميرونوف حيَّة؟ لو فعلت ذلك لمزَّقوها إربًا إربًا، ولاستحال إنقاذها!».

- «هذا صحيح»، قال بوغاتشوف ضاحكًا، «ما كان رجالي السكارى ليرحموا الفتاة المسكينة. حسنًا فعلت زوجة الكاهن إذ خدعتهم».

- «اسمع»، تابعت كلامي حين لاحظت مزاجه الطيِّب، «أنا لا أعرف بأيِّ لقب أناديك، ولا أريد أن أعرف... لكن ليشهد الربُّ، أنِّي مستعدٌّ لأن أقدِّم لك حياتي مقابل ما فعلته من أجلي، إنَّما لا تطلب منِّي أن أفعل ما يناقض شرفي وضميري المسيحي. أنت تفضَّلت عليَّ، فأكملْ كما بدأت: اتركني أذهب أنا واليتيمة المسكينة إلى حيث يشاء الله لنا أن نذهب. ونحن أينما كنت، وأيًّا كان مصيرك، سنصلِّي كلَّ يوم من أجل أن يُنقذ الربُّ روحك الخاطئة»...

تأثَّرت روح بوغاتشوف الصارمة بكلامي على ما يبدو.

- «إممم، ليكن ما تريد!»، قال بوغاتشوف، «الإعدام هو الإعدام، والعفو هو العفو: هذه عادتي. خُذْ حسناءك واذهب بها إلى حيث تشاء، وليمنحكما الربُّ الحبَّ والهداية!».

عند ذاك التفت إلى شفابرين وأمَرَه أن يُعطيني رخصة مرور عبر كلِّ الحواجز والحصون الخاضعة له. وكان شفابرين، الذي انهار تمامًا، يقف كالمصعوق. بعد ذلك توجَّه بوغاتشوف لتفقُّد القلعة يرافقه شفابرين، أمَّا أنا فبقيت بحجَّة الاستعداد للرحيل.

هرعت إلى الغرفة العلويَّة. كان الباب مُغلقًا. طرقته.

- «مَن هناك؟»، سألت بالاشا.

أعلنت عن نفسي، فسمعت صوت ماريا إيفانوفنا الحبيب من وراء الباب:

- انتظر يا بيتر أندرييتش. أنا أبدِّل ملابسي. اذهب إلى أكولينا بامفيلوفنا وسألحق بك إلى هناك حالًا.

أطعتها، وذهبت إلى بيت الأب غيراسيم، فهرع الاثنان لاستقبالي. وكان سافيليتش قد أبلغهما بقدومي.

- «مرحبًا يا بيتر أندرييتش»، قالت زوجة الكاهن، «لقد أراد الله أن نلتقي مرَّة أخرى. كيف حالك؟ نحن كنَّا نتذكَّرك يوميًا. وماريا إيفانوفنا، يمامتي الصغيرة، عانت الكثير من دونك... قُلْ لي يا أبتِ، كيف تفاهمت مع بوغاتشوف؟ كيف لم يقضِ عليك؟ الحمد لله. وشكرًا لهذا الشرِّير على عدم فعل ذلك».

- «كفى يا عجوز»، قاطعها الأب غيراسيم، «لا داعي لأن تقولي كلَّ ما تعرفين. كثرة الكلام لا تجلب السلامة. يا أبتِ بيتر أندرييتش! ادخل، تفضَّل، أرجوك. نحن لم نرك منذ مدَّة طويلة جدًّا».

صارت زوجة الكاهن تضيِّفني ممَّا رزقها الله، وهي تتكلَّم باستمرار. روت لي كيف أجبرهما شفابرين على تسليمه ماريا إيفانوفنا، وكيف بكت ماريا

إيفانوفنا ولم تُرِدْ مفارقتها، وكيف كانت على صلة بها عن طريق بالاشا (هذه البنت قويَّة، استطاعت أن تُرغم حتى الوكيل على تنفيذ رغباتها)، وكيف نصحت ماريا إيفانوفنا بالكتابة لي، وغير ذلك. ورويت لها بدوري، حكايتي بإيجاز، فرسم الكاهن وزوجته شارة الصليب على صدريهما حين سمعا أنَّ بوغاتشوف يعرف أنهما خدعاه.

- «إنَّ القوَّة الإلهيَّة معنا!»، قالت أكولينا بامفيلوفنا، «فلتُبعدْ عنَّا هذه الغمَّة يا ربُّ. يا لهذا الأليكسي إيفانيتش، إنَّ الكلام يعجز عن وصف تفاهة ذَكَر الإوزِّ هذا!».

في هذه اللحظة فُتح الباب ودخلت ماريا إيفانوفنا باسمة، شاحبة الوجه، وقد خلعت ثوبها الفلَّاحي وارتدت كعادتها ثوبًا بسيطًا ولطيفًا.

أمسكت يدها، وظللت فترة طويلة لا أستطيع النطق ببنت شفة. صمتنا، نحن الاثنين، لامتلاء قلبينا. وأدرك صاحبا البيت أنَّنا منشغلان عنهما، فتركانا وحدنا. بقينا على انفراد ونسينا كلَّ شيء. تكلَّمنا فلم نشبع من الكلام. روت لي ماريا إيفانوفنا كلَّ ما حدث معها منذ احتلال القلعة، ووصفت لي كلَّ فظاعة وضعها، وكلَّ العذابات التي سبَّبها لها شفابرين النتِن. وتذكَّرنا معًا زمن الماضي السعيد... بكينا، نحن الاثنين... وأخيرًا شرعتُ أوضح لها تصوُّراتي عن المستقبل. بقاؤها في القلعة الخاضعة لسلطة بوغاتشوف وإدارة شفابرين أمر مستحيل. ومن غير الجائز التفكير بأرينبورغ التي تُعاني من كلِّ كوارث الحصار. ولم يكن لها في الدنيا أيُّ قريب تلجأ إليه. لذلك اقترحتُ عليها السفر إلى والديَّ في القرية. تردَّدت في البداية، فهي تخشى موقف أبي المعروف الرافض لزواجنا. هدَّأت من روعها، فأنا أعرف أن أبي سيكون سعيدًا إذا ضمَّ إلى واجباته إيواء ابنة محارب محترم قضى في الدفاع عن الوطن.

- «ماريا إيفانوفنا الحبيبة!»، قلت لها أخيرًا، «أنا أُعدُّك زوجتي. لقد جمعتنا ظروف عجيبة وحَّدَتنا وحدة لا تنفصم عُراها، وما من شيء في العالم يمكن أن يفرِّق بيننا».

استمعت إليَّ ماريا إيفانوفنا ببساطة، من دون خجل متصنّع، ومن دون أيَّة تحفُّظات متذاكية. لقد كانت تحسُّ أنَّ مصيرها مرتبط بمصيري. لكنَّها كرَّرت أنَّها لن تكون زوجتي إلَّا بموافقة والديَّ. وأنا لم أعترض على موقفها. تبادلنا قبلة حارَّة وصادقة، وهكذا قرَّرنا فيما بيننا كلَّ شيء.

بعد ساعة، أحضر لي الوكيل إجازة المرور موقَّعة بخطٍّ بوغاتشوف الرديء وأبلغني أنَّه يدعوني لزيارته. حين وصلت وجدته يستعدُّ للرحيل. لا أستطيع أن أصف ما أحسست به وأنا أفارق هذا الرجل الفظيع، الوحش، الشرِّير بالنسبة إلى الجميع ما عداي أنا وحدي، لمَ لا أقول الحقيقة؟ لقد تملَّكني في هذه اللحظة شعور قويٌّ بالانجذاب إليه. ورغبت رغبة لاهبة بتخليصه من وسط الأشرار الذين يقودهم، وإنقاذه ما دام الأوان لم يفُت بعد، لكنَّ وجود شفابرين والناس الذين تجمَّعوا حولنا منعني من أن أقول كلَّ ما كان يملأ قلبي.

افترقنا بمودَّة. وحين رأى بوغاتشوف أكولينا بامفيلوفنا في الحشد هدَّدها بإصبعه وغمز لها بعينه غمزة ذات معنى، ثم جلس في العربة وأمر الحوذي بالانطلاق إلى بيردا، وفي لحظة تحرُّك الخيول مدَّ رأسه من العربة ثانية، وصاح بي:

- وداعًا يا صاحب السموِّ! آمل أن نلتقي في وقت ما.

وقد التقينا فعلًا، ولكن يا لتلك الظروف التي جمعتنا!

رحل بوغاتشوف. وبقيت طويلًا أتأمَّل السهب الأبيض الذي انطلقت فيه الترويكا تسابق الريح. تفرَّق الناس، واختفى شفابرين. عُدت إلى بيت الكاهن. كان كلُّ شيء معدًّا لرحيلنا، ولم أرغب في المزيد من التأخير. وضعنا متاعنا في عربة الآمِر القديمة. وأسرج الحوذي الخيل بسرعة البرق. أمَّا ماريا إيفانوفنا فذهبت تودِّع قبرَي والديها اللذين دُفنا في الفناء الخلفي للكنيسة. أردت أن أرافقها. لكنَّها طلبت منِّي أن أتركها تذهب بمفردها. عادت بعد دقائق تُغطِّي وجهَها دموع تسيل في صمت. جاء الحوذي بالعربة. وخرج الأب غيراسيم وزوجته إلى الشرفة لوداعنا. جلسنا، ثلاثتنا، ماريا إيفانوفنا وبالاشا وأنا، داخل العربة أمَّا سافيليتش فجلس إلى جانب الحوذي.

- «وداعًا يا ماريا إيفانوفنا، يا يمامتي الصغيرة! وداعًا يا بيتر أندرييتش، يا صقرنا الصبوح!»، قالت زوجة الكاهن الطيِّبة، «رحلة ميمونة، وليهبكما الربُّ السعادة!».

انطلقنا. ورأيت في نافذة بيت الآمِر شفابرين واقفًا. كان وجهه يعبِّر عن حقد أسود. لم أشأ أن أتباهى بالانتصار على عدوٍّ منهار فأشحت عنه ببصري. وأخيرًا، خرجنا من البوَّابة، مودِّعين إلى الأبد قلعة بيلوغورسك.

الفصل الثالث عشر

الاعتقال

- لا تغضب يا سيِّدي، فمن واجبي
أن أرسلك إلى السجن فورًا.
- أنا، لو سمحت، جاهز، غير أنِّي آمَل
أن تسمح لي بتوضيح القضيَّة قبل ذلك.

كنياجنين

هذا اللقاء المصادف بالفتاة الحبيبة التي كان يعذِّبني قلقي عليها في صباح اليوم، جعلني لا أصدِّق نفسي، فتخيَّلت أنَّ كلَّ ما حدث معي مجرَّد حلم فارغ. كانت ماريا إيفانوفنا تنظر شاردة الفكر، تارة إليَّ، وتارة إلى الطريق، وقد بدا عليها أنَّها لم تفقْ من ذهولها، ولم تتمالك نفسها بعد. جلسنا صامتين. قلبانا كانا مرهقين إرهاقًا شديدًا. ومن دون أن نلحظ، وجدنا نفسينا بعد ساعتين في حصن قريب خاضع أيضًا لسُلطة بوغاتشوف. بدَّلنا الخيول في هذا الحصن. وقد لاحظتُ من السرعة التي تمَّ بها تبديل الخيل، والعجلة في خدمتنا التي أبداها القوزاقي الملتحي آمِر الحصن، أنَّهم بفضل ثرثرة الحوذي الذي نقلنا، عدُّوني الرجل المقرَّب من بوغاتشوف.

انطلقنا نتابع رحلتنا. حلَّ المساء، ونحن نقترب من بلدةٍ، قال الآمِر الملتحي إنَّ فيها فصيلًا قويًّا قدِم لينضمَّ إلى جيش القيصر الدعيِّ. أوقفنا الحراس. وعن سؤال: «من القادم؟»، أجاب حوذيُّنا بصوت عالٍ:

- صديق القيصر ومعه زوجته.

وفجأة، طوَّقنا حشد من الفرسان وهم يُطلقون أفظع الشتائم.

- «اخرج من العربة يا صديق الشيطان!»، قال لي قائد حرس البوَّابة ذو الشارب، «ستنال حمَّامًا ساخنًا أنت وزوجتك!».

نزلت من العربة وطلبت منهم أن يأخذوني إلى رئيسهم. حين رأى الجنود أنِّي ضابط، كفُّوا عن إطلاق الشتائم. وذهبت برفقة قائد الحرس للقاء المقدَّم. لم يتخلَّف سافيليتش عنِّي، كان يمشي محدِّثًا نفسه: «هذا ما نابنا من صداقة القيصر! من الدلف إلى المزراب. إلهي، يا مالك الملك! كيف سينتهي هذا كلُّه؟». وسارت العربة، على بعد خطوات.

بعد خمس دقائق، وصلنا إلى منزل صغير، أضواؤه ساطعة. تركني قائد الحرس مع الحرَّاس وذهب ليبلِّغ عنِّي. عاد بعد فترة قصيرة فأعلن لي أنَّه لا وقت لدى سموِّه النبيل لاستقبالي، وأنَّه أمر بوضعي في السجن، وسوق الزوجة إليه.

- «ما معنى هذا؟»، صرخت كالمجنون، «أتُراه فقد عقله؟».

- «أنا لا أعرف يا صاحب السموِّ»، أجاب قائد الحرس، «سوى أنَّ سموَّه النبيل أمر بوضع سموِّك في السجن، وأمر بأن تُساق سموُّها إلى سموِّه النبيل، يا صاحب السموِّ!».

اندفعت إلى المدخل. لم يحاول الحراس إيقافي، أمَّا أنا فاندفعت إلى داخل غرفة كان فيها ستَّة من ضبَّاط الفرسان يلعبون القمار. كان المقدَّم يوزِّع الورق، وكم كانت دهشتي كبيرة حين نظرت إليه، فعرفت فيه إيفان إيفانوفيتش زورين الذي خسرت أمامه ذات يوم في نُزُل في سيمبيرسك!

- «أهذا ممكن؟»، صرخت، «إيفان إيفانتيش؟ أهذا أنت؟».

- با، با، با! بيتر أندرييتش! أيَّة أقدار ساقتك إلينا؟ من أين جئت؟ أهلًا يا أخي، ألا تريد المشاركة؟

- ممنون. الأفضل أن تأمر لي بمسكن.

- أيُّ مسكن؟ أنت ستبقى عندي.
- لا أستطيع، أنا لست وحدي.
- هاتِ زميلك إلى هنا أيضًا.
- ليس معي زميل، أنا... مع سيِّدة.
- «مع سيِّدة! أين علقت بك؟ إيه، يا أخي!»، قال زورين ذلك وصفَّرَ صفرة معبِّرة جعلت الجميع يضحكون، أمَّا أنا فارتبكت.
- «حسنًا»، تابع زورين، «ليكن ذلك. سنخصِّص لك شقَّة. يؤسفني ذلك... فقد كان بإمكاننا أن نحتفل كما في الأيام الخوالي... هيي! يا ولد! لماذا لم يجيئوا بصديقة بوغاتشوف إلى هنا؟ أهي تعاندهم؟ قولوا لها ألَّا تخاف: السيِّد رائع، ولن يُسيء إليها بشيء، وأفهموها أنَّها ستُرغَم إذا تمنَّعت».
- «ما هذا الكلام؟»، قلت لزورين، «عن أيَّة صديقة لبوغاتشوف تتكلَّم؟ إنَّ هذه الفتاة ابنة النقيب المرحوم ميرونوف. لقد أنقذتُها من الأسر، وأرافقها الآن إلى قرية والديَّ، وسأتركها هناك».
- كيف! أأنت من أبلغوني عنه قبل قليل؟ رحماك! ما معنى هذا كلِّه؟
- سأخبرك بكلِّ شيء فيما بعد. أمَّا الآن فهدِّئ، بحقِّ الربِّ، من روع الفتاة المسكينة التي أفزعها فرسانك.

أصدر زورين أوامره في الحال. وخرج، هو نفسه، إلى الشارع واعتذر من ماريا إيفانوفنا عن سوء الفهم غير المقصود، وأمر قائد الحرس أن يوصلها إلى أفضل مسكن في البلدة. أمَّا أنا فبتُّ الليل عنده.

تناولنا طعام العشاء، وحين بقينا على انفراد أخبرته بكلِّ مغامرتي. استمع إليَّ زورين باهتمام كبير، وحين انتهيت من كلامي، هزَّ رأسه وقال:

- هذا كلُّه جيِّد يا أخي، الأمر الوحيد غير الجيِّد هو كيف استطاع الشيطان أن يُغريك بالزواج؟ أنا ضابط شريف ولا أريد خداعك: صدِّقني! إنَّ الزواج عبء. حسنًا، كيف ستتحمَّل الاعتناء بزوجتك،

وتربية الأطفال أيضًا؟ ابصق على هذا الأمر، واسمعني: اقطع علاقتك مع ابنة النقيب، الطريق إلى سيمبيرسك نظيفة وآمنة، أنا نظَّفتها. أرسلها غدًا بمفردها إلى والديك، أمَّا أنت فابقَ معي في الفصيل. لا داعي لعودتك إلى أرينبورغ، سيكون احتمال نجاتك من المتمرِّدين ضعيفًا إذا وقعت في أيديهم مرَّة أخرى. بهذه الطريقة سيزول جنون الهوى من تلقاء نفسه، وسيكون كلُّ شيء على ما يرام.

لم أكن موافقًا كلَّ الموافقة على كلام زورين، ولكنِّي شعرت أنَّ الواجب والشرف يُلزمانني بالوجود في جيش الإمبراطورة، فقرَّرت أن أتبع نصيحته فأرسل ماريا إيفانوفنا إلى القرية، وأبقى في فصيله.

حين جاء سافيليتش ليساعدني في خلع ملابسي، طلبتُ منه أن يكون في اليوم التالي مستعدًّا للسفر مع ماريا إيفانوفنا، فعاندني واعترض قائلًا:

- ماذا تقول يا سيِّدي؟ كيف أتركك؟ من سيرعى شؤونك؟ وماذا سيقول والداك؟

ولأنِّي كنت أعرف عناد صاحبي العجوز، قرَّرت إقناعه بالمودَّة والإخلاص.

- «يا صديقي أرخيب سافيليتش!»، قلت له، «لا ترفض طلبي، كن مُتفضِّلًا عليَّ، أنا هنا لا أحتاج إلى من يخدمني، ولكنِّي لن أكون مطمئنًا إذا سافرت ماريا إيفانوفنا وحيدة على الطريق من دونك. أنت إذا خدمتها، خدمتني أيضًا، لأنِّي اتَّخذت قرارًا حاسمًا بالزواج منها حين تسمح الظروف بذلك».

هنا صفَّق سافيليتش بيديه وبدا دهِشًا دهشة تفوق الوصف.

- «تتزوَّج!»، ردَّد متعجِّبًا، «الولد يريد أن يتزوَّج! ماذا سيقول أبوك، وكيف ستنظر أمك إلى الأمر؟».

- «سيوافقان، سيوافقان بالتأكيد»، أجبتُه، «حين يعرفان ماريا إيفانوفنا. أنا أعلِّق الآمال عليك أيضًا. أبي وأمي يثقان بك، وأنت ستشجِّعهما على الموافقة، أليس كذلك؟».

تأثَّر العجوز بكلامي.

- «آه، يا أبتِ بيتر أندرييتش!»، أجابني، «صحيح أنَّك ما زلت صغيرًا على التفكير في الزواج، ولكنَّ ماريا إيفانوفنا فتاة طيِّبة للغاية، ومن الخطأ تفويت فرصة كهذه. ليكن ما تريد! سأرافقها، سأرافق هذا الملاك السماوي، وسأقول لأبويك، بكلِّ إخلاص العبد، أنَّ عروسًا كهذه يجب ألا تُطالب ببائنة».

شكرت سافيليتش وذهبت مع زورين للنوم في غرفته. كنت منفعلًا ومتوتِّرًا، فثرثرت كثيرًا. في البداية بادلني الحديث بحماسة، ولكنَّ كلماته صارت تتناقص تدريجيًّا وتفقد الترابط بينها، وأخيرًا، أجاب عن أحد أسئلتي بشخير وصفير بدلًا من الكلام، فصمتُّ، وسرعان ما حذوت حذوه.

ذهبتُ إلى ماريا إيفانوفنا في صباح اليوم التالي، وأخبرتها بما نويته، فرأت ذلك صوابًا ووافقتني في الحال. وكان من المقرَّر أن يغادر فصيل زورين البلدة في اليوم نفسه، ولم يكن هناك ما يدعو إلى التأخير، لذا ودَّعتها على الفور، بعد أن أوكلت أمر رعايتها لسافيليتش، وحمَّلتها رسالة لوالديَّ. بكت ماريا إيفانوفنا.

- «وداعًا يا بيتر أندرييتش!»، قالت بصوت خافت، «الله وحده يعلم إن كنَّا سنلتقي أو لا، لكنِّي لن أنساك ما حييت، وستظلُّ وحدك في قلبي حتى أُوارى في القبر».

لم أستطع أن أجيب بشيء، فالناس كانوا يحيطون بنا، وأنا لم أرد أن أستسلم أمامهم للعواطف التي كانت تتملَّكني. رحلت ماريا إيفانوفنا أخيرًا. وعدتُ إلى زورين حزينًا وصامتًا. فحاول التخفيف عنِّي، وحاولت تبديد كآبتي، فأمضينا يومًا نشيطًا وصاخبًا، وفي المساء انطلق فصيلنا في المسير.

كان ذلك في أواخر شهر شباط (فبراير). الشتاء الذي كان يعيق الأعمال العسكرية أخذ في الانتهاء، واستعدَّ جنرالاتنا للقيام بعمل مشترك. بوغاتشوف ما زال في ضواحي أرينبورغ، وفي هذه الأثناء تجمَّعت الفصائل غير بعيد عنه، وتقدَّمت من جميع الجهات مقتربة من عشِّ الأشرار. حين رأت القرى المتمرِّدة

قوّاتنا صارت تعلن الطاعة، وراحت عصابات اللصوص تهرب من أمامنا في كلِّ مكان، وأوحى كلُّ شيء بنهاية سريعة موفَّقة.

بعد وقت قصير، هزم الأمير غاليتسين، بالقرب من قلعة تاتيشيفا، بوغاتشوف وفرّق جموعه، وحرّر أرينبورغ، وبدا أنَّه وجَّه للتمرُّد الضربة الحاسمة الأخيرة. كان زورين، في هذه الأثناء، يهاجم عصابة من المتمرِّدين البشكيريين الذين تفرَّقوا حتى قبل أن نراهم. حاصرنا الربيع في قرية تترية صغيرة. فاضت الغدران بالمياه، ولم تعد الطرق سالكة. فرُحنا نسلِّي أنفسنا بالتفكير في النهاية القريبة لهذه الحرب المضجرة، التافهة، ضدَّ قطَّاع طرق ومتوحِّشين.

لكنَّ بوغاتشوف ما زال طليقًا، فقد ظهر في معامل سيبيريا، وجمع هناك عصابات جديدة، ثم بدأ أعماله الشرِّيرة ثانية، وانتشر خبر نجاحاته من جديد، فسمعنا عن تدمير ونهب الحصون السيبيرية. وسرعان ما انتشر خبر استيلاء القيصر الدعيِّ على كازان وتحضيره للحملة على موسكو، فأقلق هذا قادة القوّات، الذين كانوا قبلًا يُهملون ذلك الاحتمال، اعتمادًا منهم على انهيار المتمرِّد الحقير. تلقَّى زورين أمرًا بعبور نهر الفولغا.[1]

لن أصف حملتنا وانتهاء الحرب. سأقول بإيجاز إنَّ الكارثة بلغت حدودها القصوى. اجتزنا قرى نهبها المتمرِّدون، أخذنا بالإكراه من السكَّان الفقراء ما استطاعوا إنقاذه. الإدارة تعطَّلت في كلِّ مكان، ولجأ الملَّاكون إلى الغابات. عصابات قُطَّاع الطُرق مارست أعمالها الشرِّيرة في كلِّ مكان، وراح بعض قادة الفصائل يُعاقبون ويُعفون على هواهم. كانت المنطقة الشاسعة التي استعرت فيها النيران في حالة فظيعة... لا قدَّر الله علينا أن نرى تمرُّدًا روسيًّا لا معنى له، ولا رحمة فيه!

هرب بوغاتشوف يطارده إيفان إيفانوفيتش ميخيلسون. وسرعان ما سمعنا بهزيمته التامَّة. وتلقَّى زورين، أخيرًا، خبر إلقاء القبض على القيصر الدعيِّ وأمرًا

---

(1) بعد هذه الفقرة هناك فصل محذوف، حذفه بوشكين من الرواية المنشورة، ولكنَّه بقي في المسوَّدة بخطِّ يده. ألحقناه بنهاية الرواية (المترجم).

بالتوقُّف، فقد انتهت الحرب. وأخيرًا، صار بإمكاني السفر إلى والديَّ! إنَّ فكرة معانقتهما، ورؤية ماريا إيفانوفنا التي لم أتلقَ منها أيَّة أخبار، أنعشت حماستي، فصرت أقفز كالطفل. ضحك زورين، وقال وهو يهزُّ كتفيه:

- لا، أنت لن تكون بخير! ستتزوَّج وتضيع من دون مقابل!

لكنَّ شعورًا غريبًا سمَّم فرحتي: التفكير بالمتمرِّد الشرِّير الملطَّخ بدماء ضحايا بريئين كثيرين، وبإعدامه المنتظر، أقلقني رغمًا عنِّي. «يميليا، يميليا!»، قلت في سرِّي يتملَّكني الحزن، «لماذا لم تطعنك حربة، أو تصيبك قذيفة؟ ألم تستطع ابتكار نهاية أفضل ممَّا أنت فيه الآن؟». ما عساي أفعل؟ إنَّ التفكير فيه كان عندي مرتبطًا دائمًا بفكرة العفو الذي منحني إيَّاه في لحظة من أفظع لحظات حياته، وإنقاذه لعروسي من قبضة شفابرين النتن.

منحني زورين إجازة، وكان من المفترض أن أكون بعد بضعة أيَّام في أُسرتي، ألتقي مجدَّدًا ماريا إيفانوفنا... ولكنَّ صاعقة غير متوقَّعة نزلت عليَّ فأصابتني بالشلل.

في اليوم المحدَّد لسفري، ولحظة كنت جاهزًا للانطلاق في الطريق، دخل عليَّ زورين في منزلي، ممسكًا بيده ورقة، وقد بدا عليه القلق الشديد. شعرت بوخزة في قلبي. خفت من دون أن أعرف سببًا لذلك. طلب زورين من وصيفي مغادرة المكان، وأعلن أنَّه يريد أن يكلِّمني في أمر من الأمور.

- «ما هذا الأمر؟»، سألته بقلق.

- «مشكلة صغيرة غير سارَّة»، أجاب وهو يعطيني الورقة، «اقرأ ما تسلَّمته الآن».

رحت أقرأ: كان ذلك أمرًا سرِّيًا لكلِّ القادة بالقبض عليَّ في أيِّ مكان يجدونني فيه. وإرسالي تحت الحراسة فورًا إلى كازان، للمثول أمام اللجنة المكلَّفة بالتحقيق في قضيَّة بوغاتشوف.

كادت الورقة تسقط من يدي.

- «ما باليد حيلة!»، قال زورين، «إنَّ واجبي إطاعة الأوامر. يبدو أنَّ خبر رحلاتك الودِّية مع بوغاتشوف قد بلغ مسامع الحكومة على نحو ما. آمَل ألَّا تكون للقضيَّة أيَّة عواقب، وأن تتمكَّن من تبرئة نفسك أمام اللجنة. اذهب إليهم ولا تكتئب».

كان ضميري نقيًّا، ولم أكن خائفًا من المحكمة. لكنَّ فكرة تأخير لحظة اللقاء العذب، تأخيرًا قد يطول عدَّة أشهر، كانت تُخيفني. أعدُّوا العربة، وودَّعني زورين بمودَّة، ثم أجلسوني فيها وجلس معي فارسان بسيفين خارج غمديهما، وانطلقنا في طريق السفر.

الفصل الرابع عشر

المحاكمة

كلام الناس كموج البحر.

من الأمثال

كنت واثقًا من أنَّ السبب في كلٍّ هذا هو غيابي عن أرينبورغ من دون إذن، وأنَّ بمقدوري تبرئة نفسي بسهولة: مهاجمة العدوّ لم تكن مباحة فقط، بل كانت أيضًا مطلوبة دائمًا بكلٍّ قوَّة. وكنت أرى أنَّ ما يمكن أن أُدان به هو الحماسة الزائدة وليس عصيان الأوامر. ولكنَّ علاقاتي الودِّية ببوغاتشوف، التي يمكن إثباتها بإفادات شهود كثيرين ستبدو، في أقلِّ تقدير، مثيرة للشكوك. كنت طول الطريق أفكِّر في الاستجوابات التي تنتظرني، وأحضِّر أجوبتي عن شتَّى الأسئلة، وقرَّرت أن أقول الحقيقة خالصة أمام المحكمة، مفترضًا أنَّ هذه الطريقة هي أبسط الطرق وأنجعها في نفي التهمة.

وصلت إلى كازان المنهوبة والمحروقة، وقد تراكمت في شوارعها بدلًا من البيوت، أكوام من الأنقاض المتفحِّمة، وانتصبت الجدران المغطَّاة بالهَباب من دون أسقف أو نوافذ. هذا كان الأثر الذي خلَّفه بوغاتشوف وراءه! قادوني إلى القلعة التي صمدت في وسط المدينة المحروقة. سلَّمني الفارسان إلى الضابط المناوب، فأمر باستدعاء الحدَّاد. وضعوا السلاسل حول ساقيَّ ولحموها، ثم قادوني إلى السجن وتركوني هناك وحيدًا في جحر ضيِّق معتم، جدرانه عارية وله نوافذ صغيرة عليها شبكة حديدية.

لم تبشِّرني هذه البداية بأيِّ خير، لكنِّي لم أفقد نشاطي وأملي. لجأت إلى ما يُعزِّي كلُّ المتألِّمين أنفسهم به، ولأوَّل مرَّة أحسست بحلاوة الصلاة من قلب نقيٍّ يمزِّقه الألم، فنمتُ نومًا هادئًا غير مبالٍ بما سألقاه.

في اليوم التالي، أيقظني حارس السجن معلنًا أنَّهم يطلبونني في اللجنة. وقادني جنديَّان عبر الفناء إلى منزل الآمِر. توقَّفنا عند المدخل، وتركاني أدخل بمفردي إلى القاعة.

دخلت إلى قاعة واسعة. وراء طاولة مغطَّاة بالأوراق جلس رجلان: جنرال كهل مظهره يدلُّ على الصرامة وبرودة الطبع، ونقيب من الحرس، فتيٌّ، في نحو الثامنة والعشرين من العمر، مظهره مريح للغاية، وهو ماهر وطليق في حديثه. قرب النافذة، جلس أمين السرِّ إلى طاولة خاصَّة، واضعًا ريشة كتابة خلف أُذنه. ومنكبًّا فوق ورقة، استعدادًا لكتابة إفادتي. بدأ التحقيق. سألوني عن اسمي ورُتبتي. وسألني الجنرال عمَّا إذا كنت ابن أندريه بتروفيتش غرينييف، واعترض على إجابتي بقسوة قائلًا:

- من المؤسف أن يكون لهذا الرجل المحترم ابن شائن مثلك!

أجبته بهدوء أنِّي آمل أن أستطيع، دحض التهم الموجَّهة إليَّ، أيًّا كانت، وتقديم تفسير صادق ومخلص للحقيقة. لم تُعجبه لهجتي الواثقة.

- «أنت، يا هذا، حادُّ اللسان»، قال لي عابسًا، «لقد مرَّ بنا الكثير من أمثالك، بل ممَّن هم أسوأ منك أيضًا!».

عند ذلك سألني المحقِّق الشابُّ في أيَّة مناسبة وأيِّ وقت بدأت الخدمة عند بوغاتشوف، وما هي المهمَّات التي كلَّفني بها؟

أجبته غاضبًا أنَّني، وبوصفي ضابطًا ومن النبلاء، لم أكن لأقبل الخدمة عند بوغاتشوف، أو أقبل أن يكلِّفني بأيَّة مهمَّات.

- «كيف إذن»، قاطعني المحقِّق معترضًا، «عفا القيصر الدعيُّ عن النبيل الضابط وحده، في حين قتل زملاءه شرَّ قتلة؟ وبأيَّة صورة يولِم هذا الضابط النبيل نفسه مع المتمرِّدين بمودَّة، ويتقبَّل من كبير الأشرار

الهدايا: معطفًا من الفراء، وفرسًا، وكيس نقود؟ وما سبب هذه الصداقة الغريبة وما أساسها إن لم يكن الخيانة، أو على أقل تقدير، دناءة النفس؟».

شعرت شعورًا عميقًا بالإهانة جرَّاء كلمات ضابط الحرس، فشرعت أدافع بحرارة عن نفسي. رويت كيف بدأت معرفتي ببوغاتشوف في السهب، في أثناء الإعصار، وكيف عرفني وعفا عنِّي حين احتل قلعة بيلوغورسك. وقلت إنِّي، فعلًا، لم أخجل من قبول المعطف والفرس المرسَلين من القيصر الدعيِّ، ولكنِّي دافعت عن قلعة بيلوغورسك ضدَّ ذلك الشرِّير حتى آخر لحظة. وأخيرًا، أحلتُ المحقِّقَ على جنرالي الذي يستطيع أن يشهد على جهودي في الدفاع عن أرينبورغ في زمن الحصار.

أخذ العجوز الصارم عن الطاولة رسالة مفتوحة وشرع يقرأ:

> فيما يتعلَّق بسؤال معالي سموِّكم بشأن الملازم غرينييف المشتبه باشتراكه في الاضطرابات الحالية، ودخوله في علاقات مع الدعيِّ الشرير لا تسمح له بها الخدمة العسكرية، وتتناقض مع ما يستوجبه قسَمه على الإخلاص للإمبراطورة، أتشرَّف بإبلاغكم أنَّ الملازم غرينييف كان في الخدمة في أرينبورغ من بداية تشرين الأوَّل (أكتوبر) من العام الماضي 1773 حتى 24 شباط (فبراير) من العام الحالي، حيث غاب عن المدينة في هذا التاريخ، ولم يظهر منذ ذلك الحين في القيادة، ولكنَّنا سمعنا من الفارِّين أنَّه كان عند بوغاتشوف وسافر معه إلى قلعة بيلوغورسك التي كان يخدم فيها سابقًا، أمَّا فيما يتعلَّق بسلوكه، فأنا أستطيع أن...

هنا توقَّف العجوز عن القراءة، وقال لي بلهجة صارمة:

- ماذا يمكنك أن تقول الآن لتبرئة نفسك؟

أردت أن أتابع كما بدأت، فأشرح علاقتي بماريا إيفانوفنا بإخلاص أيضًا، كما كل الأمور الأخرى، لكنِّي شعرت فجأة بقرف لا حدود له، فقد خطر في بالي أنَّ اللجنة ستستجوبها إذا ذكرتُ اسمها. وبدت لي فكرة حشر اسمها في

مغامرات الأشرار النتنة، وتعريضها للقائهم وجهًا لوجه، فكرة فظيعة صعقتني، فانكمشت وتشتَّتت أفكاري.

قاضياي اللذان بدأا يستمعان لإجاباتي ببعض القبول، عادا من جديد، إلى قناعتهما السابقة بعدم براءتي حين رأيا ارتباكي. وطلب ضابط الحرس مقابلتي وجهًا لوجه مع الواشي الرئيسي في قضيَّتي. فأمر الجنرال باستدعاء «مجرم الأمس». التفتُّ نحو الباب منتظرًا ظهور من اتَّهمني. بعد بضع دقائق علا رنين السلاسل، وفُتح الباب ودخل شفابرين. أدهشني تبدُّل منظره. كان ناحلًا نحولًا فظيعًا، وشاحبًا. شعره، الذي كان إلى عهد قريب أسود كالكحل، شاب تمامًا، ولحيته الطويلة بدت منتوفة ومشعثة. كرَّر اتهاماته بصوت ضعيف لكنَّه جريء. أعادني بوغاتشوف، بحسب أقواله، إلى أرينبورغ جاسوسًا، وكنت أخرج يوميًّا بحجَّة الاشتباك مع العدوِّ، لتسليم رسائل مكتوبة عن كلِّ ما يجري في المدينة، وأخيرًا انضممت علنًا إلى القيصر الدعيِّ، وصرت أسافر من قلعة إلى قلعة، محاولًا بشتَّى الأساليب قتل زملائي من الخونة لشغل مراكزهم والحصول على مكافآت يضاعفها لي القيصر المزعوم. استمعت إليه في صمت، وسرَّني أمر واحد هو أنَّ هذا المجرم النتن لم يذكر اسم ماريا إيفانوفنا، إمَّا لأنَّه كان يشعر بجرح كرامته حين يفكِّر في تلك التي رفضته واحتقرته، وإمَّا لأنَّ قلبه ما زال يحوي ذرَّة من ذلك الشعور الذي منعني، أنا نفسي، من ذكر اسمها. وأيًّا كانت الحال، فإنَّ اسم بنت آمِر قلعة بيلوغورسك لم يُذكر في حضور اللجنة، وهذا ما زاد تشبُّثي بنيَّتي، ولذا حين سألني القاضيان عمَّا لديَّ من أقوال أدحض بها إفادة شفابرين، أجبت بأنِّي أتمسَّك بأقوالي السابقة وليس لديَّ ما أضيفه في الدفاع عن نفسي. فأمر الجنرال بأخذنا من القاعة. خرجنا معًا. نظرت إلى شفابرين بهدوء من دون أن أقول له أيَّة كلمة. ضحك ضحكة مكتومة مشحونة بالحقد والسخرية، ثم رفع سلاسله عن الأرض، وتجاوزني وهو يسرع الخُطى. قادوني إلى السجن من جديد، ولم يطلبوني للتحقيق بعد ذلك.

أنا لم أشهد كل ما سأُطلع القارئ عليه، ولكنّي سمعت الكثير من الروايات عنه، حتى انغرسَت في ذاكرتي أدقُّ تفاصيله، فشعرت كأنّي كنت الحاضر غير المرئي فيه.

استقبل أهلي ماريا إيفانوفنا بالفرح الصادق الذي يتميَّز به أناس الجيل الماضي. لقد رأوا أنَّ الله أكرمهم إذ أتاح لهم فرصة إيواء اليتيمة المسكينة ومنحها الحنان. وسرعان ما تعلَّقوا بها بصدق، فقد كان من المستحيل ألَّا يحبَّها المرء إذا عرفها. ولم يعد حبّي لها يبدو لوالديَّ نزوة فارغة. أمَّا أمّي فكان كلُّ ما تتمنَّاه أن يتزوَّج ابنها بيتروشا بنت النقيب اللطيفة.

خبر اعتقالي صعق أسرتي. وروت ماريا إيفانوفنا لوالديَّ ببساطة الظروف الغريبة التي عرَّفتني ببوغاتشوف، فلم يهدِّئ حديثها روعهما فقط، بل جعل أيضًا والدي يضحك مرَّات عديدة من أعماق قلبه. لم يشأ والدي أن يصدِّق أنّي مشترك في تمرُّد نتن هدفه الانقلاب على العرش والقضاء على جنس النبلاء. استجوب سافيليتش بصرامة، فلم ينكر العجوز أنَّ السيِّد كان في ضيافة يميلكا بوغاتشوف، وأنَّ ذلك الشرِّير كرَّمه، لكنَّه أقسَم الأيمان مؤكِّدًا أنَّه لم يسمع بأيَّة خيانة. هدأ قلق العجوزين وراحا ينتظران الأخبار السارَّة. أمَّا ماريا إيفانوفنا فكانت قلقة للغاية، لكنَّها ظلَّت صامتة، لأنَّها، بطبيعتها غاية في الخجل والحذر.

انقضت عدَّة أسابيع... وفجأة تلقَّى والدي رسالة من بيتربورغ من قريبنا الأمير ب-. رسالة الأمير كانت عنّي، فبعد مقدِّمة عاديَّة أبلغ الأمير والدي أنَّ شبهات مشاركتي في أعمال المتمرِّدين قويَّة للغاية لسوء الحظِّ، الأمر الذي كان يستوجب إعدامي علنًا، لكنَّ الإمبراطورة، احترامًا منها لخدمات والدي وكبر سنِّه، قرَّرت العفو عن ابنه المجرم، وتجنيبه الميتة المشينة، وأمرت بالاكتفاء بنفيه إلى منطقة نائية في سيبيريا نفيًا أبديًّا.

كادت هذه اللطمة غير المتوقَّعة أن تقتل أبي. فقدَ صلابته المعهودة، وحزنه، الذي كان صامتًا عادة، انسكب شكاوى مُرَّة.

- «كيف!»، كان يكرِّر خارجًا عن طَوره، «ابني شارك في أعمال بوغاتشوف! إلهي الحقُّ، كيف استفلَت بي الأمور إلى هذا الحدِّ في آخر العمر! الإمبراطورة تعفو عنه! هل هذا يخفِّف عنِّي؟ ليس الإعدام ما يُخيف: جدُّنا الأكبر مات تحت المقصلة مدافعًا عمَّا اعتقد أنَّه مقدَّس، وأبي قُتل مع فولينسكي وخروشوف، لكن، أن يخون نبيلٌ قسَمه ويتَّحد مع اللصوص والقتلة والسجناء الهاربين! ... إثم وعار، يلطِّخ أسرتنا كلَّها!».

أمِّي، التي أخافَها يأسُه، لم تجرؤ على البكاء أمامه، بل حاولت أن تُعيد له حيويَّته وتُشجِّعه بالحديث عن عدم صدق كلام الناس، وعن عدم ثباتهم على رأي. لكنَّ أبي لم يكن قابلًا للتهدئة.

كانت ماريا إيفانوفنا أكثر الجميع تألُّمًا، فقد كانت واثقة من أنَّني أستطيع تبرئة نفسي لو أردت، وأدركت الحقيقة، فعدَّت نفسها المسؤولة عن شقائي. لكنَّها أخفت دموعها ومعاناتها عن الجميع، وكانت، في الوقت نفسه، تفكِّر باستمرار في الوسائل التي تستطيع إنقاذي بها.

وذات يوم، في المساء، كان أبي يجلس على الديوانة ويقلِّب صفحات «يوميَّات البلاط»، لكنَّ أفكاره كانت شاردة بعيدًا، ولم تكن القراءة تؤثِّر فيه تأثيرها المعتاد. أمَّا أمِّي فكانت تنسج في صمت كنزة من الصوف، ودموعها تسقط بين فينة وأخرى، على القطعة التي نسجتها، وإذ بماريا إيفانوفنا التي كانت جالسة معهما، تُعلن فجأة أنَّها مضطرَّة إلى السفر إلى بيتربورغ وترجوهما أن يقدِّما لها وسيلة للسفر. استاءت أمِّي كثيرًا.

- «لماذا تريدين الذهاب إلى بيتربورغ؟»، قالت لها، «أتريدين، أنتِ أيضًا، يا ماريا إيفانوفنا أن تهجرينا؟».

أجابتها قائلة إنَّ مصيرها المستقبلي يتوقَّف على هذه الرحلة، وإنَّها ذاهبة لتبحث عن الرعاية والحماية عند أصحاب النفوذ، بوصفها ابنة رجل قُتل بسبب إخلاصه.

طأطأ أبي رأسه، فكلُّ كلمة تذكّره بجريمة ابنه المزعومة، كانت ثقيلة على قلبه، كطعنة لوم نفّاذة.

- «سافري يا بنيتي!»، قال لها متنهّدًا بحسرة، «نحن لن نكون عقبة في طريق سعادتك. ليهبك الله عريسًا طيّب القلب، لا خائنًا ملتاث العقل».

ثم نهض وغادر الغرفة.

بقيت ماريا إيفانوفنا وحيدة مع أمّي، فشرحت لها جزئيًا ما تنوي فعله. عانقتها أمّي وهي تذرف الدموع، ورجت الربَّ أن يكلّل عملها بالنجاح. ثم شرعت تعدُّ لها لوازم السفر. وبعد عدَّة أيّام انطلقت ماريا إيفانوفنا في رحلتها ترافقها المخلصة بالاشا، والمخلص سافيليتش الذي أكرهتُه على فراقي، فراح يعزّي نفسه بأنَّه، على الأقل، يخدم تلك الفتاة المسمّاة عروسًا لي.

وصلت ماريا إيفانوفنا بسلامة إلى محطَّة صوفيا، وعرفت في نُزُل المحطَّة أنَّ أفراد البلاط القيصري موجودون في موسكو في «تسارسكويه سيلو» فقرَّرت التوقُّف هناك. خصَّصوا لها زاوية خلف أحد الحواجز. وفي الحال تعرَّفت عليها زوجة ناظر المحطَّة وأخبرتها أنَّها قريبة أحد العاملين في البلاط، وأطلعتها على أسرار الحياة فيه، حدَّثتها عن الساعة التي تستيقظ فيها القيصرة عادة، وعن الوقت الذي تتناول فيه قهوتها، وعن ساعة نزهتها، والنبلاء الذين يرافقونها في أثناء ذلك، وأنَّ القيصرة تكرَّمت البارحة فتحدَّثت على المائدة عمَّن استقبلتهم في المساء. لقد كان حديث آنا فلاسييفنا، عمومًا، يستحقُّ أن يملأ عدَّة صفحات في مذكَّرات تاريخية لها قيمتها الغالية بالنسبة إلى الأجيال القادمة. استمعت إليها ماريا إيفانوفنا بانتباه، ثم ذهبتا إلى الحديقة، فرَوَت لها آنا فلاسيفنا تاريخ كلِّ درب مشجَّر فيها، وكلِّ جسر صغير، وبعد أن أشبعتا عيونهما من مناظر الحديقة عادتا إلى المحطَّة وكلٌّ منهما سعيدة بمعرفة الأخرى.

في صباح اليوم التالي، استيقظت ماريا إيفانوفنا باكرًا، ارتدت ملابسها ومشت بهدوء إلى الحديقة. كان الصباح جميلًا، الشمس تضيء ذؤابات الأشجار

التي اصفرَّت بفعل أنفاس الخريف الطازجة، والبحيرة تلتمع في سكون. وطيور البجع التي استيقظت تعوم برزانة من تحت الشجيرات التي تظلِّل الضفَّة. مشت ماريا إيفانوفنا بمحاذاة مرج رائع، حيث أُقيم قبل فترة وجيزة نصب تذكاري تكريمًا لانتصارات الأمير بيتر ألكسندروفيتش رميانتسوف الأخيرة. وفجأة نبحت بقربها كلبة بيضاء من سلالة إنجليزية وركضت نحوها. خافت ماريا إيفانوفنا وتوقَّفت. في هذه اللحظة علا صوت أنثوي جميل:

- لا تخافي، إنَّها لا تعضُّ.

رأت ماريا إيفانوفنا سيِّدة جالسة على مقعد قبالة النصب التذكاري. جلست على الطرف الآخر من المقعد. ألقت السيِّدة عليها نظرة نفَّاذة، أمَّا ماريا إيفانوفنا فألقت عليها بدورها عدَّة نظرات بطرف عينها، استطاعت من خلالها أن تتفحَّص السيِّدة من الرأس حتى القدم. كانت السيدة ترتدي ثوبًا صباحيًّا أبيض، وتضع على رأسها قبَّعة نوم، وترتدي سترة من الفراء. وبدا أنَّها في الأربعين من عمرها. وجهها ممتلئ ومتورِّد، يعبِّر عن العظمة والهدوء، أمَّا عيناها الزرقاوان وابتسامتها الخفيفة فكانت توحي بسحر يصعب تفسيره. بادرت السيِّدة فقطعت الصمت:

- أنتِ لستِ من هنا أليس كذلك؟

- صحيح تمامًا، البارحة فقط وصلت إلى هنا من الأرياف.

- هل جئتِ بصحبة أقاربك؟

- بل جئت وحدي.

- وحدك! أنت ما زلت صغيرة السنِّ.

- ليس لي أب أو أمٌّ.

- أنت هنا طبعًا لقضاء بعض الأعمال، أليس كذلك؟

- صحيح تمامًا. لقد جئت لتقديم طلب إلى القيصرة.

- أنتِ يتيمة، يبدو أنَّك جئت تشتكين من الظُلم والإهانة؟

- لا، أبدًا. أنا جئت أطلب الرحمة، لا المحاكمة العادلة.

- اسمحي لي أن أسألك من أنتِ؟

- أنا ابنة النقيب ميرونوف.

- النقيب ميرونوف! أهذا الذي كان آمِرًا في أحد حصون أرينبورغ؟

- هو بالضبط.

بدا أنَّ السيِّدة تأثَّرت.

- «اعذريني»، قالت بصوت أكثر حنانًا، «إذا تدخَّلت في شؤونك، غير أنِّي أتردَّد على القصر، اشرحي لي ما هو طلبك، فقد أستطيع مساعدتك».

نهضت ماريا إيفانوفنا وشكرتها بتهذيب. كان كلّ شيء في السيِّدة المجهولة يجتذب قلبها ويوحي لها بالثقة. أخرجت ماريا إيفانوفنا من جيبها ورقة مطويَّة وأعطتها للسيِّدة المجهولة التي تطوَّعت لمساعدتها، فراحت السيِّدة تقرأ قراءة صامتة.

بدا في البداية أنَّها تقرأ باهتمام وإيجابية، غير أنَّ وجهها تغيَّر فجأة، فخافت ماريا إيفانوفنا، التي كانت تتابع بعينيها كلَّ حركة من حركاتها، من التعابير الصارمة لذلك الوجه الذي كان قبل برهة لطيفًا وهادئًا.

- «أنت تطلبين مساعدة غرينييف؟»، قالت السيِّدة بلهجة باردة، «الإمبراطورة لا يمكن أن تعفو عنه. لقد انضمَّ إلى القيصر الدعيِّ لا عن جهل أو قلَّة إيمان، بل بوصفه سافلًا، شرِّيرًا، عديم الأخلاق».

- «أواه، هذا غير صحيح!»، صرخت ماريا إيفانوفنا.

- «كيف غير صحيح؟»، صاحت السيِّدة مهتاجة.

- «غير صحيح، أقسم بالله غير صحيح! أنا أعرف كلَّ شيء، وسأروي لك كلَّ شيء. إنَّه من أجلي وحدي عرَّض نفسه لكلِّ ما أصابه. إنَّه لم يبرِّئ نفسه أمام المحكمة، فقط لأنَّه لم يرد إقحامي في القضية».

وراحت تروي لها بحرارة كلَّ ما عرفه قارئي من قبل.

استمعت السيِّدة إليها باهتمام.

- «أين تُقيمين؟»، سألتها بعد ذلك، وحين سمعت أنَّها تُقيم عند آنا فلاسيفنا قالت مبتسمة: «آها! أعرفها. وداعًا، لا تُخبري أحدًا بلقائنا. آمل ألَّا يطول انتظارك للجواب عن رسالتك».

قالت ذلك، ثم نهضت ومضت تمشي في درب تغطِّيه أغصان الشجر، أمَّا ماريا إيفانوفنا فعادت إلى آنا فلاسيفنا ممتلئة ببهجة الأمل.

وبَّختها صاحبة البيت على نزهتها الخريفية المبكرة المؤذية، بحسب قولها، لصحَّة البنت الشابَّة، ثم جاءت بالسماور، وما أن صبَّت الشاي وبدأت تروي حكاياتها التي لا تنتهي عن حياة البلاط، حتى توقَّفت فجأة إحدى عربات القصر أمام بيتها، ودخل أحد خدم القصر يعلن أنَّ القيصرة تدعو إليها الآنسة ميرونوف.

ذُهلت آنا فلاسيفنا وراحت تتحرَّك بانفعال.

- «آه، يا إلهي!»، هتفت، «الإمبراطورة تطلبك إلى القصر. ترى، كيف عرفت بقدومك؟ وكيف، يا أمِّي، ستقدِّمين نفسك إلى الإمبراطورة؟ أنت حتى لا تعرفين كيف يمشون في القصر... هل يجب عليَّ أن أرافقك؟ أنا، على كلِّ حال، قد أجنِّبك الوقوع في بعض الأخطاء. وكيف ستذهبين إلى القصر بثياب السفر؟ ألا يجب أن نطلب من الجدَّة القابِلة أن تُعيرنا ثوبها الأصفر؟».

غير أنَّ خادم القصر أعلن أنَّ القيصرة تريد من ماريا إيفانوفنا أن تأتي بمفردها، وبالثوب الذي هي فيه. لم يبقَ أمامهما ما يمكن عمله. جلست ماريا إيفانوفنا في العربة منطلقة إلى القصر، ترافقها نصائح آنا فلاسيفنا وتبريكاتها.

شعرت ماريا إيفانوفنا باقتراب القرار الذي يحدِّد مصيرنا، فراح قلبها يخفق بقوَّة تارة، وينقبض تارة، توقَّفت العربة بعد دقائق عند القصر. وصعدت الدرج مضطربة. كانت الأبواب تفتح أمامها على مصاريعها. اجتازت صفًّا طويلًا من الغُرف الرائعة الخالية، وكان خادم القصر يدلُّها على الطريق. وصل أخيرًا إلى باب مغلق، فأخبرها أنَّه سيُبلغ الآن عن وصولها، ثم تركها وحيدة ومضى.

فكرة مقابلة الإمبراطورة وجهًا لوجه أخافتها، حتى أنَّها كادت تعجز عن الوقوف على ساقيها. فُتح الباب بعد دقيقة ودخلت إلى غرفة زينة القيصرة.

كانت الإمبراطورة جالسة إلى طاولة زينتها، وقد أحاطت بها بعض وصيفاتها اللواتي أفسحن الطريق باحترام لماريا إيفانوفنا. التفتت الإمبراطورة نحوها بمودَّة، فعرفت ماريا إيفانوفنا فيها تلك السيِّدة التي تحدَّثت معها بصراحة شديدة قبل فترة وجيزة. نادتها القيصرة، وقالت لها باسمة:

- أنا سعيدة لأنِّي وفيت بوعدي لك ونفَّذت طلبك. قضيَّتك تمَّ حلُّها. أنا مقتنعة ببراءة خطيبك. خُذي هذه الرسالة واحمليها بنفسك إلى حميك.

أمسكت ماريا إيفانوفنا الرسالة بيد راجفة ثم بكت وارتمت عند قدمَي الإمبراطورة، فأنهضتها الإمبراطورة وقبَّلتها، ثم تبادلت الحديث معها.

- «أنا أعرف أنَّك لست غنيَّة»، قالت القيصرة، «لكنِّي مدينة لابنة النقيب ميرونوف. لا تخافي من المستقبل. سآخذ على عاتقي مسألة تسوية وضعك المادِّي».

سمحت القيصرة لليتيمة المسكينة بالمغادرة بعد أن طيَّبت خاطرها. فغادرت ماريا إيفانوفنا بالعربة القيصرية نفسها. آنا فلاسيفنا التي كانت تنتظر عودتها بفارغ الصبر، أمطرتها بالأسئلة، فراحت تُجيبها من دون تركيز. لم تكن آنا فلاسيفنا راضية عن ضعف ذاكرة الفتاة، لكنَّها عزت ذلك إلى خجلها الريفي وسامحتها برحابة صدر. وفي اليوم نفسه غادرت ماريا إيفانوفنا بيتربورغ عائدة إلى القرية من دون أن يتملَّكها فضول الفرجة على المدينة.

***

هنا تنتهي مذكَّرات بيتر أندرييتش غرينييف، ومعروف من أحاديث الأسرة أنَّه خرج من السجن في أواخر عام 1774، بأمر خاصٍّ من الإمبراطورة، وأنَّه حضر إعدام بوغاتشوف الذي عرفه في الحشد، فحيَّاه بإحناءة من رأسه الذي مات مضرَّجًا بالدم بعد دقيقة، وعرضوه على الناس. بعد ذلك بوقت وجيز

تزوَّج بيتر أندرييتش بماريا إيفانوفنا. أحفادهما يعيشون في بحبوحة في مقاطعة سيمبيرسك، وعلى بعد ثلاثين فرسخًا من --- توجد بلدة يملكها عشرة إقطاعيين. في أحد بيوتهم يعرضون رسالة يكيترينا الثانية خلف زجاج مؤطَّر. الرسالة موجَّهة إلى والد بيتر أندرييتش وتحتوي تبرئة ابنه ومديحًا لعقل وقلب ابنة النقيب ميرونوف. مذكَّرات بيتر أندرييتش غرينييف المخطوطة وصلت إلينا عن طريق حفيد له عرف أنَّنا نشتغل على عمل يتعلَّق بالزمن الذي يصفه جدُّه في المذكَّرات. وقد قرَّرنا بعد موافقة أقاربه أن ننشره في كتاب خاصٍّ، منتقين لكلٍّ فصل، كمقدِّمة، مقبوسًا يناسب موضوعه، سامحين لأنفسنا بتغيير بعض الأسماء.

الناشر[1]

(1) الناشر بوشكين نفسه، وكانت له دار نشر اسمها «سوفريمينيك» أي «المعاصر».

الفصل المحذوف[1]

اقتربنا من ضفاف الفولغا، ودخل فوجنا قرية -- فتوقَّفنا فيها للمبيت. أبلغني عمدة القرية أنَّ جميع القرى التي على الضفَّة الأخرى تمرَّدت، وعصابات بوغاتشوف تصول وتجول في كلِّ مكان. أقلقني ذلك الخبر كثيرًا. كنَّا سنعبر النهر في صباح اليوم التالي. لكنَّ نفاد الصبر تملَّكني. قرية والدي تبعد نحو ثلاثين فرسخًا على الضفَّة المقابلة. سألت عمَّن يساعدني في عبور النهر. جميع الفلَّاحين كانوا صيَّادين، والقوارب كانت كثيرة. ذهبت إلى غرينييف وأبلغته رغبتي.

- «حاذر!»، قال لي، «سفرك بمفردك يعرِّضك للخطر. انتظر حتى الصباح. سنعبر قبل الجميع، ونرسل إلى أهلك خمسين فارسًا ضيفًا، من باب الاحتياط».

أصررت على موقفي، وجُهِّز القارب. ركبته مع مجذِّفَين اثنين، دفعا القارب بعيدًا عن الضفَّة، وضربا الماء بمجذافيهما.

السماء صافية، والقمر يشعُّ، والطقس ساكن، والفولغا ينساب في رتابة وهدوء، والقارب يعوم مرتعشًا، وينزلق بسرعة فوق الأمواج الداكنة، وأنا غارق في أحلام خيالي. مضى قرابة نصف ساعة. وكنَّا قد بلغنا منتصف النهر... وفجأة بدأ المجذِّفان يتهامسان.

---

(1) لم يدخل هذا الفصل في النسخة المطبوعة من «ابنة آمِر القلعة» ولكنَّه بقي في مسوَّدة الرواية، حيث يسمِّي الكاتب في نصِّه غرينييف بولانين، ويسمِّي زورين غرينييف.

- «ما الأمر؟»، سألتهما حين انتبهت من شرودي.
- «لا ندري، الله أعلم»، أجاب المجذِّفان وهما ينظران إلى إحدى الجهات.

ذهبت عيناي نحو الجهة نفسها، فرأيت في العتمة شيئًا ما يعوم في الفولغا نحونا. ثمَّة جسم غريب يقترب منَّا. أمرت المجذِّفين بالتوقُّف وانتظاره. اختفى القمر وراء الغيمة. صار الجسم العائم أكثر غموضًا. صار أكثر قُربًا منِّي، ولكنِّي ظللت لا أميِّزه.

- «ماذا يمكن أن يكون»، تساءل المجذِّفان، «إنَّه ليس شراعًا، وليس سارية»...

وفجأة، بزغ القمر من وراء الغيمة فأضاء مشهدًا فظيعًا. ثمَّة مشنقة مثبتة على طوف كانت تعوم مقتربة منَّا، وقد عُلِّقت على عارضتها ثلاث جثث. تملَّكني فضول مرَضي، ورغبت في إلقاء نظرة على وجوه المشنوقين.

علَّق المجذِّفان الطوف بقاربنا بناء على أمر منِّي، فاصطدم قاربنا بالمشنقة العائمة. قفزت من القارب إلى ما بين عمودي المشنقة الفظيعين. أضاء القمر وجوه المشنوقين التعساء المشوَّهة، أحدهم كان تشوفاشيًّا، والثاني فلَّاحًا روسيًّا قويًّا، ممتلئ الجسم في نحو العشرين من عمره، لكنِّي حين نظرت إلى الثالث ذُهلت بشدَّة، ولم أستطع منع نفسي من إطلاق صرخة حزن، فقد كان الثالث فانكا، صاحبنا فانكا المسكين، الذي دفعه غباؤه للالتحاق ببوغاتشوف. وقد علِّقت فوق جثث الثلاثة لوحة سوداء كتب عليها بحروف بيضاء كبيرة: «لصوص ومتمرِّدون». المجذِّفان كانا ينظران من دون مبالاة، وينتظرانني، ممسكَين بالحبل الذي يشدُّ الطوف. عدت إلى القارب، وتابع الطوف عومه في مجرى النهر، وظلَّت المشنقة تلوح جسمًا أسود في العتمة. لكنَّها اختفت أخيرًا، ورسا قاربي إلى الضفَّة الصخرية المرتفعة...

دفعت للمجذِّفين بسخاء. قادني أحدهما إلى مختار القرية المقيم قرب شاطئ النهر، ودخلت معه إلى بيته. حين سمع المختار أنِّي أطلب خيلًا،

استقبلني بفظاظة شديدة، غير أنَّ دليلي همس في أذنه ببضع كلمات، فتبدَّلت فظاظته في الحال إلى خدمة سريعة. جُهِّزت الترويكا في دقائق، فجلست في العربة وأمرت الحوذي بالانطلاق إلى قريتنا.

كنَّا على طريق السفر، نمرُّ بالقرب من القرى النائمة، وكنت أخشى أمرًا واحدًا، هو أن نضطر إلى التوقُّف. صحيح أنَّ ما لقيناه ليلًا في الفولغا دليل على وجود المتمرِّدين، ولكنَّ ذلك هو، في الوقت نفسه، دليل على شدَّة محاربة الحكومة لهم. لقد كنت أحمل في جيبي، احتياطًا، تصريح المرور الذي أعطانيه بوغاتشوف، وأمر العقيد غرينييف. غير أنَّني لم ألتق أحدًا في الطريق. وعند حلول الصباح رأيت النهر وحرج السرو الذي تقع قريتنا خلفه. ساط الحوذي الخيل، وبعد ربع ساعة كنت أدخل قرية ---.

كان بيت المالك يقع في الطرف الآخر من القرية، وكانت الخيول تعدو بأقصى سرعتها. وفجأة، شرع الحوذي يهدِّئ الخيول في منتصف الشارع.

- «ما الأمر؟»، سألته نافد الصبر.
- «حاجز يا سيِّد»، أجابني الحوذي الذي أوقف الخيول المهتاجة بصعوبة.

ورأيت، فعلًا، حاجزًا وحارسًا يحمل هراوة. اقترب الرجل منِّي وخلع قبَّعته، وهو يطلب بطاقتي الذاتية.

- «ما معنى هذا؟»، سألته، «لماذا هذا الحاجز؟ ومن تحرس؟».
- «نحن، يا أبتِ، متمرِّدون»، أجابني وهو يحكُّ رأسه.
- «وأين سادتكم؟» سألته بقلب واجف...
- «أين سادتنا؟»، كرَّر الفلَّاح، «سادتنا في عنبر المؤن».
- كيف، في العنبر؟
- إنَّه أندريوخا، المسؤول، سجنهم بالسلاسل، يريد إرسالهم إلى أبينا القيصر.
- يا إلهي! أزح الحاجز أيُّها الأبله. ما بالك ما تزال واقفًا تتثاءب؟

تباطأ الحارس، فقفزت من العربة وناولته صفعة (ليغفر لي الربُّ) على أذنه، ثم رفعت بنفسي الحاجز، أمَّا الفلَّاح فظلَّ ينظر إليَّ في حيرة غبيَّة. صعدت مجدَّدًا إلى العربة وأمرت الحوذي بالتوجُّه إلى منزل المالك. عنبر المؤن موجود في الفناء، وعند بابه المغلق بالقفل وقف فلَّاحان يحملان هراوتين أيضًا. توقَّفت العربة أمامهما تمامًا. قفزت منها وهجمت عليهما مباشرة.

- «افتحا الباب!»، قلت لهما.

يبدو أنَّ منظري كان مخيفًا. أو أنَّه على الأقل، أخافهما، فهربا تاركين الهراوتين. حاولت كسر القفل وتحطيم الباب، غير أنَّه كان من خشب السنديان، والقفل كان ضخمًا، لا يُمكن كسره. في هذه اللحظة ظهر من غرفة الخدمة فلَّاح شابٌّ حسن المظهر، وسألني بلهجة متعالية كيف أجرؤ على العربدة؟

- «أين أندريوشكا، المسؤول؟»، صرختُ في وجهه، «نادِه لمقابلتي».

- «أنا نفسي أندريه أفاناسيفيتش، ولست أندريوشكا»، أجابني باعتزاز منتفجًا، «ماذا تريد؟».

وبدلًا من أن أجيبه، أمسكته من ياقة ثوبه وجررته إلى باب العنبر، وأمرته أن يفتحه. حاول الرجل المعاندة، غير أنَّ العقاب «الأبوي» أثَّر فيه. أخرج المفتاح من جيبه وفتح باب العنبر. اندفعت إلى الداخل، وفي زاوية مظلمة، مضاءة بنور ضعيف ينسلُّ إليها من طاقة ضيِّقة مفتوحة في السقف، رأيت أمِّي وأبي. كانت أيديهما مقيَّدة وأرجلهما في الأصفاد. هرعت إليهما، أعانقهما من دون أن أتمكَّن من النطق بكلمة. راح الاثنان ينظران إليَّ بدهشة، فقد غيَّرتني ثلاثة أعوام من الخدمة العسكرية، تغييرًا جعلهما لا يعرفانني. وأخيرًا، تأوَّهت أمِّي وانهمرت دموعها.

وفجأة، سمعت صوتًا حبيبًا أعرفه:

- أهذا أنت يا بيتر أندرييتش!!

جمدتُ في مكاني... التفتُّ فرأيت في زاوية أخرى ماريا إيفانوفنا مقيَّدة أيضًا.

نظر أبي إليَّ في صمت وهو لا يجرؤ على أن يصدِّق عينيه. كان الفرح يلتمع على وجهه. أمَّا أنا فأسرعت أمزِّق بالسيف عُقد الحبال التي تقيِّدهم.

- «مرحبًا، مرحبًا، يا بيتروشا»، قال أبي وهو يضمُّني إلى صدره، «الحمد لله الذي أحيانا حتى رأيناك»...

- «بيتروشا يا صديقي»، قالت أمِّي، «ما أجمل أن قادك الربُّ إلينا! هل أنت بخير؟».

أسرعت في إخراجهم من الأسر، لكن، حين وصلنا إلى الباب وجدتُه مقفلًا من جديد.

- «أندريوشكا»، صحت، «افتح الباب؟».

- «لا تحلم بذلك»، أجاب أندريوشكا من وراء الباب، «اجلس أنت أيضًا هنا، وسنعلِّمك كيف تعربد وتجرُّ موظَّفي القيصر من ياقات أثوابهم!».

رحت أتفحَّص العنبر باحثًا عن وسيلة للخروج.

- «لا تعذِّب نفسك»، قال لي والدي، «أنا لست ذلك المالك الذي يمكن أن يجد اللصوص في عنابره ثغرات يدخلون ويخرجون منها».

أمِّي، التي فرحت بقدومي فترة وجيزة، غرقت في اليأس، حين رأت أنَّني، أنا أيضًا، سأشارك الأسرة في موتها الجماعي.

أمَّا أنا فقد بتُّ أكثر هدوءًا منذ أن صرت معهم ومع ماريا إيفانوفنا. كنت أحمل سيفي ومسدَّسين، وما زلت قادرًا على تحمُّل الحصار. غرينييف يجب أن يصل عند المساء ويحرِّرنا. أخبرت والديَّ بذلك كلِّه، واستطعت أن أهدِّئ من روع أمِّي، واستسلم الجميع لفرحة اللقاء.

- «حسنًا، يا بيتر»، قال أبي، «لقد ارتكبت أخطاء كثيرة، وأنا كنت حانقًا عليك كثيرًا. لكن، لا داعي لتذكُّر الماضي. آمل أن تكون الآن قد شبعت من طيشك، وانصلحت. أنا أعرف أنَّك خدمت كما يجب أن يخدم الضابط النزيه. شكرًا لك على ذلك، فقد أرضيتني أنا العجوز،

وحياتي ستكون سعيدة سعادة مضاعفة ما دمتُ مدينًا لك بالخلاص من هذا الأسر».

قبَّلت يده ودموعي تنهمر، ونظرت إلى ماريا إيفانوفنا التي كانت فرحة للغاية بوجودي، فبدت سعيدة ومطمئنَّة تمامًا.

في منتصف النهار تقريبًا، سمعنا ضجَّة وصيحات غير عادية.

- «ما معنى هذا»، قال أبي، «أتراه عقيدك قد وصل؟».

- «هذا مستحيل»، أجبته، «لن يصل قبل المساء».

ازداد الضجيج وقُرعت الطبول. وعدا في الفناء فرسان على خيولهم، وفي هذه اللحظة أطلَّ عبر شقٍّ ضيِّق في الجدار رأس سافيليتش الأشيب، ونطق صاحبي العجوز بصوت حزين:

- أندريه بتروفيتش، أفدوتيا فاسيليفنا، يا أبتِ بيتر أندرييتش، ويا ماماشا ماريا إيفانوفنا، لقد حلَّت مصيبة! الأشرار دخلوا البلدة. لكن، هل تعرف يا بيتر أندرييتش من قادهم إلى هنا؟ إنَّه شفابرين أليكسي إيفانيتش، ليت الشياطين تأخذه!

حين سمعت ماريا إيفانوفنا الاسم الذي تكرهه صفَّقت بيديها وجمدت من دون حراك.

- «اسمع!»، قلت لسافيليتش، «أرسل رسولًا على فرس إلى المعبر عند ضفَّة النهر ليلتقي فوج الفرسان، ومُره أن يبلغ قائد الفوج عن الخطر الذي نحن فيه.

- ومن سأرسل يا سيِّدي! الفتيان كلُّهم متمرِّدون، والخيول نُهبت كلُّها! ويلي! ها هم وصلوا إلى الفناء، وسيصلون إلى العنبر.

في هذه الأثناء، تعالت وراء الباب عدَّة أصوات. أشرت في صمت إلى أمِّي وماريا إيفانوفنا، طالبًا منهما الابتعاد إلى الزاوية، ثم جرَّدت سيفي واستندت إلى الجدار قرب الباب مباشرة. أبي أخذ المسدَّسين وهيَّأهما للإطلاق، ووقف إلى جانبي. علت قرقعة القفل ثم فُتح الباب وظهر رأس آمِر القرية. ضربت

الرأس بسيفي فوقع الآمِر أرضًا مغلقًا المدخل. أطلق والدي النار على الباب في الوقت نفسه. فرَّ الحشد الذي يحاصرنا وهو يطلق اللعنات. سحبت الجريح عن العتبة وأغلقت الباب بالمزلاج من الداخل. كان الفناء ممتلئًا بالمسلَّحين، وعرفت بينهم شفابرين.

- «لا تخافا»، قلت للمرأتين، «هناك أمل. أمَّا أنت يا والدي فلا تُطلق النار. دعنا نحتفظ بآخر طلقة».

كانت أمِّي تصلِّي للربِّ في صمت، وقد وقفت ماريا إيفانوفنا إلى جانبها، يتملَّكها هدوء ملائكي في انتظار مصيرنا. تعالت وراء الباب التهديدات والشتائم واللعنات. ظللت واقفًا في مكاني مستعدًّا، أنتظر أوَّل من يجرؤ على اقتحام العنبر. وفجأة صمت الأشرار، وسمعت صوت شفابرين ينادي باسمي.

- أنا هنا، ماذا تريد؟
- استسلم يا بولانين، المقاومة لا تُجدي. ارحم عجوزيك. أنت لن تنقذ نفسك بعنادك. لن تفلت منِّي مهما فعلت.
- حاول أيُّها الخائن!
- أنا لن أخوض معركة لا معنى لها، ولن أعرِّض رجالي للضياع. سآمر بإحراق العنبر، وحينذاك سنرى ماذا ستفعل، يا دون كيشوت بيلوغورسك. أمَّا الآن فحان وقت الغداء. وفي هذا الوقت تستطيع أن تجلس وتفكِّر كما يحلو لك. وداعًا يا ماريا إيفانوفنا، أنا لا أعتذر أمامك: أغلب الظنِّ أنَّك لست ضجرة في العنبر المعتم مع فارس أحلامك.

غادر شفابرين بعد أن وضع حرسًا حول العنبر. أمَّا نحن فبقينا صامتين. كلٌّ منَّا كان يفكِّر في داخله، ولا يجرؤ على إبلاغ الآخرين أفكاره. تخيَّلت كلَّ ما يستطيع شفابرين الحاقد فعله. كنت أكاد لا أفكِّر في نفسي. والحقُّ أنَّ مصير والديَّ أيضًا لم يكن يُخيفني بقدر ما يخيفني مصير ماريا إيفانوفنا. أنا أعرف أنَّ الفلَّاحين والخدم كانوا يُحبُّون أمِّي إلى حدِّ العبادة. وأنَّ أبي، على الرغم من

صرامته، كان محبوبًا أيضًا، لأنَّه عادل، يعرف الحاجات الحقيقية لمخدوميه. لقد كان تمرُّدهم ضياعًا، حالة سُكْر لحظيَّة، ولم يكن تعبيرًا عن غضب في نفوسهم، لذا كان ثمَّة مجال للرحمة هنا. ولكن، ماذا عن ماريا إيفانوفنا؟ أيُّ مصير أعدَّه لها هذا الإنسان المتهتِّك الذي لا ضمير له؟ لم أجرؤ على التوقُّف عند هذه الفكرة الفظيعة، ورحت أستعدُّ، ليغفر لي الربُّ، لقتلها، فذلك أفضل من أن أراها ثانية بين يديِّ هذا العدوِّ القاسي.

انقضت ساعة تقريبًا. علا في القرية صوت أغاني السكارى الذين حسدهم حرَّاسنا فراحوا يصبُّون غضبهم علينا، يشتموننا، ويهدِّدوننا بالتشقيف والموت. كنَّا ننتظر عواقب تهديدات شفابرين. وجرت، أخيرًا، حركة كبيرة في الفناء، وسمعنا صوته من جديد.

- هل فكَّرتم في الأمر؟ هل قرَّرتم الاستسلام لي طوعًا؟

لم يُجِبه أحد. انتظر شفابرين قليلًا، ثم أمر بإحضار القشِّ. وبعد بضع دقائق، اشتعلت النار فأضاءت العنبر المظلم، وبدأ الدخان يتسلَّل إلى الداخل من شقوق تحت العتبة. عند ذلك اقتربت منِّي ماريا إيفانوفنا، وقالت بصوت منخفض وهي تمسك يدي:

- كفى، يا بيتر أندرييتش! لا تقتل نفسك وأهلك من أجلي. اتركني أخرج، شفابرين سيصغي إلى كلامي.

- «ولا بأيِّ ثمن»، صرخت غاضبًا، «أتعرفين ما الذي ينتظرك؟».

- «لن أستطيع العيش إذا دُنِّس شرفي»، أجابت بهدوء، «ولكنِّي قد أُنقذ مخلِّصي، والأسرة التي رعت يُتمي البائس برحابة صدر. وداعًا يا أندريه بتروفيتش، ويا أفدوتيا فاسيلييفنا، لقد كنتما أكثر من راعيين لي... باركاني. واغفر لي أنت أيضًا يا بيتر أندرييتش. كونوا على ثقة من أنِّي مهما حدث»...

هنا أجهشت بالبكاء وغطَّت وجهها بيديها... أمَّا أنا فكنت كالمجنون، وكانت أمِّي تبكي.

- «كفى هراء، يا ماريا إيفانوفنا»، قال أبي، «من ذا الذي سيتركك وحدك مع اللصوص! اجلسي هنا واصمتي. فلنمتْ معًا إذا كان لا بدَّ من الموت. اسمعي! ماذا يقولون هناك؟».

- «ألن تستسلموا؟»، صاح شفابرين، «أترون؟ بعد خمس دقائق سيحرقونكم».

- «لن نستسلم أيُّها الشرِّير!»، أجاب أبي بصوت ثابت.

كان وجهه الذي تغطِّيه التجاعيد مشرقًا بنشاط مدهش، وعيناه تلتمعان تحت حاجبيه الأشيبين التماعًا يبعث الرهبة.

الآن حان وقت التحرُّك!

فُتح الباب، فاندفعت النار والتفَّت حول الأعمدة الخشبية المكسوَّة شقوقها بأغصان جافَّة. أطلق أبي النار من مسدَّسه وخطا فوق العتبة الملتهبة وهو يصرخ:

- ورائي!

أمسكتُ يد أمِّي ويد ماريا إيفانوفنا وأخرجتهما بسرعة إلى الهواء الطلق. كان شفابرين ممدَّدًا عند العتبة مصابًا بطلقة من يد أبي العجوز، أمَّا اللصوص الذين هربوا نتيجة هجومنا المفاجئ، فتمالكوا أنفسهم وبدؤوا يطوِّقوننا. استطعت أن أوجِّه عدَّة ضربات بسيفي، لكنَّ حجرًا سدَّده أحدهم بنجاح أصابني في صدري مباشرة فسقطت، وفقدت الوعي برهة، وحين أفقت رأيت شفابرين جالسًا فوق العشب الملطَّخ بالدم، وأمامه جميع أفراد أسرتي. أمسكني المهاجمون من تحت إبطي. وأحاط بنا حشد من القوزاق والبشكيريين. كان شفابرين شاحبًا شحوبًا فظيعًا، يضغط بإحدى يديه خاصرته الجريحة، كان وجهه يعبِّر عن الألم والحقد. رفع رأسه ببطء ونظر إليَّ، ثم قال بصوت ضعيف وغير واضح:

- اشنقوه... اشنقوهم جميعًا... ما عداها.

طوَّقنا حشد من الأشرار وجرُّونا جرًّا نحو البوَّابة وهم يُطلقون الصيحات. لكنَّهم تركونا فجأة وتفرَّقوا راكضين، فقد دخل من البوابة غرينييف يتبعه رتل كامل من الخيَّالة شاهرين سيوفهم.

فرَّ المتمرِّدون في شتَّى الاتِّجاهات، وطاردهم الفرسان، يطعنونهم بالسيوف ويأسرونهم. قفز غرينييف عن ظهر حصانه، وانحنى محيِّيًا والديَّ، وشدَّ على يدي بقوَّة.

- «لقد وصلت في الوقتَ المناسب»، قال لنا، «آه! هذه هي عروسك».

اصطبغ وجه ماريا إيفانوفنا بالحُمرة حتى الأذنين. اقترب أبي منه وشكره وكان هادئًا، رغم شدَّة تأثُّره. أمِّي عانقته وسمَّته الملاك المخلِّص.

- «تفضَّل بزيارتنا»، قال له أبي وقاده إلى منزلنا.

عند مرورنا بالقرب من شفابرين. توقَّف غرينييف.

- «من هذا؟»، سأل وهو ينظر إلى الجريح.
- «إنَّه القائد نفسه، رئيس العصابة»، أجابه والدي ببعض الزهوِّ الذي يميِّز المحارب القديم، «لقد أمدَّ الله يدَي العجوز بالقوَّة لأعاقب هذا الشرِّير الشابَّ وأثأر لدم ابني منه».
- «إنَّه شفابرين»، قلت لغرينييف.
- شفابرين! هذا يسرُّني للغاية. أيُّها الفرسان! خذوه! وقولوا لطبيبنا أن يضمِّد جرحه ويحافظ عليه كحدقة عينه. يجب تقديمه إلى شرطة كازان السرِّية. إنَّه واحد من المجرمين الأساسيين، ولا بدَّ من أن تكون إفادته مهمَّة جدًّا.

ألقى شفابرين نظرة مرهقة. وجهه لم يكن يعبِّر عن شيء غير الألم الجسدي. حمله الفرسان على قطعة مشمَّع وغادروا.

دخلنا إلى الغرف. نظرت حولي بانفعال متذكِّرًا سنوات طفولتي. لم يتغيَّر شيء في البيت. كلُّ شيء باقٍ في مكانه. شفابرين لم يسمح بنهبه، محافظًا، رغم سفالته، على نفور لا إرادي من الكسب غير الشريف. ظهر الخدم في المدخل. لم يشاركوا في التمرُّد، وابتهجوا من أعماق قلوبهم بخلاصنا. وتملَّك الشعورُ بالظفر سافيليتش. لا بدَّ من أن نعرف أنَّه في أثناء الخطر الذي سبَّبه هجوم اللصوص، هرب إلى الإسطبل، حيث كانت تقف فرس شفابرين، أسرجها،

ثم أخرجها من الإصطبل بهدوء. وبفضل الفوضى، امتطاها وانطلق، من دون أن يلحظه أحد، إلى ضفَّة النهر. التقى الفوج الذي كان يرتاح على هذه الضفَّة من الفولغا بعد أن عبر النهر، وعرف منه غرينييف بالخطر الذي يُحيق بنا، فأمر بامتطاء الخيل والانطلاق عدوًا، فوصل، والحمد لله، في الوقت المناسب.

عاد الفرسان من المطاردة وقد أسروا عددًا من الرجال، فسجنوهم في العنبر المعروف نفسه، الذي كنَّا مُحاصرين فيه.

وأصرَّ غرينييف على أن يعلِّق رأس المسؤول الذي عيَّنه بوغاتشوف، على وتدٍ عدَّة ساعات أمام الخمَّارة.

تفرَّقنا إلى غرفنا، فالعجوزان كانا بحاجة إلى الراحة. وأنا، بعد أن قضيت الليل كلَّه من دون نوم، ارتميت على السرير وغرقت في نوم عميق. أمَّا غرينييف فمضى ليُصدر أوامره.

اجتمعنا في المساء في غرفة المعيشة بالقرب من السماور، ونحن نتحادث بمرح عن الخطر الذي زال. صبَّت ماريا إيفانوفنا الشاي، وجلست أنا إلى جانبها منشغلًا بها وحدها. وراح أبواي ينظران برضا إلى علاقتنا. أنا لم أنسَ حتى الآن ذلك المساء الذي ما زال حيًّا في ذاكرتي. لقد كنت سعيدًا، سعيدًا تمامًا، تُرى هل تمرُّ لحظات كثيرة كتلك في حياة الإنسان البائسة؟

في اليوم التالي، أبلغوا والدي أنَّ الفلَّاحين جاؤوا إلى فناء منزلنا معبِّرين عن طاعتهم. خرج أبي إلى الشرفة للقائهم. عند ظهوره، جثا الفلَّاحون على رُكبهم.

- «حسنًا، وماذا بعد أيُّها الأغبياء»، قال لهم، «لماذا تمرَّدتم؟».
- «نحن مذنبون يا مولانا»، أجابوه بصوت واحد.
- هو ذا، مذنبون، تمرَّدتم فبتُّم أنفسكم غير سعداء. أعفو عنكم كرمى لله الذي أسعدني بلقاء ابني بيتر أندرييتش.
- مذنبون، مذنبون! طبعًا، مذنبون.
- حسنًا، طيِّب، السيف لا يقطع الرأس الذي يعترف بذنبه. لقد منحنا

الله طقسًا جافًّا هذه الأيَّام وحان وقت جمع القشّ، فماذا فعلتم أنتم أيُّها الأغبياء طول ثلاثة أيَّام كاملة؟ يا كبير الفلَّاحين! حضِّر الجميع لحصاد القشّ، واحرص أيُّها الشيطان الأحمر الشعر، أن يكون كلُّه مجموعًا عندي في رُزم قبل يوم القدِّيسة يلينا. انصرفوا.

انحنى الفلَّاحون تحيَّة له، ومضوا إلى المزرعة كأنَّ شيئًا لم يكُن.

جُرحُ شفابرين لم يكن قاتلًا، فاقتادوه تُرافقه دوريَّة حراسة إلى كازان. شاهدت عبر النافذة كيف مدَّدوه في العربة، والتقت نظراتنا فأطرق برأسه، أمَّا أنا فابتعدتُ بسرعة عن النافذة. كنت أخشى أن أبدو مزهوًّا بالنصر على عدوٍّ تعيس، ذليل.

كان على غرينييف أن يُتابع تقدُّمه، فقرَّرت أن أتبعه بغضِّ النظر عن رغبتي في البقاء عدَّة أيَّام إضافية مع عائلتي. وفي عشيَّة المسير، جئت إلى والديَّ وارتميت عند أقدامهما محيِّيًا بحسب عادات ذلك الزمن، وطالبًا مباركتهما لزواجي من ماريا إيفانوفنا. طلب منِّي العجوزان الوقوف وأعلنا، ودموع الفرح في عيونهما، موافقتهما على طلبي، فأحضرتُ ماريا إيفانوفنا شاحبة مضطربة، وباركانا... لن أصف ما شعرت به آنذاك. من مرَّ بوضع كوضعي سيفهمني، أمَّا من لم يمرَّ فلا أستطيع إلَّا أن أُشفق عليه وأنصحه، ما دام الوقت لم يفُت، بأن يُحبَّ ويحظى بمباركة أبويه.

في اليوم التالي، استعدَّ الفوج للرحيل. فودَّع غرينييف أسرتي. كنَّا جميعًا واثقين من أنَّ الأعمال الحربية ستنتهي قريبًا، وكنت أحلم بأن أكون زوجًا خلال شهر. ودَّعتني ماريا إيفانوفنا وقبَّلتني أمام الجميع. امتطيت جوادي، وتبعني سافيليتش من جديد، وتحرَّك الفوج مغادرًا.

ظللت طويلًا أنظر من بعيد إلى البيت الريفي الذي أغادره للمرَّة الثانية. وتملَّكني إحساس بنبوءة قاتمة مقلقة، وكأنَّ أحدهم همس لي بأنَّ مآسيَّ لم تنته بعد، وتنبَّأ قلبي بحدوث عاصفة.

لن أصف حملتنا ونهاية الحرب ضدَّ بوغاتشوف. مررنا بالبلدات التي نهبها

بوغاتشوف، وأخذنا، رُغمًا عنَّا، ما تركه قُطَّاع الطُرق للسكَّان الفقراء.

هم لم يكونوا يعرفون لأي سلطة يخضعون، فالإدارة معطَّلة في كلٍّ مكان. والإقطاعيُّون هربوا إلى الغابات، وعصابات قُطَّاع الطُرق تصول وتجول ناشرة شرورها في كلٍّ مكان. وقادة الفصائل المُرسلة لمطاردة بوغاتشوف الذي كان آنذاك يفرُّ باتجاه آستراخان، يعاقبون المذنبين والأبرياء على هواهم ومن دون أيِّ ضابط... كانت كلُّ المنطقة التي اشتعل فيها الحريق في حال سيِّئة مرعبة. لا قدَّر الله لنا أن نرى تمرُّدًا روسيًّا، إنَّه تمرُّد لا معنى له، ولا يعرف الرحمة. إنَّ أولئك الذين يفكِّرون في انقلابات مستحيلة عندنا، إمَّا أن يكونوا فتيانًا لا يعرفون شعبنا، وإمَّا أنَّهم أناس قساة القلوب، لا تعني لهم رؤوس الآخرين شيئًا، ولا تساوي عصابتهم عندهم كوبيكًا واحدًا.

هرب بوغاتشوف يُطارده إيف. إيف. ميخيلسون، وسرعان ما سمعنا عن هزيمته التامَّة. وأخيرًا، تلقَّى غرينييف من الجنرال قائده خبر اعتقال القيصر الدعيِّ، وأمرًا بالتوقُّف في الوقت نفسه. وهكذا صرت أخيرًا قادرًا على العودة إلى البيت. أشعرني ذلك بالفرح. ولكنَّ شعورًا غريبًا بالحزن كان يعكِّر بهجتي.

- انتهى -

المحتويات